Ullstein

Von Uta u. Benedicto
4.8.94

DER AUTOR:

Jules Verne wurde am 8. 2. 1828 in Nantes geboren. Mit elf Jahren riß er von zu Hause aus, um Schiffsjunge zu werden, doch sein Vater holte ihn zurück auf die Schulbank. Widerwillig studierte er in Paris Jura und arbeitete anschließend als Unteragent bei einem Börsenmakler. Er selbst sah sich jedoch als Dramatiker und schrieb nebenbei Novellen und Dramen. Berühmt aber wurde er durch seine utopisch-technischen Abenteuerromane, die ihn zum »Urvater« der heutigen Science-fiction-Romane machten. Seine phantasiereichen Schilderungen wurden zur beliebten Lektüre bei jung und alt. Seine berühmten Werke wie *Reise zum Mittelpunkt der Erde, In achtzig Tagen um die Welt* und *Zwanzigtausend Meilen unter dem Meer* wurden in über achtzig Sprachen übersetzt. Jules Verne starb am 24. 3. 1905 in Amiens.

Jules Verne

Onkel Robinson

❖

Roman

Ullstein

ein Ullstein Buch
Nr. 23369
im Verlag Ullstein GmbH,
Frankfurt/M – Berlin
Titel der Originalausgabe:
L'Oncle Robinson,
erschienen bei le cherche midi
éditeur, 1991. Das unveröffentlichte
Manuskript ist Eigentum der Stadt Nantes.
Aus dem Französischen von
Gerhard Meier

Ungekürzte Ausgabe

Umschlagentwurf:
Hansbernd Lindemann
unter Verwendung eines Gemäldes
von Martiros S. Sarjan
Archiv für Kunst und Geschichte, Berlin

Printed in Germany 1994
Druck und Verarbeitung:
Ebner Ulm
ISBN 3 548 23369 4

August 1994
Gedruckt auf alterungsbeständigem
Papier mit chlorfrei
gebleichtem Zellstoff

Die Deutsche Bibliothek –
CIP-Einheitsaufnahme

Verne, Jules:
Onkel Robinson: Roman / Jules Verne.
[Aus dem Franz. von Gerhard Meier]. – Ungekürzte Ausg. –
Frankfurt/M; Berlin: Ullstein, 1994
(Ullstein-Buch; Nr. 23369)
Einheitssacht.: L'oncle Robinson <dt.>
ISBN 3-548-23369-4
NE: GT

Zu diesem Buch

Jules Verne war seit seiner Kindheit besessen von dem Wunsch, selbst eine Robinsongeschichte zu schreiben: „Ich träume von einem herrlichen Robinson. Ich muß unbedingt einen schreiben, ich kann einfach nicht anders. Es kommen mir wunderbare Ideen...“

1861 machte sich Verne, der bereits seine ersten Erfolge als Schriftsteller feierte, an die Arbeit, doch wurde seine Begeisterung jäh von seinem Verleger Jean Pierre Hetzel gebremst: Vor allem die Tatsache, daß Jugendliche eine wichtige Rolle im Roman spielen, veranlaßte diesen, das Manuskript nicht zu veröffentlichen.

Möglich wurde dies erst in unseren Tagen, nachdem die Stadt Nantes, die Geburtsstadt Vernes, die Rechte aufkaufte, und so der Onkel Robinson nun endlich erscheinen kann – zweifelsohne ein Glücksfall für die Millionen von Lesern weltweit!

Endlich dürfen wir erfahren, wie sich Verne seinen Robinson vorgestellt hat: Als Harry Clifton nach jahrelanger Tätigkeit in Asien mit Frau und Kindern in seine amerikanische Heimat zurückkehren möchte, gerät er auf ein Schiff, auf dem es schon nach wenigen Tagen zu einer Meuterei kommt. Während er selbst in der Kabine eingesperrt wird, werden seine Frau und seine drei Kinder in einem Boot mitten auf dem Pazifik ausgesetzt. Nur der Matrose Flip, der den Beinamen Onkel Robinson erhält, eilt ihnen zu Hilfe ... und so gelangen sie auf eine einsame Insel ... die ihnen schon bald nicht nur die Schönheit, sondern auch den Reichtum der Natur offenbart.

„Wenn man ihn reden hörte“, sagt der Erzähler, „bekam man geradezu Lust, auf dieses Lieblingseiland auszuwandern.“ – Und gibt es etwas Schöneres, als daß Literatur eben dieses Reisen im Kopf ermöglicht?

„Ich träume von einem herrlichen Robinson …“

Ein Schriftsteller im Bürgerhabit

Jules Verne, dessen Romane gleich nach der Bibel – noch vor Shakespeare und Karl Marx – zu den meistübersetzten Werken der Welt zählen, ist gleichwohl ein unbekannter Autor. Kein Mythos, keine Legende heftet sich an den Namen dieses Schriftstellers, dessen Romanhelden, ob Kapitän Nemo oder Phileas Fogg, viel berühmter sind als ihr Erfinder. Der Mensch und Schöpfer Verne, so scheint es, ist hinter der Popularität seiner Schöpfungen verschwunden…

Allerdings hat es Verne seinen Biographen auch nicht leicht gemacht. Streng wachte er darüber, daß nichts von seinem Privat- und Innenleben an die Öffentlichkeit gelangte. Persönliche Dokumente und Briefe hat der Autor am Ende seines Lebens vernichtet. Was er dennoch an Lebensspuren hinterlassen hat, fügt sich zum Bild einer unauffälligen, fast zwanghaft „normalen“ Biographie. Keine Reise in arktische Gefilde, keine Abenteuer, keine Exzesse und Leidenschaft außer der einen: zu schreiben. Geschrieben hat Verne mit der Regelmäßigkeit einer Maschine. Bis ins hohe Alter stand er täglich um fünf Uhr auf, setzte sich um sechs Uhr an den Schreibtisch und arbeitete dann, mit kurzen Unterbrechungen, bis abends um acht. Schreiben war für ihn eine Lebensdroge: „Wenn ich nicht arbeite, fühle ich kein Leben in mir.“ Zu seinem Tagwerk gehörte auch ein gewaltiges Lesepensum. Die systematische Auswertung der neuesten Wissenschaftsliteratur lieferte den Fundus

für seinen legendären, ca. 25 000 Stichworte umfassenden Zettelkasten.
Erst am Lebensende – Verne ist fast erblindet und leidet an den Spätfolgen einer krankhaften Freßsucht – steht die Arbeitsmaschinerie still, zumal der rechte Arm vom Schreibkrampf befallen ist. Im März 1905 erliegt der Siebenundsiebzigjährige einem zweiten Diabetesanfall. Die Bilanz dieser rigorosen Arbeitsbiographie und einer schier unerschöpflichen Kreativität: rund neunzig Romane und Erzählungen, dazu verschiedene historisch-geographische Darstellungen und, nicht zu vergessen, die etwa vierzig Theaterstücke. Seine ersten literarischen Gehversuche unternahm Verne, der 1828 in der Hafenstadt Nantes zur Welt kam, in gutbürgerlichem Milieu aufwuchs und später die Notarskanzlei des Vaters übernehmen sollte, als Bühnenautor. Doch von seinen Theatertexten – Vaudevilles, Opern- und Operettenlibretti – konnte der Schriftsteller nicht leben, noch weniger aber seiner Frau Honorine, einer Witwe mit zwei Kindern, die er 1857 heiratete, eine standesgemäße bürgerliche Existenz bieten. Also stiftete Vernes Vater auf Drängen des Sohns 50 000 Francs – das Anfangskapital für eine Berufskarriere als Börsenmakler. Doch die Arbeit reizte Verne nicht, und so stagnierten die Geschäfte. Um so mehr beschäftigte ihn die Erfindung neuer Flugmaschinen, deren Konstruktion die von dem berühmten Fotografen Nadar gegründete „Gesellschaft Schwerer-als-Luft" plant. Im gleichen Jahr, als Nadars riesiger Fesselballon auf dem Pariser Marsfeld aufsteigt, erscheint der Roman, der Verne auf Anhieb berühmt macht: *Fünf Wochen im Ballon* (1863). Verlegt wird das Buch von Jean-Pierre Hetzel, dem Mann, der Jules Verne „erfunden" hat. Aus der Begegnung mit dem Pariser Großverleger, der die bekanntesten Autoren des 19. Jahrhunderts von Stendhal über Balzac bis zu George Sand und Victor Hugo herausgab, entwickelte sich eine der faszinierendsten Autor-Verleger-Beziehungen des Jahrhunderts, fast ein geistiges Sohn-Vater Verhältnis. Was Verne ist, ist er zunächst durch

Hetzel, denn dieser, und nicht Verne, scheint auf die Idee gekommen zu sein, dem ersten wissenschaftlichen Reiseroman weitere Werke gleicher Art folgen zu lassen. Im Dezember 1865 wird Verne endgültig als exklusiver Hausautor unter Vertrag genommen. Der zunächst auf zwanzig Jahre limitierte, aber bis zum Tod von Verne immer wieder verlängerte Vertrag garantierte dem Autor ein festes Monatssalär, für das er jährlich zwei bis drei Romane abliefern sollte. Damit ist der Grundstein für Vernes große Serie der „Voyages extraordinaires" gelegt.

Ein Schiff namens Wissenschaft

In den folgenden Jahren wird der „Sänger" des wissenschaftlich-technischen Abenteuers unermüdlich an seinem Romanzyklus arbeiten und diesen zu einer einzigartigen geographischen und kosmischen Epopöe ausbauen. Seine Bücher machen ihn reich, noch reicher allerdings seinen genialen Verleger und Entdecker, dessen literarischem Urteil und Autorität sich Verne – nicht immer zum Vorteil seiner Werke – Zeit seines Lebens protestlos fügt.

Daß die neue Gattung des wissenschaftlichen Reiseromans sich so schnell und erfolgreich etablieren konnte, ist sicher dem Ingenium eines Jules Verne und den geschickten Vermarktungsstrategien von Hetzel zu verdanken. Doch hinzu kommt, daß die Idee des „Wissenschaftsromans" dem neuen Zeitgeist entsprach. Angesichts der wachsenden Bedeutung, die Wissenschaft und Technik in der zweiten Hälfte des 19. Jahrhunderts gewannen, schien es ein Gebot der Stunde, nicht nur eine kleine Bildungselite, sondern breite Bevölkerungsschichten mit den neuen Erkenntnissen vertraut zu machen, allen voran die kommenden Generationen, d. h. Kinder und Jugendliche. Die Konzeption einer in unterhaltsamer Form dargebotenen Wissenschaftsliteratur versprach Erfolg. Und so ging eine ganze Phalanx heute längst vergessener Autoren mit Feuereifer daran, der lernbegierigen Jugend die bittere Pille der Wissenschaft durch eine fiktionale Zuckerkruste zu versüßen. Doch mehr als einen bloß geschickt dramatisierten Lehrstoff – wie etwa Jean Macés preisgekröntes physiologisches Lehrstück über einen „Bissen Brot", der die Geheimnisse des menschlichen Organismus entdeckt – boten die populären „Sachbücher" nicht. Nur Verne ist es gelungen, aus dem spröden Material wissenschaftlicher Theorien, Fakten und Fachsprachen poetische Funken zu schlagen. Bei ihm ist der Roman nicht Vehikel wissenschaftlicher Erkenntnisse, sondern umgekehrt wird die Wissenschaft selbst zum Roman. Vernes „eigentliches, noch nie so recht gewürdigtes literarisches Verdienst", schrieb Arno Schmidt im Jahre 1966, „besteht darin, daß er als erster bisher noch Umfassendster den Groß-Nachweis geführt hat: wie die Errungenschaften des Technikers – man darf auch ‚Ingenieur' sagen, ‚Wissenschaftler', ‚Forscher-allgemein' – nicht nur nicht poesie-zerstörend wirkten, sondern vielmehr unerhört neuereiche Gebiete dem Dichter eröffneten!"

Ein Dichter wird entdeckt

Keinen Blick für Vernes „literarisches Verdienst" hatte die akademische Literaturkritik. Daß Verne populär war, machte ihn verdächtig. In Literaturgeschichten und Handbüchern wurde ihm allenfalls ein bescheidenes Eckchen als Jugendbuchautor oder „Ahnherr" der Science-fiction eingeräumt.

Zum Glück fand der Außenseiter des literarischen Parnaß auch gewichtige Fürsprecher, ob Turgenjev, der ihn übersetzte, Tolstoi, der seinen „Ballon-Roman" illustrierte oder Gorki, der Verne als Klassiker in der Sowjetunion drucken ließ. Vielleicht noch aufschlußreicher ist die Faszination, die die „außergewöhnlichen Reisen" für die Avantgarde-Künstler des 20. Jahrhunderts besaßen und noch besitzen. Zu den Bewunderern des „alten Magiers" zählten: die Futuristen Apollinaire

und Blaise Cendrars, der „Drogendichter" Henri Michaux, der Vater des französischen Surrealismus, Raymond Roussel, der Verne „das größte literarische Genie aller Zeiten" nannte; der Maler Giorgio de Chirico und Max Ernst, für dessen Collagenromane die wunderbaren Illustrationen der alten Verne-Ausgaben einen unerschöpflichen Zitatenschatz bildeten – auf einem dieser Bilder taucht Verne auch persönlich auf, in einer Ballongondel neben Dante und Fantomas... Offene und versteckte Hinweise auf den Verneschen Erzählkosmos finden sich auch in den Romanen eines Cocteau, Michel Tournier und de Clézio; vor allem aber bei Michel Butor, aus dessen Feder die erste ausführliche Würdigung des Autors stammt. Verne, so schrieb der Romancier in seinem Essay aus dem Jahre 1949, sei ein großer Gestalter und Mythenschöpfer, dem die moderne Literatur ein „unerschöpfliches Arsenal an Erfindungen" verdanke.
Mittlerweile hat sich auch die Forschung dieses Urteil zu eigen gemacht. „Jules Verne ist ein Riese, den man für einen Zwerg gehalten hat", verkündete 1976 ein bekannter französischer Kritiker in der Tageszeitung „Le Monde". Ein Blick auf die Vielzahl der seitdem erschienenen Studien, in denen das Vernesche Erzählgebirge nach allen Regeln moderner Deutungskunst vermessen wird, zeigt, daß der Fortsetzungslieferant für Hetzels *Magazin der Erziehung und Unterhaltung* endlich dort Einzug gehalten hat, wo er hingehört: in die Literatur.

„Ich träume von einem herrlichen Robinson"

Gerade angesichts der radikalen Neubewertung, die Verne in den letzten zwei Jahrzehnten erfahren hat, dürfte die Veröffentlichung eines bislang unter Verschluß gehaltenen Manuskripts wie des *Onkel Robinson* von vielen Verne-Liebhabern und -Spezialisten als Glücksfall empfunden werden. Erste Hinweise auf die Planung dieses Romans gehen auf das Jahr

1861 zurück, d. h. eine Phase größter Schaffensintensität, in der Verne gleichzeitig an mehreren Romanen arbeitet, die zum Grundstock der „Voyages extraordinaires" werden. Vier Jahre später wird das Projekt erneut in Angriff genommen: „Ich träume von einem herrlichen Robinson. Ich muß unbedingt einen schreiben, ich kann einfach nicht anders." Doch die Begeisterung des Autors wird von Hetzel nicht geteilt. Robinsonaden sind ihm nicht originell genug, zumal wenn es dabei um eine Familienrobinsonade nach dem Vorbild des *Schweizerischen Robinson* von Johann David Wyß geht. Auch wenn Verne beteuert, „sich außerhalb alldessen zu halten, was bisher gemacht worden ist", führt die erste Probelesung zu einer glatten Abfuhr. Weder Vernes Stil noch seine Figuren, vor allem aber die Tatsache, daß kindliche Helden in dem Roman eine wichtige Rolle spielen, finden vor den Augen des strengen, und in diesem Fall ohne literarisches Gespür urteilenden Kritikers Gnade. Nach erneuten, vergeblichen Versuchen, die wieder von Hetzel verrissen werden, gibt Verne die Veröffentlichung des Romanprojekts auf. – Nicht ganz, denn wichtige Elemente des *Onkel Robinson* tauchen Jahre später, nämlich 1873, in der *Geheimnisvollen Insel* wieder auf, jenem Meisterwerk, das einer der bedeutendsten Literaturwissenschaftler Frankreichs, Roland Barthes, Vernes „fast vollkommenen Roman" nannte. Obwohl noch unvollendet und in manchen Details nicht so ausgereift wie das spätere Werk, enthält der frühe Romanentwurf im Keim bereits jene Privatmythologie des Autors, für die die Robinsonade, deren Bausteine Verne Zeit seines Lebens variiert und fast obsessionell durchgespielt hat, die ideale Folie abgab.

Modernes Utopia

Verne hat einerseits das Robinsonthema entschieden modernisiert. Dafür steht vor allem die Figur des Ingenieurs als Prototyp eines Verneschen Helden, der das Wort „unmöglich" nicht kennt. Dank dessen polytechnischem Universalwissen kann das wissenschaftlich-technische „Know-how" des 19. Jahrhunderts glänzend illustriert werden. Entsprechend rascher und leichter wird die von Verne radikalisierte Ausgangsposition – der absolute Mangel und Nullpunkt – überwunden, zumal die Aufbauarbeit im Team, zu dem auch ein höchst zivilisierter Orang-Utan gehört, vonstatten geht. Da alle, ob von hohem oder niedrigem Stand, ob jung oder alt, dem gleichen Arbeitsethos und Solidaritätsprinzip verpflichtet sind und als gleichberechtigte „Partner" das Zivilisationsprojekt vorantreiben, nimmt sich die kleine Inselsozietät in der Tat wie eine Art modernes Utopia aus. Doch hieße es den Text verkennen, wenn man allein diese Signale zur Kenntnis nähme.

Ein existentieller Traum der Kindheit

Mindestens ebenso wichtig ist eine andere Bedeutungsebene, die uns zum imaginären Kern von Vernes Ur-Robinsonade führt. Gemeint ist jener „existentielle Traum der Kindheit" (Roland Barthes), der seinem Robinsonmythos zugrunde liegt. Onkel Robinsons Insel ist in der Tat weder ein modernes Utopia noch eine wirkliche Insel, sondern ein Niemandsland, dessen sich ein träumendes, phantasierendes Bewußtsein bemächtigt hat. Daß die Poesie der Insel ihre Traumtiefe und Farbe aus der Kindheit bezieht, hat der Philosoph Ernst Bloch zum Ausdruck gebracht: „Diese Verbindung von Enge und schöner Fremde geht auch nachher nicht unter. Soll heißen: Das Wunschland von dieser Zeit her ist eine Insel."

In seinen *Kindheits- und Jugenderinnerungen* erzählt Verne, wie er einst als Kind mit einer Jolle auf einer kleinen Insel „gestrandet" sei. Sofort stellen sich Glück und Schrecken des Inselphantasmas ein: „Rauchsignale wollte ich keine aussenden, denn sie wären zu schnell bemerkt und damit ich eher gerettet worden, als mir lieb war! Zuerst mußte ich meinen Hunger stillen. Aber wie? Mein Proviant war zusammen mit dem Boot untergegangen. Sollte ich Jagd auf Vögel machen?... Ich hatte ja weder Hund noch Gewehr! Und Muscheln?... Waren keine da! Endlich erfuhr ich am eigenen Leib, was für eine Not und ein Schrecken es war, allein auf einer einsamen Insel zu darben."

Grauen und Entsetzen verspürt auch die kleine Bootsmannschaft, die in dunkler, stürmischer Nacht die Niemandsinsel von Vernes Robinsonroman ansteuert. Wahrlich eine phantastische Insel, deren gigantische Felswand aus Granit sich wie eine uneinnehmbare Festung vor den vom Untergang Bedrohten auftürmt! Kein „Loch", kein „Spalt" zeigt sich dem suchenden Blick. Und doch träumt Onkel Robinson bereits von einer „guten" Grotte im Inneren des abweisenden Felsmassivs! In der Tat erhört die Insel die Hilfsappelle der „Ausgesetzten": Sie öffnet sich und offenbart nach und nach ihre unerschöpflichen Reichtümer und Ressourcen. Nicht nur die Muscheln, die dem kleinen Verne versagt wurden, sondern kulinarische Freuden jeglicher Art verbergen sich in ihrem paradiesischen Innern: Hummer, Krebse, Frösche, Fische, Wild, Bambussprossen, Kokosnüsse und Ahornsirup gehören zu den Tafelfreuden, die fast jede Inselerkundung krönen! Natürlich fliegen den Inselhelden die gebratenen Wildtauben nicht in den Mund. Aber es scheint doch, als ob es eine heimliche Kooperation zwischen den findigen und mutigen Helden und einer gütigen Mutter Natur gebe.

Das gilt auch für die Frage der Behausung. Die „ersehnte" Höhle wird endlich entdeckt: eine steinerne Grotte mit einem weichen, glitzernden Sandboden und einem dreieckigen Eingang, der den Blick auf einen azurblauen Binnensee mit lieblichen Gestaden freigibt... Diese Grotte bleibt der archimedische Punkt der Insel, zu dem die kleine Gemeinschaft nach jeder Expedition eilends zurückkehrt. Später, als die Höhle getauft wird, erhält sie den Namen der Mutter: Elisa.

Die Phantom-Insel

Die Insel selbst wird nach dem Retter der Mutter und Kinder „Flip-Island“ genannt. Doch wer ist Flip? Ein Waisenkind von Geburt an, ja schon vor der Geburt, wie der Namensträger selbst sagt. Ein Kind ohne Eltern – ein verlassenes, ein ausgesetztes Kind. Wieviel kindliche Märchenhelden teilen dieses Schicksal! Aber dies ist, cum grano salis, auch die Situation der wirklichen Inselkinder, die von den meuternden Matrosen auf hoher See ausgesetzt und von ihrem Vater getrennt wurden. Zwar bleibt ihnen die Mutter, aber nicht diese, sondern Flip, der Matrose, ist ihr wahrer Retter, Beschützer und Gefährte. Papa oder Onkel Robinson ist alles in einem: mütterlich in seiner Sorge um die ihm Anbefohlenen, väterlich als Allroundpraktiker und Überlebensgenie, kindlich in seiner nie versiegenden guten Laune, seinem Optimismus, seiner Redseligkeit und seiner Freude an Späßen. Flip, das Mann-Kind, findet auf der Insel seine eigentliche Heimat, einen Ort, der ihn „wunschlos glücklich“ macht. Er ist auch der Poet der Insel und ihrer Schönheit. „Wenn man ihn reden hörte“, sagt der Erzähler, „konnte man richtig Lust bekommen, freiwillig in eine solche Gegend auszuwandern.“

Und diese Lust teilt sich auch den Lesern mit. Denn Verne ist es in diesem Roman gelungen, zwei Strebungen der Kinderseele miteinander zu verbinden, die in jedem Erwachsenen unterirdisch weiterleben: das Bedürfnis nach tiefer Regression, nach Schutz, Wärme und Geborgenheit im Mutterleib einer „guten“ Insel und das Verlangen nach Bewährung, Erfahrungszuwachs und Reifung, für das die Robinsonade, der Prototypus insulärer Daseinsbewältigung und zivilisatorischer Selbstbehauptung, das ideale Experimentierfeld ist.

Wenden wir uns noch einmal der Person von Onkel Robinson zu. Er trägt den Spitznamen „Flip“, was im Englischen soviel wie „Salto“ oder auch „Spritztour“ heißt – kein unpassender Name für den weitgereisten Seemann, der auf seiner Insel wahre Freudentänze aufführt! Doch Flips eigentlicher Name ist Jean Fanthome, und was ist ein Phantom anderes als ein Geist oder eine Illusion? „Die Insel und die Personen, von denen ich erzähle, gibt es nicht“, heißt es am Ende von Ingeborg Bachmanns Hörspiel *Die Zikaden*. Auch Onkel Robinsons Insel existiert nicht, ebensowenig wie ihr Genius Flip, genannt Jean Fanthome. Und vielleicht wird Flip-Island, wenn der Roman zum Schluß kommt, in den Fluten des Pazifischen Ozeans versinken wie die *Geheimnisvolle Insel*. Die Spuren sind ausgelegt, ein Vulkan steht schon bereit! Vielleicht werden sich der Spielleiter Robinson und seine Familie beim Ausbruch des Vulkans auf die kleine Insel im See vor der Grotte retten. Aber das ist eine andere Geschichte, die jeder Leser nach seiner Fasson fortspinnen kann…

Renate Karst-Matausch

Kapitel 1

Der Norden des Pazifischen Ozeans – Ein einsam dahintreibendes Boot – Eine Mutter und ihre vier Kinder – Der Mann am Ruder – Der Wille des Herrn geschehe! – Eine Frage ohne Antwort.

Der abgelegenste Teil des Pazifischen Ozeans ist jene weite Wasserfläche, die im Westen und Osten von Asien und Amerika und im Norden und Süden von den Aleuten und den Sandwich-Inseln begrenzt ist. Kaum ein Handelsschiff wagt sich in diese Gewässer. Es ist dort kein einziger Anlegeplatz bekannt, und die Strömungen sind unbeständig. Die Ozeandampfer, die Waren von Neu-Holland[1] nach Westamerika transportieren, befahren niedrigere Breitengrade. Lediglich der Verkehr zwischen Japan und Kalifornien könnte diesen nördlichen Sektor des Pazifiks beleben, doch ist er noch wenig ausgeprägt. Die Überseelinie zwischen Yokohama und San Francisco verläuft etwas südlicher entlang der großen Kreise des Erdballs. So gibt es also zwischen dem vierzigsten und dem fünfzigsten Grad nördlicher Breite etwas, was man als „Wüste" bezeichnen könnte. In dieses fast unbekannte Meer stößt vielleicht manchmal ein Walfänger vor, der dann aber schnell durch den Gürtel der Aleuten in die Beringstraße fährt, jenseits derer die großen Säuger vor den allzu eifrigen Harpunen ihrer Verfolger Zuflucht gesucht haben.

Gibt es auf diesem Meer von der Größe Europas noch unentdeckte Inseln? Erstreckt sich etwa Mikronesien[2] bis zu jenen Breiten hinauf? Eine solche Annahme läßt sich weder aus-

[1] Australien.

[2] Archipele im Nordwestpazifik.

schließen noch bestätigen. Denn was bedeutet schon eine Insel inmitten derartiger Weiten? Den Forschungsreisenden, die diese Gewässer erkundet haben, konnte ein so winziger Punkt durchaus entgangen sein. Vielleicht ist ja auch ein größeres Stück Land ihren topographischen Bemühungen bisher verborgen geblieben? Man weiß nämlich, daß in diesem Teil der Erde zwei Naturerscheinungen zur Entstehung neuer Inseln führen können: zum einen die plutonischen Kräfte, die plötzlich ein Stück Erde aus den Fluten schieben können, und zum anderen das beständige Wirken der Aufgußtierchen, durch das sich allmählich Korallenbänke bilden, die in einigen hunderttausend Jahren in diesem Teil des Pazifiks zu einem sechsten Kontinent emporwachsen werden.

Am 25. März 1861 jedoch war die soeben beschriebene Gegend nicht ganz menschenleer. Auf den Wellen trieb ein Wasserfahrzeug dahin. Es war weder ein Dampfschiff einer Überseelinie noch ein Kriegsschiff zur Überwachung des Fischfangs hoch im Norden, auch kein mit Waren von den Molukken oder den Philippinen beladenes Handelsschiff, das etwa durch einen Sturm von seiner Route abgekommen wäre; ja nicht einmal ein Fischerboot oder eine Schaluppe. Es war ein leichtes Beiboot mit einem einfachen Focksegel. Dieses Boot nun versuchte, gegen den Wind auf ein Stück Land zuzusegeln, von dem es noch neun bis zehn Seemeilen[3] entfernt war. Es kreuzte also und bemühte sich, so hart wie möglich am Wind zu segeln, wurde bei seinem Manöver aber leider von der im Pazifik stets schwachen Flut nur unzureichend begünstigt.

Das Wetter war übrigens gut, wenn auch etwas kalt. Am Himmel standen vereinzelte Wölkchen. Hier und da ließ die Sonne kleine, schaumige Wellenkämme aufleuchten. Die flache

[3] Eine Seemeile entspricht 1852 m.

Dünung schaukelte das Boot hin und her, ohne ihm jedoch allzu harte Stöße zu versetzen. Durch das Segel, das man beigeholt hatte, um schärfer am Wind fahren zu können, wurde das kleine Boot manchmal so weit hinabgeneigt, daß das Schandeck ganz dicht über dem Wasser entlangfuhr. Dann aber richtete sich das Boot gleich wieder auf und segelte erneut gegen den Wind auf die Küste zu.

Ein Seemann hätte bei näherer Betrachtung erkannt, daß das Boot amerikanischer Bauart und aus kanadischem Tannenholz gefertigt war; aus der hinten angebrachten Aufschrift *Vankouver-Montréal* hätte er auch seine nationale Herkunft ersehen.

In dem Boot saßen sechs Personen. Am Ruder war ein etwa fünfunddreißig bis vierzig Jahre alter Mann, der bestimmt schon viel zur See gefahren war und das Boot mit unübertrefflicher Geschicklichkeit durch die Fluten lenkte. Es war ein stark gebauter, breitschultriger, muskulöser Mensch im Vollbesitz seiner Kräfte. Er hatte einen ehrlichen Blick und offene Züge. Sein Gesicht zeugte von großer Güte. An seiner schlichten Kleidung, seinen schwieligen Händen, an der unkultivierten Art, von der er geprägt war, und an dem Pfeifen, das er stets auf den Lippen hatte, ließ sich leicht ablesen, daß er nicht der besseren Gesellschaft angehörte. So wie er das Boot zu führen verstand, konnte es keinen Zweifel daran geben, daß er Seemann war. Doch war er nur ein einfacher Matrose und kein Offizier. Seine Herkunft war noch leichter zu bestimmen, denn Angelsachse war er bestimmt nicht. Es kennzeichneten ihn weder die erstarrten Züge noch die Steifheit, die diesem Menschenschlag zu eigen sind. Man gewahrte bei ihm eine gewisse natürliche Anmut und nicht die etwas lümmelhafte Ungeniertheit, die auf einen Yankee aus Neuengland schließen ließe. Wenn dieser Mann nicht Kanadier war, also ein Nachfahre der unerschrockenen Pioniere, bei denen noch der gallische Einschlag auszumachen ist, dann mußte er Franzose sein, ein etwas amerikanisierter zwar, aber eben dennoch ein Franzose, einer jener gewandten, kühnen, gutmütigen, dienstfertigen, zu allem bereiten, nie um einen Ausweg verlegenen, zuversichtlichen und furchtlosen Burschen, wie sie in französischen Landen häufig anzutreffen sind.

Der Seemann saß im hinteren Teil des Bootes. Er ließ weder das Meer noch das Segel aus dem Auge. Beide überwachte er gleichzeitig: das Segel, wenn eine Falte andeutete, daß es zu sehr im Wind lag, und das Meer, wenn es zuweilen galt, die Fahrtrichtung leicht zu ändern, um einer Woge auszuweichen.

Hin und wieder sagte er ein paar Worte oder vielmehr Ermahnungen, und seine Aussprache war dann von einem Akzent gekennzeichnet, wie man ihn niemals aus der Kehle eines Angelsachsen vernommen hätte.

„Keine Angst, meine Kinder", sprach er. „Die Lage ist zwar nicht besonders rosig, aber sie könnte schlimmer sein. Machen Sie sich also keine Sorgen und ziehen Sie den Kopf ein, denn gleich wenden wir."

Dann schickte der brave Seemann sein Boot in den Wind. Das Segel rauschte über die gesenkten Köpfe, und das nunmehr auf die andere Seite geneigte Boot näherte sich allmählich der Küste.

Im Heck saß neben dem kräftigen Steuermann eine sechsunddreißigjährige Frau, die das Gesicht in ihrem Umschlagtuch verbarg. Die Frau weinte, versuchte jedoch, ihre Tränen vor den um sie gescharten Kindern zu verheimlichen, um ihnen nicht jegliche Hoffnung zu rauben.

Sie war die Mutter der vier Kinder, die sich in dem Boot befanden. Das älteste davon war siebzehn Jahre alt. Es war ein gut gebauter Junge, der sich zu einem kräftigen Mann zu entwickeln versprach. Die dunklen Haare und das vom Seewind gebräunte Gesicht standen ihm gut. An seinen geröteten Augen waren noch ein paar Tränen; aber geweint hatte er wohl nicht nur aus Kummer, sondern auch vor Wut. Er stand im vorderen Bootsteil neben dem Mast und sah zu dem noch weit entfernten Land hinüber. Manchmal drehte er sich um und sandte lebhafte, zugleich schmerzerfüllte und verärgerte Blicke gegen den im Westen sich wölbenden Horizont. Dann erbleichte er jedesmal und konnte nur mühsam eine zornige Geste unterdrücken. Wenn er schließlich wieder zu dem Mann am Ruder hinuntersah, nickte dieser ihm aufmunternd zu.

Der jüngere Bruder des Jungen war kaum fünfzehn Jahre alt. Auf seinem dicken Kopf thronten rötliche Haare. Er war unruhig, zappelig, ungeduldig und stand in einem fort auf und setzte sich wieder hin. Das Boot fuhr ihm nicht schnell genug, und das Land rückte nicht schnell genug näher. Er hätte am liebsten sofort seinen Fuß auf die Küste gesetzt, selbst wenn es ihn im nächsten Augenblick schon wieder woandershin gezogen hätte. Sobald er aber wieder zu seiner Mutter sah und die Seufzer hörte, die der Brust dieser armen Frau entfuhren, eilte er zu ihr, umarmte sie, bedachte sie mit innigen Küssen, und die Unglückliche drückte ihn ans Herz und murmelte: „Armes Kind! Arme Kinder!"

Wenn sie zu dem am Steuerruder sitzenden Seemann blickte, versäumte dieser es nie, ihr mit der Hand ein Zeichen zu geben, das ganz sicher bedeutete: „Es ist doch alles in Ordnung, Madame, wir ziehen uns schon aus der Affäre!"

Im Südwesten jedoch sah der Mann über dem Horizont dicke Wolken aufziehen, die für seine Reisegefährtin und ihre Kinder nichts Gutes ahnen ließen. Der Wind drohte aufzufrischen, und eine zu starke Brise konnte dem decklosen, leichten Boot zum Verhängnis werden. Diese Sorge aber behielt der Matrose für sich und ließ sich von den Befürchtungen, die ihm zu schaffen machten, nichts anmerken.

Die beiden anderen Kinder waren ein kleiner Junge und ein kleines Mädchen. Der kleine Junge, ein achtjähriger Blondschopf mit vor Müdigkeit blassen Lippen, hatte die blauen Augen halb geschlossen, und seine Wangen, die sonst wohl frisch und rosig aussehen mußten, waren nun vom Weinen welk und fahl. Die vor Kälte schmerzenden Hände hatte er unter das Tuch seiner Mutter gesteckt. Seine Schwester, ein kleines Mädchen von sieben Jahren, lag neben ihm, von den Armen der Mutter umschlungen, im Halbschlaf, ermüdet vom Rumpeln der Dünung. Durch das Schlingern des Bootes wurde ihr Kopf hin und her geschüttelt.

Wie gesagt war jener 25. März ein kalter Tag; von Norden her wehte eine steife Brise, und zuweilen fuhren eisige Windstöße über die Unglücklichen hinweg, die in ihrem verlassenen Boot zu leicht bekleidet waren, um der Kälte standhalten zu können. Offensichtlich waren sie von einer Katastrophe, einem Schiffbruch oder einem Zusammenstoß, heimgesucht und dadurch gezwungen worden, in aller Eile in dieses Beiboot zu flüchten. Darauf deutete auch, daß sie nur wenig Lebensmittel mit sich führten, ein wenig Schiffszwieback und zwei oder drei Stück Pökelfleisch, die in einer Kiste im vorderen Teil des Bootes verwahrt waren.

Als der kleine Junge sich halb aufrichtete, sich mit der Hand über die Augen fuhr und murmelte: „Mutter, ich hab Hunger", da stand der Seemann sofort auf, holte aus der Kiste ein Stück Zwieback, hielt es dem Kind hin und sagte gutmütig lächelnd: „Iß nur, Kleiner, iß! Und wenn nichts mehr da ist, dann ist vielleicht doch noch etwas da!"

Da faßte der kleine Junge wieder Zuversicht, biß herzhaft in die krustige Schnitte und legte seiner Mutter wieder den Kopf auf die Schulter.

Die arme Frau, die bemerkt hatte, wie sehr ihre Kinder in ihren dünnen Sachen zitterten, hatte sich für sie aufgeopfert. Sie hatte ihr Umschlagtuch abgenommen, um sie wärmer zuzudecken, und so konnte man jetzt ihr schönes, ebenmäßiges Gesicht sehen, ihre großen schwarzen Augen, die so ernst und gedankenvoll dreinblickten, ihre zutiefst von mütterlicher Zärtlichkeit und Pflichtbewußtsein geprägten Züge. Sie war „eine Mutter“ im edelsten Sinne des Wortes, eine Mutter, wie Washington, Franklin oder Abraham Lincoln sie gehabt haben mußten, eine Frauengestalt aus der Bibel, stark und mutig, entstanden aus einem Zusammenwirken aller Tugenden und aller Arten inniger Liebe. Wenn man sie so mitgenommen und den Tränen nahe sah, dann mußte sie schon ein Schlag von tödlicher Härte getroffen haben. Ganz offensichtlich kämpfte sie gegen die Verzweiflung an, doch wie hätte sie verhindern sollen, daß ihr die Tränen vom Herzen zu den Augen emporstiegen! Gleich ihrem ältesten Sohn wandte auch sie sich mehrfach dem Horizont zu und suchte jenseits dieses Meeres nach irgend etwas Unsichtbarem; da sie jedoch nichts erblickte als diese ungeheure Wüste, ließ sich die bedauernswerte Frau in das Boot zurücksinken, und man spürte, daß ihre Lippen sich noch weigerten, die Worte christlicher Schicksalsergebenheit hervorzubringen, die da lauten: „Herr, dein Wille geschehe!“

Die Mutter hatte ihr Tuch um die beiden Kinder geschlungen, obgleich sie selbst nur leicht gewandet war. Ein einfaches Wollkleid und eine recht dünne Weste konnten sie nicht vor der schneidenden Märzbrise schützen, und unter ihren breitkrempigen Hut fuhr nach Herzenslust der Wind. Ihre drei Jungen trugen alle eine Tuchjacke, eine Hose und eine Weste aus Wolleder und auf dem Kopf ein Mütze aus Wachstuch. Doch über diese Kleider hätten sie einen anständigen Regenmantel mit gutgefütterter Kapuze gebraucht oder einen Reisemantel aus dickem Stoff. Die Kinder klagten jedoch nicht über die Kälte. Sie wollten gewiß ihre Mutter nicht in noch tiefere Verzweiflung stürzen.

Der Seemann trug eine gerippte Kordsamthose und eine Matrosenbluse aus brauner Wolle, die ihn nur unzureichend vor den beißenden Winden bewahren konnten. Doch besaß der gute Mann ein warmes Herz, eine wahre Lebensglut, mit der er sich körperlichem Ungemach kräftig entgegenzustemmen vermochte. Daher litt er mehr unter den Schmerzen anderer als unter seinen eigenen. Und als er zusah, wie die Unglückliche sich ihres Tuches entledigte, um ihre Kinder zuzudecken, da bemerkte er auch, daß sie selbst zitterte und mit den Zähnen klapperte, wie sehr sie sich auch zusammennahm.

Da nahm er das Tuch, legte es der Mutter wieder um die Schultern, zog die von seinem Körper noch ganz warme Matrosenbluse aus und deckte sie sorgfältig über die beiden Kleinen.

Die Mutter wollte sich dem widersetzen. „Ich komme um vor Hitze“, antwortete darauf der Seemann und fuhr sich mit dem Taschentuch über die Stirn, als gelte es, dicke Schweißtropfen wegzuwischen.

Da reichte die arme Frau dem Mann eine Hand, und dieser nahm sie wortlos und drückte sie liebevoll.

In jenem Augenblick stürzte der älteste Junge auf den Vordersteven und spähte gen Westen. Er hielt sich eine Hand vor die Augen, um sie vor den Sonnenstrahlen zu beschirmen und einen festeren Blick zu haben. Doch der Ozean funkelte in dieser Richtung, und die Horizontlinie verlor sich bei so heftigem Strahlen. Unter solchen Umständen gestaltete sich genaues Beobachten schwierig.

Der Junge schaute dennoch ziemlich lange hinaus, während der Seemann nur den Kopf schüttelte, als wolle er sagen: „Wenn schon Hilfe kommt, dann müssen wir sie weiter droben suchen!“

Da wachte das kleine Mädchen auf, löste sich aus den Armen der Mutter und zeigte sein bleiches Gesicht. Nachdem es dann alle Bootsinsassen angeblickt hatte, sagte es: „Und Vater?“

Diese Frage blieb ohne Antwort. Die Augen der Kinder füllten sich mit Tränen, und die Mutter barg das Gesicht in die Hände und begann zu schluchzen.

Angesichts solch tiefen Schmerzes verharrte der Seemann in Schweigen. Die Worte, mit denen er bisher diesen armen, ihrem Schicksal überlassenen Menschen Trost gespendet hatte, wollten nicht mehr kommen, und so umkrampfte seine kräftige Hand das Ruder.

Kapitel 2

Die Vankouver – Der Ingenieur Harry Clifton – Eine Ladung Kanaken – Über den Pazifischen Ozean – Ein Aufstand an Bord – Der Erste Offizier Bob Gordon – Clifton wird eingesperrt – Eine den Wellen preisgegebene Familie – Flips Aufopferung.

Die *Vankouver* war ein kanadischer Dreimaster mit 500 Registertonnen[1] . Sie sollte eine Ladung Kanaken von der Küste Asiens nach San Francisco in Kalifornien bringen. Die Kanaken sind bekanntlich freiwillige Auswanderer, die sich wie die chinesischen Kulis in fremden Ländern verdingen. Hundertfünfzig solcher Emigranten waren an Bord der *Vankouver* gegangen.

Reisende vermeiden es im allgemeinen, über den Pazifik in Gesellschaft von Kanaken zu fahren, die als ungehobelte, aufsässige Kerle gelten, mit denen jeglicher Umgang meist unerfreulich ist. Ursprünglich hatte der amerikanische Ingenieur Harry Clifton auch gar nicht vorgehabt, sich mit seiner ganzen Familie auf der *Vankouver* einzuschiffen. Mr. Clifton war einige Jahre lang bei Bodenverbesserungsarbeiten an der Amur-Mündung beschäftigt gewesen und wartete nun auf eine Gelegenheit, in seine Heimatstadt Boston zu gelangen. Er hatte sich ein Vermögen erarbeitet und mußte sich jetzt etwas gedulden, da die Verkehrsverbindungen zwischen Nordchina und Amerika noch recht dürftig waren. Als dann die *Vankouver* an der asiatischen Küste eintraf, stellte Harry Clifton fest, daß ihr Kapitän ein Landsmann und Freund von ihm war. Daher beschloß er, mit seiner Frau, seinen drei Söhnen und

[1] Volumeneinheit, die 2,83 m³ entspricht.

seiner kleinen Tochter an Bord des Schiffes zu gehen. Da er nunmehr wohlhabend war, sehnte er sich nur noch nach Ruhe, wenngleich er mit seinen vierzig Jahren noch recht jung war.
Seiner Frau, Mrs. Elisa Clifton, war zwar etwas unwohl bei dem Gedanken, auf einem Schiff voller Kanaken unterwegs zu sein, doch wollte sie ihren Mann nicht verstimmen, der sich nach Amerika zurücksehnte. Die Überfahrt sollte auch gar nicht lange dauern, und der Kapitän der *Vankouver* hatte schon viele solcher Reisen bewältigt, was Mrs. Clifton eine Beruhigung war. So gingen ihr Mann und sie also mit ihren drei Söhnen Marc, Robert und Jack, ihrem Töchterchen Belle und ihrem Hund Fido an Bord des Schiffes.
Kapitän Harrisson war ein erfahrener Seemann, der sich ausgezeichnet aufs Navigieren verstand und sich besonders gut in den übrigens recht ungefährlichen Gewässern des Pazifischen Ozeans auskannte. Da er mit dem Ingenieur befreundet war, tat er sein möglichstes, um die Familie Clifton nicht dem Kontakt mit den im Zwischendeck untergebrachten Kanaken auszusetzen.
Die Besatzung setzte sich aus einem Dutzend Matrosen zusammen, die aus den verschiedensten Nationen stammten, ein Umstand, der sich nur schwer vermeiden ließ, da die Schiffsmannschaften in fernen Ländern angeheuert werden mußen und dadurch der Keim der Zwietracht, von der solche Überfahrten oft beeinträchtigt wurden, schon gesät war. Auf besagtem Schiff bestand die Besatzung aus zwei Iren, drei Amerikanern, einem Franzosen, einem Malteser, zwei Chinesen und drei für den Bordservice engagierten Negern.
Am 14. März lief die *Vankouver* aus, und während der ersten Tage ging alles reibungslos vonstatten. Der Wind stand jedoch nicht günstig, und unter dem Einfluß von südlichen Brisen und Strömungen trieb das Schiff trotz des Geschicks von Kapitän Harrisson allmählich viel weiter nach Norden ab

als vorgesehen. Das bedeutete jedoch keine ernsthafte Bedrohung, sondern lediglich eine Verlängerung der Überfahrt. Die eigentliche Gefahr hätte sich vielmehr an dem Unmut einiger Matrosen ablesen lassen, die die Kanaken zu einem Aufstand anstacheln wollten. Zu solchem Treiben aufgehetzt wurden diese Schurken vom Ersten Offizier Bob Gordon, einem abgefeimten Kerl, der die Gutgläubigkeit des Kapitäns ausgenützt hatte, mit dem er zum ersten Mal fuhr. Schon mehrfach war es zwischen den beiden zu Auseinandersetzungen gekommen, und der Kapitän hatte ein Machtwort sprechen müssen. Diese bedauerlichen Zwischenfälle sollten schlimme Folgen haben.

Bald machten sich unter der Besatzung der *Vankouver* deutliche Anzeichen von Ungehorsam bemerkbar. Die Kanaken waren immer schwieriger im Zaum zu halten. Verlassen konnte sich Kapitän Harrisson nur auf die beiden Iren, die drei Amerikaner und den Franzosen, einen tüchtigen Seemann, der weitgehend „amerikanisiert" war, da er seit langem in den Vereinigten Staaten lebte. Der wackere Mann stammte aus der Picardie. Er hieß eigentlich Jean Fanthome, hörte aber nur mehr auf den Spitznamen Flip. Dieser Flip hatte die ganze Welt bereist und alles erlebt, was einem Menschen nur widerfahren kann, ohne daß seine gute Laune und sein von einer bodenständigen Lebensphilosophie durchdrungener Geist jemals daran Schaden genommen hätten. Er war es, der Kapitän Harrisson über die ungute Stimmung an Bord in Kenntnis setzte und ihn zum Durchgreifen aufforderte. Doch was war unter diesen Umständen zu tun? Sollte man nicht lieber behutsam vorgehen und abwarten, bis günstige Winde das Schiff in Sichtweite der Bucht von San Francisco treiben würden?

Harry Clifton war über die Machenschaften des Ersten Offiziers im Bilde und sorgte sich von Tag zu Tag mehr. Als er mit ansah, wie sich zwischen den Kanaken und einigen Matrosen allmählich ein Einverständnis herausbildete, bereute er sehr, überhaupt an Bord der *Vankouver* gegangen zu sein und seine Familie den Fährnissen dieser Überfahrt ausgesetzt zu haben; doch nun war es zu spät.

Schließlich begann die schlechte Stimmung in Gewalttätigkeiten zu münden, und Kapitän Harrisson ließ einen Malteser, der ihn beleidigt hatte, in Ketten legen. Das geschah am 23. März. Die Gefährten des Maltesers widersetzten sich der Vollstreckung des Urteils nicht, sondern murrten lediglich, und so wurde ihr Kamerad von Flip und einem amerikanischen Matrosen ergriffen und angekettet. Die Strafe an und für sich war nicht weiter schlimm, doch bei der Ankunft in San Francisco konnte der Tatbestand der Gehorsamsverweigerung für den Malteser schwerwiegende Folgen zeitigen. Er leistete jedoch keinen Widerstand, weil er vermutlich sicher war, daß die *Vankouver* ihren Bestimmungsort gar nicht erreichen würde.

Der Kapitän und der Ingenieur berieten sich oft über die mißliche Lage. Der schwer beunruhigte Harrisson erwog, Bob Gordon verhaften zu lassen, da dieser ganz offensichtlich die Absicht hatte, sich des Schiffes zu bemächtigen. Bei einer Festnahme wäre es aber zu einem Aufstand gekommen, da die überwiegende Mehrheit der Kanaken auf seiten des Ersten Offiziers stand. „Natürlich", antwortete Harry Clifton, „wäre eine Verhaftung keine wirkliche Lösung. Bob Gordon würde von seinen Anhängern befreit werden, und unsere Situation wäre noch schlimmer als zuvor."

„Sie haben recht, Harry", erwiderte der Kapitän. „Und deshalb kenne ich auch nur ein Mittel, um diesen Schurken unschädlich zu machen. Man muß ihm eine Kugel durch den Kopf jagen! Und wenn er so weitermacht, Harry, dann werde ich das auch tun! Ach, wenn wir nur nicht den Wind und die Strömungen gegen uns hätten!"

Tatsächlich brachte die steife Brise die *Vankouver* noch immer weiter von ihrer Route ab. Das Schiff kam nur mühsam vor-

wärts. Mrs. Clifton und ihre beiden kleineren Kinder verbrachten den ganzen Tag in der Kajüte. Harry Clifton war es nicht angebracht erschienen, seine Frau über die Vorgänge an Bord zu unterrichten, da er sie nicht unnötig ängstigen wollte. Das Meer jedoch wurde so ungebärdig und der Wind so stark, daß die *Vankouver* die Stagfock und die beiden Marssegel reffen mußte. Am 21., 22. und 23. März war keinerlei Ortsbestimmung möglich. Die Sonne war hinter dicken Wolken verborgen, und Kapitän Harrisson wußte nicht mehr, bis zu welcher Stelle des Nordpazifiks der Sturm sein Schiff abgetrieben hatte. Somit kam zu den Sorgen, die ihn bedrückten, noch eine weitere hinzu.
Am 25. März gegen Mittag vollzog sich am Himmel eine leichte Änderung. Der Wind drehte einen Strich nach Westen, so daß das Schiff schneller vorankam. Als die Sonne ein wenig durchschien, wollte der Kapitän die Gelegenheit nutzen, um seine Position zu ermitteln, was sich um so notwendiger erwies, als etwa dreißig Seemeilen östlich Land in Sicht war.
Daß in diesem Teil des Pazifiks ein Stück Land auszumachen war, obwohl selbst auf den neuesten Karten keines vermerkt war, versetzte Kapitän Harrisson in nicht geringes Erstaunen. War sein Schiff etwa bis zum Breitengrad der Aleuten hinauf getrieben worden? Dies galt es nun zu prüfen. Über diese Merkwürdigkeit sagte er auch dem Ingenieur Bescheid, der nicht weniger überrascht war.
Kapitän Harrisson holte seinen Sextanten, stieg auf die Hütte und wartete, bis die Sonne den höchsten Punkt ihrer Bahn erreicht hatte, um genau zu bestimmen, wo der Süden lag.
Es war elf Uhr fünfzig, und der Kapitän legte gerade das Auge an das Fernrohr seines Sextanten, als vom Zwischendeck her Schreie hörbar wurden.
Kapitän Harrisson eilte zum Vorderteil der Hütte. In jenem Augenblick stürzten etwa dreißig Kanaken aus der Luke, rannten die englischen und amerikanischen Matrosen um

und stießen dabei ein fürchterliches Gebrüll aus. Unter ihnen befand sich auch der befreite Malteser.
Gefolgt vom Ingenieur stieg Kapitän Harrisson sofort auf das Deck hinunter, wo sich diejenigen Matrosen der Besatzung um ihn scharten, die ihm treu geblieben waren.
In zehn Schritt Entfernung, vor dem Großmast, blieb der ständig anwachsende Trupp der revoltierenden Kanaken stehen. Die meisten waren mit aus den Ständern gerissenen Handspaken, Marlpfriemen und Belegnägeln ausgerüstet. Diese Waffen schwangen sie nun und stießen zugleich wilde Schreie in ihrer Sprache aus, die sich mit den Rufen der Malteser und der Neger vermischten. Diese Kanaken wollten nicht weniger als sich den Dreimaster aneignen und die Meuterei, die auf die Umtriebe des Ersten Offiziers Bob Gordon zurückging, dazu benutzen, um aus der *Vankouver* ein Piratenschiff zu machen.
Da beschloß der Kapitän, dem Schurken den Garaus zu machen. „Wo ist der Erste Offizier?" fragte er.
Er erhielt keine Antwort. „Wo ist Bob Gordon?" wiederholte er.
Da trat ein Mann aus der Schar der Aufständischen. Es war Bob Gordon.
„Warum stehen Sie Ihrem Kapitän nicht zur Seite?" fragte ihn Harrisson.
„Einen anderen Kapitän als mich gibt es nicht mehr an Bord!" erwiderte der Erste Offizier frech.
„Sie elender Schuft!" rief Harrisson.
„Ergreift diesen Mann!" sagte Bob Gordon zu den meuternden Matrosen und deutete dabei auf den Kapitän.
Doch Harrisson tat einen Schritt nach vorne, zog eine Pistole aus der Tasche, richtete sie auf den Ersten Offizier und feuerte. Bob Gordon warf sich zur Seite; die Kugel ging fehl und schlug in eine Wand.
Der Schuß war das Signal zum allgemeinen Aufstand. Vom Ersten Offizier aufgestachelt, stürzten sich die Kanaken auf

die kleine Gruppe um den Kapitän. Es kam zu einem entsetzlichen Kampfgetümmel, über dessen Ausgang es keinen Zweifel geben konnte. Erschreckt eilte Mrs. Clifton mit den Kindern aus der Hütte. Die englischen und amerikanischen Matrosen wurden überwältigt und entwaffnet. Als sich das Knäuel wieder löste, sackte ein Körper auf das Deck. Es war Kapitän Harrisson, der von dem Malteser tödlich getroffen worden war.

Harry Clifton wollte auf den Ersten Offizier zustürzen, doch Bob Gordon ließ ihn stramm fesseln und mit dem Hund Fido in seine Kabine sperren.

„Harry! Harry!" rief Mrs. Clifton, und die Kinder stimmten in das Flehen der Mutter ein.

Harry Clifton konnte keinen Widerstand leisten. Man möge sich vorstellen, wie verzweifelt er bei dem Gedanken war, daß seine Frau und seine Kinder dieser tobsüchtigen Bande ausgeliefert waren... Einige Augenblicke später lag er gefangengesetzt in seiner Kabine.

Bob Gordon war somit Herr des Schiffes. Die *Vankouver* war ihm in die Hände gefallen. Er konnte damit verfahren, wie es ihm beliebte. Die Familie Clifton störte ihn an Bord, doch hatte er über diese Unglücklichen bereits eine Entscheidung gefällt, denn von Skrupeln war er nicht geplagt.

Als das Schiff gegen ein Uhr nur mehr zwanzig Seemeilen vom Land entfernt war, ließ der Erste Offizier beidrehen und gab den Befehl, das Beiboot zu Wasser zu lassen. Die Matrosen legten zwei Ruder, einen Mast, ein Segel, eine Tüte Zwieback und etwas Pökelfleisch hinein. Flip, der nicht festgenommen worden war, sah dabei zu. Was hätte er allein gegen alle anderen ausrichten sollen?

Als die Vorbereitungen beendet waren, befahl Bob Gordon, Mrs. Clifton und ihre vier Kinder in das Boot zu bringen, und deutete dann auf das in Sicht liegende Land.

Die arme Frau wollte den Bösewicht erweichen. Sie flehte

und weinte und beschwor ihn, sie nicht von ihrem Mann zu trennen. Doch Bob Gordon winkte ab; er wollte davon nichts hören. Vermutlich gedachte er, sich des Ingenieurs Clifton auf eindeutigere Art und Weise zu entledigen, und auf das Bitten der Unglücklichen erwiderte er nur: „Hinein mit dir!"
Ja! Das führte der Lump im Schilde! Er wollte diese Frau und ihre vier Kinder mitten auf dem Ozean in einem zerbrechlichen Boot aussetzen, obwohl er genau wußte, daß sie ohne die Hilfe eines Seemannes verloren waren; seine Komplizen, die ebenso niederträchtig waren wie er, blieben taub gegen die Bitten dieser Mutter und das Weinen ihrer Kinder!
„Harry! Harry!" rief das unglückliche Weib immer wieder.
„Vater! Vater!" schrien die armen Kinder.
Der älteste, Marc, griff zu einem Belegnagel und stürzte sich auf Bob Gordon, der ihn aber mit der Hand zur Seite stieß, und bald wurde die beklagenswerte Familie in das Boot gesteckt. Ihre Schreie waren herzzerreißend. Harry Clifton mußte sie aus seiner Kabine heraus mit anhören, wo man ihn angekettet hatte. Sein Hund Fido antwortete auf die Rufe mit wildem Gebell.
Da wurde auf Befehl Bob Gordons die Leine, mit der das Boot noch an der *Vankouver* festgemacht war, losgeworfen, und mit gebraßten Segeln entfernte sich das Schiff.
Wie ein echter Seemann stellte der wackere Marc sich mit fester Hand ans Ruder, um das Boot geradezuhalten; doch da das Segel nicht gesetzt werden konnte und die Wellen von der Seite an die Bootswand schlugen, drohte das Fahrzeug jeden Augenblick zu kentern.
Plötzlich stürzte von der Hütte der *Vankouver* ein Körper ins Meer. Es war der Matrose Flip, der ins Wasser gesprungen war und nun kraftvoll auf das Boot zuschwamm, um den Ausgesetzten zu Hilfe zu kommen.
Bob Gordon sah ihm nach. Einen Moment lang spielte er mit dem Gedanken, den Flüchtigen zu verfolgen. Dann aber

blickte er zum Himmel hinauf, der bedrohlich aussah. Da kam ein hämisches Grinsen auf seine Lippen. Er ließ das Focksegel und die beiden Bramsegel setzen, und bald schon lag eine beachtliche Entfernung zwischen der *Vankouver* und dem Beiboot, das nur mehr als kleiner Punkt auszumachen war.

Kapitel 3

Die ersten Augenblicke – Der Sturm – Flips aufmunternde Worte – Die Segel werden gerefft – Wie die Küste aussieht – Der Brecher – Zwischen den Klippen – Der besorgte Flip – Die Landung.

Der brave Flip hatte in wenigen Zügen das Boot erreicht und war geschickt hineingeklettert, ohne es aus dem Gleichgewicht zu bringen. Seine Kleider klebten ihm am Körper, doch kümmerte ihn das nicht weiter. Seine ersten Worte waren: „Keine Angst, meine jungen Herren, ich bin's!"

Und an Mrs. Clifton gewandt: „Wir schaffen das schon, Madame, das Schwierigste haben wir hinter uns!"

Zu Marc und Robert sagte er schließlich: „Helfen Sie mir, meine lieben Jungen!"

Dann teilte er jedem eine Aufgabe zu, setzte das Segel, straffte mit Hilfe der beiden Jungen das Fall, machte die Schot hinten fest, nahm das Ruder in die Hand und segelte hart am Wind, um unter Ausnützung der Flut trotz des Gegenwindes näher an die Küste zu kommen.

Man kann sich denken, wie es weiterging. Der beherzte Flip munterte seine Schicksalsgenossen auf, sprach zu ihnen mit dem unerschütterlichen Selbstvertrauen, das ihm eigen war, beruhigte die Mutter, lächelte den Kindern zu und achtete dabei auch noch darauf, daß das Boot nicht im mindesten von seiner Route abkam. Seine Stirn aber wurde kraus, die Lippen verzogen sich, und es packte ihn unbezähmbares Entsetzen, wenn er das zerbrechliche Boot sah, die noch acht bis zehn Seemeilen entfernte Küste, den schneidenden Wind

und die am Horizont aufziehenden, verdächtig dicken Wolken. Zu Recht dachte er, daß er verloren war, wenn er mit dieser Flut nicht ans Ufer gelangte!
Nachdem das kleine Mädchen noch einmal nach seinem Vater gefragt hatte, war es in den Armen der Mutter wieder eingeschlafen, und auch sein Brüderchen dämmerte vor sich hin. Die beiden Großen nahmen aktiv an den zahlreichen Wendemanövern teil. Die unglückliche Mrs. Clifton dachte an den fern von ihr der Gewalt einer revoltierenden Schiffsmannschaft ausgelieferten Gatten, und wenn sie mit ihren verweinten Augen auf die Kinder blickte, was konnte ihr da anderes in den Sinn kommen als das elende Schicksal, das sie an dieser fremden Küste erwartete, die vielleicht unbewohnt, vielleicht aber auch von einer grausamen Menschenrasse bevölkert war! Und doch mußten sie dort an Land gehen, sonst war ihnen der Untergang gewiß. Deshalb wurde sie trotz ihrer Willenskraft von Niedergeschlagenheit erfaßt und vermochte ihren Schmerz nicht zu bezwingen, obwohl sie doch ein Vorbild an Mut und Schicksalsergebenheit sein wollte; und zwischen zwei Schluchzern entfuhr ihr immer wieder der Name Harry.
Aber schließlich war ja Flip da, der tüchtige Mann, dem Mrs. Clifton schon mehrfach die Hand gedrückt hatte. Sie sagte sich, daß der Himmel sie wohl nicht ganz verlassen hatte, wenn ihr ein so zuverlässiger Gefährte und treuer Freund zur Seite stand.
Während der Fahrt auf der *Vankouver* hatte Flip ihren Kindern viel Zuneigung entgegengebracht und oft und gerne mit ihnen gespielt! Ja, an all das dachte die Unglückliche nun, doch dann gewann wieder die Verzweiflung die Oberhand, und nach einem letzten Blick auf die unendliche, menschenleere Weite traten ihr wieder Tränen in die Augen, aus ihrer Brust brachen Schluchzer hervor, und mit in den Händen vergrabenem Haupt saß sie unbeweglich da, besinnungslos und niedergeschmettert.

Um drei Uhr nachmittags war das nunmehr deutlich sichtbare Land in Luv weniger als fünf Seemeilen entfernt. Die Wolken zogen rasch herauf. Die Sonne, die sich im Westen neigte, ließ sie noch schwärzer erscheinen, und das hier und da glitzernde Meer stach gegen das Himmelsdunkel ab. All diese Anzeichen verhießen nichts Gutes.
„Gewiß", murmelte Flip, „gewiß, das sieht alles böse aus. Wenn man die Wahl hätte, würde man sich etwas anderes aussuchen. Zwischen einem wohlig warmen Haus mit anständigem Kamin und diesem Boot hier würde die Entscheidung leichtfallen. Aber wir haben nun mal keine Wahl!"
Da schwappte eine große Welle seitlich auf das Boot zu, versetzte ihm einen tüchtigen Stoß, und ein Schwall Wasser ergoß sich über das Boot. Erwischt wurde von der Sturzsee der vorne stehende Marc, der sich daraufhin schüttelte wie ein nasser Hund.
„Gut, Monsieur Marc, sehr gut, Monsieur Marc! Ist ja nichts weiter als ein bißchen Wasser, gutes, ordentlich gesalzenes Meerwasser! Das hat noch keinem geschadet!"
Dann lockerte der Seemann die Schote und ließ dem Boot ein wenig Spielraum, um größeren Brechern auszuweichen. Dann redete er weiter mit sich selbst, wie es in ernsten Situationen seine Art war: „Wenn wir wenigstens an Land wären, auf dem verlassenen Stück Erde dort, anstatt hier in dieser Nußschale mit den Wellen zu kämpfen, und wenn wir wohlbehalten in einer Grotte säßen, das wäre bestimmt besser! Aber dort sind wir nun mal nicht! Wir sind auf diesem Meer, das uns seine Launen unter Beweis stellen will, und was man nicht verhindern kann, das muß man eben durchstehen!"
Der Wind blies jetzt noch stärker. Selbst in der Ferne sah man, wie von den Böen auf der Meeresoberfläche weiße Schaumkronen aufgetürmt wurden, und über die breiten Wellen trieb Gischt dahin. Das Boot neigte sich bedenklich zur Seite, und der wackere Seemann runzelte die Stirn.

„Wenn wir", fuhr er fort, „da wir schon weder Haus noch Grotte haben, wenigstens an Bord einer soliden Schaluppe mit einem richtigen Deck wären und die Brecher uns nichts anhaben könnten, hätten wir es wahrlich gut getroffen. Aber von wegen! Nichts als einfache Bretter! Na, solange die Spanten halten, brauchen wir uns nicht zu beklagen. Aber das ist noch lange kein Grund, daß wir unser ganzes Segel draußenlassen, wenn der Wind so heftig wird!"
Tatsächlich wurde es höchste Zeit, das Segel ein wenig einzuholen. Das Boot lag ganz schräg und drohte sich mit Wasser zu füllen. Flip setzte es wieder aufrecht in den Wind, ließ das Fall schießen und reffte das Segel. Als das Boot nicht mehr so stark unter Druck stand, fuhr es wieder gleichmäßiger dahin.
„Sehr gut, meine jungen Herren", rief Flip. „Sind diese Reffs nicht eine herrliche Erfindung? Sehen Sie nur, wie flott wir jetzt vorwärtskommen! Was kann man denn mehr verlangen, sagen Sie nur einmal?"
Die Küste rückte indes immer näher. Von den Böen ließen sich Landvögel treiben. Schwalben und Möwen tummelten sich um das Boot und stießen dabei gellende Schreie aus. Dann trug sie ein Windstoß wieder davon.
Die Küste sah alles andere als einladend aus. Das Land machte einen trockenen, wilden Eindruck. Kein Baum, kein Grün lockerte das rauhe Erscheinungsbild auf. Dieses Stück Erde schien nur aus hohen Granitfelsen zu bestehen, an die tosend die Brandung schlug. Bestimmt waren diese großen, zerklüfteten Felswände völlig unzugänglich. Flip fragte sich, wie an diesem verschlossenen Ufer, dieser lückenlosen Granitkurtine[1], wohl ein Boot landen sollte. Eine Meile südwärts ragte ein Kap empor und versperrte die Sicht auf den dahinter liegenden Landesteil. Ob es sich also um Festland oder um eine Insel handelte, ließ sich noch nicht sagen. In der Ferne thron-

[1] Kurtine = Teil des Hauptwalls einer Festung.

te auf einem spitzen Berggipfel eine Schneehaube. Den schwärzlichen, krampfartig gewundenen Felsen und den braunen Längsstreifen, von denen der Berg durchzogen war, hätte ein Geologe angesehen, daß das Land vulkanischen Ursprungs sein mußte und seine Entstehung auf plutonische[2] Vorgänge zurückzuführen war. Flip aber hatte andere Sorgen; ihm ging es allein darum, in dieser riesigen Mauer irgendeine Bucht, eine Öffnung, ein Loch zu finden, um sein Boot an Land zu setzen.

Mrs. Clifton hob den Kopf. Sie sah auf dieses abweisende Stück Erde, über dessen Beschaffenheit sie sich keine Illusionen machen konnte. Dann sandte sie einen sehnsüchtig fragenden Blick hinüber zu Flip.

„Schöne Küste! Schöne Küste!" murmelte der Seemann. „Schöne Felsen! Aus solchen Steinen macht die Natur ihre Grotten! Was glauben Sie, wie gemütlich wir es haben, wenn wir erst einmal in so einer Höhle um ein Holzfeuerchen sitzen und uns dann ins weiche Moos legen können!"

„Aber werden wir diese Küste überhaupt erreichen?" fragte Mrs. Clifton und sah verzweifelt auf das entfesselte Meer, das um sie herum tobte.

„Wie bitte? Na, und ob wir sie erreichen!" erwiderte Flip und wich geschickt einer großen Welle aus. „Sehen Sie doch nur, wie schnell wir dahinfahren! Bald haben wir Rückenwind, und dann landen wir an diesen Felsen da. Ich bin mir sicher, daß wir einen kleinen natürlichen Hafen finden, in dem wir unser Boot unterbringen. Ach, dieses herrliche Boot! Bei jeder Welle steigt es hoch wie eine Möwe!"

Flip hatte noch gar nicht fertiggesprochen, als eine gewaltige Sturzsee über das Boot hereinbrach und es zu drei Vierteln überschwemmte. Mrs. Clifton stieß einen Schrei aus. Die beiden aus dem Schlaf geschreckten kleinen Kinder klammerten

---

[2] Vulkanisch.

sich an sie. Die beiden Großen hatten sich an der Sitzbank festgehalten und so dem Brecher widerstehen können. Flip warf das Ruder herum und brachte das Boot wieder in die Waagrechte. Zugleich rief er: „Los, Monsieur Marc, los, Monsieur Robert, schöpfen Sie, schöpfen Sie! Das Boot! Schöpfen Sie das Boot leer!"
Er warf den Jungen seinen Hut aus gekochtem Leder zu, der sich ohne weiteres als Wasserschöpfer verwenden ließ. Marc und Robert machten sich an die Arbeit und hatten bald schon das ganze Boot leergeschöpft.
Flip ließ es nicht an aufmunternden Worten und Gesten fehlen: „Gut, meine jungen Herren! Sehr gut! Na, ist das nicht eine tolle Erfindung, so ein Hut? Ein richtiger Kochtopf ist das. Man könnte sich sein Süppchen darin zubereiten!"
Von seiner Last befreit, schoß das Boot wieder auf den Wellenkämmen dahin, die sich nun in der gleichen Richtung fortbewegten, da der Wind entschieden nach West gedreht hatte. So heftig blies er aber nun, daß Flip fast das ganze Segel einholen und das Halsentau anziehen mußte. Es war jetzt nur noch ein ganz kleines Segeldreieck gesetzt, das aber genügte, um das Boot über die Wellen eilen zu lassen.
Die Küste kam daher rasch näher, und bald waren alle Einzelheiten deutlich zu erkennen.
„Der gute Wind! Der gute Wind!" rief Flip, der aufpaßte, daß nicht von hinten eine Woge über ihnen zusammenschlug. „Wie passend er sich gedreht hat! Ein wenig stark bläst er ja schon! Aber da dürfen wir ihm nicht böse sein!"
Um halb fünf Uhr war die Küste nur noch eine Seemeile entfernt. Das Boot schien sich geradezu auf sie stürzen zu wollen. Jeden Augenblick konnte man meinen, es berühre sie schon; dieser Eindruck rührte jedoch daher, daß höhere Landpartien stets über die unteren hinauszuragen scheinen. Bald machte der vorne stehende Marc die sich aus der Brandung reckenden schwärzlichen Köpfe als Klippen aus, die

vom Meere weiß umbrodelt wurden. Das bedeutete äußerste Gefahr; sollte das Boot diese Riffs auch nur streifen, so würde es unweigerlich zerschellen.
Flip war aufgestanden und steuerte mit den Beinen, zwischen die er die Ruderpinne geklemmt hatte. Er spähte nach Stellen, an denen in dem schäumenden Gewoge ein Durchkommen war, und wenn er auch jeden Augenblick befürchtete, zerschmettert zu werden, so ließ er sich nichts davon anmerken. Ganz im Gegenteil!
„Was für ein Glück, daß wir diese Felsen haben!" sagte er. „Sie sind wie Bojen, die uns durch eine Fahrrinne leiten! Bald sind wir durch!"
Das Boot schoß mit beängstigender Geschwindigkeit zwischen den Klippen hindurch und wurde vom Wind, der zum Land hin wehte, geradewegs auf die Küste zugetrieben. Flip fuhr ganz dicht an den schaumumtosten Felsen vorbei und stieß nicht daran; er segelte über die dunklen Flecken hinweg, mit denen sich seichte Stellen ankündigten, und lief nicht auf Grund. Durch all diese Gefahren wurde Flip von seinem Seefahrerinstinkt geleitet, einem faszinierenden Gespür, das selbst der Nautik überlegen ist.
Dann bedeutete Flip den beiden Jungen, das Segel nunmehr ganz einzuholen. Sie rafften es und rollten es um die Rah. Noch immer fuhr das Boot, vom Wind getrieben, mit großer Geschwindigkeit dahin.
Es blieb noch die Frage der Landung, die Flip Kopfzerbrechen bereitete. Der Seemann vermochte in diesen hohen, wie eine Festungsmauer verschlossenen Felsen nicht die geringste Öffnung auszumachen. Eine Landung am Fuß dieser Steilküste war nicht zu bewerkstelligen. Und doch waren sie nur noch knapp dreihundert Meter vom Land entfernt. Sie mußten sich nun unbedingt etwas einfallen lassen und eventuell an der Küste entlangfahren, wenn sie schon nicht anlegen konnten.

Flip wurde sehr besorgt. Er blickte stirnrunzelnd dieses unerreichbare Land an und murmelte unverständliche Worte vor sich hin. Dann änderte er durch eine leichte Ruderbewegung die Richtung des Bootes und fuhr nicht mehr geradeaus, sondern quer auf die Küste zu. So aber schwappten von der Seite her große Wellen in das Boot hinein, und Marc und Robert hatten alle Hände voll zu tun, um es mit dem Hut aus gekochtem Leder wieder leerzuschöpfen.
Flip stand von seiner Bank auf. Er suchte irgendein Loch in diesen Felswänden zu entdecken, einen Spalt oder wenigstens ein Stück Uferstreifen, an dem eine Landung möglich wäre. Die Flut hatte ihren Höhepunkt erreicht, und es war zu hoffen, daß sie bei ihrem Rückzug einige Sandbänke hinterlassen würde. Doch bisher war keine zu sehen. Noch immer ragte einzig diese durchgehende Mauer empor, hinauf bis zu schwindelnden Höhen.
Auch Mrs. Clifton sah zur Küste hin. Sie hatte begriffen, wie gefährlich die Landung sein würde. Sie merkte genau, daß sie dieses Land, ihren einzigen Zufluchtsort, nicht anlaufen konnten. Doch wagte sie nichts zu sagen, wagte nicht, Flip zu befragen.
Plötzlich hellte sich die Miene des Seemanns auf, und seine Züge strahlten wieder Selbstvertrauen aus.
„Ein Hafen!" sagte er ganz einfach.
Tatsächlich wurde mit einem Mal ein Einschnitt sichtbar, als seien die Felsen durch einen gewaltigen geologischen Kraftakt auseinandergezogen worden. Dazwischen bohrte sich das Meer in eine kleine, spitz zulaufende Bucht. Flip erkannte sofort, daß es sich dabei um eine Flußmündung handelte, die bei Flut vom Meer überschwemmt wurde.
Flip lenkte also sein Boot in die Bucht hinein, und nach etwa hundert Metern landeten sie wohlbehalten an einem Sandstrand.

Kapitel 4

Endlich waren die Unglücklichen an Land! Sie hatten wieder festen Boden unter den Füßen! Sie waren den Gefahren des Ozeans entronnen. Doch wie war diese Küste beschaffen? Was hatte sie zum Überleben zu bieten?

Flip sprang ans Ufer, gefolgt von Marc und Robert. Gemeinsam zogen sie das Boot auf den Sand. Der Wasserstand des Meeres begann auch schon zu fallen, und bald würde das Boot auf dem Trockenen sein.

Flip nahm die beiden Kleinen auf den Arm, setzte sie auf dem Sand ab und half dann Mrs. Clifton beim Aussteigen. Der wackere Seemann konnte nicht verheimlichen, wie froh er war, wieder festen Boden unter den Füßen zu haben!

„Alles ist in Ordnung, Madame", sagte er immer wieder, „alles ist in Ordnung. Jetzt brauchen wir uns nur noch einzurichten!"

Der Landeplatz, zu dem Flip vom Zufall geführt worden war, befand sich am linken Ufer eines an jener Stelle hundert Fuß[1] breiten Flusses. Das Ufer war sandig und ziemlich eng; es maß nicht mehr als fünfundzwanzig Fuß. Eingebettet war es zwischen den Wasserlauf und eine hohe Granitwand. Jene Wand war die Fortsetzung der riesigen Felsklippe, die nun am linken Flußufer entlang verlief und allmählich immer niedriger wurde. Am Landeplatz war sie aber noch über dreihundert Fuß hoch. Fast senkrecht ragte sie empor, und an manchen Stellen war sie sogar vorspringend. Sie konnte also von dieser Seite nicht bestiegen werden, was Flip verdroß,

[1] Ein Fuß entspricht 0,324 m.

denn er hätte gerne von dort oben einen Blick auf das Umland geworfen.
So kümmerte er sich zunächst darum, irgendeine Höhle oder ein Loch zu finden, wo die Familie die erste Nacht verbringen und sich vor dem drohenden Regen in Sicherheit bringen konnte. Er begutachtete daher die Granitwand, fand aber zu seiner herben Enttäuschung nicht die mindeste Grotte, die sich als vorläufige Unterkunft hätte benutzen lassen. Der Felsblock war überall massiv und wies nicht die kleinste Spalte auf. Vor der Sandbank, auf der das Boot aufgelaufen war, war der Fels an einer Stelle unten ausgehöhlt und bot ein wenig Schutz vor dem gerade tobenden Westwind, als Unterschlupf war er jedoch unzureichend, da er sofort verlassen werden mußte, sobald die Brise auch nur um einen Strich gen Norden drehen würde. Flip beschloß also, ein paar hundert Schritte flußaufwärts zu gehen, um zu suchen, was er an dieser Stelle nicht fand. Dieses Vorhaben teilte er Mrs. Clifton mit.
„Nur keine Angst, Madame", sagte er zu ihr. „Ich gehe nicht weit. Ich bin gut zu Fuß und werde bald wieder zurück sein. Und schließlich sind ja Ihre Kinder bei Ihnen. Sie passen doch auf Ihre Mutter auf, nicht wahr, Monsieur Marc?"
„Ja, Flip", antwortete der Junge, der für sein Alter außerordentlich tatkräftig zu sein schien.
„Dann mache ich mich also auf den Weg", sagte Flip. „Da ich sowohl hin als auch zurück immer auf dem linken Ufer bleiben muß, können Sie mich nicht verfehlen, falls Sie mir entgegengehen möchten."
Flip führte Mrs. Clifton und die beiden Kleinen zu der Aushöhlung am Felsen, die er vorher entdeckt hatte. Dort setzten sich die Mutter, Belle und Jack nieder, während Marc und Robert am Strand Wache hielten. Allmählich brach die Nacht herein. Man hörte nur noch das Pfeifen der Brise, das Tosen der Brandung und die Schreie der Vögel, die in den höheren Teilen des Felsmassivs nisteten.

Als Flip die Familie entsprechend untergebracht hatte, marschierte er raschen Schrittes los. Er ging die Granitwand entlang, die mit der Zeit immer niedriger wurde. Nach einer halben Meile reichte sie bis zum Boden herab, der eine ziemlich starke Neigung aufwies. Der Fluß war hier nicht mehr breiter als sechzig bis siebzig Fuß. Sein rechtes Ufer sah in etwa aus wie das linke und war ebenfalls von einer Felswand begrenzt. Als Flip an der Stelle angekommen war, an der die Granitwand endete, fand er eine weniger karge Gegend vor. Eine große Wiese erstreckte sich bis zum Rand eines Waldes, dessen Umrisse im Halbdunkel verschwammen. „Nun gut!“ dachte der Seemann. „An Brennholz wird es uns nicht fehlen.“
Um sich einen Vorrat daran zu holen, ging Flip auf den Wald zu; einen Unterschlupf hatte er noch keinen gefunden. Zumindest für diese Nacht mußten sie sich mit einem provisorischen Lagerplatz begnügen. Als Flip am Wald ankam, sah er, daß dieser sich auf der rechten Seite ausdehnte, so weit das Auge reichte, und sich dabei den Unebenheiten des ins Landesinnere ständig ansteigenden Bodens anpaßte. Überragt wurde die Waldesmasse von dem Gipfel, durch den die Besatzung der *Vankouver* aus dreißig Seemeilen Entfernung auf dieses unbekannte Stück Land aufmerksam geworden war.
Während Flip seine Reisigbündel schnürte, dachte er darüber nach, wie der Familie, deren Schicksal er zu dem seinen gemacht hatte, aus ihrer Bedrängnis zu helfen war. Vor allem beschäftigte ihn die Frage des Lagerplatzes.
„Schließlich“, dachte er, „haben wir ja Zeit. Ein richtiges Lager schlägt man nicht in aller Hast auf. Was sie zuerst brauchen, ist Feuer, und zum Feuermachen: gutes, anständig brennendes Holz.“
Das war schnell aufgesammelt, denn von Stürmen her war der Boden mit reichlich trockenen Ästen und Zweigen übersät. Was für ein Holz das war, von welcher Baumart es stammte, hätte Flip nicht zu sagen gewußt; er ordnete es

schlicht und einfach der Kategorie „Brennholz“ zu, der einzigen, die ihn momentan interessierte.
Wenn auch an Holz kein Mangel war, so fehlte es doch an Mitteln, es zu transportieren. Alles, was Flip sich auf den Rücken laden konnte – und schließlich war er ein kräftiger Kerl -, hätte nicht ausgereicht, um das Feuer die ganze Nacht durch zu unterhalten. Und dabei war nunmehr Eile angesagt. Die Sonne war im Westen hinter dicken, roten Wolken verschwunden. Der vom Wind nicht mehr so sehr umhergewirbelte Dunst verdichtete sich, und es begann zu regnen. Doch ohne einen ausreichenden Holzvorrat wollte Flip nicht den Rückweg antreten. „Es muß doch eine Möglichkeit geben, diese Ladung zu transportieren“, dachte er. „Irgendeine Möglichkeit gibt es immer! Man muß sie nur finden. Ach, wenn ich doch nur einen Handkarren hätte, dann wär mir nicht bange! Aber wodurch ließe sich wohl so ein Karren ersetzen? Durch ein Boot? Aber ein Boot habe ich ja nicht!“
Flip sammelte sein Holz auf und dachte dabei fortwährend nach. „Aber wenn ich schon kein Boot habe, so habe ich doch den Fluß, der sich von ganz alleine vorwärtsbewegt! Und das System des Flößholzes ist schließlich nicht umsonst erfunden worden!“
Ganz begeistert von seinem Einfall lud Flip sich sein Holz auf die Schultern und ging zu der Stelle, wo Waldrand und Fluß einen Winkel bildeten. Bis dorthin waren es nicht mehr als hundert Meter. Als der Seemann am Ufer ankam, sah er nochmals eine große Menge Holz herumliegen; er sammelte es auf und begann, ein Floß zu bauen.
Da, wo sich durch einen Ufervorsprung eine Art Strudel gebildet hatte, ließ Flip die dicksten Äste zu Wasser, band sie mit langen, ausgetrockneten Lianen zusammen und schichtete auf das so entstandene Floß so viel Holz, wie zehn Männer tragen konnten. Sollte diese Ladung wohlbehalten ankommen, so würde es ihnen an Brennmaterial nicht fehlen.

In einer halben Stunde war Flip mit seiner Arbeit fertig. Der Seemann hatte nicht vor, das Floß ganz einfach der Strömung zu überlassen, wollte aber auch nicht riskieren, hinaufzusteigen, um es zu lenken. Er mußte es also anbinden, so wie Kinder an Flußufern ihre kleinen Schiffchen hinter sich herziehen. Woher jedoch die Schnur dazu nehmen? Aber hatte er nicht einen mehrere Meter langen Matrosengürtel um den Leib? Diesen nahm er also ab, wobei ihm zu Recht wieder einfiel, daß diese Gürtel früher zum Ziehen von Flößholz erfunden worden waren. Er machte den Gürtel am hinteren Teil des Floßes fest und stieß dieses dann mit einer langen Stange in die Strömung.

Das Verfahren hatte den gewünschten Erfolg. Die riesige Holzladung, die der nebenhergehende Flip an der Leine hielt, trieb den Fluß hinab. Das Ufer war sehr steil, und ein Kentern war somit nicht zu befürchten. Kurz nach sechs Uhr traf Flip wieder am Landeplatz ein und machte sein Floß am Ufer fest.

Die Mutter und ihre Kinder waren ihm entgegengelaufen.

„Ja, Madame!“ rief Flip fröhlich aus, „ich bringe Ihnen einen ganzen Wald mit, und es ist noch weit mehr davon da, das können Sie mir glauben! Es braucht also nicht gespart zu werden! Das Holz kostet uns nichts.“

„Und dieses Land?“ fragte Mrs. Clifton.

„Oh! Eine wahre Wonne!“ antwortete der wackere Seemann unerschütterlich. „Wenn Sie das erst mal bei Sonnenlicht sehen! Herrliche Bäume! Mit all dem Grün ist das eine wundervolle Gegend!“

„Und unser Haus?“ fragte Belle.

„Unser Haus, meine Kleine? Das bauen wir uns selbst, und Sie helfen uns dabei.“

„Aber was machen wir heute?“ fragte Mrs. Clifton.

„Heute, Madame“, erwiderte Flip ein wenig verlegen, „heute müssen wir noch ohne Haus auskommen und bleiben, wo wir sind. Ich habe nicht die kleinste Grotte entdeckt! Diese

Felswand ist so glatt wie eine frisch errichtete Mauer. Aber morgen, bei Tageslicht, da finden wir schon, was wir brauchen. Jetzt machen wir erst mal Feuer, das wird uns auf andere Gedanken bringen."

Marc und Robert begannen, das Floß abzuladen, und bald lag der ganze Vorrat am Fuße des Felsens. Dann schichtete Flip einen Holzstoß auf, wobei er methodisch vorging wie ein Mann, der sich auf seine Sache versteht. Mrs. Clifton und die beiden Kleinen, die in der Aushöhlung kauerten, sahen ihm dabei zu.

Als Flip fertig war, tastete er in seiner Tasche nach der Streichholzschachtel, die er als eingefleischter Raucher immer bei sich hatte. Er kramte auch in seinen weiten Hosentaschen, konnte aber zu seiner großen Verblüffung die gesuchte Schachtel nicht finden.

Ein Schauer lief ihm über den Rücken. Mrs. Clifton starrte ihn an.

„Was bin ich doch dumm!" sagte er achselzuckend. „Die Streichhölzer sind in der Tasche meiner Bluse."

Seine Matrosenbluse hatte er im Boot liegengelassen. Er stieg hinein, nahm die Bluse und durchwühlte sie: keine Schachtel. Der Seemann erbleichte. Vielleicht war ja die Streichholzschachtel ins Boot gefallen, als die Kinder mit der Bluse zugedeckt waren.

Er stöberte im Boot herum, suchte in sämtlichen Ecken, unter dem Vordersteven, zwischen den Spanten. Nichts. Er hatte die Schachtel ganz offensichtlich verloren.

Ihre Lage war nun äußerst ernst. Der Verlust der Streichholzschachtel war nicht wettzumachen. Was sollte ohne Feuer aus ihnen werden? Flip ließ sich zu einer Geste der Verzweiflung hinreißen. Mrs. Clifton ging zu dem Seemann; sie hatte alles begriffen. Wie sollten sie ohne Streichhölzer Feuer machen? Flip konnte zwar mit seinem Messer aus einem Feuerstein Funken schlagen, doch fehlte ihnen der Zunder. Der hätte sich durch verbrannte Wäsche ersetzen lassen, doch dazu hätten sie wiederum Feuer gebraucht. Die von den Wilden angewandte Methode, bei der Feuer durch Aneinanderreiben von zwei trockenen Holzstücken erzeugt wird, brauchten sie gar nicht erst zu probieren, denn dazu war nicht nur eine besondere Holzart vonnöten, über die Flip nicht verfügte, sondern man mußte darin auch sehr geübt sein.

Flip sah nachdenklich vor sich hin und wagte gar nicht, zu Mrs. Clifton aufzublicken, zu ihren unglücklichen Kindern, zu diesen armen Wesen, die am ganzen Leibe zitterten. Mrs. Clifton ging zum Felsen zurück.

„Nun, Flip?“ fragte Marc den Seemann.

„Wir haben keine Streichhölzer, Monsieur Marc“, antwortete Flip tonlos.

Da griff Marc zu der Matrosenbluse. Er drehte sie nach allen Seiten, durchsuchte die Innen- und Außentaschen. Plötzlich entfuhr ihm ein Schrei.

„Ein Streichholz!“ sagte er.

„Ach, wenn wir nur eines, ein einziges hätten“, rief der Seemann, „dann wären wir gerettet!“

Flip nahm die Bluse wieder an sich, und wie Marc fühlte tatsächlich auch er im Futter ein kleines Stück Holz. Seine klobigen Hände zitterten. Durch den Stoff hindurch hielten sie das Hölzchen fest, brachten es aber nicht heraus. Mrs. Clifton ging wieder zu ihm.

„Geben Sie her, mein Freund!“ sagte sie.

Dann nahm sie die Bluse und zog das Holzstückchen heraus.

„Ein Streichholz!“ rief Flip aus. „Tatsächlich ein Streichholz mit Schwefel und Phosphor! Ach, das ist, als ob wir eine ganze Schiffsladung davon hätten!“

Und der brave Seemann hüpfte vor Freude, umarmte die Kinder und mußte dabei die Tränen verbergen, die ihm über die Wangen liefen.

„So“, sagte er, „jetzt haben wir ein Streichholz, das ist sehr

gut, aber wir müssen vorsichtig damit umgehen und uns sehr genau überlegen, wie wir es benützen sollen."
Bei diesen Worten wischte Flip sein einziges Streichholz sorgfältig ab und vergewisserte sich schnell, daß es auch wirklich trocken war. Dann sagte er: „Jetzt brauchen wir Papier."
„Hier ist welches", antwortete Robert.
Flip nahm das Papier, das der Junge ihm hinhielt, und lief zu dem Holzstoß. Dort ging er wieder sehr umsichtig zu Werke und stopfte unter das Holz einige Handvoll Moos und trockenes Gras, welches er am Felsen aufgesammelt hatte und so anordnete, daß die Luft leicht hindurchziehen und die Zweige schnell zum Brennen bringen konnte. Das Stück Papier rollte er zu einer Tüte zusammen, wie Raucher das bei starkem Wind zu tun pflegen.
Dann nahm er das Streichholz und hob einen trockenen Stein auf, eine Art rauhen Kiesel, um das Phosphor daran zu reiben. Schließlich kauerte er in einem möglichst geschützten Winkel am Fuße des Felsens nieder, und während Marc ihm zu aller Vorsicht noch seinen Hut hinhielt, rieb er ganz sanft das Streichholz an den Kiesel.
Beim ersten Mal tat sich nichts. Flip hatte nicht fest genug gedrückt. Aber der arme Mann befürchtete eben, den Phosphor abzukratzen. Er hielt den Atem an. Die Schläge seines Herzens hätte man mitzählen können.
Als er zum zweiten Mal sein Streichholz anriß, stach ein bläuliches Flämmchen empor, das einen beißenden Rauch verbreitete. Flip hielt das Streichholz sofort in die Tüte hinein. Das Papier fing nach wenigen Sekunden Feuer, und Flip steckte es unter das Moos und das Gras. Einige Augenblicke später knackte das Holz, und von der Brise angefacht loderte eine lustige Flamme in die Dunkelheit hinein.

Kapitel 5

Beim Anblick des hellen, prasselnden Feuers brachen die Kinder in Hurrarufe aus. Belle und Jack hielten an die Flammen ihre kleinen roten Hände hin. Mit dieser Feuerstelle wähnten sie sich schon in Sicherheit. In ihrem Alter zählt allein die Gegenwart. Weder die Vergangenheit noch die Zukunft vermochten sie zu beunruhigen.
Dem knisternden Feuer war es ja tatsächlich zum großen Teil zu verdanken, daß die im Stich gelassene Familie überhaupt weiterhoffen durfte. Denn was wäre ohne Feuer aus ihr geworden? So zuversichtlich Flip auch war, hatte er die drohende Gefahr doch daran ermessen können, wie sehr ihm beim Anreißen des letzten Streichholzes das Herz geklopft hatte. Jetzt aber durften sie das Feuer nicht mehr ausgehen lassen; unter der Asche mußte immer genügend Glut vorhanden sein. Sie mußten nur die nötige Sorgfalt walten zu lassen. Für den Augenblick war ihr Holzvorrat ausreichend, und Flip nahm sich natürlich fest vor, ihn rechtzeitig zu erneuern.
„Und jetzt", sagte er, „wird erst mal zu Abend gegessen!"
„Ja! Essen wir!" rief Jack.
„Zwieback und Fleisch haben wir ja genug! Ernähren wir uns fürs erste von dem, was wir dabeihaben. Was uns noch fehlt, werden wir dann schon finden."
Flip ging zum Boot, um den kleinen Lebensmittelvorrat zu holen. Mrs. Clifton begleitete ihn.

„Und danach, Flip?“ fragte sie ihn und deutete dabei auf die Tüte Zwieback und das Pökelfleisch.
„Danach sehen wir weiter, Madame“, antwortete Flip. Diese von ferne so karg aussehende Küste ist in Wirklichkeit ein fruchtbares Stück Land. Ich habe es auf meinem Weg zum Wald hin erkundet und herausgefunden, daß es unsere kleine Schar durchaus ernähren kann.“
„Ja schon, lieber Freund, aber so ganz ohne Waffen und ohne Werkzeug...“
„Waffen werden wir uns schon anfertigen, und was das Werkzeug angeht... habe ich etwa nicht mein Messer? Sehen Sie nur, ein Bowiemesser mit breiter Klinge. Mit so einem Ding in der Hand weiß ein Mann sich immer zu helfen!“
Flip legte in diese Worte einen so überzeugenden Ton und sprach mit so viel Selbstsicherheit und Zuversicht, daß die arme Mrs. Clifton wieder Hoffnung zu schöpfen begann.
„Ja, Madame“, fuhr der Seemann fort, als sie wieder auf das neben dem Felsen leuchtende Feuer zugingen, „wissen Sie denn nicht, daß man mit einem Messer, einem schlichten, einfachen Messer, ein ganzes Holzhaus oder gar ein Schiff bauen könnte? Jawohl, ein Schiff mit hundert Registertonnen! Vom Kiel bis zur Mastspitze würde ich Ihnen das fabrizieren, wenn ich nur genügend Zeit dazu hätte!“
„Das will ich Ihnen gerne glauben, lieber Flip“, antwortete Mrs. Clifton, „doch wie wollen Sie den Topf oder den Wasserkessel ersetzen, die uns gleichfalls abgehen? Wie sollen wir den Kindern ein heißes, stärkendes Getränk zubereiten?“
„Heute abend wird es damit wohl nichts mehr werden“, erwiderte der Seemann, „aber morgen finden wir bestimmt eine Kokosnuß oder einen Flaschenkürbis, und daraus schnitze ich Ihnen dann Haushaltsgeräte.“
„Auch Gefäße, die man aufs Feuer stellen kann?“ fragte Mrs. Clifton eifrig.
„Wenn das Feuer nicht darunter kann, dann muß es eben

hinein“, antwortete der Seemann unerschütterlich. „Das Ergebnis ist das gleiche. Wir werden es machen wie die Wilden: Wir erhitzen Steine und geben sie dann in die mit Wasser gefüllten Flaschenkürbisse, auf diese Weise erhalten wir kochendes Wasser. Nur Mut, Madame, nur Mut! Sie werden noch staunen, wozu man imstande ist, wenn man nur muß!“
Mrs. Clifton und Flip waren wieder bei den Kindern angelangt, die das Feuer schürten. Der Rauch stieg ins Dunkel empor, gefolgt von sprühendem Funkenflug. Die beiden Kleinen entzückten sich daran wie an einem Feuerwerk; Jack hatte sich ein glimmendes Holzstück herausgeangelt und zeichnete damit glühende Kreise in die Luft.
Marc und Robert schichteten das Holz für die Nacht zurecht, Mrs. Clifton bereitete die Mahlzeit zu, und bald hatte jeder seine Portion Zwieback und Pökelfleisch. Zum Trinken gab es Flußwasser, das nicht mehr bitter schmeckte, weil die Meeresfluten abgeebbt waren.
Da Flip sehr unwohl bei dem Gedanken war, daß die Familie in der Nacht ohne hinreichenden Schutz vor dem drohenden Regen sein würde, wollte er noch den westlichen Teil des Felsens inspizieren, der die Küste bildete. Er hoffte dort auf eine Grotte zu stoßen, da er annahm, daß sich durch die mit voller Wucht aufschlagenden Wellen irgendwelche Hohlräume herausgebildet hatten. Das Meer hatte sich schon weit zurückgezogen. Flip marschierte bis zur Flußmündung hinab, bog dann nach links ab und ging den Strand entlang, der sich zwischen der Steilküste und den Klippen erstreckte. Über mehrere hundert Meter hinweg untersuchte er aufmerksam den Felssockel, dessen von den Wogen glattpolierte Oberfläche jedoch nicht die geringste Öffnung aufwies.
Nachdenklich an einem Zwieback knabbernd ging Flip wieder zurück.
„Ein Nest bräuchten sie!“ dachte er.
Ja, ein Nest. Schon begannen Tropfen herabzufallen, die von

heftigen Böen zu feinem Nieselregen verweht wurden. Dicke Wolken machten die Nacht noch schwärzer. Das Meer toste um die Riffe, und die Brandung klang wie Donnergroll.

Flip wußte sehr gut, was all dies zu bedeuten hatte, und er dachte an die Mutter und ihre kleinen Kinder, die vor Regen und Kälte erstarren würden. Der Wind drehte ein wenig in Richtung Westen, und bald würde die Aushöhlung im Felsen ihrem Lagerplatz keinen Schutz mehr bieten. Ihre Lage würde dann unerträglich sein!

Kummervoll gelangte der wackere Seemann wieder bei der Familie an. Die Kinder waren gerade mit dem Essen fertig, und die Mutter hatte Jack und Belle schon am Fuß der Felswand in den Sand gebettet, konnte jedoch nicht verhindern, daß Wind und Regen bis zu ihnen drangen. Sie wandte den Kopf zu Flip und blickte ihn so fragend an, daß er sofort begriff, was in ihr vorging.

Auch Marc sah deutlich, was seine Mutter bewegte. Er sah zu den dicken, niedrigen Wolken hinauf und streckte die Hand aus, um festzustellen, ob der Regen stärker wurde. Da hatte er plötzlich eine Idee und ging geradewegs auf Flip zu.

„Flip", sagte er.

„Monsieur Marc?"

„Das Boot!"

„Das Boot!" rief der Seemann aus. „Das umgedrehte Boot! Damit haben wir ein Dach! Das Haus kommt dann später! Kommen Sie, meine jungen Herren, kommen Sie!"

Marc, Robert, Mrs. Clifton und Flip liefen zum Boot! Flip äußerte bewundernd, was für ein findiger Bursche Marc doch sei, so recht der Sohn eines Ingenieurs. Das umgedrehte Boot! Da sei er, Flip, mit all seiner Erfahrung nicht draufgekommen!

Jetzt mußten sie das Boot bis zur Felswand schaffen, um es anlehnen zu können. Zum Glück war es ein leichtes, aus Tannenholz gebautes Boot, das nur zwölf Fuß lang und vier Fuß breit war. Mit vereinten Kräften konnten Flip, die beiden Jungen und Mrs. Clifton es über den Strand bis zum Lagerplatz ziehen. Der ausgesprochen kräftige Flip stellte sich nach Art der Fischer mit dem Rücken dahinter, stemmte sich ein und brachte das Boot mit einem Ruck in Bewegung, so daß es in kürzester Zeit an seinen Bestimmungsort gelangte.

An beiden Seiten der Felsaushöhlung errichtete Flip dann je eine Unterlage aus großen Steinen, auf die die beiden Bootsenden zwei Fuß über dem Boden aufgesetzt werden sollten. Dann wurde das Boot kieloben gekehrt. Jack und Belle wollten schon darunterkriechen, aber Flip hielt sie auf.

„Einen Augenblick mal", sagte er, „was ist denn da in den Sand gefallen?"

Während sie das Boot umgedreht hatten, war tatsächlich ein Gegenstand mit einem metallischen Geräusch zu Boden gerollt. Behende bückte sich Flip und hob ihn auf.

„So", rief er dann aus, „jetzt sind wir reich!"

Dabei hielt er einen alten, eisernen Wasserkessel in die Höhe, wie jeder amerikanische oder englische Matrose ihn unbedingt braucht. Der Kessel war zwar ziemlich verbeult, konnte aber, wie Flip bei näherer Untersuchung am Feuer feststellte, fünf bis sechs Pints[1] Flüssigkeit fassen. Für die Familie Clifton war er daher von unschätzbarem Wert. „So ist es recht!" sagte Flip fröhlich vor sich hin. „Ein Messer und ein Kessel! Jetzt sind wir mit allem versehen, und die Küche des Weißen Hauses ist nicht besser ausgestattet als die unsere!"

Dann rückten sie das umgedrehte Boot näher an die Steinhaufen heran. Der Bug ruhte schon bald auf dem rechten Haufen; das Heck aber ohne Flaschenzug und ohne Winde hochzuheben, erwies sich als äußerst schwierige Angelegenheit.

---

[1] Hohlmaß, das 0,93 l entspricht.

„Ach was, meine jungen Herren“, sagte Flip zu den Jungen, die ihm halfen, „wenn man nicht stark ist, dann muß man eben schlau sein.“
Nach und nach schob er lauter keilförmige Kiesel unter das Heck, bis es schließlich auf gleicher Höhe wie der Bug war. Der linke Bootsrand lehnte nun gegen die Felsen. Um diesen improvisierten Unterstand noch regenfester zu machen, breitete Flip über die Bootsseiten das Segel, so daß es bis zum Boden herabreichte. Das Ganze bildete somit eine Art Zelt, dessen festes Dach gegen die stärksten Böen gefeit war.
Des weiteren grub Flip aus dem Boden unter dem Boot Sand nach draußen, wo er ihn zu einer Abdichtung formte, um das Einsickern von Regenwasser zu verhindern.
Schließlich sammelten die Kinder und er noch schnell eine große Menge Moos, das am Fuß der Felswand wuchs. Es handelte sich dabei um eine verzweigte, bräunliche Moosart, um Felsmoos. Den sandigen Boden verwandelten sie damit in ein weiches natürliches Daunenbett, über das Flip vor lauter Entzücken ganz außer sich war.
„Ein Haus ist das, ein richtiges Haus“, sagte er immer wieder. Ich glaube, daß man sich bisher über den Verwendungszweck von Booten getäuscht hat: Dächer sind das eigentlich, und man dreht sie nur um, wenn man damit auf dem Wasser fahren will! Also, meine jungen Herren, ins Nest, ins Nest!“
„Und wer paßt auf das Feuer auf?“ fragte Mrs. Clifton.
„Ich, ich“, antworteten Marc und Robert gleichzeitig.
„Nein, meine jungen Freunde“, erwiderte der brave Flip, „überlassen Sie diese Aufgabe nur mir in dieser ersten Nacht. Später teilen wir dann die Wachen unter uns auf.“
Mrs. Clifton wollte sich mit Flip abwechseln, doch ließ sich der Seemann nicht darauf ein, so daß sie schließlich nachgeben mußte.
Bevor die Kinder unter das Boot krochen, knieten sie neben ihrer Mutter nieder. Sie beteten für ihren abwesenden Vater

und flehten die Vorsehung um Hilfe an. Nachdem sie dann Mrs. Clifton, dem braven Flip und sich gegenseitig einen Gutenachtkuß gegeben hatten, kuschelten sie sich in ihr Moosbett. Die Mutter drückte Flip noch die Hand und schlüpfte dann ebenfalls unter das Boot. Der aufmerksame Seemann hingegen wachte die ganze Nacht über das wertvolle Feuer, das Regen und Wind unablässig auszulöschen drohten.

Kapitel 6

Die Nacht verlief ereignislos. Gegen drei Uhr morgens hörte es auf zu regnen. Mrs. Clifton, die von ihren traurigen Gedanken wachgehalten wurde, verließ vor ihren ruhig weiterschlafenden Kindern bei Tagesanbruch das Boot. Sie wollte Flip ablösen, und wohl oder übel mußte der Seemann sich ein paar Stunden lang hinlegen.

Um sieben Uhr wurde Flip vom Geplapper der Kinder geweckt, die schon am Strand umherliefen. Mrs. Clifton war mit der Toilette der beiden Kleinen beschäftigt, denen sie mit Süßwasser aus dem Fluß Gesicht und Hände wusch. Jack, der sich während dieser Prozedur sonst recht widerspenstig zeigte, protestierte diesmal gar nicht. Ein Fluß ist ja auch etwas ganz anderes als eine Waschschüssel.

Als Flip sich von seinem Bett aus Sand und Moos erhob, stellte er befriedigt fest, daß der Himmel sich aufgeheitert hatte. Am azurblauen Firmament standen nur vereinzelte hohe Wolken. Dieses schöne Wetter begünstigte die Pläne Flips, der an jenem Tag die Umgegend zu erkunden gedachte.

„Na, wie steht's, meine jungen Herren?“ rief er mit seiner fröhlichen Stimme. „Und wie geht's Ihnen, Miss Belle, und Ihnen, Mrs. Clifton? Wenn ich bedenke, daß ich als letzter aufstehe, und das in meinem Alter!“

„Haben Sie etwa nicht die ganze Nacht über gewacht, mein Freund?“ erwiderte Mrs. Clifton und reichte ihrem treuen

Gefährten die Hand. „Kaum zwei Stunden haben Sie geschlafen."

„Das genügt mir, Verehrteste", antwortete Flip. „Ah, daran erkennt man die tüchtige Hausfrau. Der Kessel ist schon auf dem Feuer! Ja, wenn Sie alles selbst machen, Mrs. Clifton, dann brauche ich ja nur noch Däumchen zu drehen!"

Bei diesen Worten ging Flip zur Feuerstelle, an der der alte Kessel zwischen zwei von den Flammen schon ganz geschwärzten Steinen hing. Das Feuer prasselte lustig.

„Das ist vielleicht ein Wasser, nicht wahr? So ein schönes Wasser!" rief Flip, der mit bewundernden Ausrufen nicht sparte! „Und wie es schön kocht! Hört sich das nicht wunderbar an? Wie Vogelgezwitscher! Es fehlen uns ja vielleicht noch ein paar Teeblätter oder Kaffeebohnen, um ein anständiges Getränk daraus zu bereiten, aber das kommt schon noch; alles zu seiner Zeit! Also, meine jungen Herren, wer kommt mit auf Entdeckungsreise?"

„Wir, wir", riefen die drei Jungen.

„Ich will auch mit Papa Flip mit", sagte das kleine Mädchen.

„Gut", entgegnete der Seemann, „dann habe ich ja nur die Qual der Wahl."

„Wollen Sie irgendwohin gehen?" fragte Mrs. Clifton.

„Nicht weit, gnädige Frau, ein paar hundert Schritte nur. Ich werde mir mit den Herren Marc und Robert dieses Land etwas näher ansehen."

„Wir sind bereit", antworteten die beiden.

„Und Monsieur Jack", fuhr Flip fort, „ist ja ein großer Junge, auf den man sich verlassen kann, und deshalb möchte ich ihn bitten, während meiner Abwesenheit auf das Feuer aufzupassen. Und er soll dabei ja nicht mit Holz sparen!"

„Au ja!" rief Jack ganz stolz. „Belle wird mir die Holzstücke reichen, und ich lege sie dann ins Feuer!"

Marc und Robert gingen schon am linken Flußufer entlang voraus.

„Werden Sie bald zurück sein?“ fragte Mrs. Clifton.
„In einer Stunde, Madame“, antwortete der Seemann. „Lassen Sie uns nur so viel Zeit, bis wir um die Felswand herum sind und die Bucht untersuchen können, zu der die Strömung uns gestern getragen hat. Und wir müßten es schon sehr ungeschickt anfangen, wenn es uns nicht gelänge, irgendein Mittagessen aufzutreiben, damit wir unseren Zwieback und unser Fleisch aufsparen können!“
„Gehen Sie nur, Freund Flip. Und falls Sie vom Felsen herab“, fügte Mrs. Clifton mit feuchten Augen hinzu, „falls Sie da irgendwo in der Ferne... auf dem Meer...“
„Ja, ich verstehe schon, gnädige Frau! Ich habe gute Augen, und die werde ich benützen! Das letzte Wort in dieser Angelegenheit ist noch nicht gesprochen, und vielleicht ist Mr. Clifton... Nun ja, hoffen Sie auf jeden Fall, schöpfen Sie Mut, denn Sie müssen uns ein Vorbild an Tapferkeit und Unverzagtheit sein. Kopf hoch also! Und noch etwas: das Feuer! Vor allen Dingen lege ich Ihnen das Feuer ans Herz! Ich glaube zwar, daß Monsieur Jack es nicht ausgehen läßt, aber werfen Sie dennoch hin und wieder einen Blick darauf! So, jetzt gehe ich aber!“
Nach diesen Worten verabschiedete Flip sich von Mrs. Clifton und eilte zu seinen jungen Gefährten an die Flußmündung.
Die Felswand lief an dieser Stelle in einem sehr spitzen Winkel aus und bildete nördlich und südlich eine hohe Steilküste. Das Meer begann sich zurückzuziehen und hinterließ einen felsigen Sandstrand, den man bequem trockenen Fußes entlanggehen konnte.
„Können wir nicht von der Flut überrascht werden?“ fragte Marc.
„Nein, junger Herr“, antwortete Flip. „Die Ebbe hat gerade erst begonnen, und der höchste Wasserstand wird erst wieder um sechs Uhr abends erreicht sein. Laufen Sie also nur über

den Strand und untersuchen Sie die Felsen. Die Natur hat bestimmt hier und da interessante Dinge hinterlegt, die uns von Nutzen sein können. Ich muß inzwischen einen Weg finden, um auf diese Wand hinaufzukommen, aber ich werde Sie dabei nicht aus den Augen verlieren, keine Angst!"

Marc und Robert machten sich also auf den Weg, jeder in einer anderen Richtung. Der genauer beobachtende Marc ging bedächtig dahin und begutachtete aufmerksam Strand und Steilküste. Robert dagegen sprang ungeduldig auf den Felsen umher, hüpfte in Wasserpfützen und riskierte dabei ständig, auf Tangbüscheln auszurutschen.

Während Flip den Strand in südlicher Richtung hinabging, warf er immer wieder einen Blick auf die beiden Jungen. So wanderte er etwa eine Viertelmeile die Felswand entlang, die jedoch überall gleichförmig und vorspringend war. Um ihre Kuppen segelten Scharen von Wasservögeln, unter denen insbesondere einige Arten von Schwimmvögeln mit spitzen, länglich-flachen Schnäbeln vertreten waren, die schrille Schreie ausstießen und sich von der Gegenwart jenes Menschen, der sie wohl als erster je in ihrer Einsamkeit störte, nicht weiter beeindrucken ließen. Flip machte darunter einige Raubmöwen und kleinere, gefräßige Möwen aus, die in Löchern im Granit nisteten. Einem Gewehrschuß in dieses Gewimmel hinein wären zahlreiche Vögel zum Opfer gefallen. Aber Flip hatte kein Gewehr, und das Fleisch dieser Möwenarten ist außerdem praktisch ungenießbar, so wie auch ihre Eier abscheulich schmecken.

Als Flip von der Felswand ein wenig zurücktrat, konnte er sehen, daß sie sich in südlicher Richtung noch etwa zwei Meilen fortsetzte und dann plötzlich in einem schroff ins Meer abfallenden Kap endete, das von der schäumenden Brandung umspült wurde. Sollten sie um dieses Kap herumgehen und dafür noch eine Stunde warten, bis das Wasser weit genug gefallen sein würde? Das fragte Flip sich gerade, als er mit ei-

nem Male vor einer Öffnung stand, die sich wohl durch einen Felssturz gebildet hatte.
„Das ist ja eine natürliche Treppe“, dachte er, „das muß ich ausnützen. Von dort oben kann ich zugleich auf das Land und das Meer herabsehen.“
So begann Flip also über die abgerutschten Steine hinaufzusteigen, und dank seiner außergewöhnlichen Körperkraft und Gewandtheit hatte er bald schon den Kamm der Felswand erreicht.
Als erstes blickte er auf das Land hinunter, das ihm nun zu Füßen lag. In drei bis vier Meilen Entfernung ragte der riesige, schneebedeckte Gipfel empor. Von den ersten Bergeshängen bis in etwa zwei Meilen Entfernung von der Küste erstreckten sich ausgedehnte Waldflächen, aus denen große Flecken mit immergrünem Baumbestand herausstachen. Zwischen Wald und Steilküste zog sich eine satte Wiese hin, über die willkürlich kleine Baumgrüppchen verstreut waren. Zu seiner Linken sah Flip, wie am rechten Flußufer Granitfelsen auf prächtige Weise stufenförmig anstiegen und an dieser Küstenwiese den Horizont versperrten. Wie die Küste im weiteren verlief, ließ sich von dort oben nicht erahnen. In südlicher Richtung jedoch senkte sie sich ab, die Steilwand ging in vereinzelte Felsen über, die Felsen in Dünen und die Dünen in Sandstrände, bis über mehrere Meilen hinweg. Dann blieb der Blick an einem kühn ins Meer gesetzten Kap hängen. Ging das Land dahinter nach Westen oder nach Osten weiter? War es mit einem Festland verbunden? Oder rundete es sich vielmehr im Osten ab und war nur eine Insel im Nordpazifik, auf die diese unglückselige Familie der Zufall verschlagen hatte?
Die Beantwortung dieser wichtigen Frage war Flip jetzt noch nicht möglich, weshalb er sie auf später verschob. Das Land selbst, ob nun Insel oder Festland, erschien ihm fruchtbar, landschaftlich reizvoll und von vielfältigem Bewuchs; mehr verlangte er gar nicht.

Nach dieser ersten Begutachtung wandte er sich dem Ozean zu. Unter ihm erstreckte sich der von den Klippen begrenzte Sandstrand. Die bei Ebbe auftauchenden Felsen sahen aus wie faul in der Brandung umherliegende Amphibien. Flip erblickte die beiden Jungen, die Felsspalten zu erforschen schienen.

„Sie haben bestimmt etwas entdeckt", dachte Flip. „Wenn es Monsieur Jack und Mademoiselle Belle wären, könnte ich noch annehmen, daß sie Muscheln aufsammeln, aber Monsieur Marc ist ein ernsthafter junger Mann, und sein Bruder und er sind eifrig damit beschäftigt, unsere Nahrungsmittellage zu verbessern!"

Jenseits der von der Brandung umtosten Klippenfront erglänzte das Meer unter den schräg einfallenden Sonnenstrahlen, die auch die höher gelegenen Teile der Küste streiften. Auf diesem Meer, dieser weiten Wasserfläche, war kein Segel in Sicht, kein Boot, nichts, was an die Vorüberfahrt der *Vankouver* erinnert hätte! Nichts, woraus sich etwas über das Schicksal des armen Harry Clifton hätte schließen lassen!

Noch einmal blickte Flip auf den Strand zu seinen Füßen. Er stellte fest, daß diesem Küstenstrich eine längliche kleine Insel von einer Meile Ausdehnung vorgelagert war, deren nördliches Ende etwa auf der Höhe des Flusses lag und deren südliches Ende man bis zu dem Kap verfolgen konnte, mit dem die Felswand endete; ob es sich dahinter noch fortsetzte, konnte Flip von seinem Aussichtspunkt aus nicht erkennen. Diese karge Insel stand weit aus den Fluten heraus und schützte die Küste vor Brechern. Zwischen ihr und dem Strand zog sich ein ruhiger Kanal dahin, in dem mühelos eine ganze Flotte von Booten Platz gehabt hätte.

Als Flip die natürliche Beschaffenheit des Landes hinreichend untersucht hatte, dachte er, daß es an der Zeit sei, wieder zu seinen jungen Gefährten zurückzukehren. Diese hatten ihn schon erblickt und winkten ihm zu, er solle herunterkommen. Also stieg Flip wieder den Hang hinab, der durch den Felssturz entstanden war, und nahm sich die eingehendere Erforschung des Landesinneren für einen anderen Tag vor. Unten angekommen, ging er über kleine Felsbrocken auf Marc und Robert zu.

„Kommen Sie doch, lieber Flip", rief letzterer ihm zu, ungeduldig wie immer. „Kommen Sie doch! Wir haben eine schöne Ausbeute an Muscheln, die man essen kann."

„Die man essen kann und die auch schon gegessen werden", erwiderte Flip, als er sah, daß der Junge mit den Zähnen aus den zweiklappigen Schalen appetitliche Weichtiere herausholte.

„Es sind noch welche da, Flip, und zwar mehr, als wir jemals essen können. Sehen Sie nur diese Felsen an. Sie sind ganz übersät damit. Verhungern werden wir also bestimmt nicht."

Tatsächlich waren die bei Ebbe aufgetauchten Klippen klumpenweise mit länglichen Muscheln bedeckt, die zwischen den Tangbüscheln fest an der Felsoberfläche klebten.

„Das sind Miesmuscheln", sagte Marc, „ganz ausgezeichnete Miesmuscheln; nur habe ich festgestellt, daß sie Löcher in den Stein bohren."

„Dann sind es keine Miesmuscheln", entgegnete der Seemann.

„Doch, bestimmt", rief Robert, der den Beweis dafür nicht nur zu sehen, sondern auch zu schmecken wähnte.

„Glauben Sie mir's nur, Monsieur Robert", erwiderte Flip, „diese Muscheln sind im Mittelmeerraum sehr verbreitet und etwas weniger auch in den amerikanischen Meeren. Ich habe so oft welche gegessen, daß ich behaupten darf, mich damit auszukennen. Ich möchte wetten, daß sie Ihnen beim Hineinbeißen stark gepfeffert vorgekommen sind."

„Das stimmt", antwortete Marc.

„Beachten sie weiterhin, daß die Klappen eine längliche Schale bilden, die an beiden Enden fast gleich abgerundet ist, wie man es bei Miesmuscheln nicht antrifft. Diese Tiere heißen Bohrmuscheln, aber weniger gut schmecken sie dennoch nicht."

„Deshalb", sagte Robert, „haben wir auch für unsere Mutter einen stattlichen Vorrat davon angesammelt. Gehen wir also jetzt!" fügte der Junge hinzu, der am liebsten schon zurück am Lagerplatz gewesen wäre.

„He, laufen Sie nicht so schnell!" rief Flip ihm nach, als er ihn über die Felsen davoneilen sah; doch war die Ermahnung umsonst.

„Lassen wir ihn nur", sagte Marc. „Dann ist unsere Mutter eher beruhigt, wenn sie ihn ankommen sieht."

Marc und Flip kehrten wieder auf den Sandstrand zurück und gingen die Felswand entlang. Es war etwa acht Uhr morgens. An Appetit fehlte es den beiden nicht, und ein anständiges Frühstück wäre ihnen wahrlich willkommen gewesen. Die Weichtiere, die sie bei sich hatten, waren jedoch nur wenig stickstoffhaltig. Flip bedauerte, Mrs. Clifton kein nahrhafteres Essen mitbringen zu können. Doch ohne Netz oder Angel Fische zu fangen und ohne Gewehr oder Schlingen Wild zu erlegen, war ein schwieriges Unterfangen. Als Marc ganz dicht an der Granitwand entlangging, flogen aber zum Glück ein halbes Dutzend Vögel auf, die in ziemlich weit unten gelegenen Felslöchern ihre Nester errichtet hatten.

„Gut!" sagte der Seemann, „das da sind keine Möwen! Sehen Sie, Monsieur Marc, wie schnell sie davonfliegen! Wenn mich nicht alles täuscht, dann sind diese Tiere ein Leckerbissen!"

„Was sind das für Vögel?" fragte Marc.

„An den zwei schwarzen Flügelbinden, dem weißen Bürzel und dem blaugrauen Gefieder glaube ich zu erkennen, daß es Wildtauben sind, die auch Felsentauben genannt werden. Später werden wir versuchen, solche Tauben für den Geflügelhof zu zähmen, den wir einmal anlegen werden. Wenn die Felsentaube gut schmeckt, dann dürften übrigens ihre Eier auch nicht schlecht sein, und wer weiß, ob die da nicht welche in ihrem Nest gelassen haben?"

Bei diesen Worten war Flip näher an das Loch herangegangen, aus dem die von Marc aufgescheuchten Felsentauben herausgeflogen waren. In einem Hohlraum lagen ein Dutzend Eier, die Flip vorsichtig herausnahm und in seinem Taschentuch verstaute. Mit dem Frühstück war es nun schon besser bestellt. Marc nahm noch einige Handvoll Salz mit, das in Felsvertiefungen von verdunstetem Meerwasser zurückgeblieben war. Dann machten sie sich wieder auf den Weg ins Lager.

Eine Viertelstunde nach dem schnellen Robert bogen Flip und Marc um die Ecke der Steilküste und sahen, wie die ganze Familie um das knisternde Feuer saß, von dem eine kleine Rauchsäule aufstieg. Die Ankömmlinge wurden gebührend willkommen geheißen. Mrs. Clifton hatte über das Feuer den Kessel gehängt, in dem die Weichtiere schon in Meerwasser kochten, das ihnen etwas mehr Geschmack verleihen sollte. Über die Taubeneier freuten sich ganz besonders die beiden Kleinen. Belle verlangte als erstes einen Eierbecher, und Flip, der ihr keinen bieten konnte, tröstete sie, indem er ihr versprach, er werde ihr bei der ersten Gelegenheit einen pflücken, und zwar von dem Baum, „auf dem die Eierbecher wachsen". Diesmal mußten sie sich noch damit begnügen, die Eier in heißer Asche hart zu kochen.

Bald war das Frühstück fertig. Die schon fast gesottenen Weichtiere verbreiteten einen köstlichen Meeresduft. Selbst an Tellern mangelte es nicht, denn Mrs. Clifton hatte ein Dutzend großer Jakobsmuscheln aufgesammelt, die sich zu diesem Zweck benutzen ließen. Als der Kessel geleert war, füllte Marc ihn mit frischem Süßwasser vom Fluß. Flip ergötzte die Runde mit seinen witzigen Bemerkungen, wie es seine Art war, und heckte Zukunftspläne aus, die einem richtig Lust machen konnten, auf einer einsamen Insel Schiffbruch zu er-

leiden. Der Zwieback und das Pökelfleisch wurden selbstverständlich nicht angetastet, sondern für Notfälle aufgespart.
Nach dem Frühstück unterhielten Mrs. Clifton und Flip sich darüber, wie sich ihr Lagerplatz verbessern ließe. Es erschien ihnen unerläßlich, einen sichereren Unterschlupf zu finden. Dazu mußte die Felswand genauestens untersucht werden. Flip setzte jedoch eine solche Erforschung erst auf den folgenden Morgen an, da er sich nicht gleich am ersten Tag zu weit wegwagen und Mrs. Clifton mit ihren Kindern alleine lassen wollte. Zudem kam es ihm darauf an, den Brennholzvorrat zu erneuern.
Also ging er wieder am rechten Flußufer entlang in den Wald und brachte mit Hilfe eines Flosses mehrere Ladungen Holz zurück. Vorsichtigerweise legte er noch eine zweite Feuerstelle an, um nicht hilflos dazustehen, falls eine der beiden verlöschen sollte.
So verging der zweite Tag. Am Abend verspeisten sie Bohrmuscheln und weitere Taubeneier, die Flip und Robert gefunden hatten. Dann kam eine sternenklare Nacht, die die Familie unter dem Boot verbrachte, wobei Mrs. Clifton und Flip abwechselnd über die beiden Feuer wachten. Nichts störte dabei ihre Ruhe, abgesehen von fernen Schreien wilder Tiere, die das Herz der armen Mutter mehr als einmal zum Klopfen brachten!

Kapitel 7

Am nächsten Tag, dem 27. März, standen alle schon in der Morgendämmerung auf. Das Wetter war schön, aber etwas kalt. Der Wind, der nun von Norden her wehte, hatte allen Dunst fortgeblasen. Es herrschten also die idealen Witterungsbedingungen für einen Erkundungsgang ins Landesinnere, und Flip beschloß, dieses wichtige Unternehmen nicht länger aufzuschieben. Sie mußten nun so bald wie möglich diesen Küstenstrich erforschen, mußten herausfinden, was für Nahrungsmittel er zu bieten hatte, was Schiffbrüchige von ihm zu erwarten hatten, ob er bewohnt war oder nicht und ob die Familie Clifton sich endgültig hier einzurichten hatte. Über die andere wichtige Frage, ob es sich nämlich um eine Insel oder um ein Stück Festland handelte, gedachte Flip bei dieser ersten Expedition noch keinen Aufschluß zu bekommen, es sei denn, sie befänden sich auf einer recht kleinen Insel, was jedoch angesichts des hohen Berges und seiner langgestreckten Ausläufer eher unwahrscheinlich erschien. Hätten sie den Berg besteigen können, so hätten sie wohl bald gewußt, woran sie waren; doch durften sie dieses Unterfangen erst später in Angriff nehmen; zuerst mußte für das Dringendste gesorgt werden: nämlich für Nahrung und Unterkunft.

Als Flip sein Vorhaben kundtat, willigte Mrs. Clifton sogleich ein. Wie bereits erwähnt wurde, und wie man auch aus der Tatkraft ersehen hätte, mit der sie ihren Schmerz zu bezwingen verstand, war Mrs. Clifton eine mutige, starke Frau. Sie setzte ihre Hoffnung auf Gott, auf sich selbst und auf Flip, und wußte dabei, daß die Vorsehung sie nicht im Stich lassen würde. Als der Seemann mit ihr erörterte, inwiefern diese Erkundung des Landesinneren vonnöten sei, begriff sie sofort, daß ihre beiden jüngeren Kinder nicht würden mitkommen können und sie daher bei ihnen bleiben mußte. Bei diesem Gedanken wurde sie von heftiger Rührung ergriffen, doch überwand sie sich und antwortete Flip, er solle unverzüglich losmarschieren.

„Nun gut, Madame!“ erwiderte Flip. „Frühstücken wir erst einmal, und entscheiden wir dann, wer von den jungen Herren mich begleiten soll!“

„Ich! Ich!“ riefen Marc und Robert um die Wette.

Doch Flip erklärte, nur einer der beiden älteren Jungen könne mitkommen, der andere müsse während seiner Abwesenheit die Familie beschützen. Bei diesen Worten sah er Marc auf eine Weise an, die der brave Junge nicht mißverstehen konnte. Er begriff, daß es ihm als Ältestem oblag, auf seine Mutter, seinen Bruder und seine Schwester aufzupassen. Obgleich er noch ein Kind war, war er doch das Oberhaupt der Familie. Mehr als der ungestüme Robert war er sich über den Ernst der Lage und die auf seinen Schultern ruhende Verantwortung im klaren. Was er auf dem Herzen hatte, behielt er daher für sich und erwiderte auf Flips Blick: „Ich, Mutter, werde bei Ihnen bleiben. Ich bin der Älteste und werde in Flips Abwesenheit auf den Lagerplatz aufpassen.“

So schön hatte er das gesagt, daß Mrs. Clifton Tränen in den Augen standen.

„Teufel noch mal!“ rief der wackere Seemann ganz gerührt. „Sie sind ein tüchtiger Junge, Monsieur Marc, und ich möchte Sie gerne umarmen.“

Marc stürzte in die Arme Flips, der ihn an die Brust drückte.

„Und jetzt wird gefrühstückt!“ sagte der Seemann dann.

Es war sieben Uhr morgens. Das Frühstück war bald eingenommen. Da Mrs. Clifton die beiden Entdeckungsreisenden nicht ohne ausreichende Wegzehrung fortlassen wollte, bestand sie darauf, daß sie etwas Zwieback und Pökelfleisch mitnähmen. Flip mußte sich dreinschicken, aber die Frage der Lebensmittel bereitete ihm ohnehin nur wenig Sorgen, denn er rechnete fest damit, daß die Natur ihn schon nicht im Stich lassen werde. Er bedauerte lediglich, nicht genügend bewaffnet zu sein. Wenn er aber schon ohne Angriffswaffen auskommen mußte, mit denen er erfolgreich auf Jagd hätte gehen können, so wollte er sich zumindest mit einer Verteidigungswaffe ausrüsten, um gegen die Angriffe von Menschen oder wilden Tieren gewappnet zu sein. Daher schnitt er sich zwei Stöcke zurecht, von denen er jeweils ein Ende zuspitzte und im Feuer erhärtete. So ein Spieß mochte eine recht primitive Angelegenheit sein, doch in der kräftigen Hand Flips würde er zu einer fürchterlichen Waffe. Robert wiederum, der seinen Stock über der Schulter trug, blickte damit so herausfordernd drein, daß sein Bruder Marc lächeln mußte.
Es wurde vereinbart, daß Mrs. Clifton und ihre Kinder sich nicht von der Felswand entfernen sollten. Marc sollte lediglich an den Strand gehen, um wieder Weichtiere und Taubeneier zu holen. Flips dringende Ermahnung aber lautete: das Feuer überwachen, es nicht aus den Augen lassen. Marc und seine Mutter wurden speziell damit beauftragt.
Nachdem Robert sich von Mrs. Clifton, seinen Brüdern und seiner Schwester verabschiedet hatte, erklärte er sich gegen acht Uhr bereit zum Abmarsch. Flip drückte der Mutter und ihren Kindern die Hand, wiederholte noch einmal seine mahnenden Worte und begann dann das linke Flußufer hinaufzugehen. Bald schon war er über die Stelle hinaus, an der er sein Floß gebaut hatte. Der Flußlauf verengte sich allmählich zu einem tief eingeschnittenen Bett mit grasbewachsener Böschung. Die Granitwand am rechten Ufer war höher als die

auf der linken Seite und setzte sich jenseits des Waldes fort. Wie die Gegend in nördlicher Richtung beschaffen war, ließ sich daher nicht ausmachen. Flip nahm sich jedoch vor, jene nördlichen Gebiete erst später zu erforschen und sich vorläufig auf den Süden zu beschränken.

In einer Meile Entfernung vom Lagerplatz sahen Flip und sein junger Gefährte, daß der Fluß unter der Wölbung des Waldes verschwand, dessen immergrüne Blätter ihnen als dunkle Masse erschienen. Sie mußten nun also quer durch diesen Wald hindurch, und wie üblich wollte Robert auch schon vorauslaufen, doch Flip ermahnte ihn, bei ihm zu bleiben.

„Wir wissen nicht, was uns in diesem Wald alles erwartet", sagte er, „und daher möchte ich Sie bitten, Monsieur Robert, sich nicht zu weit zu entfernen."

„Ich habe aber keine Angst!" versetzte der Junge und schwang dabei seinen Spieß.

„Das weiß ich schon", erwiderte lächelnd der Seemann. „Aber ich hätte Angst, wenn ich allein bleiben würde. Gehen Sie also nicht weg von mir."

Ohne von dem Pfad abzuweichen, den das Ufer für sie bildete, traten die beiden unter die Waldeskuppel. Zu ihrer Linken sprudelte das frische Wasser. Die schon hoch am Horizont stehende Sonne warf durch die Zweige hindurch feine Zeichnungen auf den schwärzlichen Flußlauf. Flips und Roberts Marsch am Ufer entlang verlief nicht ohne Hindernisse. Mal lagen ihnen umgestürzte Bäume im Weg, deren sattgrüne Stümpfe in den Fluß hinabhingen, mal hatten sie es mit Lianen oder mit Dornen zu tun, die sie mit dem Stock wegschlagen oder mit dem Messer abschneiden mußten. Oft schlich sich der behende Robert zwischen abgehauenen Ästen hindurch wie eine junge Katze und verschwand im Unterholz. Aber die Stimme Flips rief ihn sogleich zurück.

„Monsieur Robert!"

„Hier bin ich schon, Meister Flip", antwortete der Junge dann und streckte seinen puterroten Kopf aus dem hohen Gras empor.

Flip besah sich genau, wie die Gegend beschaffen war. Der Boden war am linken Ufer flach und stellenweise feucht oder sogar sumpfig. Man spürte, daß sich darunter ein ganzes Netz von Rinnsalen erstrecken mußte, die sich wohl durch eine unterirdische Spalte in den Fluß ergossen. Manchmal wurde das Unterholz von einem richtigen Bächlein durchflossen, über das die beiden Weggefährten mühelos hinwegstiegen. Das gegenüberliegende Ufer war welliger und steiler. Die stufenartig mit Bäumen bewachsene Böschung stieg steil an und bildete einen die Sicht versperrenden Vorhang. Es wäre schwierig gewesen, an diesem Ufer vorwärtszukommen, da das Gefälle sehr ausgeprägt war und die über das Wasser geneigten Bäume nur wie durch ein Wunder im Gleichgewicht blieben.

Es braucht nicht weiter erwähnt zu werden, daß dieser Wald von menschlicher Einwirkung vollkommen unberührt war. Flip stieß lediglich auf tierische Spuren. Nirgendwo Schürfungen, die von einer Spitzhacke oder einer Axt herrühren konnten. Nirgendwo Reste eines erloschenen Feuers. Der Seemann war nur froh darüber, denn auf diesem Stück Land mitten im Pazifik, in diesem von Kannibalen heimgesuchten Seegebiet, fürchtete er menschliche Gegenwart mehr, als daß er sie herbeisehnte.

Flip und Robert gingen immer weiter, wenn sie auch nur langsam vorankamen; nach einer Stunde Marsch hatten sie kaum eine Meile zurückgelegt. Sie entfernten sich nicht vom Flußufer, das ihnen wie ein wahrer Ariadnefaden ermöglichte, aus diesem Labyrinth wieder herauszufinden. Oft blieben sie stehen, um zu betrachten, was das Tierreich hier zu bieten hatte. Der so vielseitig bewanderte Flip, der schon in der ganzen Welt herumgekommen war, von den kältesten bis zu den heißesten Zonen, hoffte nun, daß er eine ihm bekannte Frucht antreffen würde. Bislang allerdings war seine Suche ergebnislos. Die Bäume dieses Waldes gehörten vor allem der Familie der Nadelhölzer an, die sich in allen Regionen des Globus spontan fortpflanzen, von den nördlichen Klimazonen bis zu den Tropen. Einem Naturforscher wären insbesondere die Himalaya-Zedern aufgefallen. Diese Bäume verbreiteten einen angenehmen Duft, von dem die ganze Luft erfüllt war. Dazwischen wuchsen zahlreiche Gruppen von Strandkiefern, durch deren breite, schirmähnliche Kronen das Sonnenlicht nicht durchdringen konnte. Im Gras lagen haufenweise trockene Zweige, die beim Drauftreten wie Knallfrösche krachten.

Unter dem Geäst zwitscherten und flogen einige Vögel umher, doch waren sie äußerst scheu. Unter anderem wurde Robert in den feuchteren Waldesteilen auf einen Vogel mit spitzem, länglichem Schnabel aufmerksam, der von der Anatomie her einem Eisvogel ähnelte. Von diesem unterschied er sich jedoch durch sein recht struppiges, metallisch glänzendes Gefieder. Robert und Flip hätten ihn gerne fangen wollen, der eine, um ihn seinen Brüdern mitzubringen, und der andere, um ihn auf seine Eßbarkeit hin zu untersuchen. Doch ließ das Tier die beiden nicht an sich heran.

„Was ist denn das für ein Vogel?" fragte Robert.

„Mir scheint, Monsieur Robert, daß ich diesem Vogel schon einmal in den Wäldern Südamerikas begegnet bin, und dort nennt man ihn Jacamar."

„Was würde der sich gut in einem Vogelhaus machen!" rief der Junge aus.

„Und in einem Kochtopf erst!" versetzte Flip. „Aber dieser Braten hat wohl keine Lust, sich von uns erwischen zu lassen!"

„Was soll's!" rief Robert und deutete auf einen Vogelschwarm, der durch die Blätter flatterte. „Da sind noch andere! Was für

ein schönes Gefieder sie haben! Und was für lange, schillernde Schwanzfedern! Aber wie klein sie sind! Von ihrer Größe und Farbe her könnten sie es mit Kolibris aufnehmen!"
Die etwas plump wirkenden Vögel, die der Junge gemeint hatte, flogen durch das Astwerk davon, wobei ihre nicht besonders festsitzenden Federn leicht abfielen und am Boden schon einen richtigen Flaum bildeten. Flip hob einige auf und besah sie sich.
„Kann man die nicht essen, diese Tierchen?" fragte Robert.
„Und ob, mein junger Herr", antwortete der Seemann. „Sie sind sogar sehr begehrt, weil ihr Fleisch so zart ist. Ein Perlhuhn oder ein Auerhahn wäre mir zwar lieber, aber mit ein paar Dutzend von diesen Vögelchen ließe sich dennoch eine ganz anständige Mahlzeit zubereiten."
„Und heißen tun sie...?"
„Kurukus", antwortete Flip. „In Nordmexiko habe ich Tausende davon gefangen, und wenn ich mich recht erinnere, kann man sich leicht an sie heranschleichen und sie mit einem Stock erschlagen."
„Also los!" rief Robert und wollte schon davonstürzen.
„Nicht so schnell, Herr Ungeduldig!" rief der Seemann. „Nicht so schnell! Wenn Sie so hitzig sind, wird aus Ihnen nie ein richtiger Jäger!"
„Ach, wenn ich nur ein Gewehr hätte!" sagte Robert.
„Ob mit einem Gewehr oder mit einem Stock: Stets muß man es schlau anfangen. Wenn Sie erst mal in Reichweite sind, können Sie sofort losschießen oder losschlagen. Bis es soweit ist, jedoch immer mit der Ruhe. So! Jetzt machen Sie mir alles genau nach, und dann schaffen wir es vielleicht, Mrs. Clifton wenigstens ein Kurukus-Gericht mit nach Hause zu bringen."
Flip und Robert schlichen sich durch das Gras bis zu dem Baum, dessen untere Äste mit jenen Vögelchen vollbesetzt waren. Die Kurukus warteten dort darauf, daß die Insekten

vorbeiflogen, von denen sie sich ernährten. Man sah, wie sie ihre bis zu den Klauen gefiederten Beine fest um die mittelgroßen Äste klammerten, die ihnen als Sitzplatz dienten.
Die beiden Jäger waren also an ihrem Ziel angelangt. Robert zügelte seine Ungeduld und nahm sich vor, eine besonders fette Beute zu machen. Um so enttäuschter war er, als er merkte, daß er mit seinem Stock an das friedlich dasitzende Wild überhaupt nicht heranreichen konnte. Flip gab ihm daher durch Zeichen zu verstehen, er solle sich im hohen Gras verstecken. Der Seemann selbst sprang plötzlich auf und schlug die Kurukus reihenweise von den Ästen. Die über einen solchen Angriff völlig verblüfften Vögel kamen gar nicht auf den Gedanken, fortzufliegen, und ließen sich in dümmlicher Gelassenheit niedermetzeln. So lagen schon etwa hundert von ihnen auf dem Boden, als die anderen sich schließlich doch zur Flucht entschieden.
Endlich durfte Robert sich rühren. Wenn er es auch noch nicht zu Jägerswürden gebracht hatte, so wurde er doch für fähig genug gehalten, um sich als Hetzhund zu betätigen. In dieser Rolle, für die er die idealen Voraussetzungen mitbrachte, leistete er Hervorragendes. Er kämpfte sich durchs Gestrüpp, sprang über die Stümpfe umgestürzter Bäume und raffte die verletzten Vögel zusammen, die sich unters Gras zu retten versuchten. Bald lagen neun bis zehn Dutzend davon auf einem Haufen.
„Hurra!" schrie Flip „Damit ist schon eine beachtliche Mahlzeit zusammengekommen. Aber das genügt noch nicht. Dieser Wald muß vor Wild richtiggehend strotzen. Suchen wir weiter!"
Wie Lerchen wurden die Kurukus auf Binsen aufgereiht, und dann setzten die Jäger unter dem Waldesgrün ihren Weg fort. Flip bemerkte, daß sich der Flußlauf leicht krümmte und einen Bogen in südlicher Richtung beschrieb. Als Beweis dafür diente ihm, daß ihn die Sonne nunmehr seitlich beschien

und nicht mehr wie bisher von vorne. Allzuweit konnte aber nach Ansicht des Seemanns diese Abweichung nach Süden nicht fortdauern, da der Fluß ja am Fuße des Berges entspringen und sich vom Schmelzwasser der den Gipfel bedeckenden Schneemassen nähren mußte. Flip beschloß daher, weiter am Ufer entlangzugehen, und hoffte, daß sie bald aus dem Wald herauskommen würden, dessen Dichte keinen Blick auf die Umgegend zuließ.

Flip wurde nicht müde, die prachtvollen Bäume zu bewundern; eßbare Früchte trug jedoch keiner von ihnen. Vergeblich suchte der Seemann nach irgendeiner der wertvollen Palmenarten, die sich im Haushalt zu so verschiedenerlei Verwendung eignen. Ihre Abwesenheit versetzte ihn zu Recht in Erstaunen, sind diese Bäume doch in der nördlichen Hemisphäre bis zum vierzigsten Breitengrad und in der südlichen bis zum fünfunddreißigsten anzutreffen. In diesem Wald jedoch waren nur Nadelhölzer vertreten, Douglasfichten etwa, die den an der Nordwestküste Amerikas wachsenden ähnelten, oder prächtige Tannen, die an der Basis sechzig Zentimeter Durchmesser hatten und bis zu sechzig Meter hoch waren.

„Sind das schöne Bäume!" rief Flip, „aber leider können wir nichts damit anfangen!"

„Vielleicht doch!" erwiderte Robert, der einen Einfall hatte.

„Was denn?"

„Wir können hinaufsteigen und uns von oben die Gegend anschauen."

„Und Sie glauben, Sie könnten..."

Flip hatte seinen Satz noch gar nicht zu Ende gesprochen, als der Junge auch schon wie eine Katze auf die ersten Äste einer riesigen Tanne hinaufsprang. Mit einer unglaublichen Behendigkeit kletterte er empor, wobei ihm die günstige Anordnung des Astwerks zustatten kam. Der brave Flip ermahnte ihn hundertmal zur Vorsicht, doch Robert hörte so gut wie gar nicht hin. Er war aber so flink und schien in dieser Tätig-

keit so geübt zu sein, daß der Seemann sich schließlich keine Sorgen mehr machte.
Als Robert oben angekommen war, verschaffte er sich einen festen Halt und ließ dann seinen Blick schweifen. Seine helle Stimme drang mühelos bis zu Flip hinunter.
„Nichts", rief er, „nichts als Bäume; auf der einen Seite der Gipfel, der die ganze Gegend überragt, und auf der anderen ein glänzender Streifen, der wohl das Meer sein muß. Ach, ist es schön hier oben!"
„Das bestreite ich ja gar nicht", rief Flip hinauf, „aber jetzt heißt es wieder herabsteigen!"
Robert gehorchte und gelangte problemlos wieder nach unten. Dann wiederholte er, was er schon angedeutet hatte: Der Wald erstrecke sich als große, grüne Masse, aus der hier und da so hohe Tannen herausstächen wie die, die er gerade bestiegen habe. „Gleichviel", antwortete Flip. „Gehen wir weiter den Fluß entlang, und wenn nach einer Stunde der Waldrand immer noch nicht in Sicht ist, dann kehren wir eben um."
Gegen elf Uhr machte Flip Robert darauf aufmerksam, daß die Sonne sie jetzt von hinten bestrahlte und nicht mehr von der Seite. Der Fluß bog sich also in Richtung Meer zurück. Es sprach jedoch nichts dagegen, daß die in seiner Innenschleife eingeschlossenen Jäger ihm weiter folgten, denn überqueren mußten sie ihn ja nicht. Sie setzten also ihren Marsch fort. Von Großwild noch immer keine Spur. Als Robert durchs Gras lief, scheuchte er jedoch mehrmals irgendwelche Tiere auf, die sie aber nicht zu erkennen vermochten. Der Junge war nur nicht imstande, ihnen hinterherzujagen, und bedauerte immer wieder, daß er seinen Hund Fido nicht dabeihatte, der ihm unschätzbare Dienste geleistet hätte!
„Fido ist beim Vater", dachte Flip, „und das ist vielleicht auch besser so!"
Bald sahen sie andere Vogelschwärme um Bäume herumschwirren und aromatische Beeren herunterpicken; Flip mach-

te unter diesen Gewächsen einige Wacholderbäume aus. Plötzlich scholl ein wahres Trompetensignal durch den Wald. Robert horchte auf, als sei er schon darauf gefaßt, gleich ein ganzes Kavallerieregiment vorbeireiten zu sehen. Flip jedoch hatte in diesen seltsamen Fanfarentönen das Krähen von Auerhähnen wiedererkannt. Bald erblickte er auch schon einige Pärchen davon mit ihrem fahlroten und braunen Gefieder und den braunen Schwanzfedern. Die Männchen erkannte man an den beiden Spitzen, zu denen sich die aufgestellten Halsfedern formten. Die Auerhähne waren etwa so groß wie Haushühner, und da Flip wußte, daß sie vom Geschmack her mit dem Haselhuhn vergleichbar waren, hätte er sich gerne ein Exemplar davon geschnappt. Aber wieviel List er auch aufwandte und wie flink ihm Robert dabei zur Seite stand, nicht eines der Tiere ließ sich von ihnen fangen. Als der Seemann sich mit seinem spitzen Stock dann einmal schon ganz nahe an einen der Auerhähne herangemacht hatte, bewegte sich Robert unvermittelt, und der Vogel flatterte davon.

Flip sah den Jungen nur an und sprach dann Worte, die Robert direkt ins Herz drangen: „Mrs. Clifton hätte sich sicher gefreut, wenn sie mit ihren beiden Kleinen so einen Hähnchenflügel hätte teilen können!“

Die Hände in den Taschen und den Blick auf den Boden gerichtet, schlich Robert hinter den Seemann und ging ihm dann wortlos nach.

Gegen Mittag hatten die beiden Jäger etwa vier Meilen[1] zwischen sich und den Lagerplatz gebracht. Nicht von dem zurückgelegten Weg an sich waren sie müde, sondern von dem mühseligen Marschieren durch den hindernisreichen Wald. Flip beschloß, daß sie nicht weitergehen, sondern wiederum am linken Flußufer entlang zurückkehren würden, um sich nicht zu verlaufen. Doch Robert und er waren nun

[1] Eine Meile entspricht 1609 m.

hungrig; also setzten sie sich erst einmal unter eine Baumgruppe und bedienten sich mit großem Appetit von ihrem Proviant.
Nach der Mahlzeit wollte der Seemann sich gerade wieder auf den Weg zum Lagerplatz machen, als plötzlich ein merkwürdiges Grunzen an sein Ohr drang. Er drehte sich um und erblickte ein ins Unterholz gekauertes Tier. Es war eine Art Schwein, etwa achtzig Zentimeter lang, schwärzlich-braun, am Bauch etwas weniger dunkel, mit harten, ziemlich dicht stehenden Borsten und fest in den Boden gekrallten Zehen, die über Schwimmhäute miteinander verwachsen schienen. Flip erkannte in dem Tier sofort ein Wasserschwein, einen der größten Angehörigen der Gattung Nager.
Das Wasserschwein rührte sich nicht. Es starrte die beiden an und rollte dabei unentwegt mit den großen, aus einer tiefen Fettschicht herausglotzenden Augen. Vielleicht sah es zum ersten Male Menschen und wußte nicht, was es von ihnen zu erwarten hatte!
Flip hatte die Hand fest um seinen Stock gelegt. Der Nager stand zehn Schritt von ihm entfernt. Da sah Flip zu Robert hinüber. Der bewegte sich genausowenig wie das Wasserschwein, hatte die Arme über der Brust gekreuzt und war sichtlich bemüht, sich zu beherrschen.
„Gut", sagte Flip und bedeutete ihm, sich nicht vom Fleck zu rühren.
In kleinen Schritten begann er dann, das Dickicht, in dem das Tier verharrte, zu umgehen. Bald war er im hohen Gras verschwunden. Robert blieb wie angewurzelt stehen, doch seine Brust bebte. Unverwandt blickte er auf den Nager.
So vergingen fünf Minuten, bis Flip plötzlich hinter dem Dickicht wieder auftauchte. Das Wasserschwein ahnte die Gefahr und drehte sich um, doch da fuhr auch schon Flips furchtbarer Stock wie der Blitz auf das Tier herab. Das am Hinterteil getroffene Wasserschwein stieß ein heftiges Grun-

zen aus. Und obwohl es schwer verletzt war, preschte es nach vorne, rannte Robert um und eilte durch den Wald davon.
Auf Flips besorgtes Rufen hin stand Robert wieder auf und machte sich, noch ganz benommen von seinem Sturz, an die Verfolgung des schon arg angeschlagenen Nagers, den er bald einholen konnte. Als er sich aber gerade auf ihn stürzen wollte, tat das Tier noch einen letzten Satz und gelangte über den Rand des riesigen Waldes hinaus, der hier nicht an eine Wiese anschloß, sondern an eine weite Wasserfläche.
Zu Roberts großer Überraschung war das Wasserschwein in den See gesprungen und darin verschwunden. Mit erhobenem Stock stand der Junge reglos da und starrte auf das sprudelnde Wasser. Bald kam Flip herbei. Die veränderte Landschaft gewahrte er gar nicht. Er dachte nur an sein Wasserschwein und fragte auch gleich danach.
„Ach, ich bin so ungeschickt!" rief Robert. „Ich habe es entwischen lassen!"
„Wo ist es denn jetzt?"
„Da, unter Wasser!"
„Dann warten wir darauf, Monsieur Robert! Bald taucht es zum Atmen wieder auf."
„Wird es denn nicht ertrinken?"
„Nein, es hat ja Schwimmfüße. Das ist ein Wasserschwein, wie ich am Orinoko schon mehr als eines erlegt habe. Passen wir nur gut auf!"
Flip ging am Ufer auf und ab und war diesmal noch ungeduldiger als Robert selbst. Jener Nager war nämlich in seinen Augen von unermeßlichem Wert. In ihrem Abendessen sollte er das Hauptgericht darstellen. Und tatsächlich täuschte Flip sich nicht. Nach einigen Minuten stieg das Tier kaum einen Meter von Robert entfernt aus dem Wasser. Der Junge stürzte sich auf das Wasserschwein und packte es an einem Bein. Flip eilte herbei, und im Handumdrehen war das Wasserschwein erdrosselt.

„Gut! Gut!" rief Flip. „Aus Ihnen wird noch ein richtiger Jäger, Monsieur Robert! Diesen Nager werden wir bis auf die Knochen abnagen, und als Ersatz für unseren davongeflogenen Auerhahn kommt er uns gerade recht! Aber wo sind wir denn eigentlich hier?"

Die Gegend war einer näheren Betrachtung würdig. Die große Wasserfläche war ein See, dessen östliches und nördliches Ufer von schönen Bäumen beschattet war. Der Fluß, der aus ihm hervorströmte, bildete gewissermaßen seinen Überlauf. Gegen Süden hin erstreckten sich etwas trockenere Uferpartien, die nur von vereinzelten Baumgruppen bestanden waren. Aus dem See, der an seiner breitesten Stelle einen Durchmesser von etwa einer Meile haben mochte, ragte in einigen hundert Fuß Entfernung vom Waldrand ein Inselchen empor. Von Westen her, durch eine Reihe von Bäumen, unter denen Flip einige Kokospalmen ausmachte, glänzte der Meereshorizont zu ihnen herüber.

Der Seemann lud sich das Wasserschwein auf die Schulter und machte sich mit Robert in Richtung Westen auf den Weg. So gingen sie etwa zwei Meilen am Ufer entlang, bis sie zu einer Stelle gelangten, an der der See einen spitzen Winkel bildete und von der Küste nur mehr durch eine weite, sattgrüne Wiese getrennt war. Flip beschloß daher, zur Rückkehr auf den Lagerplatz diesen neuen Weg einzuschlagen. Eine Entscheidung, die sich als richtig erwies, denn als die beiden Jäger den Wiesenteppich hinter sich gebracht und auch die Linie der Kokospalmen durchschritten hatten, standen sie am Ende jener südlich gelegenen Felswand, deren Gipfel Flip auf seiner Exkursion vom Vortag erklommen hatte. Vor ihnen erstreckte sich die längliche kleine Insel, die zwischen sich und der Küste einen engen Kanal einschloß.

Es drängte Flip nun, zu Mrs. Clifton und ihrer Familie zurückzukehren. Robert und er gingen um das kleine Kap herum, in dem die Felswand endete, und marschierten dann den

Strand entlang. Sie mußten sich beeilen, denn das Wasser begann wieder zu steigen, und die Spitzen der Klippen tauchten bereits nach und nach in der Flut unter. Also gingen sie schnelleren Schrittes dahin, bis sie gegen halb drei Uhr wieder den Lagerplatz erreichten, wo sie von der ganzen Familie mit Freudenrufen begrüßt wurden.

Kapitel 8

Während Flips Abwesenheit hatte sich kein nennenswerter Vorfall ereignet. Das Feuer war sorgsam unterhalten worden. Da Marc den Vorrat an Eiern und Muscheln erneuert und Flip ein Wasserschwein und Dutzende von Kurukus mitgebracht hatte, war auch die Ernährungsfrage für eine Weile gelöst.

Vor dem Bericht über die Expedition wollte der Seemann sich jedoch ans Kochen machen, was sich nun dringend empfahl, da der Appetit der beiden Jäger durch die Beute gehörig angeregt worden war. Sie beschlossen, die Kurukus für den nächsten Tag aufzuheben und sich an dem Wasserschwein gütlich zu tun, aus dem sich ein ordentliches Hauptgericht bereiten ließ.

Doch zuerst mußte das Wasserschwein zerlegt werden. Das besorgte Flip, der als Seemann ja ein wahrer Alleskönner war. Er häutete den Nager mit bemerkenswerter Geschicklichkeit ab und schnitt wunderbare Koteletts heraus, die einzeln auf glühende Kohlen gelegt wurden. Gleichzeitig kochten auch die Muscheln im Kessel und die Eier unter der Asche. Das Abendessen ließ sich also recht gut an. Der Rest des Wasserschweins, die Keulen nämlich, sollten unter Einwirkung eines mit grünem Holz erzeugten Rauches zu Schinken verarbeitet werden, worum Mrs. Clifton sich gleich am nächsten Morgen zu kümmern versprach.

Bald duftete es herrlich nach gebratenen Koteletts, die Mutter verteilte die Teller, das heißt ihre Jakobsmuscheln, und bei prächtigem Wetter setzten sich dann alle im Schatten der Felswand um den Kessel herum in den feinen Sand. Obwohl die Muscheln schon zur Alltagskost gehörten, wurden sie wieder gebührend gelobt; die Wasserschweinkoteletts jedoch galten allen als unübertreffliche Leckerbissen. Der wackere Flip behauptete gar, noch nie in seinem Leben so gut gegessen zu haben! Daß es ihm schmeckte, sah man allein schon den Portionen an, die er vertilgte.
Als der Hunger der Familie gestillt war, wurde Flip von Mrs. Clifton gebeten, über seine Expedition zu berichten. Das aber wollte der Seemann seinem jungen Weggefährten überlassen. Robert erzählte recht ordentlich, was sich während ihres Ausflugs ereignet hatte. Etwas stürmisch war vielleicht sein Redefluß, ein wenig abgehackt und grammatikalisch nicht immer korrekt; aber er beschrieb doch zutreffend den Gang durch den Wald, die Jagd auf die Kurukus, das Erlegen des Wasserschweins und die Rückkehr entlang des Sees und der südlichen Felswand. Er ging auch bereitwillig auf seine Schnitzer ein und ließ sich nicht allzulange über seinen Sieg in dem denkwürdigen Kampf mit dem schwimmenden Nager aus. Doch was er selbst nicht sagte, erwähnte Flip für ihn.
Die stolze Mrs. Clifton umarmte zärtlich ihren Sohn, hielt aber zugleich die Hand von Marc, der vielleicht auf die Erfolge seines Bruders eifersüchtig war. Damit dankte sie ihrem ältesten Sohn dafür, daß er während Flips Abwesenheit auf sie aufgepaßt hatte.
Dann ging der Seemann noch einmal detailliert auf das ein, was Robert schon berichtet hatte. Er hob die wichtigsten Punkte hervor, insbesondere die Entdeckung des Süßwassersees.
„Madame Clifton", sagte er, „wenn wir uns dort zwischen dem See und dem Meer irgendwie einrichten könnten, dann

wären wir im Garten Eden. Wir hätten ständig das Meer vor Augen, von dem wir uns ja nicht entfernen dürfen. Der See würde uns mit allem Notwendigen versorgen, denn er ist vermutlich von ganzen Scharen von Wasservögeln bevölkert. Außerdem wachsen herrliche Bäume dort an der Küste, sogar Kokospalmen, die in jeder Hinsicht wertvoll sind."

„Aber wie könnten Sie an dieser Stelle einen Lagerplatz aufschlagen?" fragte Mrs. Clifton.

„Schlimmstenfalls", antwortete Flip, „müßten wir wieder unter dem umgedrehten Boot Zuflucht suchen. Aber das ist keine anständige Behausung. Für Schiffbrüchige, die etwas auf sich halten, kann das nicht genügen! Wenn es mit rechten Dingen zugeht, müssen wir doch irgendwo eine Grotte finden, eine Aushöhlung oder ein Loch, ein ganz simples Loch..."

„Das wir dann vergrößern könnten!" sagte der kleine Jack.

„Ja, und zwar mit meinem Messer", erwiderte Flip und lächelte den Jungen dabei freundlich an.

„Oder wir sprengen uns das Loch größer!" schlug Belle vor.

„Ja, mein kleines Fräulein, ohne Pulver, einfach mit der Faust; das wäre dann eine reizende Wohnung, trocken im Winter und angenehm kühl im Sommer!"

„Ich möchte eine schöne Grotte", sagte das kleine Mädchen, „mit Diamanten an den Wänden, wie im Märchen."

„Sollen Sie bekommen, Miss Bell, ganz für Sie alleine!" antwortete Flip. „So braven kleinen Mädchen wie Ihnen stehen immer gute Feen zu Diensten!"

Belle klatschte in die Hände, und der wackere Seemann freute sich, in diesen jungen Herzen ein wenig Fröhlichkeit und Hoffnung verbreiten zu können. Mrs. Clifton sah ihn an und hatte dabei ein zartes Lächeln auf ihren blassen Lippen.

„Wir werden also", fuhr Flip fort, „den Ort unseres neuen Lagerplatzes besichtigen; nicht heute, denn es ist schon zu spät, aber morgen."

„Ist der See weit weg?“ fragte Marc.
„Nein. Es sind keine zwei Meilen bis dorthin. Mit Ihrer Erlaubnis, Mrs. Clifton, werde ich also morgen früh Monsieur Marc und Monsieur Robert mitnehmen und mit ihnen die Küste erkunden. Das wird nicht länger als zwei Stunden in Anspruch nehmen.“
„Alles, was Sie tun, ist gut, lieber Freund“, antwortete Mrs. Clifton. „Sind Sie denn nicht unsere Vorsehung?“
„Eine hübsche Vorsehung“, rief der Seemann, „die nichts weiter als ein Messer hat, um Ihnen aus Ihrer Bedrängnis zu helfen!“
„Ja“, erwiderte Mrs. Clifton, „nichts weiter als ein Messer, aber eine kräftige Hand, um es zu führen!“
Als der Plan gefaßt war, gab es nichts mehr zu tun, als sich in Erwartung des kommenden Tages zur Ruhe zu begeben. Auch Flip ruhte sich aus, aber auf seine Weise, nämlich indem er den Holzvorrat erneuerte.
Dann brach der Abend an. Das Feuer wurde für die Nacht vorbereitet, die – bei so klarem Himmel – wohl recht kalt werden würde. Aber Mrs. Clifton hatte schon ein Bett aus Sand und Moos, welches am Feuer getrocknet worden war, bereitet, in das die Kinder sich nun kuschelten wie kleine Vögel in ihr Nest.
Die Mutter wollte über das Feuer wachen und konnte Flip mit einiger Mühe dazu überreden, sich ein paar Stunden hinzulegen. Der Seemann gehorchte, wenn auch fest entschlossen, nicht mehr als ein Auge zuzutun. So saß also Mrs. Clifton allein in der dunklen Nacht am knisternden Feuer, das sie aufmerksam beobachtete, während ihre Gedanken übers Meer irrten, dem Meutererschiff hinterher!
Am nächsten Morgen gab Flip nach einem kurzen Frühstück seinen beiden jungen Gefährten das Signal zum Aufbruch. Marc und Robert umarmten Mrs. Clifton noch zum Abschied und bogen dann gleich um die Ecke der Felswand. Flip folgte ihnen bald darauf nach. Als er an den Klippen vorbeikam,

stellte er fest, daß die Bohrmuschelbank unerschöpflich sein mußte. Jenseits des Kanals, auf der langen, der Küste vorgelagerten Insel, stapfte eine große Schar von Vögeln feierlich einher. Diese zur Gattung der Taucher gehörenden Tiere waren Pinguine, die man leicht an ihrem unschönen, eselähnlichen Schrei erkannte. Ihr Fleisch war zwar von schwärzlichem Aussehen, aber durchaus eßbar. Flip wußte das sehr gut, und er wußte auch, daß sich die schwerfälligen, dummen Pinguine leicht mit Stockschlägen oder Steinwürfen erlegen ließen. Daher nahm er sich vor, bald einmal über den Kanal zu fahren und die Insel zu erforschen, auf der es Wild in Hülle und Fülle geben mußte. Er hütete sich jedoch, die beiden Jungen schon von diesem Vorhaben in Kenntnis zu setzen, denn Robert hätte sich sonst bestimmt gleich ins Wasser gestürzt, um auf die Pinguine Jagd zu machen.
Eine halbe Stunde, nachdem sie den Lagerplatz verlassen hatten, waren Flip, Marc und Robert am südlichen Ende der Felswand angelangt, das aufgrund der Ebbe gerade freilag. Sie standen vor der weiten, von Flip am Vortag entdeckten Fläche, die sich zwischen Küste und See erstreckte. Marc fand diese Gegend bezaubernd. Auf halbem Wege ragten majestätisch die Gruppen von Kokospalmen in die Höhe, und ein wenig dahinter zeichnete eine Reihe von prächtigen Bäumen die Unebenheiten des leicht welligen Geländes nach. Es waren schöne Nadelbäume, darunter Kiefern, Lärchen und etwa dreißig Exemplare aus der Familie der Ulmengewächse, nämlich kräftige Virginia-Zürgelbäume.
Flip und seine beiden jungen Begleiter erkundeten diesen ganzen Küstenabschnitt, dessen östliche Begrenzung der See bildete. Dieser schien recht fischreich zu sein. Um sich das zunutze zu machen, brauchten sie nur noch Angeln, Haken und Netze. Flip versprach Marc und Robert, ihnen diese Utensilien anzufertigen, sobald einmal für eine feste Behausung gesorgt sei.

Als sie am Westufer des Sees entlanggingen, stieß Flip auf Spuren von größeren Tieren, die vermutlich an diesem ausgedehnten Süßwasserreservoir ihren Durst stillten. Nichts aber ließ darauf schließen, daß die Küste auch von Menschen bewohnt war. So gingen die Erforscher also auf jungfräulichem Boden dahin.
Flip kehrte dann wieder zur Felswand zurück, um sorgfältig ihren südlichen Teil zu untersuchen, der sich senkrecht zum Meer erstreckte und nur wenige Schritte von den Zürgelbäumen entfernt in einer feinen Spitze auslief.
Dieses Felsmassiv wurde mit größter Aufmerksamkeit inspiziert. Es galt, eine Aushöhlung zu finden, in der sich die ganze Familie unterbringen ließ. Und diese Bemühung war schließlich von Erfolg gekrönt. Der Entdecker der ersehnten Grotte war Marc. Er fand eine richtige Höhle, die etwa dreißig Fuß weit in den Granit hineinreichte und ungefähr zwanzig Fuß breit war; in der Höhe mochte sie etwas mehr als zehn Fuß messen. Der Boden war von feinem, mit Glimmer durchsetztem Sand bedeckt. Die im oberen Höhlenteil sehr rauhen Wände wurden nach unten zu immer glatter, als seien dort alle Unebenheiten vom Meer allmählich wegpoliert und abgeschliffen worden. Der ziemlich unregelmäßig geschnittene Höhleneingang bildete eine Art Dreieck, ließ aber in das Innere genügend Licht dringen. Jedenfalls würde es Flip ein leichtes sein, die Öffnung zu begradigen und zu vergrößern. Als Marc die Grotte betrat, ließ er sich nicht dazu hinreißen, vor Freude herumzuhüpfen oder sich im Sand zu wälzen – was unweigerlich sein Bruder Robert getan hätte. Dadurch wären nämlich die tief in den Sand gegrabenen Spuren verwischt worden, die Flip sich nun genau besah. Es waren breite Abdrücke, die ganz offensichtlich von einem Tier stammten, das mit dem ganzen Fuß auftritt und nicht – wie die laufenden Säugetiere – nur mit den Zehenspitzen. Die Fortbewegungsorgane des Sohlengängers, der diese Spuren wohl

hinterlassen hatte, waren kräftig und mit deutlich sich auf dem Sandteppich abzeichnenden Krallen bewaffnet.
Da Flip seine jungen Freunde nicht erschrecken wollte, verwischte er die Spuren ganz einfach und erklärte, sie seien nicht weiter von Bedeutung. Insgeheim aber fragte er sich, ob die von einem großen Raubtier aufgesuchte Höhle einen sicheren Unterschlupf für Leute bilden konnte, die mit keinerlei Waffen ausgerüstet waren. Dann aber kam er zu dem durchaus berechtigten Schluß, daß das Tier die Grotte zwar betreten, sie aber nicht als seine Höhle benutzt hatte. Von Exkrementen oder abgenagten Knochen war nämlich keine Spur. Es war also zu hoffen, daß der wohl nur zufällige Besuch sich nicht wiederholen würde. Versperrte man den Eingang mit Steinblöcken, so war die Grotte sicher und bewohnbar. Außerdem würden die Feuerstellen, die ja Tag und Nacht unterhalten werden mußten, mit Bestimmtheit alle wilden Tiere fernhalten, da diese vor dem Feuer eine unüberwindliche Furcht empfinden.
Flip beschloß daher, die geräumige Höhle zu seinem Hauptlagerplatz zu machen. Nachdem er das Innere gründlich untersucht hatte, machte er sich an die Erkundung der Außenwand. Das Felsmassiv war an jener Stelle etwa fünfzig Fuß hoch, bog sich aber in seinem oberen Teil nach hinten, so wie die hohen Dächer der im Jahrhundert Ludwigs XIII. entstandenen Ziegelhäuser. Der dreihundert Meter von der Küste und zweihundert Meter vom See entfernten Grotte war zum Teil eine Art granitenes Zackenwerk vorgelagert, durch das sie vor den regenbringenden Westwinden geschützt war. Auf das Meer hatten sie daher keinen direkten, sondern nur einen seitlichen Ausblick bis hin zum Kap der Südspitze. Der Berggipfel, der hinter der Felswand emporragte, war von der Grotte aus nicht zu sehen; was aber dem Auge sich in ganzer Weite darbot, waren die blauen Fluten des Sees, die reichbewaldeten Ufer zu seiner Rechten, die abgestuften Dünen, von

denen er gegenüber eingefaßt war, und der ferne Horizont, der diese Linien miteinander verband. Es war eine liebreizende Landschaft, die den Betrachter verzauberte!
So günstig war die Lage dieser Grotte zwischen dem See und dem Meer, am Rande der von schönen Bäumen beschatteten grünen Wiese, daß Flip beschloß, noch am gleichen Tage Mrs. Clifton und ihre Familie dorthin zu führen. Darüber waren die Jungen hocherfreut, und so machten sich alle drei auf den Weg zum Lagerplatz.
An der Felswand gingen sie nicht vorbei, ohne wieder zu fischen und zu jagen. Die Jungen wollten nicht mit leeren Händen zurückkehren. Während Robert sich auf die Suche nach Taubeneiern machte, sammelte Marc einen neuen Vorrat an Weichtieren zusammen. Es gelang ihm sogar, einer großen Krabbe mit gekerbtem Panzer und enger, gezähnter Vorderseite habhaft zu werden; es war ein Taschenkrebs, der gut und gerne seine fünf Pfund wog und dessen gewaltigen Scheren Marc geschickt auswich. Mit diesem Tier war ihm ein guter Fang gelungen. Robert wiederum hatte ein Dutzend Eier zusammengeklaubt, aber zuvor einige andere zerbrochen, weil er immer so heftig ins Nest hineingriff. Doch mußte man ihm schon dafür dankbar sein, daß ihm nicht gleich alle entzweigebrochen waren.
Um zehn Uhr waren Flip und seine Gefährten im Lager zurück. Von der Feuerstelle stieg leichter Rauch auf. Jack und Belle, denen man die Unterhaltung des Feuers übertragen hatte, entledigten sich ihrer Aufgabe sehr gewissenhaft.
Mrs. Clifton bereitete schnell das Mittagessen zu, das dem Taschenkrebs das Leben kostete. Er wurde in mehrere Stücke zerschnitten, um überhaupt in den Kessel zu passen. In Meerwasser gekocht, stand er den Hummern und Langusten europäischer Gewässer in nichts nach.
Flip teilte Mrs. Clifton seine Umzugsabsichten mit, und sie war bereit, ihm zu folgen. Nach dem Essen jedoch zogen am

Himmel, über den in diesen letzten Märztagen die Äquinoktialwinde[1] hinwegfegten, dichte Wolken auf. Dann ging ein heftiger Regen hernieder. Flip mußte die Übersiedlung verschieben. Die von Nordwesten kommenden Böen stürmten gegen die Felswand und drohten das Mooslager unter dem Boot in Mitleidenschaft zu ziehen. Flip kämpfte unermüdlich gegen die Gefahr einer Überschwemmung an. In ihrem unzureichenden Obdach litt die Familie Clifton sehr unter dem heftigen Sturmwind, der den ganzen Tag und die ganze Nacht andauerte. Nur mit Mühe konnten sie ein Ausgehen des Feuers verhindern, und nie wurde ihnen deutlicher vor Augen geführt, wie dringend sie einer wetterfesten Behausung bedurften.

[1] Tropenwinde

Kapitel 9

Am folgenden Tag war der Himmel zwar noch bedeckt, aber es hatte aufgehört zu regnen. Flip und Mrs. Clifton beschlossen, unmittelbar nach dem Frühstück aufzubrechen. Auf diese Regennacht hin hatten es alle eilig, ihr neues Quartier zu beziehen.

Nachdem Mrs. Clifton Jack und Belle gewaschen hatte, kümmerte sie sich um das Essen. Die beiden Kleinen spielten inzwischen im Sand, in dem sie sich trotz der Ermahnungen ihrer Mutter herumwälzten, obwohl sie dabei ihre so schwer ersetzbaren Kleider hätten beschädigen können. Vor allem Jack, der an Lebhaftigkeit seinem Bruder Robert in nichts nachstand, ging seiner Schwester mit wildem Beispiel voran.

Zu Recht war Mrs. Clifton wegen der Kleidungsfrage ernsthaft besorgt. Sie konnten sich zwar an diesem einsamen Küstenstreifen ernähren und sich an einem Feuer wärmen, doch etwas zum Anziehen zu finden, würde das nicht viel schwieriger sein?

Während der Mahlzeit wurde natürlich über die Art und Weise des bevorstehenden Umzugs gesprochen. Wie sollte der Transport ihrer Habe vonstatten gehen?

„Haben Sie vielleicht einen Vorschlag, Monsieur Jack“, fragte der Seemann, der den kleinen Jungen in das Gespräch mit einbeziehen wollte.

„Ich?“ erwiderte Jack.

„Ja“, sagte Flip. „Wie sollen wir zu unserem neuen Haus gelangen?“
„Na, auf unseren Beinen“, entgegnete Jack.
„Es sei denn“, warf Robert ein, „wir nehmen den Omnibus an der Fünften Avenue.“
Damit spielte Robert scherzhaft auf das in den großen amerikanischen Städten übliche Fortbewegungsmittel an.
„Den Omnibus!“ plapperte Belle nach und schaute Flip dabei mit großen staunenden Augen an.
„Anstatt Witze zu machen, Robert“, sagte Mrs. Clifton, „solltest du dir eine ernsthafte Antwort auf die Frage ausdenken, die unser Freund Flip gestellt hat.“
„Aber das ist doch ganz einfach, Mutter“, erwiderte der Junge leicht errötend. „Unser Mobiliar ist ja nicht schwer! Den Kessel trage ich. Dann gehen wir die Felswand entlang und gelangen in aller Ruhe zur Grotte!“
Und schon sprang Robert ungeduldig auf und wollte losmarschieren.
„Einen Augenblick!“ rief Flip und faßte den Jungen bei der Hand. „Nicht so schnell! Was soll denn mit dem Feuer geschehen?“
Die wertvolle Feuerstelle, die sie in brennendem Zustand an ihren neuen Lagerplatz schaffen mußten, hatte Robert tatsächlich völlig vergessen.
„Und Sie sagen ja gar nichts, Monsieur Marc?“ fragte der Seemann.
„Ich habe“, antwortete Marc, „darüber nachgedacht und bin der Meinung, wir könnten problemlos ein anderes Transportmittel benützen. Da wir ohnehin früher oder später unser Boot in seinen neuen Hafen überführen müssen, warum sollten wir da nicht gleich selbst alle mitfahren?“
„Wacker gesprochen, Monsieur Marc!“ rief der Seemann. „Da haben Sie eine ausgezeichnete Idee gehabt, auf die ich selber nie gekommen wäre! Wir nehmen das Boot, schichten eine

tüchtige Ladung Reisigbündel hinein, bedecken sie mit einer Ascheschicht, legen darauf glühende Holzstücke und segeln los zu unserer Behausung am See!"
„Wunderbar!" rief Jack, der sich schon darauf freute, wieder auf dem Meer fahren zu dürfen.
„Sagt Ihnen mein Vorschlag zu, Madame Clifton?" fragte Flip.
Mrs. Clifton willigte ein. Der Seemann wollte die Flut ausnützen, die seinen Beobachtungen nach zwischen Insel und Küste von Norden nach Süden verlief. Er begann daher sofort mit den Vorbereitungen zum Aufbruch. Zuerst mußte das Boot wieder auf die Erde gesetzt werden. Die Steine, auf denen es ruhte, wurden nach und nach entfernt, was keinerlei Probleme bereitete. Dann wurde das Boot umgedreht, und sobald es mit dem Kiel und einer Seitenfläche auflag, schoben alle, groß und klein, es zum Ufer. Dort wurde die Leine an einen großen Stein gebunden, um das Boot am Davontreiben zu hindern. Der Wind stand gut – er wehte nun von Nordosten –, und Flip beschloß aufzutakeln. Marc stand ihm bei diesem Manöver hilfreich zur Seite. Das Segel wurde an der Rah aufgehängt und so vorbereitet, daß es am Topp gehißt werden konnte.
Dann begann das Beladen. Sie stapelten so viel Holz in das Boot, wie darin Platz hatte, und gingen dabei methodisch vor, indem sie zuerst die großen, schweren Stücke als Ballast auf dem Boden auslegten. Dann bestreute Flip die Heckbank mit einer Sandschicht, die er wiederum mit einer Ascheschicht bedeckte. Auf dieser doppelten Unterlage ordnete dann Marc glühende Holzscheite an. Flip sollte während der Fahrt das Steuer halten und zugleich die ambulante Feuerstelle überwachen und ihr gegebenenfalls etwas Brennholz zuführen. Zur Sicherheit wurde das Lagerfeuer nicht gelöscht. Robert fachte es vielmehr noch einmal tüchtig an, indem er große Reisigbündel hineinwarf, so daß sie immer noch die Möglichkeit hatten, sich hier wieder etwas Glut zu holen, falls das

Feuer auf dem Boot ausgehen sollte. Marc erbot sich sogar, alleine beim Lagerfeuer zu bleiben, während die Familie auf dem Kanal fahren würde; doch Flip erachtete dies nicht als notwendig und wollte auch niemanden zurücklassen.

Um neun Uhr war alles an Bord: der Kessel, der Sack mit dem Zwieback und dem Pökelfleisch, die Wasserschweinkeulen, die Mrs. Clifton am Vortag nicht hatte räuchern können, die Muscheln und die Eier. Flip warf noch einen Blick umher, ob sie auch nichts vergessen hatten, doch was hätten diese armen Leute von ihrer dürftigen Habe schon vergessen können? Dann wurde das Signal zum Aufbruch gegeben. Marc und Robert nahmen vorne Platz, Mrs. Clifton, Jack und Belle auf dem kleinen Hinterdeck. Flip setzte sich auf die hinterste Bank ans Steuer, und in der Ecke neben ihm rauchte die Glut, über die er wachte wie eine Vestalin über ihr heiliges Feuer.

Auf ein Kommando des Seemanns zogen Marc und Robert am Fall und hißten das Segel am Topp. Flip machte die Leine los, holte das Segel bei, dessen Schot er am Belegnagel festmachte, und vom Wind getrieben fuhr das Boot dann gegen die von der Flut verursachte Strömung an. Als sie an der Mündung ankamen, straffte Flip die Schot, und sie fuhren in den Kanal ein, in dessen Mitte die Flut sie schnell voranbrachte.

Das Meer war ruhig, da der Wind vom Land her wehte. Das leichte Boot segelte flott dahin. An den staunenden Blicken der jungen Reisenden zog das Panorama der Felslandschaft vorbei. Vogelschwärme zogen über den Fluten dahin und erfüllten die Luft mit ihren gellenden Schreien. Aufgeschreckte Fische sprangen aus ihrem Element, und an einem da und dort sichtbar werdenden Sprudeln erkannte Flip, daß eine furchtsame Robbe oder ein kecker Tümmler in der Nähe waren. Das Boot fuhr näher an das rechte Kanalufer heran und hielt sich dann in ein paar Metern Entfernung von der Insel. So sahen sie Hunderte jener törichten Pinguine, denen es gar nicht in den

Sinn kam, wegzulaufen. Die Insel ragte zwei Klafter hoch aus dem Wasser und bildete ein flaches, karges Felsmassiv, das zwischen Küste und Ozean stand wie ein Damm. Wenn man eines der beiden Kanalenden sperren könnte, dachte Flip, dann wäre die so entstandene Sackgasse ein natürlicher Hafen, der eine ganze Flotte von Booten aufnehmen könnte.

Sie kamen schnell voran. Jeder an Bord schwieg. Die Kinder schauten auf die großen Felsen, die über sie emporragten. Flip achtete auf sein Feuer und erteilte Anweisungen an Mrs. Clifton, die stets auf die hohe See hinaussah und den stummen Horizont absuchte. Doch nirgends ein Segel! Der Ozean war leer.

Nach einer halben Stunde Fahrt kamen sie am südlichen Ende der Felswand an und umschifften die unter Wasser liegenden Klippen, in die die Wand auslief. Durch das Zusammentreffen der im Kanal ansteigenden und der vom Meer her kommenden Flut entstand eine tosende Brandung.

Als sie das Kap umfahren hatten, bot sich ihrem Blick die ganze herrliche Landschaft dar, mit ihrem glasklaren See, ihrer sattgrünen Wiese, ihren gleich einer Parkanlage angeordneten Baumgruppen, den rundlichen Dünen im Süden, dem Wald im Hintergrund und dem alles beherrschenden majestätischen Gipfel. „Wie schön! Wie schön!" riefen die beiden Kleinen. „Ja", erwiderte Flip, „das ist ein wunderbarer Garten, den für uns die Vorsehung gepflanzt hat!"

Mit dennoch traurigem Blick sah Mrs. Clifton auf die Küste. Sie stand unter dem Eindruck, den eine so schöne Landschaft unweigerlich in Auge und Herz erwecken muß. Flip ließ die Schot locker, und das Boot bewegte sich kaum mehr vorwärts. Die Phantasie von Kindern ist für solche Naturschauspiele sehr empfänglich, und auch leidende Seelen ziehen daraus heimlichen Trost; daher wollte der wackere Seemann diesen Eindruck so lange wie möglich auf seine Schutzbefohlenen wirken lassen.

Dann suchte er für sein Boot eine kleine Bucht zum Anlegen. Er ließ von seinen beiden Jungmatrosen das Segel auf halbmast setzen, manövrierte dann das Boot geschickt durch die eng beieinanderstehenden Klippen hindurch und ließ es sanft auf dem Strand auflaufen.
Robert sprang sofort an Land. Sein Bruder und Flip folgten ihm gleich nach. Zu dritt zogen sie dann an der Leine, bis das Boot hoch genug war, um nicht von der Flut erreicht oder gar weggetrieben zu werden.
Dann gingen sogleich Mrs. Clifton, Belle und Jack von Bord.
„Zur Grotte! Zur Grotte!“ rief Robert.
„Moment, mein junger Herr“, sagte Flip, „erst müssen wir ausladen.“
Flip kümmerte sich vor allem um das Feuer. Die glühenden Holzstücke wurden zum Fuß der Felswand getragen, wo mit einigen Reisigbündeln rasch eine provisorische Feuerstelle errichtet war, von der auch gleich der Rauch aufstieg. Dann wurde das Brennholz ausgeladen, und jedes der Kinder trug seinen Anteil an den Lebensmitteln und sonstigen Habseligkeiten. Damit machten sie sich schließlich auf den Weg zu ihrer neuen Behausung. Sie gingen die Südseite der Felswand entlang, die senkrecht auf das Ufer zulief.
Woran dachte wohl Flip? Sicherlich an die im Sand der Grotte hinterlassenen Abdrücke, die er am Vortag so eingehend untersucht und dann verwischt hatte. Würde er etwa neue Spuren vorfinden? Das gäbe Anlaß zu ernster Besorgnis, denn ihre Grotte wäre dann nichts anderes als eine Raubtierhöhle, und was für eine Entscheidung würde Flip in diesem Fall treffen? Würde er es wagen, ohne geeignete Waffen in die Grotte einzuziehen und sie ihren wilden Bewohnern zu entreißen? Der brave Seemann befand sich in großer Verlegenheit, aber da er seine Befürchtungen niemandem mitgeteilt hatte, behielt er auch seine jetzigen Überlegungen für sich.
Endlich gelangten sie bei der Grotte an. Robert, der voraus-

gegangen war, wollte sie auch schon betreten. Doch Flip rief ihn zurück. Er wollte den Sandteppich erst untersuchen, bevor jemand darauf herumlief.
„Monsieur Robert", rief er dem Jungen zu, „gehen Sie nicht hinein, bitte nicht. Madame Clifton, würden Sie ihn bitte auffordern, auf mich zu warten."
„Robert", sagte Mrs. Clifton, „hören Sie, was unser Freund Flip sagt?"
Robert war stehengeblieben.
„Besteht denn beim Betreten dieser Grotte irgendeine Gefahr?" fragte Mrs. Clifton.
„Keineswegs", antwortete der Seemann, „doch für den Fall, daß sich etwa ein Tier darin aufhalten sollte, ist es besser, Vorsicht walten zu lassen."
Flip eilte zu Robert, der vor dem Höhleneingang stand. Er ging hinein, und da ihm auf dem unberührten Sand der Grotte nichts auffiel, kam er sogleich wieder heraus.
„Kommen Sie, Madame", sagte er, „kommen Sie nur. Ihr Haus steht für Sie bereit!"
Die Mutter und ihre Kinder betraten ihre neue Wohnstätte. Jack wälzte sich in dem schönen Sand. Belle fragte nach den Diamanten an den Wänden, begnügte sich aber dann mit dem Glimmer, der stellenweise feurig glänzte. Mrs. Clifton konnte nur Gott danken; ihre Kinder und sie waren nunmehr vor den Unbilden des Wetters geschützt, und in ihrem Herzen begann etwas Hoffnung aufzukeimen.
Flip ließ Mrs. Clifton in der Grotte und kehrte mit Marc und Robert zum Boot zurück, um das Brennholz zu holen. Unterwegs fragte Marc den Seemann, worum er denn darauf bestanden habe, als erster die Grotte zu betreten; und da man Marc alles sagen konnte, setzte Flip ihm die Angelegenheit mit den tags zuvor entdeckten Spuren auseinander und bat ihn, nichts davon weiterzuerzählen. Entscheidend war ja, daß das Tier, das die Grotte aufgesucht hatte, nicht wiederge-

kommen war, und Flip hoffte, daß sich ein solcher zufälliger Besuch nicht wiederholen würde.
Marc versprach dem Seemann, Stillschweigen zu bewahren, ersuchte ihn aber, ihm künftig nichts mehr zu verheimlichen, was für die Familie eine Gefahr darstellen könne. Flip gelobte es und fügte hinzu, Monsieur Marc sei würdig, alles zu erfahren, und er, Flip, werde ihn von nun an als Oberhaupt der Familie ansehen.
Mit siebzehn Jahren Familienoberhaupt! Bei diesem Wort fiel dem Jungen wieder ein, was er alles an Bord der *Vankouver* gelassen, was er alles verloren hatte!
„Vater! Armer Vater!" murmelte er und hielt die Tränen zurück, die ihm in die Augen stiegen. Dann ging er festen Schrittes in Richtung Ufer weiter.
Als sie beim Boot ankamen, wuchtete Flip sich eine schwere Ladung Holz auf die Schultern; Marc bat er dann, zwei bis drei glühende Holzstücke mitzunehmen und sie im Gehen umherzuschwenken, damit sie besser brennen sollten.
Marc gehorchte, und als er bei der Grotte anlangte, glühten seine Holzstücke nach wie vor. Sofort suchte Flip außerhalb der Höhle einen geeigneten Platz für die Feuerstelle. Er fand einen aus zwei Felsstücken gebildeten Winkel, der ihm vor Windstößen hinreichend geschützt schien. Dort legte er flache Steine auf den Boden, die als Aschenkasten fungieren sollten. Darauf ordnete er zwei längliche Steine wie Feuerböcke in einem Kamin an. Quer darüber legte er ein dickes Scheit, das zur Hälfte in die von Robert aus dem Boot geholte Asche gebettet wurde, und damit war die Feuerstelle gebrauchsfertig.
Es hatte eine Weile gedauert, bis diese doch recht zeitraubende Arbeit beendet war. Die Kinder verlangten schon zu essen. Die morgendliche Überfahrt hatte sie hungrig gemacht. Marc holte vom See einen Kessel voll Süßwasser, und Mrs. Clifton bereitete rasch eine Art Eintopf mit Wasserschweinfleisch zu, an dem sich alle sättigen konnten.

Nach dem Mittagessen hielt Flip es für angebracht, den Rest des Tages mit dem Erneuern des Brennholzvorrates zu verbringen. Von der Höhle bis zum Waldrand war es ziemlich weit, und diesmal war kein Fluß mehr da, auf dem das Holz „geflößt“ werden konnte. Aber jeder, ob groß, ob klein, bemühte sich nach Kräften, zu dieser wichtigen Tätigkeit seinen Beitrag zu leisten. Trockenes Holz lag genügend umher und brauchte lediglich zu Bündeln geschnürt zu werden. Bis zum Abend transportierten die von Flip ermunterten und angeleiteten kleinen Waldarbeiter emsig das unentbehrliche Brennmaterial zum Lagerplatz. Das ganze Holz wurde in einer Ecke der geräumigen Grotte trocken gelagert, und nach Flips Berechnungen mußte dieser neue Vorrat für drei Tage und drei Nächte ausreichen, wenn sie nur das Feuer nicht allzusehr hochlodern ließen.
Als Mrs. Clifton mit ansah, was für einer anstrengenden und mühsamen Beschäftigung ihre Kinder nachgingen, wollte sie ihnen ein kräftiges Abendessen kochen. Deshalb opferte sie einen der vier Schinken, die sie eigentlich zu räuchern gedachte. Der wie eine Lammkeule über einem prasselnden Feuer gebratene Schinken wurde bis auf die Knochen verzehrt. Flip beschloß daher, am folgenden Tag einige Stunden auf Jagd und Fischfang zu verwenden, um die Speisekammer wieder gebührend zu füllen.
Um acht Uhr abends war die ganze Familie schon zu Bett, und nur Flip wachte noch draußen über die knisternde Feuerstelle. Um Mitternacht wurde er von Marc abgelöst. Die Nacht war kühl und schön, und gegen zehn Uhr ging hinter dem Berg der schon leicht abnehmende Mond auf und tauchte den ganzen Ozean in sein sanftes Licht.

Kapitel 10

Am folgenden Tag eignete sich das Wetter gut zu einer Exkursion. Flip beschloß daher, die südlichen Partien des Seeufers zu erkunden. Er fragte Mrs. Clifton, ob sie nicht Lust habe, ihn mit ihren beiden kleineren Kindern zu begleiten.

„Ich danke Ihnen, Flip", antwortete die Mutter. „Aber da ohnehin jemand beim Feuer Wache halten muß, ist es besser, wenn ich diese Aufgabe übernehme. Marc und Robert werden Ihnen beim Jagen und Fischen eine größere Hilfe sein als ich. Während Ihrer Abwesenheit werde ich die Zeit nutzen, um unser neues Heim einigermaßen wohnlich zu gestalten."

„Sie sind also bereit, alleine am Lagerplatz zu bleiben?" fragte der Seemann Mrs. Clifton.

„Ja, Flip."

„Wenn Sie wollen, Mutter", sagte Marc, „kann ich bei Ihnen bleiben, und Robert begleitet Flip."

„Als Jagdhund", warf Robert ein.

„Nein, Kinder", erwiderte Mrs. Clifton. „Geht nur alle beide mit. Schließlich muß ich mich ja daran gewöhnen, manchmal alleine zu sein. Und habe ich nicht meinen großen Jack bei mir, der mich beschützen kann?"

Als der Junge das hörte, stellte er sich breitbeinig neben seine Mutter. Offen gesagt war er nicht gerade ein Ausbund an Tapferkeit, und wenn der Abend hereinbrach, wagte er sich nicht

mehr in die Dunkelheit hinaus. Am Tag aber war er ein Held.
Nun, da Mrs. Cliftons Entschluß feststand, machten Flip, Marc und Robert sich zum Aufbruch fertig. Der Seemann wollte aber nicht zu lange fortbleiben und nahm sich daher vor, die Erkundung auf das West- und Südufer des Sees zu beschränken.

Da Flip wußte, daß Mrs. Clifton die drei Wasserschweinschinken räuchern wollte, baute er ihr vor dem Abmarsch noch eine entsprechende Vorrichtung. Er stellte drei Pflöcke wie Zeltstangen zusammen und steckte sie in die Erde. An diesem Gestell wurden die Schinken über einem Feuer aus grünem Holz aufgehängt, dessen dichter Rauch sich in ihnen festsetzen sollte. Durch Zweige von aromatischen Sträuchern konnte dem Fleisch zudem ein würziger Geschmack verliehen werden, und da es an solchen Sträuchern in der Umgegend nicht fehlte, wollte Mrs. Clifton ihr kulinarisches Werk auf diese Weise abrunden.

Um acht Uhr verließen die drei Jäger nach einem kurzen Frühstück mit ihren Spießen das Lager und gingen über die Wiese in Richtung See. Unterwegs bewunderten sie wieder die herrlichen Kokospalmen, und der Seemann versprach seinen jungen Gefährten, daß sie schon bald die ersten Kokosnüsse pflücken würden.

Als Flip am See angelangt war, ging er nicht das halbkreisförmige Ufer entlang, das zu dem bereits erforschten Wald führte, sondern nach rechts in Richtung Süden. An manchen Stellen war das Ufer sumpfig. Es war von zahlreichen Wasservögeln bevölkert. Einmal sahen sie einige Eisvogelpärchen würdevoll-starr auf einem Stein sitzen und kleinen Fischen auflauern. Manchmal schoß einer los, stürzte sich mit einem gellenden Schrei ins Wasser und tauchte mit seiner Beute im Schnabel gleich wieder auf. Robert wollte natürlich sein Jagdgeschick erproben und den Tieren mit seinem Spieß oder mit Steinwürfen zu Leibe rücken. Flip aber hielt ihn davon ab, da

er wußte, wie ungenießbar das Fleisch dieser Vögel war; wozu sollten sie dann so harmlosen Geschöpfen etwas zuleide tun?
„Lassen wir die Tiere um uns herum leben“, sagte er zu den beiden Jungen. „Sie werden uns in unserer Einsamkeit Trost und Augenweide sein. Und denken Sie daran, Monsieur Robert, daß man nie sinnlos das Blut eines Tieres vergießen soll. Nur schlechte Jäger tun so etwas.“
Nach einer halben Stunde Fußmarsch erreichten Flip und seine Begleiter das Ende des Sees. Die Westküste wich in einer Schräglinie immer weiter vom Seeufer ab. Der Ozean war von dieser Stelle aus schon gar nicht mehr zu sehen; eine Abfolge von mit Binsen bewachsenen Dünen versperrte den Blick darauf. Da, wo die drei sich nun befanden, verlief das Südufer von Südwesten nach Nordosten, wobei es sich abrundete, so daß die Form des Sees in etwa einem Herzen gleichkam, dessen Spitze nach Süden zeigte. Das Wasser war klar und ziemlich dunkel; an manchen Stellen brodelte es oder es schnitten sich konzentrische Kreise, woraus man schließen durfte, daß das Gewässer sehr fischreich war.
Südlich des Sees stieg der Boden unmittelbar zu einer dürftig bewaldeten Hügellandschaft an, in der sich die drei Kundschafter sogleich umsahen. Es wuchsen dort viele hohe Bambusstauden, auf die Marc seine Begleiter sofort aufmerksam machte.
„Bambus!“ rief Flip. „Ah, Monsieur Marc, das ist eine wertvolle Entdeckung.“
„Aber essen kann man Bambus doch nicht“, sagte Robert.
„Ist denn nur nützlich, was man essen kann?“ erwiderte der Seemann. „Und außerdem möchte ich Sie darauf hinweisen, daß ich, so wahr ich hier stehe, in Indien Bambus wie Spargel gegessen habe!“
„Dreißig Fuß langen Spargel!“ rief Robert. „Und hat er gut geschmeckt?“

„Ausgezeichnet“, antwortete Flip, ohne eine Miene zu verziehen. „Aber offen gestanden waren es keine dreißig Fuß langen Bambusstauden, sondern junge Bambussprossen. Lassen Sie sich ferner gesagt sein, Monsieur Robert, daß das Mark neuer Stengel in Essig eingelegt ein sehr begehrtes Gewürz abgibt. Aus diesen Bambusstauden, die man allerlei Verwendungszwecken zuführen kann, gewinnt man auch eine zwischen den Knoten ausschwitzende süßliche Flüssigkeit, die Miss Belle sich bestimmt schmecken lassen würde.“

„Was läßt sich denn noch alles mit dieser kostbaren Pflanze anfangen?“ fragte Marc.

„Die Rinde, Monsieur Marc, wird in schmale Bänder geschnitten und zu Körben geflochten. Man kann sie auch mazerieren, bis ein Brei daraus entsteht, der zu Chinapapier verarbeitet wird. Aus den Halmen fertigt man – je nach Größe – Pfeifenrohre, Stöcke oder gar Wasserleitungen. Die längsten Stauden dienen als leichtes, solides Bauholz, das nie von Insekten befallen wird. Und schließlich läßt sich daraus etwas herstellen, was uns sehr interessiert, nämlich Gefäße von unterschiedlichem Fassungsvermögen.“

„Gefäße! Ja, wie denn?“ fragte Robert.

„Indem man an der gewünschten Stelle die Zwischenknoten durchschneidet und als Gefäßboden die Scheidewand behält, die den Knoten bildet. In China sind diese haltbaren und praktischen Gefäße sehr verbreitet.“

„Da wird unsere Mutter sich aber freuen,“ sagte Marc, „wo sie doch einzig und allein auf ihren armseligen Kessel angewiesen ist!“

„So, meine jungen Freunde“, sagte Flip, „jetzt gleich brauchen wir uns mit diesem Bambus nicht abzuschleppen. Auf dem Rückweg kommen wir wieder hier vorbei und nehmen mit, was wir brauchen. Also weiter!“

Die Jäger setzten ihren Weg über die Hügel fort und kamen bald so weit hinauf, daß sie hinter der vielgestaltigen Dünen-

landschaft das glitzernde Meer erblickten. Von dieser Stelle aus war auch deutlich das Felsenende zu erkennen, dessen Aushöhlung der Familie nun als Behausung diente.
Die beiden Jungen richteten gierige Blicke in jene Richtung, doch über eine Entfernung von fünf Meilen und durch die Baumreihe hindurch ließ sich nicht ausmachen, wo genau der Lagerplatz war.
„Nein", sagte Marc, „wir können von hier aus die Grotte nicht sehen, in der unsere Mutter, Jack und Belle sich aufhalten. Aber schau, Robert. Siehst du nicht über den Bäumen diese kleine Rauchsäule aufsteigen? Ist das nicht ein Zeichen, daß dort alles in Ordnung ist?"
„Ja, ich sehe sie!" rief Robert.
„Dieser Rauch", sagte Flip, „ist tatsächlich ein gutes Zeichen, und solange er am Himmel steht, brauchen wir für die lieben Menschen, die wir zurückgelassen haben, nichts zu befürchten. Wenn Sie einverstanden sind, meine jungen Herren, möchte ich nicht in dieser Richtung weitergehen, sondern lieber erkunden, ob die südwestlich gelegenen Hügel nicht etwa wildreich sind. Wir dürfen nicht vergessen, daß wir nicht nur Erforscher, sondern auch Jäger sind und an unsere Speisekammer denken müssen."
Das war ein befolgenswerter Ratschlag. Auf Wild waren sie nämlich bisher noch nicht gestoßen. Flip und seine jungen Gefährten stiegen zum Meer hinunter, das sie schon bald aus den Augen verloren. Sie trafen auf kleine, zwischen den Dünen versteckte Wiesen, deren etwas feuchter Boden mit aromatischen Gräsern bedeckt war. Die ganze Luft war von ihrem Duft erfüllt, und Flip erkannte mühelos Büschel von Thymian, Feldquendel, Basilikum und Bohnenkraut, lauter wohlriechenden Arten der Familie der Lippenblütler. Ein natürliches Wildkaninchengehege war das, in dem nur die Kaninchen fehlten. Zumindest sah man keines der Löcher, von denen der Boden normalerweise übersät ist, wenn solche

Nager darauf leben. Flip wollte jedoch nicht glauben, daß an einem so reich gedeckten Tisch keine Gäste Platz nehmen sollten. Er beschloß daher, das Kaninchenrevier eingehend zu untersuchen, und so wanderten sie weiter über Hügel und Wiesen. Robert tollte wie ein Kind umher und rutschte sandige Hänge hinab, ohne sich um seine Kleider zu kümmern. Eine halbe Stunde dauerte diese Suche an, aber von Kaninchen oder anderen Vertretern der Sippe der Nager keine Spur. Wenn aber auch das Tierreich nicht viel zu bieten hatte, so hätte ein Naturforscher doch bemerkenswerte Exemplare aus der Welt der Pflanzen studieren können. Der an Naturgeschichte und Botanik interessierte Marc erkannte einige Pflanzen, die im Haushalt Verwendung finden konnten. Unter anderem fiel ihm das in Nordamerika unter dem Namen Oswego-Tee bekannte Gewächs auf. Marc erinnerte sich daran, wie gut es als Kräutertee schmeckte. Er pflückte Triebe davon, ebenso Basilikum, Rosmarin, Melisse, Ziest und weitere Pflanzen, von denen manche blutstillende und fiebersenkende, andere krampflösende oder antirheumatische Eigenschaften haben. Ein Apotheker wäre an diesen Wiesen reich geworden.

Da aber keiner der Schiffbrüchigen krank war oder es zu werden gedachte, schenkte Flip dieser medizinischen Fundgrube keine sonderliche Beachtung und marschierte weiter, bis plötzlich ein Ausruf des etwa fünfzig Schritt vor ihm gehenden Robert seine Aufmerksamkeit erregte.

Flip eilte zu dem Jungen und sah sogleich, daß seine Ahnungen ihn nicht getäuscht hatten. Er stand vor einer sandigen Anhöhe, die durchlöchert war wie ein Sieb. Die Öffnungen zählten nach Hunderten.

„Kaninchenbaue!“ sagte Robert.

„Ja“, erwiderte Flip.

„Aber sind sie bewohnt?“

„Das ist die Frage“, entgegnete der Seemann.

Bald war sie beantwortet. Es rannten nämlich plötzlich ganze

Scharen von kleinen, kaninchenähnlichen Tieren aus den Löchern heraus und liefen in allen Richtungen davon, und zwar so schnell, daß sie unmöglich einzuholen waren. Marc und Robert mochten noch so laufen und springen: die Nager entwischten ihnen mit Leichtigkeit. Flip aber war fest entschlossen, nicht von der Stelle zu weichen, bevor sie nicht ein halbes Dutzend dieser Tiere gefangen hätten. Er wollte zunächst einmal die Speisekammer damit füllen, später aber auch den Versuch machen, solche Tiere zu zähmen. Als er Marc und Robert erschöpft und mit leeren Händen zurückkommen sah, machte er ihnen begreiflich, daß diese Nager, wenn ihnen schon nicht durch Nachlaufen beizukommen war, eben in ihrem Bau erwischt werden mußten. Hätten sie vor den Löchern Schlingen auslegen können, so hätten sie wohl schnell Erfolg gehabt, doch verfügten sie weder über Schlingen, noch konnten sie sich welche basteln, so daß sich ihr Vorhaben recht schwierig gestaltete. Es blieb ihnen also nichts übrig, als von Bau zu Bau zu gehen und mit dem Spieß hineinzustochern, um so mit Geduld das Ziel zu erreichen, das ihnen anders versagt blieb.
Eine Stunde lang durchsuchten die drei Jäger Loch um Loch und verstopften dabei mit Erde und Gras alle Baue, in denen sie kein Kaninchen antrafen. Marc stieß als erster auf ein in sein Lager geducktes Tier, das sich zwar nach Kräften dagegen sträubte, herausgezogen zu werden, dann aber mit einem Stockhieb leicht überwältigt wurde. Flip erkannte in dem Nager ein Kaninchen, das seinen europäischen Artgenossen ziemlich ähnlich sieht und gemeinhin als „amerikanisches Kaninchen" bezeichnet wird, da es in den nördlichen Regionen jenes Kontinents am häufigsten anzutreffen ist.
Durch Marcs Erfolg wurden auch die beiden anderen angestachelt. Robert wollte nicht ins Lager zurückkommen, ohne wenigstens zwei oder drei dieser Nager eigenhändig erlegt zu haben. Da er aber bei seiner Jagd mit viel mehr Heftigkeit als

Geduld vorging, entwischten ihm nacheinander ein halbes Dutzend Kaninchen, die er in ihrem Bau schon aufgespürt hatte. Nach einer Stunde hatten Flip und Marc schon vier Tiere zur Strecke gebracht und er noch immer keins. Da hatte er das ergebnislose Durchstöbern der Baue satt und begann wieder mit seiner „Treibjagd". Die flinken Nager wichen jedoch seinen Steinwürfen und Stockschlägen aus und entkamen ihm mühelos. Als Flip das Signal zum Aufbruch gab, hatte der Junge zu seiner großen Enttäuschung noch immer nicht die mindeste Beute gemacht.

Flip dagegen war mit seinem Erfolg hoch zufrieden. Mehr durften sie nicht verlangen, denn unter den gegebenen Umständen waren vier Kaninchen eine schöne Ausbeute. Die Sonne zeigte Mittag an, und ihre Mägen begannen sich deutlich zu melden. Flip beschloß also, zur Grotte zurückzukehren. Er hängte seine beiden Kaninchen an die Spitze seines Stockes, und Marc tat es ihm nach; so gingen die beiden wieder die Hügel hinunter auf den See zu. Robert marschierte voraus und pfiff dabei wie ein sehr verstimmter Junge.

„Es tut mir leid, daß Robert nichts erlegt hat", sagte Marc zu seinem Freund Flip.

„Er ist eben ein bißchen ungestüm, Monsieur Robert", erwiderte der Seemann, „aber das wird sich schon noch geben."

Um halb eins hatten Flip und seine Begleiter die Südspitze des Sees erreicht. Dort wandten sie ihre Schritte nach links und gingen auf die Bambuspflanzung zu. Robert, der ständig herumstöberte, scheuchte in dem sumpfigen Gras einen Vogel auf, der sich schnell davonmachte. Der in seinem Selbstbewußtsein so stark gekränkte Junge wollte das Tier um jeden Preis fangen und stürzte ihm nach. Flip wollte ihn noch aufhalten, aber schon patschte der unbesonnene Kerl durch den Schlamm. Mit einem gelungenen Steinwurf verletzte er den Vogel, der dann mit einem gebrochenen Flügel wenige Meter von ihm entfernt im Gras herumflatterte.

Robert, der sich seine Beute nicht entgehen lassen wollte, legte sich flach auf die schlammige Erde und robbte trotz der mahnenden Rufe Flips auf den Vogel zu und packte ihn. Der Boden war aber so sumpfig, daß der Junge allmählich einsank. Zum Glück war er geistesgegenwärtig genug, seinen Stock quer auf den Boden zu legen, so daß er sich dann an Grasbüscheln vorwärtsziehen und allmählich aus dem Morast herausgelangen konnte. Arg in Mitleidenschaft gezogen waren jedoch seine Kleider, deren Farbe unter der schwarzen Schlammschicht gar nicht mehr zu erkennen war.
Er triumphierte aber und kümmerte sich herzlich wenig um die Vorhaltungen Flips; weder die Gefahr, in die er sich begeben hatte, noch die Beschädigung der so schwer zu ersetzenden Kleider konnten in ihm irgendein Gefühl der Reue wachrufen.
„Ich habe meinen Vogel! Ich habe meinen Vogel!" rief er wild gestikulierend.
„Trotzdem war das unvernünftig", entgegnete Flip. „Was ist das überhaupt für ein Vogel? Kann man den essen?"
„Und ob!" versetzte Robert. „Da soll sich jemand unterstehen und ihn schlecht finden!"
Der Seemann untersuchte den Vogel, den Robert ihm hinhielt. Es war ein Bläßhuhn und gehörte zur Gruppe der Rallen, die den Übergang zwischen der Ordnung der Stelzvögel und der der Schwimmvögel bildet. Das grauschwarze, kurzschnabelige Bläßhuhn hatte eine auffallend große Stirnplatte, Zehen mit breiten Schwimmlappen und weißgeränderte Flügel, war etwa so groß wie ein Rebhuhn und ein geschickter Schwimmer. Flip erkannte es sehr wohl und bezeichnete es kopfschüttelnd als armseliges Wildbret, das in einem anständigen Geflügelragout nichts verloren habe. Doch Robert gehörte zu der Art von Jägern, die man scherzhafterweise „Jagdtaschendummköpfe" nennt, und die jedes beliebige Tier verzehren, wenn sie es nur selber erlegt haben! Deshalb ver-

teidigte er die Genießbarkeit seines Bläßhuhns, und da ein Streit über dieses Thema zu nichts geführt hätte, ließ Flip es gut sein und ging weiter in Richtung Bambusstauden.
Dort angekommen, schnitt der Seemann mit seinem Messer ein halbes Dutzend Halme verschiedener Größe ab. Die Stauden gehörten zu der Art *Bambusa armidinaria*, die aus der Ferne wie kleine Palmen aussehen, da ihren Knoten zahlreiche Zweige voller Blätter entwachsen. Als Flip und die beiden Jungen ihre Arbeit beendet hatten, teilten sie die Bambuslast unter sich auf und gingen auf dem kürzesten Weg zum Lager, wo sie gegen zwei Uhr nachmittags eintrafen.
Mrs. Clifton, Jack und Belle waren ihnen eine Viertelmeile entgegengegangen. Den Jägern wurde ein begeisterter Empfang bereitet und den Kaninchen die Ehre erwiesen, die ihnen gebührte. Als Hausfrau war Mrs. Clifton erfreut, als sie von dem Kaninchenrevier erfuhr, das ihrer Familie stets gesundes, nahrhaftes Wildbret liefern würde.
Flip fand die Feuerstelle in ausgezeichnetem Zustand vor, da Mrs. Clifton noch einmal ausreichend Holz nachgelegt hatte, bevor sie losgegangen war. Die Wasserschweinschinken waren in den dichten Rauch gehüllt, der von einem Haufen grüner Zweige aufstieg. Flip machte sich sofort daran, einem der vier Nager das Fell abzuziehen. Dann wurde das Kaninchen auf einen Stock gespießt und auf zwei in die Erde gesteckte gabelförmige Halterungen gelegt. Unter dem künftigen Braten wurde ein prasselndes Feuer entzündet. Schließlich wurde der kleine Jack damit beauftragt, den Spieß stetig zu drehen, und es hätte sich wohl ein Küchenjunge dieser Aufgabe nicht besser entledigen können.
Als die Mutter ihren Sohn Robert mit seinen schlammbedeckten Kleidern erblickte, sah sie ihn nur wortlos an. Der Junge verstand aber diesen stummen Vorwurf und klopfte sorgfältig seine Sachen ab, von denen der getrocknete Schlamm als Staub herunterfiel. Auf sein Bläßhuhn wollte er

jedoch nach wie vor nichts kommen lassen. Er rupfte es notdürftig, wobei er ihm allerdings genausoviel Fleisch herausriß wie Federn, und nachdem er ihm beim Ausnehmen noch den halben Kropf weggerissen hatte, spießte er es auf und überwachte höchstpersönlich den Bratvorgang.
Der Kaninchenbraten war inzwischen gar, und so konnte auf dem Sand vor der Grotte das Abendessen serviert werden. Das Tier hatte den Geschmack all der aromatischen Gräser angenommen, von denen es sich ernährt hatte. Es wurde als ausgezeichnet befunden und bis auf die Knochen abgenagt. Ums Haar wäre auch noch einer seiner Kollegen verzehrt worden; dann begnügte man sich aber mit einem Dutzend Taubeneiern. Roberts Bläßhuhn, das beim Braten halb verkohlt war, wurde zerlegt, und jeder bekam eine Portion. Der kleine Jack beschloß, davon zu kosten. Beim ersten Bissen verzog er jedoch das Gesicht zu einer angewiderten Grimasse und mußte das Stück wieder ausspucken, das sein Bruder ihm hatte zukommen lassen. Das Fleisch des Bläßhuhns roch dermaßen nach Schlamm und Sumpf, das man es unmöglich hinunterbrachte. Robert aber gab sich nicht geschlagen, und da sein Magen es mit seiner Eigenliebe aufnehmen konnte, vertilgte er das Tier, das es sich gefallen ließ, tapfer bis zum letzten Rest.
Den folgenden Tag verwandten Flip und Mrs. Clifton auf verschiedenerlei Einrichtungsarbeiten. Der Seemann beschäftigte sich damit, aus Bambuszwischenknoten Gefäße herzustellen. Beim Bearbeiten dieses harten Materials, für das eigentlich eine Säge erforderlich gewesen wäre, machte er überaus geschickt Gebrauch von seinem Messer. So brachte er zustande, was ihm vorschwebte, und konnte der Hausfrau schließlich ein Dutzend sauber gearbeiteter Behältnisse überreichen, die in eine Grottenecke gestellt wurden. Die größeren wurden sogleich mit Süßwasser gefüllt, und die kleineren sollten als Trinkgläser dienen. Mrs. Clifton war genauso glücklich

über diese hölzernen „Glaswaren“, wie sie sich über ein Service aus Böhmen oder Venedig gefreut hätte. „Ja mehr noch“, sagte sie, „denn diese Gläser hier sind nicht einmal zerbrechlich!“

An jenem Tag entdeckte Marc eine Art eßbare Frucht, die etwas Abwechslung in ihren Speisezettel brachte. Es waren eigentlich Kerne, und sie stammten von einer häufig am Wiesenrand wachsenden Kiefernart, der Pinie. Diese Kerne sind äußerst schmackhaft und werden in den gemäßigten Regionen Amerikas und Europas sehr geschätzt. Die Pinienkerne, die Marc seiner Mutter mitbrachte, waren reif, und so wurden die anderen Kinder aufgefordert, gemeinsam mit ihrem Bruder möglichst viele davon aufzusammeln. Sie ließen sich auch nicht lange bitten und durften als Belohnung einige Kerne gleich essen.

So besserte sich also die Lage der kleinen Kolonie von Tag zu Tag. In das Herz der vom Schicksal so hart geprüften Mutter zog allmählich wieder etwas Hoffnung ein. Doch seit wie vielen Tagen hielt sich eigentlich die Familie schon an dieser Küste auf? Weder Mrs. Clifton noch Flip, noch eines der Kinder hätten das vermutlich zu sagen gewußt. Und als an jenem Abend Jack fragte, „was für ein Wochentag“ denn sei, da blickten sie zum ersten Mal wieder zurück.

„Was für ein Tag?“ wiederholte Flip. „Hm, ich muß zugeben, daß ich keine Ahnung habe.“

„Was“, sagte Robert, „wir wissen gar nicht, vor wie vielen Tagen wir hier gelandet sind?“

„Ich könnte es nicht sagen!“ erwiderte Mrs. Clifton.

„Und ich genausowenig wie meine Mutter“, setzte Marc hinzu.

„Also, ich weiß es“, sagte da die kleine Belle.

Alle drehten sich zu dem Mädchen um und sahen dann zu, wie die Kleine in ihren Taschen kramte, Kieselsteine daraus hervorholte und sie auf eine Muschel legte.

„Belle, mein Schatz", sagte ihre Mutter zu ihr, „was haben denn diese Steine zu bedeuten?"
„Mutter", antwortete das Kind, „seit wir hier angekommen sind, habe ich jeden Tag einen Stein in die Tasche gesteckt; wir brauchen sie also nur zu zählen."
Die Worte des kleinen Mädchens wurden mit Hurrarufen begrüßt. Flip beglückwünschte sie zu der Idee eines Mineralkalenders und umarmte sie als Dank für ihre Mühe.
Dann zählten sie die Steine; es waren sechs. Vor sechs Tagen also war die schiffbrüchige Familie an dieser Küste gelandet. Da das Beiboot die *Vankouver* am Montag, den 25. März, verlassen hatte, war nun Samstag, der 30. März. „Wunderbar!" rief Jack. „Dann ist ja morgen Sonntag!"
„Ja, der 31. März", erwiderte Mrs. Clifton, „und dieser Sonntag, liebe Kinder, ist Ostersonntag!"
So ruhten sie sich also am folgenden Tag aus und widmeten sich dem Gebet. Alle dankten dem Himmel dafür, sie bisher so offensichtlich beschützt zu haben, und sie vergaßen auch nicht, für den abwesenden Vater zu beten, an den sie immerfort denken mußten.

Kapitel 11

Flip nützte die folgenden Tage dazu, die Lebensumstände der Familie Clifton weiter zu verbessern. Ihre Existenz an sich war nun so gut wie gesichert. Dieses Land bot alles, was zum Überleben notwendig war. Nun galt es, den Komfort der Schiffbrüchigen etwas zu erhöhen; aber auch in diesem Punkt war Flip recht zuversichtlich.
Die ganze Woche über schaffte der Seemann beträchtliche Vorräte an Brennholz herbei. Dem Feuer, das ständig unterhalten werden mußte, galt seine größte Sorge. Es war schon eine ziemliche Bürde, daß die Feuerstelle stets der Überwachung bedurfte! Flip, Mrs. Clifton und die Kinder konnten sich nie gemeinsam von der Grotte entfernen. Eine größere Exkursion ins Landesinnere war dadurch unmöglich. Bei dem bloßen Gedanken, die Feuerstelle einmal erloschen vorzufinden, lief es Flip kalt über den Rücken; dabei war er sonst nicht gerade leicht zu erschüttern. Er erinnerte sich noch, was für Ängste er beim Anreißen des letzten Streichholzes ausgestanden hatte! Da Flip noch keinen pflanzlichen Stoff entdeckt hatte, der sich als Zunderersatz verwenden ließe, und auch nicht nach Art der Wilden durch Aneinanderreiben zweier Holzstücke Feuer zu erzeugen vermochte, mußte die Feuerstelle der Grotte unablässig beaufsichtigt werden. Um sicherzugehen, zündete der Seemann für die Nacht sogar zusätzliche Feuer an, und zwar aus Nadelholz verfertigte

Fackeln, die einige Meter von der Felswand entfernt in den Boden gesteckt wurden und mehrere Stunden lang brannten. In dieser zweiten Woche wurde im Verlauf einiger Expeditionen der engere Umkreis der Grotte erkundet. Da Flip Mrs. Clifton in der Nacht, wenn wilde Tiere angreifen konnten, nicht allein lassen wollte, machte er sich zur Pflicht, jeden Abend wieder zum Lager zurückzukehren. Somit konnte er immer noch keinen Aufschluß darüber erlangen, ob das Land, das ihnen Zuflucht bot, Festland oder Insel war.
Durch das Wirken des erfindungsreichen Seemanns, dem Marc und Robert geschickt zur Seite standen, vervollständigte sich nach und nach der Bestand an Haushaltsgeräten. Es fehlte nicht an Bambusgefäßen, die ja in jeder beliebigen Größe hergestellt werden konnten. Ein Baum, den Marc eines Tages am Nordufer des Sees entdeckte, lieferte ihnen sogar ein ganzes Sortiment vorgefertigter Flaschen. Er gehörte zur Gattung der Kalebassenbäume, die in den Regionen zwischen den Wendekreisen häufig anzutreffen sind, in gemäßigten Klimazonen aber nur selten.
„Daraus ließe sich schließen", sagte der Junge zu Flip, „daß diese Küste auf einem niedrigeren Breitengrad angesiedelt ist, als wir bisher angenommen hatten."
„Das stimmt", erwiderte Flip, „und daß hier Kokospalmen wachsen, wäre eine Bestätigung dafür."
„Aber", sagte Marc, „wissen denn Sie, Flip, nicht, wo genau die *Vankouver* sich befand, als diese Schurken uns auf dem Ozean ausgesetzt haben?"
„Nein, Monsieur Marc. Diese Dinge gehen nur den Kapitän etwas an und nicht die Matrosen. Wir Seeleute führen nur die Befehle aus, aber wir steuern das Schiff nicht. Aber wenn ich mir die Pflanzen dieses Landes ansehe, dann denke ich wie Sie, Monsieur Marc, daß es auf einem recht niedrigen Breitengrad liegt, so wie etwa die Balearen im Mittelmeer oder sogar die Provinzen von Französisch-Algerien."

„Für solch einen Breitengrad", erwiderte Marc, „war es im März aber reichlich kalt."
„Tja, junger Herr" , sagte Flip, „Sie dürfen eben nicht vergessen, daß in manchen Jahren sogar die Bäche Afrikas zufrieren! Im Frühjahr 1853 habe ich in Saint-Denis-du-Sig in der Provinz Oran Eis gesehen. Sie wissen ja auch, daß in New York, das wie Madrid oder Konstantinopel auf dem vierzigsten Breitengrad liegt, die Winter sehr streng sind. Das Klima hängt stark von der Bodenbeschaffenheit ab. Es kann also durchaus sein, daß die Winter an dieser Küste sehr kalt sind, und daß sie dennoch ziemlich niedrig liegt."
„Es ist schon mißlich, daß wir ihre Lage nicht bestimmen können", sagte Marc.
„In der Tat ist es mißlich, Monsieur Marc", anwortete der Seemann, „aber wir haben keinerlei Instrument, mit dem wir uns über unsere Position Klarheit verschaffen könnten, und so sind wir eben auf Vermutungen angewiesen. Aber ob diese Kalebassenbäume nun eigenlich hier wachsen dürften oder nicht, auf jeden Fall sind sie da, und das müssen wir ausnützen."
Während ihrer Unterhaltung waren Marc und Flip wieder an der Felswand angekommen. Von den Früchten des Kalebassenbaumes brachten sie etwa ein Dutzend mit. Sie sahen wie Flaschenkürbisse aus und ließen sich auch vorteilhaft als Flaschen verwenden. Flip stellte sie in eine Grottenecke, denn noch hatten sie ja weder Tisch noch Schrank, und die Grotte war durch keinerlei Zwischenwand in verschiedene Zimmer aufgeteilt. Dennoch ließ sich an so mancher Anordnung von Gegenständen das methodische Vorgehen Mrs. Cliftons ablesen, und man hätte auch in den Sand die imaginären Linien zeichnen können, durch die hier das Eßzimmer abgetrennt war, da das Schlafzimmer, dort das Anrichtezimmer und daneben die Küche; und überall herrschte peinliche Sauberkeit. Mrs. Clifton versuchte sich den Kummer nicht anmerken zu

lassen, den sie unablässig auf dem Herzen trug, und wirkte fieberhaft an der Gestaltung des gemeinsamen Schiffbrüchigendaseins mit. Man sah, daß diese Mutter nicht für sich selbst arbeitete, sondern für ihre Kinder, die ihr viel bedeuteten. Für sie bemühte sie sich, stark zu sein. Sie vergaß nicht, sie beherrschte sich nur. Flip, der sie beobachtete, begriff, wieviel Anstrengung es sie kostete, der Verzweiflung zu widerstehen. Er ahnte wohl als einziger, wie sehr diese heldenhafte Frau litt. Vielleicht wußte auch Marc es, denn manchmal nahm der tapfere Junge die Hand von Mrs. Clifton, küßte sie und sagte leise: „Kopf hoch, Mutter, Kopf hoch!"

Den geliebten Marc, der seinem Vater wie aus dem Gesicht geschnitten war und schon die gleiche gütige Klugheit ausstrahlte wie der Ingenieur, drückte Mrs. Clifton dann an die Brust und überschüttete ihn mit leidenschaftlichen Küssen!

Zur großen Freude der Kinder gelang es Flip während dieser Woche, in mühsamer Kleinarbeit ein wenig Angelgerät herzustellen. Er hatte zum Glück eine zur großen Familie der Hülsenfrüchte gehörige Baumart entdeckt, die Akazie nämlich, deren spitze Dornen sich als Angelhaken verwenden ließen, wenn man sie über dem Feuer krümmte und an einer Kokosnußfaser befestigte. Als Flip einige solcher Angelleinen gebastelt hatte, versah er sie mit kleinen Fleischstücken als Köder und legte sie in Begleitung der Kinder und ihrer Mutter am Seeufer aus.

Flip setzte große Hoffnungen in diese notdürftige Ausrüstung, und er wurde nicht enttäuscht. Die Wasser des Sees waren fischreich. Viele Fische bissen an, und wenn auch die meisten sich wieder befreien konnten, so gelang es doch, wenigstens einige durch kurzes Anreißen der Leine im richtigen Augenblick festzuhaken und an Land zu ziehen. Der sehr geduldige Marc fing so einen forellenähnlichen Fisch, dessen silbriger Leib mit gelblichen Pünktchen übersät war. Obwohl das Fleisch dieses Tieres sehr dunkel war, schmeckte es her-

vorragend, nachdem es auf glühenden Holzscheiten gebraten worden war. An den folgenden Tagen wurden noch viele solcher Fische gefangen, da sie sehr gefräßig waren und sich wie besinnungslos auf den Köder stürzten. Es biß auch eine größere Anzahl von Stinten an, die von den Leckermäulern der kleinen Kolonie genüßlich verzehrt wurden.
So ernährten sie sich also von Wasserschwein- und Wildkaninchenfleisch, von Fischen – Stinten und Forellen –, von Taubeneiern, Weichtieren, Krebsen und Bohrmuscheln, und mit den Pinienkernen waren auch Früchte vertreten: alles gesunde, nahrhafte Kost. Nur an Gemüse fehlte es ihnen, und vor allem an Brot. Bei jeder Mahlzeit verlangte die kleine Belle in ihrer Unbedachtheit nach ihrem täglichen Stückchen davon.
„Der Bäcker ist noch nicht da", lautete dann die stets gleichbleibende Antwort Flips. „Er hat Verspätung, mein liebreizendes Fräulein, und wenn er uns weiter so schlecht bedient, dieser Bäckerschurke, dann suchen wir uns einfach einen anderen!"
„Ach was", sagte Jack, „wir kommen auch ohne Brot aus! So gut schmeckt es ohnehin nicht!"
„Und doch werden Sie einmal Brot essen müssen!" erwiderte Flip.
„Und wann, bitte?"
„Wenn wir welches haben!"
Mrs. Clifton blickte zu Flip, der von keinerlei Zweifeln geplagt war und selbst daran nicht zweifelte, daß er irgendwann einmal auch Brot herstellen würde, oder, wie er sich ausdrückte, „etwas Brotähnliches".
So verging diese Woche. Dann kam der 7. April, ein Sonntag, der entsprechend begangen wurde. Vor dem Abendessen spazierte die ganze Familie an der Felswand entlang bis zum früheren Lagerplatz am Flußufer. Von dieser Stelle aus sah man weit hinaus auf den Pazifik, auf diese unendliche, leere Wasserfläche, die Mrs. Clifton mit ihren Blicken nahezu verschlin-

gen wollte! Die tapfere Frau hatte noch nicht alle Hoffnung aufgegeben. Flip versuchte, ihr Mut zu machen. Ihm zufolge trachteten die Meuterer auf der *Vankouver* Mr. Clifton nicht nach dem Leben, und entweder der Ingenieur werde auf einem benachbarten Stück Land ausgesetzt, oder es werde ihm gelingen, von der *Vankouver* zu fliehen. Dann werde es seine erste Sorge sein, die Küste zu suchen, an die es seine Frau und seine Kinder verschlagen habe. Mochte er auch noch so wenig Angaben über deren Standort haben, so würden sie doch ausreichen, um ihn auf die richtige Spur zu bringen. Werde etwa ein so intelligenter und wagemutiger Mann wie er, angetrieben von seinen leidenschaftlichen Gatten- und Vatergefühlen, dann nicht dieses Land finden, diesen Zufluchtsort, und müßte er auch sein ganzes Leben darauf verwenden und Insel für Insel den ganzen Pazifischen Ozean absuchen?
Auf all die Argumente, die Flip vorbrachte, gab Mrs. Clifton keine Antwort. Denn sollte der Seemann auch recht haben, wie viele Schwierigkeiten waren dann noch zu überwinden, wie oft mußten sie sich noch auf ihr Glück verlassen und wie lange fern vom Vater an dieser unbekannten Küste verharren? Und außerdem, sagte Mrs. Clifton, wenn die Meuterer auf der *Vankouver* es nicht auf das Leben des Ingenieurs abgesehen hatten, warum hatten sie ihn dann von seiner Frau und seinen Kindern getrennt? Warum hatten sie ihn nicht gleichfalls in dem Boot ausgesetzt, das sie an Land bringen sollte?
Flip versuchte auf diese Frage Mrs. Cliftons etwas zu erwidern, brachte aber nur ein Stammeln heraus.
Im Verlauf der Woche, die am Montag, den 8. April, begann, wurden ihre Lebensmittelvorräte noch weiter gemehrt. Daß sie einmal Hunger leiden müßten, war nicht mehr zu befürchten. Wenn Flip seine Arbeiten verrichtete, leitete er zugleich die Kinder zu praktischem Tun an. Sie sollten dabei so geschickt und erfindungsreich werden wie er selbst. Er hatte versprochen, ihnen Pfeile und Bogen zu fertigen, sobald er

das geeignete Holz dazu finden würde; einstweilen brachte er ihnen bei, wie man Vögel fängt, indem man entweder auf drei Stöckchen gestützte kleine Fallen aufstellt oder aus Kokosnußfasern Schlingen herstellt. Letztere wurden selbst im Kaninchenrevier mit Erfolg verwendet. Oft blieb einer der Nager in der Schlinge hängen, die am Eingang zu seinem Bau ausgelegt worden war. Flip gedachte auch, hierin beraten von Mrs. Clifton, einige Kaninchen und Hühnervögel zu zähmen; zuerst einmal mußte aber ein Geflügelhof gebaut werden, und dazu hatte bisher immer die Zeit gefehlt.

Während Flip seine Schlingen und Fallen anfertigte, lehrte er die Kinder auch, wie man Vögel anlockt, indem man ein Blatt zu einer Tüte rollt und hineinbläst, wodurch sich abwechselnd der Schrei des Weibchens und des Männchens oder auch das Flügelschlagen bestimmter Arten nachahmen läßt. Vor allem Robert beherrschte diese Übung bald meisterhaft. Auch der kleine Jack stellte sich darin gelehrig an und sah beim Hineinblasen aus wie ein pausbäckiger Engel. Wenn die Vögel dergestalt herbeigelockt waren, gingen sie auch oft in eine der Fallen.

Am meisten aber dachte der brave Flip noch immer an sein Feuer, das gegen Böen oder Regengüsse ungeschützt war. Gerne hätte er die wertvolle Feuerstelle in die Grotte selbst verlagert, die dann aber durch den Qualm unbewohnbar geworden wäre. Die Konstruktion eines Rauchabzugs war jedoch eine äußerst schwierige Angelegenheit. Wie sollte der Seemann ohne Werkzeug, ohne eine Hacke oder einen Pickel, in die Granitwand ein Loch schlagen? Hätte irgendwo ein Riß geklafft, so hätte Flip sich das vielleicht zunutze machen können; der Fels jedoch präsentierte sich als kompakte Masse, an die mit einem Messer nicht heranzugehen war. Unter solchen Umständen mußten sie also darauf verzichten, im Grotteninneren einen Kamin zu errichten, und waren weiter auf ihre Feuerstelle draußen angewiesen. Flip gab aber die

Hoffnung nicht auf, sein Vorhaben einmal zu verwirklichen, so wie in seinem Kopf auch einige andere Pläne heranreiften, über die er sich oft mit Marc unterhielt.
Zu Anfang der dritten Woche, am Montag, den 15. April, unternahmen Flip, Marc und Robert wieder eine größere Expedition in den Wald. Sie hatten vor, das rechte Flußufer und seine dicht mit Bäumen bestandene Böschung zu erkunden. Ohne Boot und ohne Brücke konnten sie jedoch den Fluß nicht so einfach an der Stelle überqueren, an der er dem See entfloß; also beschlossen sie, statt dessen um den See herumzugehen und das rechte Flußufer auf diese Weise zu erreichen. Dazu waren drei Meilen Weg zurückzulegen, aber das machte so tüchtigen jungen Marschierern wie Marc und Robert nichts aus; es war nur eine Frage der Zeit. So gingen die drei also am frühen Morgen los, nahmen Proviant für den ganzen Tag mit und gedachten erst bei Einbruch der Dunkelheit wieder zurückzukehren. Mrs. Clifton hatte dazu ihre Einwilligung gegeben, wenn auch eine so lange Abwesenheit sie mit etwas Sorge erfüllte.
Um sechs Uhr morgens kamen Flip und die beiden Jungen beim Waldrand am östlichen Seeufer an. Der Boden war dort sehr unwegsam. Die Bäume wuchsen wild durcheinander und bildeten ein sonnenundurchlässiges Dach. Es herrschte beständiger feuchter Schatten unter ihrem Geäst. Nur Nadelhölzer standen dort empor: Wacholder, Lärchen, Tannen und Strandkiefern.
Die beiden Jungen und ihr Gefährte betraten den Wald. Nur mühsam konnten sie sich durch das Unterholz einen Weg bahnen und mußten unentwegt Gestrüpp und Lianen wegschlagen und abschneiden. Durch das Halbdunkel flatterten aufgescheuchte Vögel davon. Immer wieder hastete ein aus seinem Lager aufgestörter Vierbeiner durch das hohe Gras. Man konnte die Tiere nicht erkennen und erst recht nicht erlegen, sehr zum Verdruß Roberts.

Als sie eine halbe Stunde dahinmarschiert waren, blieb der vorausgeeilte Marc plötzlich stehen und stieß einen überraschten Ruf aus.
„Was ist denn los, Monsieur Marc?“ fragte Flip und lief zu dem Jungen.
„Der Fluß!“
„Schon?“ rief der Seemann höchst erstaunt.
„Sehen Sie nur!“ erwiderte Marc.
Tatsächlich strömten an dieser Stelle gemächlich die dunklen, tiefen Wasser eines Flusses dahin. Höchstens sechzig Fuß breit mochte er sein. Große Bäume spannten von einer Böschung zur anderen ein riesiges Gewölbe. Die beiden sehr höckerigen Ufer verschwanden unter dem Dickicht. Der solchermaßen eingeschnittene Fluß schlängelte sich durch eine sehr enge, malerische Schlucht. Es war ein urtümlicher, imposanter Ort. An manchen Stellen war durch umgestürzte Bäume eine Lichtung entstanden, durch die die Sonne hineinflutete und den Wald zu entflammen schien. Die Luft war von gesundem, herzhaftem Waldesduft erfüllt, von den balsamischen Ausdünstungen der Nadelbäume. Es breitete sich dort eine fast tropische Vegetation aus; Lianen verbanden die Bäume miteinander, die unter ihrer Blätterfülle erstickten, und vor dichten Grasbüscheln, die wahre Reptiliennester sein konnten, mußte man sich in acht nehmen
Flip und die beiden Jungen besahen all das voll stummer Bewunderung. Ein Gedanke jedoch machte dem Seemann zu schaffen. Warum standen sie jetzt schon an diesem Fluß, den sie seinen Schätzungen nach erst eine Stunde später hätten erreichen sollen? Das war unerklärlich.
„Dieser Fluß“, sagte dann Marc, „ist wahrscheinlich gar nicht der, den wir schon erforscht haben.“
„Ja, natürlich!“ rief Flip. „Er hat weder die gleiche Farbe noch die gleiche Geschwindigkeit. Dieser hier ist schwarz und schießt wie eine Stromschnelle dahin.“

„Sie haben recht, Flip“, erwiderte Marc.
„Und wenn wir flußabwärts daran entlanggehen“, fuhr der Seemann fort, „dann werden wir sehen, daß er uns nicht ans Meer zurückführt.“
„Aber irgendwo muß er doch münden“, wandte Robert ein.
„Das schon“, entgegnete Marc. „Vielleicht ist er aber ein Zufluß des anderen, den wir schon kennen.“
„Gehen wir weiter, dann werden wir es sehen“, sagte Flip.
Die beiden Jungen folgten also ihrem Gefährten, und zu ihrer großen Überraschung standen sie etwa hundert Schritt weiter vor dem Westufer des Sees.
„Es trifft zu, was Sie gesagt haben, Monsieur Marc“, rief der Seemann. „Dieser Fluß mündet im See und fließt nicht etwa aus ihm heraus. Der andere ist somit kein Überlauf, wie wir bisher angenommen hatten. Die beiden Flüsse sind eigentlich nur einer, der durch den See hindurchfließt und etwas unterhalb unseres ersten Lagerplatzes ins Meer mündet.“
„So verhält es sich bestimmt“, erwiderte Marc, „und in der Natur kommt ja recht häufig das sonderbare Phänomen vor, daß Flüsse weite Wasserflächen durchqueren.“
„Ja“, rief Robert, „und die Stelle, an der dieser Fluß wieder aus dem See herausfließt und wo mein Wasserschwein untergetaucht ist, befindet sich da vorne, ein wenig rechts von uns, in kaum zwei Meilen Entfernung! Ich sehe sie ganz genau, und wenn wir jetzt mit einem Floß zum rechten Ufer übersetzen könnten, dann wäre es nur noch eine Stunde Fußmarsch bis zu unserer Behausung.“
„Das mag wohl sein“, entgegnete Marc, „nur vergißt du eins, mein lieber Robert.“
„Und was, Marc?“
„Wenn wir den Fluß an seinem Oberlauf überqueren, müssen wir später, wenn er wieder aus dem See herauskommt, noch einmal hinüber.“
„Sehr richtig bemerkt“, sagte Flip.

„Nun“, erwiderte Robert, „wenn wir also den gleichen Weg zurückgehen müssen und noch so eine lange Strecke vor uns haben, dann stärken wir uns erst einmal!“
Roberts Vorschlag wurde angenommen. Flip, Marc und er setzten sich ans Ufer in den Schatten prächtiger Akazien. Der Seemann holte aus seiner Tasche einige Stücke kaltes Fleisch, ein paar gekochte Eier und eine Handvoll Pinienkerne hervor. Klares, kühles Wasser lieferte ihnen der See, und so brachten sie bei kräftigem Appetit ihre Mahlzeit rasch hinter sich.
Dann standen Flip, Marc und Robert auf und warfen noch einen letzten Blick auf den See, der sich in seiner Gänze vor ihnen erstreckte.
In etwa einer Meile Entfernung ragte halbrechts der Felsen empor, an dessen Fuß Mrs. Clifton jetzt sein mußte. Sehen konnten sie sie von hier aus aber nicht, und selbst die von der Feuerstelle aufsteigende Rauchsäule blieb ihren Blicken verborgen. Jenseits des Flusses war das anmutig gerundete Seeufer von einer grünen Borte eingefaßt. Darüber stiegen bewaldete Hügel an, hinter denen der schneebedeckte Gipfel emporragte. Dieses stimmungsvolle Gesamtbild, die friedliche, hin und wieder durch einen Lufthauch vom Walde her gekräuselte Wasserfläche, das Rauschen der großen Bäume, die länglichen Sanddünen, die sich vom Kaninchenrevier bis zum Meer hinzogen, der in der Sonne glänzende Ozean, diese ganze schöne Landschaft machte auf die beiden Jungen einen tiefen Eindruck.
„Dieses wunderbare Schauspiel muß unsere Mutter auch einmal sehen“, sagte Marc.
„Ja!“, versetzte Robert, „wir würden sie mit Jack und Belle hierher mitnehmen, wenn wir auf dem See ein Boot hätten.“
„Könnten wir denn unser Boot nicht hertransportieren oder damit den Fluß hinauf bis zum See fahren?“ fragte Marc.
„Gute Idee!“ rief Robert. „Dann würden wir auch den Oberlauf erkunden. Ach, Flip, das wäre eine schöne Exkursion!“

„Alles zu seiner Zeit!" erwiderte der Seemann, der sich über die Begeisterung von Marc und Robert freute. „Nur Geduld, meine jungen Herren! Da uns zwei Wasserläufe den Weg versperren, schlage ich vor, daß wir zum Lagerplatz zurückkehren."

Das war das Beste, was sie im Augenblick tun konnten, und so gab Flip das Zeichen zum Aufbruch. Mit dem Stock in der Hand gingen die drei am Seeufer einen Pfad entlang, auf dem sie leichter vorwärtskamen als in dem kaum begehbaren Wald. Nachdem sie ihre Erkundungsaufgaben erfüllt hatten, hofften sie auf dem Rückweg wieder als Jäger tätig werden zu können. Aber sie wären wohl mit leeren Händen bei der Grotte eingetroffen, wenn Marc nicht einen in seinem Loch dahindämmernden kleinen Igel erschlagen hätte. Das Tier hatte einen etwas längeren Kopf und einen kürzeren Schwanz als seine europäischen Artgenossen. Es hatte auch ziemlich lange Ohren und gehörte zu einer in Asien weitverbreiteten Gattung von Insektenfressern.

Der Igel war zwar nur eine dürftige Jagdbeute, aber an seinen Stock hängte Marc ihn dennoch. Außerdem konnten die harten, spitzen Stacheln auf verschiedenerlei Weise verwendet werden, vor allem aber zum Verfertigen von Pfeilspitzen. Und da der Bedarf an Jagdwaffen immer dringlicher wurde, riet Flip seinen jungen Freunden, den bescheidenen Igel nicht zu verschmähen.

Um drei Uhr nachmittag langten Flip, Marc und Robert wieder bei der Grotte an. Sie hatten gut daran getan, schneller voranzuschreiten, denn von dem wolkenbedeckten Himmel fielen die ersten Regentropfen herab. Es kam auch Wind auf, und allen Anzeichen nach würde es schlechtes Wetter geben. Mrs. Clifton war es nicht unrecht, daß Flip und ihre Söhne schon wieder zurück waren. Während der Abwesenheit der drei Jäger hatte zwar kein unerwünschter Besucher seine Aufwartung gemacht, aber von der Felswand her war in geringer

Entfernung ein Brüllen zu hören gewesen. Ließ sich daraus schließen, daß in der Nähe der Grotte Raubtiere hausten? Der Beschreibung nach, die Mrs. Clifton von den Lauten gab, war Flip eher der Meinung, daß es sich dabei um Affenschreie handeln mußte. Dennoch beschloß er, auf der Hut zu sein. Er trug sich schon eine Weile mit dem Plan, den Höhleneingang mit einer soliden Palisade zu schützen; doch wie sollte er einzig und allein mit seinem Messer Bäume fällen und sie zu Balken und Brettern zurechtschneiden?

Während der Woche vom 16. bis zum 21. April konnte keine weitere Exkursion unternommen werden. Es regnete unablässig, und der Himmel hellte sich nur selten ein wenig auf. Zum Glück kam der Wind von Nordwest und blies die Felswand von der Seite an, so daß die Grotte von direkt hineinwehenden Böen verschont blieb. Was hätte wohl die schiffbrüchige Familie zu erleiden gehabt, wenn sie noch immer unter dem unzureichenden Schutz ihres ersten Lagerplatzes gelebt hätte? Was hätte das umgedrehte Boot noch genützt, wenn derartig heftige Regengüsse dagegengepeitscht wären? Der wetterfesten Grotte aber konnten weder Wind noch Regen etwas anhaben, und Flip sorgte mit einigen Abflußrinnen dafür, daß auch durch die Sandschicht kein Wasser eindringen konnte.

Die einzige Schwierigkeit bestand darin, die draußen befindliche Feuerstelle ständig am Brennen zu halten. Die Nadelholzfackeln drohten unter den Schauern zu verlöschen. Durch größere Luftströme, die manchmal gegen die Felswand wirbelten, konnte auch die Glut auseinandergefegt werden. Flip paßte fortwährend auf und traf alle Vorsichtsmaßnahmen, die sein findiger Geist ihm eingab. Dennoch war er sehr beunruhigt.

Ließen Wind und Regen einmal nach, eilten der Seemann und seine beiden jungen Gefährten sofort in den Wald und holten wieder Holz. Ihr Vorrat erschöpfte sich daher nicht,

obwohl sie große Mengen Brennmaterial verbrauchten. Mrs. Clifton hatte aufgrund der schlechten Witterung große Kochprobleme; mehr als einmal wurde ihr Eintopf umgeweht. Schließlich beschloß sie, ihre Mahlzeiten in der Grotte selbst zuzubereiten. Um aber eine zu starke Rauchentwicklung zu vermeiden, verwandte sie nur glühendes Holz zum Grillen von Fisch oder Fleisch. Die kleine Belle half dabei so verständig mit, daß Papa Flip ihr unentwegt Komplimente machte. Doch auch Papa Flip blieb keine Minute untätig. Er fertigte mehrere Meter Seil aus Kokosnußfasern an. Hätte ein Seiler mit diesem Material gearbeitet und sein Spezialwerkzeug zur Hand gehabt, so hätte er ausgezeichnete Taue daraus hergestellt. Flip jedoch war zwar wie jeder Seemann auch ein halber Seiler, verfügte aber nicht über die entsprechenden Gerätschaften. Mit einem notdürftig zusammengebastelten Drehkreuz gelang es ihm dennoch, die Fasern stark genug zu verdrillen. Die dünnsten Schnüre, die er so anfertigte, wollte er zu Bogensehnen verarbeiten; doch waren sie zu dehnbar. Da kam Flip auf die Idee, zu diesem Zweck entsprechend vorbereitete Därme zu verwenden, und verschob die Bogenherstellung auf den Zeitpunkt, an dem er sich solche Därme würde verschaffen können. Dann beschäftigte er sich damit, an den Grottenwänden entlang Bänke anzubringen, indem er Pflöcke tief in den Stand steckte und darauf die Bretter des Vordecks befestigte, die auf dem Boot nicht gebraucht wurden. Sogar einen Tisch stellte er in der Grottenmitte auf. Die Hausfrau war von diesen Möbeln sehr angetan, und an einem Donnerstag konnte die Familie sich endlich zum ersten Male „zu Tisch setzen"!
Das schlechte Wetter aber hielt an. Schauer und Böen lösten einander unaufhörlich ab. Flip fragte sich, ob etwa auf diesem Breitengrad gerade die Regenzeit begonnen habe und noch wochenlang andauern würde. In diesem Fall hätten die Chancen für Jagd und Fischfang schlecht gestanden, und sie

wären gezwungen gewesen, sich etwas einfallen zu lassen. In der Nacht vom 21. auf den 22. April nahmen Sturm und Regen noch einmal an Heftigkeit zu. Flip hatte zum Schutz seines Feuers alle notwendigen Maßnahmen getroffen. Er glaubte auch gar nicht, daß eine echte Gefahr drohte, solange der Wind aus Nordwest wehte. Nur von den Luftwirbeln war etwas zu befürchten. Im allgemeinen hielt Flip am Feuer Wache, während Mrs. Clifton und ihre Kinder in der Grotte schliefen. Vor einiger Zeit hatte aber Marc ihn gebeten, mit ihm diese Aufgabe teilen zu dürfen. Da der wackere Seemann nicht gänzlich ohne Schlaf auskommen konnte, hatte er Marcs Bitte wohl oder übel entsprochen. So wechselten er und der Junge, auf den völliger Verlaß war, sich alle vier Stunden ab.

In jener fürchterlichen Nacht nun hatte Flip gegen Mitternacht die Wache Marc überlassen und sich auf seinem Moosbett niedergelegt. Das mit Brennmaterial wohlversorgte Feuer prasselte wunderbar vor sich hin, und am Grotteneingang war genügend Holz gestapelt. An einem Felsstück sitzend, schützte sich Marc so gut es ging vor dem strömenden Regen. Eine Stunde lang kam es zu keinerlei Zwischenfall. Wind und Meer brausten im Duett, aber die Wetterlage verschlimmerte sich nicht.

Da sprang plötzlich gegen halb zwei Uhr morgens der Wind mit unerhörter Schnelligkeit von Nordwest auf Südwest um. Eine ungeheure Masse aus Wasser und Luft wuchtete auf die Felswand zu und wirbelte dabei eine Sandsäule auf.

Geblendet wurde Marc zu Boden geworfen, stand aber sofort wieder auf und rannte zu seinem Feuer!

Keine Feuerstelle mehr. Der Orkan hatte die Steine auseinandergewirbelt und die Holzstücke weggefegt. Die Nadelholzfackeln flogen wie leuchtende Strohhalme durch die Luft. Glutstücke rollten über den Sand und hauchten ihren letzten Schimmer aus.

Der arme Marc war verzweifelt.
„Flip! Flip!“ schrie er.
Der durch Marcs Rufe aus dem Schlaf geschreckte Seemann eilte aus der Grotte. Sofort war ihm alles klar! Der Junge und er wollten noch einige glühende Holzstücke erhaschen, die vom Sturm umhergetrieben wurden. Doch vor lauter Regen sahen sie nichts, und die Böen warfen sie um, so daß sie sich schließlich verzweifelt am Fuß der Felswand in die tiefe Dunkelheit kauerten.

Kapitel 12

Die Lage war nun entsetzlich. Ein Sturm hatte genügt, um die Zukunft der unglücklichen Familie ernsthaft in Frage zu stellen. Was sollte denn ohne Feuer aus der kleinen Kolonie werden? Wie sollten sie die lebensnotwendige Nahrung zubereiten? Wie der großen Winterkälte widerstehen? Wie auch nur in der Nacht sich vor angreifenden Raubtieren schützen? Das alles ging dem armen Flip durch den Kopf, und trotz seiner sonstigen Willenskraft war er niedergeschmettert. Stumm und reglos saß er in seinen durchnäßten und schlammverschmutzten Kleidern da und starrte ins Dunkle.

Die Verzweiflung des armen Marc aber war unbeschreiblich. Er weinte.

„Verzeihen Sie mir! Verzeihen Sie mir!“ stammelte er.

Flip umfaßte die Hände des Jungen und drückte sie, brachte aber kein tröstendes Wort hervor.

„Meine Mutter! Meine arme Mutter!“ sagte Marc immer wieder.

„Wecken wir sie nicht auf, junger Herr“, sagte der Seemann. „Sie schläft! Und ihre Kinder schlafen. Wecken wir auch sie nicht auf! Morgen werden wir versuchen, dieses Unglück wiedergutzumachen.“

„Es ist aber nicht wiedergutzumachen!“ murmelte Marc mit tränenerstickter Stimme.

„Doch..." erwiderte Flip, „doch... vielleicht! Wir werden sehen!"
Der ehrliche Seemann fand keine Worte, um jene Dinge auszudrücken, an die er ja doch nicht glaubte!
Er wollte Marc dazu bringen, in die Grotte zu gehen, da es noch immer in Strömen regnete. Doch der arme Junge sträubte sich.
„Es ist meine Schuld! Es ist meine Schuld!" sagte er fortwährend.
„Nein!" entgegnete Flip. „Nein, junger Herr! Es ist nicht Ihre Schuld. Wäre ich an Ihrer Stelle gewesen, so wäre mir das gleiche Unglück widerfahren! Niemand hätte gegen solche Wassermassen etwas ausrichten können. Sie sind ja umgeworfen worden! Mir wäre es genauso ergangen, und genau wie Sie hätte ich keinen Funken dieses Feuers retten können! Lassen Sie sich nicht so gehen, Monsieur Marc! Kommen Sie mit in die Grotte!"
Marc mußte dem Drängen Flips nachgeben und warf sich auf sein Mooslager. Auch Flip ging hinein, war aber so vor den Kopf geschlagen und aus tiefster Seele verzweifelt, daß er die ganze Nacht kein Auge zutat und nur immer den armen Jungen an seiner Seite schluchzen hörte.
Gegen fünf Uhr schien erster Tagesschimmer in die Grotte hinein. Flip stand auf und ging hinaus. Der Wolkenbruch hatte draußen Spuren hinterlassen. Der vom Wind aufgehäufte Sand bildete hier und da richtige Dünen. Etwas weiter weg waren Bäume umgestürzt, manche entwurzelt, andere umgeknickt. Auf dem Boden lagen verkohlte Holzstücke umher. Unwillkürlich machte Flip eine Geste der Wut und der Verzweiflung.
Da trat Mrs. Clifton aus der Grotte. Sie ertappte den Seemann bei seiner Geste. Sie ging auf ihn zu und wurde gewahr, wie mitgenommen er aussah. Umsonst versuchte der Seemann sich zu verstellen.

„Was ist denn, Freund Flip?“ fragte die Frau.
„Nichts, Madame, nichts!“
„Reden Sie, Flip. Ich will alles wissen.
„Aber, Madame Clifton...“ sagte Flip zögernd.
„Flip“, sprach Mrs. Clifton in schmerzerfülltem Ton, „welches noch größere Unglück könnte uns treffen, nach allem, was wir schon durchgemacht haben?“
„Eines gab es noch, Madame, ein einziges!“ entgegnete der Seemann leise.
„Und welches?“
„Sehen Sie nur!“
Dabei führte Flip Mrs. Clifton zu der verwüsteten Feuerstelle.
„Das Feuer! Das Feuer erloschen!“ murmelte die arme Frau.
„Ja!“ antwortete Flip. „Ein Wolkenbruch... in der Nacht!“
Mrs. Clifton faltete die Hände und sah Flip an.
„Und Sie haben es nicht verhindern können?“ fragte sie.
„Nein... Madame“, erwiderte der wackere Mann ausweichend. „Ich habe es ungeschickt angefangen... einen Moment nicht aufgepaßt... war etwas nachlässig!“
Da kam Marc aus der Grotte und erblickte seine Mutter. Er hörte die Antwort Flips und begriff, daß der Seemann die Schuld an dem Unglück auf sich nehmen wollte. Er stürzte auf Mrs. Clifton zu und rief: „Er war es gar nicht, Mutter, ich war's, ich!“
Da nahm die unglückliche Mutter ihr Kind in die Arme und bedeckte es mit Küssen. Marc aber war untröstlich.
„Weine nicht, mein Junge, weine nicht!“ sagte seine Mutter zu ihm. „Du brichst mir sonst das Herz!“
Nun standen auch Robert, Jack und Belle bei Mrs. Clifton. Der sehr gerührte Robert bedachte seinen Bruder mit Liebkosungen und redete ihm gut zu. Jack und Belle schlangen ihre Arme um ihn. Man hätte weinen können bei diesem ergreifenden Anblick!

„Jetzt aber frischen Mut gefaßt, Kinder!“ sagte Flip. „Es trifft niemanden eine Schuld in dieser Sache. Wir haben kein Feuer mehr? Nun gut, wenn wir uns keines beschaffen können, dann werden wir eben ohne Feuer auskommen!“

„Ja, finden wir uns damit ab!“ sagte Mrs. Clifton leise.

Aber sich mit etwas abzufinden, war nicht Flips Art. Dieses Feuer fehlte ihm, er wollte es um jeden Preis wiederhaben und probierte den ganzen Tag über verschiedene Mittel aus, um seine erloschene Feuerstelle wieder zum Lodern zu bringen.

Aus einem Feuerstein Funken zu schlagen, war eine recht einfache Angelegenheit. Und am Strand gab es Feuersteine in Hülle und Fülle. Wenn nun aber Flip mit seinem Messer gegen einen solchen Stein schlug, dann mußten die davonfliegenden Funken von irgendeiner Substanz aufgefangen werden. Am besten dazu eignete sich der Zunderschwamm, ein Pilz von der Gattung der Porlinge, der bekanntlich sehr leicht entflammbar ist, vor allem, wenn er mit Schießpulver gesättigt oder in einer Kaliumnitrat- beziehungsweise Kaliumchloratlösung gekocht und damit zu Zunder verarbeitet wird. War dieser Pilz vielleicht hier anzutreffen? Oder ließen sich etwa andere Pilze aus der gleichen Familie als Zunder verwenden? Das mußte herausgefunden werden. Das Vorhaben, die Funken mit trockenem Moos aufzufangen, mußte Flip jedoch bald aufgeben; das Moos entzündete sich einfach nicht! Nach mehreren fruchtlosen Versuchen wandte sich Flip der von den Wilden angewandten Methode zu, bei der Holz durch Aneinanderreiben entflammt wird. Doch wie bereits erwähnt, verwenden die Wilden dazu eine ganz bestimmte Holzart, die Flip nicht kannte. Dieses Verfahren, bei dem entweder zwei Holzstäbchen gegeneinandergerieben oder eines mit einem Loch versehen und das andere darin mit großer Geschwindigkeit herumgedreht wird, erfordert außerdem ein hohes Maß an Übung. Flip probierte nacheinander beide

Methoden aus. Auch Marc, Robert und Jack versuchten sich daran, rieben sich jedoch lediglich die Hände wund. Das Holz dagegen wurde nicht einmal richtig warm.

Flip gab also den Versuch auf, sich auf diese Weise Feuer zu beschaffen. Nun hatte er nur noch eine Hoffnung, nur noch einen Gedanken im Kopf: Er mußte diesen Porling finden oder aber eine andere Pflanze, deren Fruchtkörper sich als Zunder verwenden ließe.

Vier Tage waren seit dem bedauerlichen Vorfall vergangen. Die Zuversicht, mit der sich die Herzen der Ausgesetzten allmählich erfüllt hatten, war nun dahin. Schweigend brachten sie ihre Tage zu. Kein Gespräch mehr zwischen Flip und den Kindern! Keine Zukunftspläne! Keine Vorhaben, die der findige Seemann zu verwirklichen gedachte!

Auch auf ihre Versorgungslage wirkte sich dieser Zustand aus. Sie lebten noch von ihren Vorräten an Fleisch und geräuchertem Fisch, aber diese gingen bald zur Neige. Wozu sollten sie sie auch wieder auffüllen? Wozu jagen oder angeln? Ohne Feuer konnten sie ihre Beute ohnehin nicht mehr verwerten. Die Exkursionen wurden daher so gut wie eingestellt. Flip besorgte lediglich Tag für Tag die Pflanzen, die sie für ihre Ernährung brauchten.

Am wertvollsten waren zweifellos die Früchte der Kokospalme. Die sorgfältig geernteten Kokosnüsse stellten ein Grundnahrungsmittel der Familie dar. Waren die Nüsse noch nicht ganz reif, so enthielten sie eine ausgezeichnete Milch, die die Kinder herausholten, indem sie eine der drei weichen Stellen an der Spitze der Frucht anbohrten. Sie tranken diese Milch mit äußerstem Behagen. Beließ man die Flüssigkeit eine Zeitlang in einem Bambusgefäß oder einer Kalebasse, so reicherte sie sich mit Kohlensäure an und vergor zu einem schäumenden, sehr wohlschmeckenden Getränk, das aber eine berauschende Wirkung entfaltete, wie Robert einmal am eigenen Leibe erfahren mußte. Nach völliger Reifung der Kokosnuß verhärtete sich die Milch zu einem sehr nahrhaften und gesunden Samenkern.

Die in der Umgebung der Grotte recht zahlreich wachsenden Kokospalmen konnten also mit ihren Früchten die Ernährungsgrundlage für die Familie bieten, der ja keine von Tieren stammenden Lebensmittel mehr zur Verfügung standen. Die Nüsse waren leicht zu ernten. Mit den von Flip gefertigten Seilen stiegen Marc und Robert behende auf die Palmen hinauf. Von dort warfen sie die Kokosnüsse hinunter, die aber nicht alle zerbrachen, so hart war ihre Schale. Dann mußten sie mit schweren Steinen aufgeschlagen werden, was der Seemann immer sehr bedauerte, da er mit einer Säge aus den Schalen die verschiedensten Haushaltsgegenstände hätte herstellen können.

Bald wurde ihr Speiseplan um ein anderes Gewächs bereichert, das der Seemann entdeckt hatte. Es war eine Meerespflanze, die an den Küsten Asiens häufig verzehrt wird, und Flip erinnerte sich zum Glück daran, daß er dort einmal davon gekostet hatte. Die Pflanze gehörte zur Gattung der Braunalgen und war eine Art Beerentang, von dem die Felsen am Ende der Steilküste überreich bewachsen waren. Ließ man diese Algen trocknen, so erhielt man eine gallertartige, nährstoffreiche Substanz von eigenartigem Geschmack, an den man sich jedoch gewöhnte. Die Kinder verzogen zuerst das Gesicht, fanden aber schließlich Gefallen an dieser Nahrung und aßen nicht wenig davon.

Durch Miesmuscheln und einige andere Muschelarten, die sie roh verzehrten, wurde ihre Ernährung etwas abwechslungsreicher und enthielt auch mehr von dem für den Körper so notwendigen Stickstoff. Am südlichen Teil der Küste, etwa eine Meile unterhalb der Grotte, hatte Marc damals auch noch das Glück, auf eine Bank sehr nützlicher Weichtiere zu stoßen.

„Flip“, sagte er zu seinem Freund und hielt ihm eine Schale hin.

„Eine Auster!“ rief der Seemann.
„Ja, Flip, und wenn es stimmt, daß jede Auster pro Jahr fünfzig- bis sechzigtausend Eier legt, dann haben wir hier einen unerschöpflichen Vorrat.“
„Das ist wahr, Monsieur Marc, Sie haben da eine wertvolle Entdeckung gemacht. Morgen werden wir diese Bank näher begutachten. Austern haben eine für uns sehr bedeutsame Eigenschaft: Man braucht sie nämlich nicht zu kochen. Ich weiß allerdings nicht, ob sie sehr nahrhaft sind.“
„Nein“, antwortete Marc, „sie haben nur einen sehr geringen Stickstoffgehalt, und wollte man sich ausschließlich von Austern ernähren, so müßte man pro Tag nicht weniger als fünfzehn bis sechzehn Dutzend davon essen.“
„Na schön!“ rief Flip. „Wenn diese Bank unerschöpflich ist, dann essen wir eben Dutzende und Aberdutzende von Austern! Außerdem kann man sie leicht zu sich nehmen, und es ist wohl noch kein Fall bekannt, daß sich jemand an Austern den Magen verdorben hätte.“
„Dann bringe ich die gute Nachricht gleich meiner Mutter“, sagte Marc.
„Warten Sie noch, sehen wir uns die Austernbank erst einmal an, dann wissen wir genauer, woran wir sind.“
Am folgenden Tag, dem 26. April, gingen Marc und Flip an der Westküste in Richtung Süden und überquerten dabei die Dünenreihen. Drei Meilen vom Lagerplatz entfernt wurde das Ufer felsig. Auf äußerst malerische Weise lagen riesige Steinblöcke aufeinander und bildeten – wie etwa auch an den Küsten der Bretagne – dunkle, hohe „Kamine“, in die das Meer sich bei Flut donnernd ergoß. Weiter draußen zeichneten sich in mehreren Reihen gestaffelte Klippen ab, die es selbst einem kleineren Boot unmöglich gemacht hätten, an diesem Küstenteil zu landen. All diese Felsen schäumten in der Brandung, und die Linie der Riffs setzte sich bis zu dem südwestlich gelegenen Kap fort.

Hinter den am Ufer emporragenden Felsen erstreckten sich weite, etwas höhergelegene Ebenen, richtiges Heideland, bewachsen mit Stechginster und Erika. Diese karge Landschaft bildete einen augenfälligen Kontrast zu der immergrünen Umgebung der Felsenwand. Hier standen die Bäume erst mehrere Meilen vom Ufer entfernt auf den ersten zur Berglandschaft gehörenden Kuppen. So machte die Gegend einen öden Eindruck.

Flip und Marc gingen immer weiter nach Süden, und obwohl sie nah nebeneinanderher marschierten, wechselten sie nur wenige Worte. Der Seemann versuchte, seinem Gehirn irgendeinen Einfall zu entlocken, aber ohne Erfolg. Nur ein einziger Gedanke beherrschte ihn. Unter seinen Füßen knirschten leere Muschelschalen, die man zu Millionen hätte zählen können. An der Unterseite flacher, von der Flut überspülter Felsen klebten in großer Anzahl Strandschnecken, ausgezeichnet mundende Weichtiere, die aber gekocht werden mußten. Also kamen sie für eine Verwendung nicht in Frage.

Das gleiche galt für ein Reptil, über das sie unter anderen Umständen in helle Freude ausgebrochen wären. Es handelte sich um eine Schildkröte, und zwar um ein Prachtexemplar der Gattung Mydax mit herrlichem grünschillerndem Panzer. Als erster hatte Flip die Schildkröte gesehen, die zwischen Felsen hindurch zum Meer kriechen wollte.

„Zu mir her, Monsieur Marc, helfen Sie mir!“ rief er.

„Oh, was für ein schönes Tier!“ rief der Junge aus. „Aber wie sollen wir es fangen?“

„Nichts leichter als das“, antwortete Flip. „Wir drehen es auf den Rücken. Nehmen Sie Ihren Stock und machen Sie es wie ich.“

Das Reptil witterte die Gefahr und zog sich zwischen Rückenpanzer und Bauchschild zurück. Weder Kopf noch Beine waren mehr zu sehen. Das Tier lag reglos da wie ein Stück Fels. Da steckten Flip und Marc ihre Stöcke unter die Brust der

Schildkröte und drehten sie mit vereinten Kräften auf den Rücken. Das einen Meter lange Tier war mindestens zweihundert Kilo schwer.

Als das Reptil so dalag, streckte es ein wenig seinen kleinen, flachen Kopf heraus, der sich nach hinten zu durch große, unter dem Schädeldach verborgene Schläfengruben erweiterte.

„Und jetzt Flip", fragte Marc, „was machen wir jetzt damit?"

„Was wir damit machen, junger Herr? Ich weiß es wirklich nicht! Ja, wenn wir Feuer hätten und dieses prächtige Tier zubereiten könnten, was glauben Sie, was für eine gesunde und wohlschmeckende Mahlzeit uns dann bevorstünde! Das ist eine Meeresschildkröte; sie ernährt sich von Seegras, und ihr Fleisch ist zart und delikat! Man macht daraus die berühmte Schildkrötensuppe..."

Wie ein enttäuschter Feinschmecker redete der wackere Seemann daher, und man hätte herzhaft darüber lachen können, wenn ihre Lage nicht so ernst gewesen wäre. Mit was für Augen er die Schildkröte ansah, und wie er dabei die spitzen, weißen Zähne bleckte! Tüchtiger Flip, dieser Anfall von Eßlust sei dir verziehen!

Marc hörte seinem Gefährten zu und verstand auch all das, was dieser nicht aussprach. Da dachte er an den Wolkenbruch zurück und machte sich wieder Vorwürfe!

„Los jetzt", sagte Flip und stampfte auf, „hier haben wir nichts mehr verloren. Gehen wir weiter."

„Und die Schildkröte?" fragte Marc.

„Na ja", fuhr der Seemann fort, „eigentlich ist es nicht ihre Schuld, daß wir sie nicht essen können! Sie hier sterben zu lassen, ohne daß jemand etwas davon hat, wäre unnötig und grausam. Her mit den Stöcken."

Wieder setzten sie ihre Stöcke wie Hebel an und wuchteten das Reptil in seine normale Stellung zurück. Dann traten Flip und Marc ein paar Schritte zur Seite. Zuerst rührte die Schild-

kröte sich überhaupt nicht; als sie keinen Laut mehr vernahm, streckte sie den Kopf heraus, lugte mit ihren großen Augen umher, und dann kamen auch ihre abgeflachten, ruderförmigen Beine zum Vorschein. In einem Tempo, das für sie wohl einem „Galopp" gleichkam, kroch sie dann zum Meer und war bald in den Fluten verschwunden.
„Gute Reise, Schildkröte!" rief ihr Flip halb verstimmt, halb belustigt hinterher. „Du kannst wahrlich von dir behaupten, daß du ein Glückspilz von einem Reptil bist!"
Dann setzten Marc und der Seemann ihren durch diese Begegnung unterbrochenen Marsch fort. Bald gelangten sie zu der Stelle, von der der Junge erzählt hatte. Sie sahen eine Abfolge von flachen und sehr rissigen Felsen, die mit Austern bedeckt waren. Flip stellte fest, daß die Weichtiere leicht aufzusammeln waren. Es war eine riesige Austernbank mit Tausenden von Exemplaren. Die Tiere waren nur mittelgroß, schmeckten aber hervorragend, wie Flip und Marc feststellen konnten, als sie einige Austern probierten, deren Schalen einen Spalt weit offenstanden. Sie sahen zum Verwechseln den bretonischen Cancale-Austern ähnlich, einer der besten eßbaren Arten. Der Abtransport der Austern war kein Problem.
„Bei ruhiger See und Landwind", sagte Flip, „werde ich einmal mit dem Boot die Riffe umfahren und in weniger als einer Taulänge von dieser Bank vor Anker gehen. Dann laden wir das Boot mit den ausgezeichneten Weichtieren voll und transportieren sie zur Felswand, wo sie uns dann stets zur Verfügung stehen."
An jenem Tag sammelten Marc und Flip mehrere Dutzend Austern, die sie zum Lagerplatz mitbringen wollten. Das war schnell geschehen, und eine Dreiviertelstunde später waren sie an der Grotte zurück.
Die Weichtiere waren allen willkommen, und es wurde beschlossen, sie bei der nächsten Mahlzeit als Hauptgericht zu verzehren.

Die Schwierigkeit bestand aber darin, die Austern zu öffnen, ohne dabei das Messer zu verbiegen, an dem Flip aus verständlichen Gründen ganz besonders hing. Hätten sie noch glühende Holzscheite gehabt, dann hätten sie die Austern ganz einfach daraufgelegt, und sie wären von selbst aufgegangen – abermals spürten sie, wie sehr sie des Feuers entbehrten.

Flip öffnete also die Austern mit dem Messer. Die Kinder saßen um ihn herum und sahen ihm mit begreiflichem Interesse zu.

Bei der achten Auster hatte Flip das Messer etwas ungeschickt angesetzt, und plötzlich vernahmen sie ein Knacken.

Die in der Mitte abgebrochene Klinge fiel auf den Tisch.

„Verflucht!“ rief Flip, der seinen Zorn nicht zu bezähmen vermochte.

Kein Feuer mehr! Sein Messer zerbrochen! Was sollte jetzt aus ihm werden? Und was aus den lieben Menschen, deren Schicksal er sich ganz und gar verschrieben hatte?

Kapitel 13

Hatte sich denn gegen diese Unglücklichen der Himmel verschworen? Nach den beiden Vorfällen mit der erloschenen Feuerstelle und dem zerbrochenen Messer war man versucht, es zu glauben!

Flip war nach diesem jüngsten Schicksalsschlag aus der Grotte gegangen und hatte den nunmehr unnützen Messergriff weit fortgeworfen. Die Kinder waren stumm und reglos sitzengeblieben. Sie hatten die Tragweite dieses unersetzbaren Verlustes erfaßt.

Da erhob sich Mrs. Clifton, deren Augen vor Müdigkeit und Schmerz gerötet waren. Sie drückte die Hand auf die beklemmte Brust und verließ die Grotte.

Sie ging zu Flip, der mit verschränkten Armen zu Boden starrte. Sie rief seinen Namen.

Flip hörte sie nicht einmal.

Mrs. Clifton ging noch näher zu ihm hin und berührte ihn leicht am Arm.

Da drehte Flip sich um. Er weinte! Ja! Es flossen ihm dicke Tränen über die Wangen.

Mrs. Clifton nahm ihn bei der Hand.

„Flip, mein Freund", sagte sie mit ihrer sanften, ruhigen Stimme, „in den ersten Tagen nach unserer Ankunft an dieser Küste, als ich verzweifelt war und mein Schmerz mich fast überwältigt hätte, da sind Sie zu mir gekommen und haben mir wieder Mut gemacht. Sie haben mir meine vier Kinder gezeigt, für die ich weiterleben mußte! Und jetzt, wo sie mich stark gemacht haben, muß ich da nicht Ihnen Mut machen und zu Ihnen die gleichen Worte sprechen, deren Sie sich mir gegenüber bedient haben: Freund Flip, Sie dürfen nicht verzweifeln!"

Als der wackere Seemann die Worte dieser Frau und Mutter vernahm, wurde seine Stimme von einem Schluchzen erstickt. Er wollte antworten, konnte es aber nicht.

Mrs. Clifton sah, wie sehr er um Fassung rang, und sprach weiter mit halblauter Stimme begütigend auf ihn ein. Sie rief ihm in Erinnerung, daß ihre Kinder und sie all ihre Hoffnung auf ihn setzten. Wenn er sich der Verzweiflung hingebe, sei für sie alles aus. Dann seien sie verloren!

„Ja", sprach endlich der Seemann, als er sich wieder in der Gewalt hatte, „ja, Mrs. Clifton, Sie haben recht, und es wäre unwürdig von mir, den Mut sinken zu lassen, wenn Sie, eine Frau, sich als so seelenstark erweisen! Ja, ich werde kämpfen und aller Widrigkeiten Herr werden! Ihre Kinder sind die meinigen, und ich werde mich für sie einsetzen, wie ihr tapferer Vater es getan hätte. Bitte verzeihen Sie mir diese momentane Verzagtheit! Ich konnte nicht anders. Aber das ist jetzt vorbei! Vorbei!"

Flip drückte Mrs. Clifton die Hand und ging dann wortlos in die Grotte zurück, nachdem er sein zerbrochenes Messer wieder aufgehoben hatte. Scheinbar unbewegt beschäftigte er sich dann damit, mit dem Klingenrest, der dazu noch zu gebrauchen war, weitere Austern zu öffnen.

Die Unglücklichen aßen, denn sie hatten Hunger. Mit den Weichtieren vermochten sie ihren Appetit ein wenig zu stillen. Vervollständigt wurde die Mahlzeit mit Beerentang und Pinienkernen. Alle aber schwiegen, und man spürte, daß die Verzweiflung nicht nur die Kinder erfaßt hatte, sondern auch ihre Mutter und den wackeren Seemann, die von den Wechselfällen des Lebens schon so sehr mitgenommen waren.

Während der folgenden Tage, am 27., 28. und 29. April, befaßten Flip und die Kinder sich eifrig damit, die Vorräte an Kokosnüssen und Beerentang wieder zu ergänzen. Zweimal bestieg der Seemann sein Boot und fuhr an den Klippen vorbei zu der Austernbank. Er brachte Tausende von Weichtieren mit und kam auf den Einfall, sie in dem natürlichen Austernpark zu lagern, den die vom Wasser bedeckten Felsen bildeten. So waren die Austern nur wenige Meter von der Grotte entfernt und dienten zusammen mit den ebenfalls roh zu verzehrenden Miesmuscheln der Familie als Nahrungsgrundlage. Die Mägen litten zwar unter dieser dürftigen Kost, doch die tapferen Kinder beklagten sich nie, um ihre Mutter nicht zur Verzweiflung zu bringen.
Mrs. Clifton war sich durchaus bewußt, worauf der sichtliche Kräfteverfall ihrer Kinder zurückzuführen war. Flip war sich nicht minder darüber im klaren. Doch der arme Mann war ratlos. Er wußte nicht mehr weiter. Was menschenmöglich war, unternahm er; aber er stieß an seine Grenzen. Nur auf die Vorsehung konnte die Familie jetzt noch hoffen. Würde diese ihnen beistehen? „So sehr", dachte Flip, „haben wir uns jetzt schon selbst geholfen, daß uns vielleicht auch Gott ein wenig helfen wird."
Der Seemann beschloß, nunmehr die nördliche Küstenpartie zu erkunden. Falls dieses Land bewohnt war, so mußte er das herausfinden, und zwar so bald wie möglich. Zu dieser Exkursion wollte Flip allerdings alleine aufbrechen. Die Kinder waren durch den Nahrungsmangel derart geschwächt, daß sie ihm nicht hätten folgen können, denn er hatte vor, nötigenfalls auch eine weitere Strecke zurückzulegen und nicht am gleichen Tag zurückzukehren. In jenem Fall war es besser, wenn die Söhne in der Nacht bei ihrer Mutter blieben.
Flip gab seinen Entschluß Mrs. Clifton bekannt, die sich damit einverstanden erklärte. Wenn Flips Vorhaben auch nur die geringste Aussicht auf Rettung bot, so mußte es versucht werden.

Am Dienstag, den 29. April, verabschiedete sich Flip gegen Mittag von der Familie und zog los. Als einzigen Proviant nahm er ein paar Pinienkerne mit. Entlang der Küste gedachte er sich von Muscheln oder ähnlichem zu ernähren.
Es war ziemlich schönes Wetter. Der Wind wehte vom Land her und kräuselte die Meeresoberfläche nur leicht.
Marc begleitete Flip noch eine Viertelmeile, dann trennten sie sich.
„Passen Sie gut auf die Kinder auf, Marc", sagte der Seemann, „und falls ich vor Einbruch der Nacht nicht wieder da bin, dann machen Sie sich keine Sorgen."
„Ja, Flip. Adieu, Flip", sagte der Junge.
Marc ging die Felswand entlang zurück, und Flip marschierte auf die Flußmündung zu, die er schon bald erreichte. Dort fand er die Spuren des ersten Lagerplatzes und die kalte Asche der erloschenen Feuerstellen vor. Keine Glut mehr, nicht ein Funke. Als Flip die Stelle sah, an der das Boot gelandet war, entfuhr ihm ein Seufzer. So voller Hoffnung war sein Herz damals gewesen, und jetzt...
„Es wäre noch etwas anderes, wenn ich allein wäre!" dachte er. „Aber eine Frau in dieser Einsamkeit, und Kinder!"
Flip ging das linke Ufer hinauf. Er wollte durch den Fluß schwimmen, was ihm ein leichtes sein würde. Am gegenüberliegenden Ufer, das sehr steil war, bemerkte er eine Spalte, über die er bequemer auf den Gipfel der Felswand zu gelangen hoffte. Er hatte vor, die hohe Wand entlangzugehen und von dort oben einerseits auf den Ozean hinabzusehen und andererseits auf die Ebenen, die an diesen Teil der Küste grenzten.
Flip begann also, seine Kleider abzulegen, die er zu einem Bündel knoten und sich beim Schwimmen auf den Kopf legen wollte. Als er seine Matrosenbluse auszog und zusammenlegte, fühlte er in der Seitentasche ein kleines Päckchen. Es war ein großes Platanenblatt, artig geschnürt mit einer Ko-

kosnußfaser, doch was das Päckchen enthielt, hätte der Seemann nicht zu sagen vermocht. Voller Neugier löste er die Verschnürung, faltete das Blatt auf und erblickte ein Stück Zwieback und etwas Fleisch, das er im ersten Augenblick am liebsten zum Mund geführt hätte.
Er hielt sich aber zurück. Als Mrs. Clifton gesehen hatte, daß er sich ohne ausreichenden Proviant auf den Weg machen wollte, hatte sie aus der eisernen Reserve diesen Zwieback und dieses Fleisch hervorgeholt, den letzten Rest vielleicht!
„Ach, das gute, das wunderbare Wesen!“ rief er aus. „Aber sie soll ja nicht denken, daß ich Fleisch und Zwieback esse, wenn ihre Kinder und sie solche Nahrung entbehren müssen!“
Daraufhin verschloß er das Päckchen wieder sorgsam und steckte es in die Tasche zurück, fest entschlossen, es unangetastet wieder zur Grotte zu bringen. Dann legte er sich die Kleider auf dem Kopf zurecht und stieg in den Fluß.
Das Bad in dem kühlen Wasser erquickte Flip. In wenigen Schwimmzügen erreichte er das rechte Ufer, schwang sich auf einen schmalen Sandstreifen und ließ sich kurz von der Brise trocknen. Dann zog er sich wieder an und stieg über die Spalte auf die Felswand hinauf, die an dieser Stelle etwa dreihundert Fuß hoch war.
Zuerst blickte Flip auf das Meer hinab. Es war so leer wie eh und je. Die Küste setzte sich in nordwestlicher Richtung fort und beschrieb eine Kurve, die in etwa jener glich, die sich unterhalb des Flusses abzeichnete. So entstand eine zwei bis drei Meilen breite Bucht, in die der Fluß mündete. Es war eigentlich mehr eine ziemlich tief eingeschnittene, offene Reede. Die Felswand ging noch zwei bis drei Meilen weiter und setzte dann abrupt aus. Was jenseits davon war, ließ sich nicht sagen.
Am östlichen Rand des Plateaus, also auf der dem Meer gegenüberliegenden Seite, wucherte üppiges Grün. Es waren

dort die untersten Hänge des Berges terrassenförmig mit Wäldern bestanden, über denen der Kamm mächtiger, auf den Gipfel zustrebender Ausläufer emporragte. Die ganze Gegend war herrlich und bildete mit ihren Wäldern und Wiesen einen krassen Gegensatz zum kargen, trockenen und öden Süden.

„Ja!" dachte Flip. „Hier könnte man ein glückliches Leben führen! So eine kleine Kolonie wie die unsrige müßte hier prächtig gedeihen! Ein bißchen Werkzeug, ein wenig Feuer, und dann wäre mir um die Zukunft nicht bange!"

Während Flip diesen Gedanken nachhing, schritt er tüchtig aus. Er sah sich die Landschaft aufmerksam an, entfernte sich aber nicht vom Rand der Felswand. Nach einer Stunde erreichte er die Stelle, an der die Wand plötzlich in einem Kap endete, das den nördlichen Abschluß der Bucht bildete. Die Küste setzte sich von dort wieder mehr in östlicher Richtung bis zu einer spitzen Erhöhung fort.

Am Fuß der Felswand, in etwa zweihundert Metern Tiefe, kam Flip der Boden morastig vor. Es schien sich dort unten auf etwa einer Quadratmeile ein riesiger Sumpf mit größeren Tümpeln auszubreiten. Er verlief an der zerklüfteten Küste entlang, von der er durch eine vier- bis fünfhundert Fuß breite, sich von Süden nach Norden erstreckende Dünenreihe abgetrennt war.

Anstatt um den Sumpf herumzugehen und damit zu weit ins Landesinnere zu geraten, beschloß Flip, jenem Sandstreifen zu folgen. An einer Stelle, an der ein Teil der Felswand eingestürzt war, konnte er mühelos hinabsteigen.

Der Boden bestand aus ton- und kieselhaltigem Schlick und war mit zahlreichen Pflanzenresten durchsetzt. Es wuchsen darauf Algen, Binsen, Segge, Simse und einige andere Gräser. Zahlreiche Pfuhle glänzten im Sonnenlicht. Diese stehenden Gewässer hatten sich weder durch starken Regenfall noch durch Flußüberschwemmungen bilden können. Daraus mußte man den Schluß ziehen, daß der Sumpf durch von unten hochsickerndes Wasser feucht gehalten wurde. Und so verhielt es sich auch.

Über den Tümpeln und Gräsern tummelten sich unzählige Vögel. Ein Sumpfjäger hätte hier nicht eine einzige Patrone verschießen können. Wildenten, Spießenten, Krickenten und Bekassinen lebten dort in ganzen Schwärmen und waren so zutraulich, daß man ganz nahe an sie herangehen konnte. Flip hätte sie mit Steinwürfen erlegen können!

Doch wozu? Durch diese verlockenden Exemplare der Wasserfauna wurde dem Seemann seine mißliche Lage nur um so eindringlicher vor Augen geführt. Er wandte sich ab und ging eiligeren Schrittes die engen Pfade entlang, die zum Meer führen mußten. Mit seinem Stock prüfte er die Gräser, die sich über die Pfützen breiteten, denn er hatte keine Lust, in irgendeinem Schlammloch zu versinken. So bahnte er sich recht geschickt seinen Weg, wenn er auch nicht besonders schnell vorankam.

Gegen halb vier Uhr erreichte Flip das westliche Ende des Sumpfes. Zwischen Dünen und Meer lag nun eine bequeme Wegstrecke vor ihm. Er ging auf festem, feinem Sand dahin, der mit Muscheln übersät war. So schritt er tüchtiger aus, knabberte seine Pinienkerne und stillte manchmal seinen Durst an den Rinnsalen, über die der Wasserüberschuß aus dem Sumpf zum Meer hin abfloß. Felsen waren an diesem Teil der Küste nicht anzutreffen, und so gab es auch keine Miesmuscheln oder andere Weichtiere, mit denen der Seemann jetzt gerne vorliebgenommen hätte. Aber sowohl Flips Geist als auch sein Magen waren von philosophischer Gelassenheit und konnten ohne das auskommen, was sie nun einmal nicht hatten.

Flip setzte also seinen Erkundungsgang in Richtung Norden fort. Worauf hoffte er an diesem verlassenen Strand eigentlich zu stoßen? Auf eine Eingeborenenhütte oder etwa auf ein

Schiffswrack, in dem noch etwas Nützliches zu holen wäre? Nein. Es kommt wohl der Wahrheit näher, daß der Seemann trotz aller Widerstandskraft den Mut verloren hatte und nur noch mechanisch dahinging, ohne Ziel, ohne leitenden Gedanken und – ohne Hoffnung!

So marschierte er mehrere Meilen weit. Das Landschaftsbild veränderte sich kaum. Auf der einen Seite das Meer, auf der anderen die sumpfige Ebene. Es gab auch kein Anzeichen dafür, daß sich in absehbarer Nähe die Bodenbeschaffenheit noch ändern würde. Wozu sollte Flip seine Erkundung da überhaupt noch fortsetzen? Wozu sich anstrengen, wenn die Expedition ohnehin kein Ergebnis zeitigen würde? Würde er denn später noch antreffen, was er bisher noch nicht gefunden hatte?

Flip setzte sich in den Sand zwischen zwei Büschel spitzer Binsen, deren Wurzeln den Wanderdünen Halt geben sollten. Eine halbe Stunde blieb er mit in die Hände gestütztem Kopf sitzen und schaute nicht einmal auf das Meer, das sich vor ihm wellte. Dann stand er auf und wollte zur Grotte zurück. Da vernahm er plötzlich einen seltsamen Laut. Das Glucksen einer Wildente konnte es nicht sein. Es hörte sich vielmehr wie ein Kläffen an.

Flip stieg auf eine Düne und ließ von dort seinen Blick über den Sumpf schweifen. Er sah zwar nichts, doch fiel ihm auf, daß aus dem hohen Gras unvermittelt ein Vogelschwarm aufflatterte.

„Dort muß ein Tier sein", dachte Flip, „irgendein Reptil, das diese Vögel aufgeschreckt hat.

Flip blickte aufmerksam hin, doch das Gras bewegte sich nicht. Auch war der Laut kein zweites Mal zu hören. Der Sumpf, aus dem die Vögel aufgeflogen waren, schien kein Lebewesen mehr zu bergen. Einige Minuten verharrte der Seemann noch und beobachtete zugleich die Ebene, das Ufer und die Dünen. Es mochte sich ja im Sand irgendein gefähr-

licher Geselle verstecken. Fest hielt Flip seinen Stock umklammert und war auf jeden Angriff gefaßt; doch auch die Binsen rührten sich nicht.
„Dann werde ich mich wohl verhört haben", dachte Flip schließlich, stieg wieder zum Ufer hinab und setzte seinen Weg in Richtung Süden fort.
Aber der Seemann war noch keine fünf Minuten unterwegs, als er das Kläffen erneut hörte, doch nun aus geringerer Entfernung.
Er blieb stehen. Diesmal war kein Irrtum möglich. Es war ein Bellen, aber ein sehr heiseres, das Bellen eines erschöpften Hundes.
„Ein Hund hier! An dieser Küste!" murmelte Flip.
Er horchte. Es trafen noch zwei klagende Kläfflaute an sein Ohr.
„Ja, ein Hund!" dachte Flip und kehrte um. „Aber es ist kein wilder Hund! Wilde Hunde bellen nicht! Was hat das zu bedeuten?"
Das Herz des Seemanns schlug in unerklärlicher Aufregung. Wie kam dieser Hund an diese Küste? Gab es doch einen bewohnten Flecken auf diesem Land, ein von Eingeborenen oder Schiffbrüchigen errichtetes Lager? Flip mußte das unbedingt herausbekommen.
Er stieg wieder die Dünen hinauf. Das Bellen war immer deutlicher zu hören. Seltsam bewegt lief Flip durch die Binsen, erklomm kleine Sandhügelchen und rutschte sie wieder hinunter. Dieser Hund konnte nicht weit weg sein, und doch sah er ihn nicht.
Plötzlich aber, am Rande eines kleinen Pfuhls, hatte er das Tier vor sich. Es war ein magerer, abgezehrter, schlammverschmierter Hund, der sich vor lauter Erschöpfung kaum auf den Beinen halten konnte.
Flip ging auf ihn zu. Der Hund schien auf ihn zu warten. Es war ein großes Tier mit Hängeohren und einem buschigen

Schwanz. Das seidige Fell war mit Schlick bedeckt. Der Hund hatte einen breiten, fülligen Kopf und gehörte der intelligenten Rasse der Cockerspaniel an. Wie aber sah er jetzt aus mit seinen blutigen Pfoten und seiner schleimverschmierten Schnauze! An den gutmütigen, sanften Augen und dem treuen Blick erkannte Flip sofort, daß er von dem Tier nichts zu befürchten hatte.

Der Hund schleppte sich zu Flip, der ihm die Hand hinhielt. Das Tier schleckte sie ab, nahm dann die Hose des Seemanns zwischen die Zähne und versuchte ihn in Richtung Ufer zu ziehen.

Da hielt Flip plötzlich inne und kniete sich in den Sand. Er sah den Hund von ganz nahe an, als wolle er unter der Schlammschicht etwas wiedererkennen. Dann entfuhr ihm ein Schrei.

„Er ist es! Er ist es! Nein, das ist doch ganz unmöglich!"

Dann sah er noch einmal hin, und noch einmal, wischte dem Hund den Kopf ab...

„Fido!" rief er schließlich aus.

Als er Hund diesen Namen hörte, wurde er ganz aufgeregt, versuchte hochzuspringen und wedelte heftig mit dem Schwanz. Er fühlte, daß Flip ihn erkannt hatte!

„Fido!" sagte der Seemann nochmals. „Du hier!"

Es ist leichter zu begreifen als zu beschreiben, wie verblüfft der wackere Flip war, als er an diesem einsamen Küstenstrich den Hund Fido wiedersah, den treuen Gefährten des Ingenieurs Clifton, den Freund der Kinder, den er so oft an Bord der *Vankouver* gestreichelt hatte. Fido hatte ihn auf Anhieb erkannt!

„Aber er ist doch nicht allein hierher gekommen!" rief Flip. „Was ist an Bord der *Vankouver* nur geschehen?"

Es war, als hätte Fido die Frage des Seemanns verstanden. Er schien ihm antworten zu wollen. Er bellte und zerrte an Flips Kleidern, daß sie fast zerrissen. Dem Seemann war klar, daß diese intelligente Pantomime etwas zu bedeuten hatte.

„Du weißt etwas“, sagte er. „Also gehen wir los!“
Und er folgte dem verständigen Tier.
Fido führte Flip über die Dünen zum Ufer hinunter. Eine halbe Stunde ging der Seemann so hinter dem Hund her. Fido schien wieder von neuer Kraft erfüllt zu sein; er rannte voraus und dann wieder zu Flip zurück. Der Seemann befand sich in einem Zustand übergroßer Erregung. Er hoffte zwar, doch hätte er nicht zu sagen gewußt, was. Die vagen Gedanken, die ihm durch den Kopf schossen, wagte er nicht fertigzudenken. Vom Schicksal vorwärtsgetrieben, ging er auf das Unbekannte zu. Er vergaß seine Müdigkeit und die lange Strecke, die er schon zurückgelegt hatte, und vergaß auch den Rückweg, der ihm bald bevorstand!
Gegen fünf Uhr abends, als die Sonne schon tief über dem Horizont stand, blieb Fido am Fuße einer ziemlich hohen Düne stehen. Er blickte noch einmal Flip an, stieß ein seltsames Kläffen aus und stürmte dann in eine enge Passage, die sich zwischen den Sandmassen auftat.
Flip eilte ihm nach, lief um ein großes Binsenbüschel herum und stieß dann einen Schrei aus, als er auf dem Boden einen Mann liegen sah.
Der Seemann stürzte zu ihm hin und erkannte den Ingenieur Clifton.

Kapitel 14

Welch eine Begegnung! Welch Zufall oder vielmehr welch himmlische Fügung! Und wie sehr sich damit die Lage der Familie Clifton geändert hatte! Sie hatte den Vater, den Gatten wieder! Was hatte da ihre gegenwärtige Armut und Not noch zu bedeuten? Voll Zuversicht konnten sie jetzt wieder in die Zukunft blicken.

Es kam Flip nicht einen Augenblick in den Sinn, daß der auf dem Sand Liegende ja auch tot sein konnte. Er stürzte nur auf ihn zu. Das zum Himmel emporgewandte Gesicht Harry Cliftons war bleich, die Augen geschlossen, der Mund halb geöffnet, die Zunge zwischen den Zähnen angeschwollen. Der Körper mit den ausgestreckten Armen lag völlig bewegungslos da. Die stark verschmutzten Kleider trugen Spuren von Gewaltanwendung. Neben dem Ingenieur sah Flip eine alte Pistole, ein offenstehendes Messer und ein Enterbeil liegen.

Flip beugte sich über den Körper des Ingenieurs. Er öffnete dem Unglücklichen die Kleider. Der Körper war warm, aber durch all die Entbehrungen und Leiden furchtbar abgemagert. Als Flip Cliftons Kopf hochhob, gewahrte er am Schädelknochen eine klaffende, verkrustete Wunde.

Flip hielt sein Ohr an die Brust des Verletzten und horchte.

„Er atmet! Er atmet noch!" rief er dann. „Ich werde ihn retten. Wasser! Wasser!"

In einigen Schritten Entfernung floß ein Rinnsal vom Sumpf her über den Sand zum Meer. Flip eilte hin, tauchte sein Taschentuch in das kühle Wasser und kehrte zu dem Verletzten zurück. Er benetzte ihm zuerst den Kopf und löste behutsam die blutverklebten Haare. Dann befeuchtete er Augen, Stirn und Lippen des Ingenieurs.
Harry Clifton regte sich ein wenig. Die Zunge zwischen den aufgeschwollenen Lippen bewegte sich leicht, und Flip glaubte das Wort „Hunger! Hunger!“ zu vernehmen.
„Natürlich!“ rief Flip. „Der arme Mann! Er stirbt vor Hunger! Wer weiß, wie lange er schon ohne Nahrung ist!“
Doch wie sollte er den Unglücklichen wieder zu Kräften bringen? Wie dieses Leben festhalten, das zu entschwinden bereit war?
„Ah!“ rief Flip. „Der Zwieback und das Fleisch, die Mrs. Clifton... In göttlicher Eingebung hat diese Frau gehandelt!“
Flip eilte zu dem Rinnsal und schöpfte mit einer Muschel ein wenig Wasser. Darin löste er etwas Zwieback auf, so daß eine Art Brotsuppe entstand, die er dem Verletzten löffelweise eingab.
Das Schlucken des eingeweichten Zwiebacks bereitete Harry Clifton große Mühe. Seine Kehle hatte sich verengt und war kaum noch zur Nahrungsaufnahme fähig. Dennoch gelang es Flip, ihm ein wenig Brotsuppe einzuflößen, und allmählich schien etwas Leben in den Körper des Ingenieurs zurückzukehren.
Die ganze Zeit über sprach Flip zu ihm wie eine Mutter zu ihrem kranken Kind. Was ihm an aufmunternden Worte zu Gebote stand, ließ er dem Ingenieur zuteil werden. Nach etwa einer halben Stunde öffnete Harry Clifton die Augen. Sein fast erloschener Blick richtete sich auf Flip. Clifton erkannte den Seemann, das war deutlich zu sehen, denn seine Lippen formten sich zu einem Lächeln.
„Ja, Monsieur Clifton“, sagte Flip, „ich bin es tatsächlich, der

Matrose von der *Vankouver*... Sie haben mich schon richtig erkannt... Ja, ja, ich weiß genau, was Sie mich fragen wollen! Aber sprechen Sie bitte nicht! Das ist jetzt nicht notwendig! Hören Sie mir nur zu. Ihre Frau und ihre Kinder... Es geht ihnen allen gut. Sie sind glücklich! Sehr glücklich! Und wenn sie Sie erst sehen, das gibt eine Freude! Das wird himmlisch!"
Als der Verletzte die Finger bewegte, begriff Flip ihn sofort. Er legte seine Hand in die des Ingenieurs, und dieser drückte sie leicht.
„Schon verstanden, Monsieur, schon verstanden", sagte der Seemann, „aber das ist nicht nötig. Gar nicht der Rede wert. Ich habe vielmehr Ihnen zu danken, daß Sie zu uns gekommen sind. Das ist sehr nett von Ihnen!"
Dabei lachte der gute Flip und tätschelte dem Verletzten die Hand, während Fido seinem Herrchen liebevoll über die Wangen leckte.
Da rief Flip plötzlich aus: „Jetzt fällt es mir erst ein! Du mußt ja vor Hunger vergehen, Fido!"
Der treue Hund bekam von Flip ein paar Stücke Fleisch und Zwieback. Er stürzte sich darauf und schlang alles gierig hinunter. Da gab Flip ihm noch eine Portion von seinem kostbaren Vorrat. Er war jetzt in Spendierlaune. Überhaupt war er ganz ernsthaft der Meinung, nachdem nun der Vater wiedergefunden sei, brauche man sich um das Schicksal der kleinen Kolonie keine Sorgen mehr zu machen.
Unterdessen kam Harry Clifton durch den eingeweichten Zwieback wieder einigermaßen zu Kräften. Während er aß, untersuchte Flip seine Wunde. Der Schädelknochen war nur gequetscht. Flip, der sich mit dergleichen auskannte – wohl an die zwanzigmal hatte er Gelegenheit gehabt, sich selbst zu behandeln –, hielt den Zustand des Verletzten nicht für besorgniserregend. Mit frischem Wasser mußte der Wunde beizukommen sein. Der Seemann machte aus seinem Taschentuch einen feuchten Umschlag, legte ihn Clifton auf den Kopf

und bereitete seinem Kranken dann an einer leicht abfallenden Stelle im Sand ein weiches Bett aus Gräsern und Meerespflanzen. Auf dieses improvisierte Lager bettete er den Verletzten dann und deckte ihn mit seiner Matrosenbluse und seinem Wollhemd zu, um ihn vor nächtlicher Kälte zu bewahren.
Clifton ließ alles mit sich geschehen und konnte seinem Retter nur dankbare Blicke zuwerfen.
„Sprechen Sie nicht!“ sagte Flip immer wieder. „Ich brauche gar nicht zu wissen, was vorgefallen ist. Das werden Sie uns alles später erzählen können. Hauptsache, Sie sind jetzt einmal hier, und das sind Sie ja, dem Himmel sei Dank!“
Dann beugte er sich zu seinem Ohr hinunter: „Verstehen Sie mich gut, Monsieur Clifton?“
Harry Clifton zwinkerte bejahend mit dem Auge.
„Dann passen Sie auf“, fuhr der Seemann fort. „Jetzt bricht gleich die Nacht herein, aber so wie der Himmel aussieht, wird es eine schöne Nacht. Wenn Sie kräftig genug wären, um ein paar Schritte zu tun, dann würden wir jetzt gemeinsam losgehen, auch wenn ich Sie ein oder zwei Meilen tragen müßte. Wir sind aber – wenn man alle Windungen des Küstenverlaufs einrechnet – vier Meilen von dem Lagerplatz entfernt, an dem sich Ihre Frau und Ihre Kinder befinden, alle wohlauf, wie gesagt! Sie haben eine tüchtige Frau, Monsieur Clifton, und tapfere Kinder!“
Dankbar sah der Verletzte zu dem wackeren Seemann auf. Solche Worte über die Menschen zu hören, die er so sehr liebte, tat ihm wohl.
„Ich werde also jetzt folgendes tun“, sagte Flip. „Als erstes müssen Sie in die Grotte transportiert werden, wo es Ihnen an Pflege nicht mangeln wird. Ich werde Sie daher jetzt einige Stunden hier allein lassen. In dieser Muschelschale habe ich Ihnen etwas Zwieback eingeweicht, und hier sind kleine Fleischstückchen für den Fall, daß Sie sich stark genug

fühlen, sie zu essen. Fido wird sie nicht anrühren; das hat er mir versprochen. In einer anderen Muschel ist etwas Süßwasser, mit dem Sie Ihre Lippen befeuchten können. So. Haben Sie mich verstanden? Gut. Dann gehe ich jetzt. Es ist acht Uhr. In höchstens zwei Stunden bin ich bei der Grotte, denn ich bin gut zu Fuß. Dort nehme ich das Boot, Sie wissen schon, das Beiboot der *Vankouver*, das diese redlichen Schurken uns zur Verfügung gestellt haben. Der Wind steht gut, er weht von Südwest, also werde ich nicht mehr als sechs Viertelstunden brauchen, um wieder hier bei Ihnen einzutreffen. Dreieinhalb Stunden, Herr Ingenieur, sagen wir vier Stunden muß ich Sie also bitten, auf mich zu warten. Um Mitternacht bin ich zurück. Dann warten wir gemeinsam auf die in den Morgenstunden eintretende Ebbe, die uns die Rückfahrt erleichtern wird, und um acht Uhr morgens liegen Sie auf einem schönen Moosbett in einer wohlig warmen, gemütlichen Behausung, umgeben von Ihrer lieben Familie. Ist Ihnen dieser Plan genehm?"
„Ja, Flip!" sagte Harry Clifton leise.
„Also gilt die Sache", erwiderte der Seemann. „Dann gehe ich jetzt los, Monsieur Clifton. Sie können sich auf mich verlassen, ich werde pünktlich wieder zur Stelle sein!"
Flip traf seine letzten Anordnungen, deckte den Verletzten noch einmal sorgfältig zu und drückte ihm zum Abschied die Hand. Zu dem treuen Hund gewandt sagte er dann: „Und du, Fido, paß gut auf dein Herrchen auf, mein Junge, und friß ihm nicht sein Futter weg!"
Fido verstand ihn anscheinend, denn er stieß ein Bellen aus, das sich so sehr wie ein „ja" anhörte, daß Flip beruhigt war. Dann ging der wackere Mann mit großen Schritten davon.
Mit wieviel Schwung und Begeisterung Flip nun den Rückweg zum Lager antrat! Was für eine Freude ihn beflügelte! Wie er alle Anstrengungen dieses Tages vergaß! Nein, er würde nicht mit leeren Händen zur Grotte zurückkehren! An sein

zerbrochenes Messer und das erloschene Feuer dachte er überhaupt nicht mehr! Würde ein Ingenieur wie Harry Clifton sich nicht zu helfen wissen? War er nicht imstande, aus dem Nichts etwas auf die Beine zu stellen? In Flips Gehirn keimten tausend Pläne auf, und er zweifelte nicht daran, sie eines Tages auch ausführen zu können!

Inzwischen war es aber Nacht geworden. Küste und Ozean verschwanden in tiefem Dunkel. Der im letzten Viertel stehende Mond würde nicht vor Mitternacht aufgehen. Flip mußte sich also auf seinen Instinkt und seine Geschicklichkeit verlassen, um auf dem Rückweg nicht in die Bredouille zu geraten. Er konnte nicht geradeaus drauflosmarschieren, da er sich sonst im Sumpf verlaufen hätte, und mußte daher bis zum Beginn der Felswand am Ufer entlanggehen. Dort nahmen die Schwierigkeiten aber erst ihren Anfang. Nun galt es nämlich die schmalen Pfade zu finden, die sich zwischen den Pfuhlen hindurchschlängelten. Unzählige Male trat Flip daneben; er lachte sogar darüber, und leid tat es ihm nur wegen der vergeudeten Zeit. Jeden Augenblick flogen aus dem Schlaf geschreckte Wasservögel auf.

„Puh!" dachte Flip. „Das reinste Sieb ist dieser Boden! Aber Löcher sind schließlich nichts weiter als Löcher, und solche habe ich in meinem Leben weiß Gott schon andere gesehen! Ich bin schon in übleren Böden steckengeblieben, und aufhalten kann mich so ein Sumpf ohnehin nicht!"

Mit so einer Einstellung bringt man es natürlich weit! Der von Kopf bis Fuß durchnäßte und schlammverschmierte Flip kämpfte sich weiter und erreichte schließlich die Bresche, durch die er von der Felswand auf den morastigen Boden der Ebene heruntergestiegen war. Zwanzig andere hätten die Stelle in dieser Finsternis nicht wiedergefunden. Flip aber konnte gar nicht fehlgehen; er sah in der Nacht wie ein Tagblinder. Mit der Behendigkeit eines Gemsenjägers kletterte er die Bresche hinauf.

„Endlich wieder fester Boden unter den Füßen!" dachte er. „Diese verfluchte Sumpfmarschiererei wäre mir doch fast in die Beine gegangen! Ich verspüre sogar eine leichte Müdigkeit... Ach was! Ein kleiner Laufschritt wird mich wieder beleben!"
Und Flip war es ernst damit. Mit angewinkelten Armen und vorgestreckter Brust eilte er dahin wie ein professioneller Läufer. In wenigen Minuten hatte er das Granitplateau überquert und war am rechten Flußufer angelangt. Die Hose und das Unterhemd aus grobem Leinen ablegen, ein Paket daraus schnüren und es auf den Kopf legen, ins Wasser springen, durch den Fluß schwimmen und sich am anderen Ufer wieder anziehen, war eins. Flip langte bald darauf am ersten Lagerplatz an und lief dann die Felswand entlang auf die Grotte zu. Kurz nach zehn Uhr bog er um die letzte Krümmung und wurde von jemandem angerufen, den er sofort an der Stimme erkannte.
„He! Flip!"
„He, Monsieur Marc", rief er zurück.
Und schon standen der Seemann und der Junge beisammen. Marc hatte nicht zu Bett gehen wollen. Daß Flip noch abwesend war, beunruhigte ihn. Während seine Mutter drinnen ruhte, wachte er draußen über die ganze Familie und hielt Ausschau nach seinem Freund. Diese erste Nacht, die er weit weg von Flip verbrachte, schien nicht enden zu wollen.
Der Seemann jedoch hatte nicht damit gerechnet, den jungen Marc hier anzutreffen. Einen Augenblick war er unschlüssig, ob er ihn von der baldigen Rückkunft seines Vaters unterrichten sollte. Würde die unerwartete Nachricht, diese plötzliche Freude nicht zuviel für ihn sein? „Ach nein", dachte Flip, „der Junge hat die moralische Kraft eines Mannes, und überhaupt: Eine gute Nachricht hat noch keinem wehgetan."
„Na, Flip", fragte Marc mit heftig pochendem Herzen, „wie steht es mit Ihrer Erkundung?"

„Es gibt etwas Neues, Monsieur Marc“, antwortete der Seemann.
„Ach, Flip!“ rief der Junge. „Bringen Sie meiner Mutter wieder ein wenig Hoffnung? Diese Prüfungen sind einfach zuviel für eine Frau! Sie wird noch daran zugrunde gehen!“
„Monsieur Marc“, erwiderte Flip, „wenn Sie bei der Nachricht, die ich Ihnen bringe, nicht dem Himmel danken, dann müssen Sie ein recht undankbarer Patron sein!“
„Was ist denn los, Flip? Was ist los?“ fragte der vor Aufregung zitternde Junge.
„Nur ruhig, Monsieur“, fuhr der Seemann fort, „und hören Sie mir zu. Ich habe Fido wiedergefunden.“
„Fido? Unseren Hund? Den Hund meines Vaters?“
„Ja, Fido! Er ist abgemagert und zu Tode erschöpft, aber er hat mich sofort erkannt!“
„Ja und...“, keuchte Marc, „und... reden Sie doch, Flip! Haben Sie Fido denn nicht mitgebracht?“
„Nein, Monsieur Marc, ich habe ihn dort gelassen, er muß auf... jemanden aufpassen...“
„Auf meinen Vater?“
„Ja.“
Marc wäre zu Boden gestürzt, wenn Flip ihn nicht aufgefangen hätte! Dann weinte der Junge in den Armen des Seemanns. Ergriffen erzählte Flip die Einzelheiten der Begegnung. Marc war außer sich vor Freude! Sein Vater! Sein Vater lebte!
„Gehen wir sofort los!“ rief er dann und sprang auf. „Wir müssen ihn hierher transportieren.“
„Ja“, erwiderte Flip, „und wir haben auch keine Zeit zu verlieren. Ich habe folgendes beschlossen, Monsieur Marc.“
Flip erläuterte dem Jungen sein Vorhaben, mit dem Boot übers Meer bis zu der Stelle zu fahren, wo er Harry Clifton unter der Bewachung Fidos zurückgelassen hatte. Sein Versprechen, um Mitternacht zurück zu sein, wollte er einhalten

und deshalb die ansteigende Flut ausnützen, um schneller nach Norden hinaufzugelangen.
„Und meine Mutter?" warf Marc ein. „Soll ich sie benachrichtigen?"
„Monsieur Marc", antwortete der Seemann, „das ist eine heikle Frage. Tun Sie das, was Ihr Herz Ihnen eingibt; auf jeden Fall muß sie schonend darauf vorbereitet werden..."
„Dann soll ich also nicht mitkommen, Flip?" fragte der Junge.
„Ich glaube, Sie müssen im Interesse Ihrer Mutter hierbleiben, Monsieur Marc."
„Aber mein Vater! Mein Vater, der auf mich wartet!"
„Nein, junger Herr, Sie sind der älteste Sohn. Sie müssen in meiner Abwesenheit auf die Familie aufpassen. Außerdem werden wir ja spätestens um acht Uhr morgens zurück sein. Ich bitte Sie also, sich nur noch wenige Stunden zu gedulden."
„Aber", wandte der Junge noch ein, „falls mein Vater seinen Leiden erliegen sollte und ich nicht da wäre, um..."
„Monsieur Marc", sagte der wackere Seemann ernst, „versprochen habe ich Ihnen einen lebenden Vater, und deshalb werde ich auch einen lebenden Vater zu seiner Familie bringen!"
Marc mußte sich Flips Argumenten beugen. Es war auch durchaus sinnvoll, daß er bei der Grotte verblieb, denn nicht nur oblag es ihm, über deren Bewohner zu wachen, sondern der Junge konnte so auch seine Mutter auf die ungeheure Freude vorbereiten, die ihrer harrte. Außerdem hätte Marc nicht mitfahren können, ohne Mrs. Clifton vorher davon zu informieren, und sie aus dem Schlaf zu reißen, hätte er nicht fertiggebracht.
Also half Marc dem Seemann, sein Boot vorzubereiten. Das Segel war noch an der Rah befestigt, da Flip vor kurzem erst auf die Austernbank hinausgefahren war. So brauchten sie das Boot nur ins Wasser zu schieben.

Die Strömung aus dem zwischen der Küste und der kleinen Insel gelegenen Kanal ging gerade in Richtung Norden. Auch die aus Südwest wehende Brise würde das Boot schneller vorantreiben. Es war zwar finster, und der Mond würde erst in zwei Stunden aufgehen, aber ein Seemann vom Schlage Flips fand sich auch in der Dunkelheit zurecht. Flip nahm also im Heck des Bootes Platz.
„Grüßen Sie meinen Vater von mir“, rief ihm der Junge noch nach.
„Ja, Monsieur Marc“, antwortete der Seemann, „von Ihnen und von allen anderen.“
Flip setzte sein Segel, und bald verschwand das Boot im Dunkel.
Es war halb elf Uhr abend. Marc blieb in fieberhafter Unruhe allein am Strand zurück. Er konnte sich nicht dazu entschließen, wieder die Grotte aufzusuchen, sondern hatte vielmehr das Bedürfnis, auf und ab zu gehen und die kühle Nachtluft einzuatmen. Nein, er wollte um keinen Preis seine Mutter wecken! Was hätte er ihr dann sagen sollen? Hätte er ihr seine Erregung verbergen und Schweigen bewahren können?
Doch wozu überhaupt schweigen? Hatte Flip ihm nicht empfohlen, Mrs. Clifton nach und nach darauf vorzubereiten, daß sie den für immer verloren Geglaubten wiedersehen würde? Würde denn sein Vater und ihr Gatte nicht in wenigen Stunden eintreffen? Doch was sollte er sagen, ersinnen, tun?
Marc dachte nach und ging dabei unablässig zwischen Grotte und Ufer hin und her. Bald hellten sich die Schatten der Nacht ein wenig auf. Die obere Partie der Steilküste zeichnete sich in einem matten Schimmer ab, und am Horizont erglänzte ein Meeresstreifen. Im Osten war der Mond aufgegangen. Es war nach Mitternacht. Wenn Flip bei seiner Überfahrt auf keine Schwierigkeiten gestoßen war, dann mußte er jetzt bei Harry Clifton sein. Marc dachte daran, daß sein Vater einen zuverlässigen Freund hatte, der über ihn

wachte. Bei diesem Gedanken wurde er etwas ruhiger. Mit seiner überreizten Phantasie stellte er sich vor, ja sah geradezu, mit welcher Hingabe der wackere Seemann seinem Vater die Dienste erwies, die er ihm so gerne selbst erwiesen hätte! Dann machte Marc sich ernsthaft Gedanken darüber, was er Mrs. Clifton sagen sollte. Er würde ihr sicher die nächtliche Rückkehr Flips zu erklären haben, dann die Abfahrt mit dem Boot und die Gründe für das Handeln des Seemanns. Er beschloß, seiner Mutter zu erzählen, Flip habe unfern von der Küste eine Insel ausgemacht, die ihm bewohnt erscheine. Er habe sich in den Kopf gesetzt, noch vor Sonnenaufgang auf diese Insel hinauszufahren, die wohl Schiffbrüchigen als Zuflucht diene, da dem Seemann so sei, als habe er auf einer Anhöhe einen Signalmasten gesehen, mit dem die Aufmerksamkeit vorbeifahrender Schiffe erregt werden solle. Bei diesen Schiffbrüchigen könne es sich ja um Leute von der *Vankouver* handeln, denn warum solle der um seinen Kapitän gebrachte und von einem unfähigen Ersten Offizier und einer meuternden Mannschaft gesteuerte Dreimaster während seiner Irrfahrt nicht auf eines der an dieser Küste so zahlreichen Riffe aufgelaufen sein? Bei diesem vermeintlichen Wissensstand würde Marc seine Mutter dann vorläufig belassen.
So überlegte Marc stundenlang hin und her. Stets befürchtete er, entweder zu viel oder zu wenig zu sagen. Der Mond stand inzwischen im Meridian, und im Osten kündigte schwacher Lichtschein den baldigen Sonnenaufgang an. Auf diesem relativ niedrigen Breitengrad würde es schnell Tag sein.
Gedankenverloren saß Marc auf einem Felsen. Als er einmal den Kopf hob, sah er seine Mutter vor sich stehen.
„Bist du denn gar nicht zu Bett gegangen, mein Kind?“ fragte Mrs. Clifton.
„Nein, Mutter“, antwortete Marc und stand auf, „Nein. Während Flips Abwesenheit hätte ich nicht schlafen können, und es war meine Pflicht, auf alle aufzupassen.“

„Lieber Marc, mein liebes Kind", sagte Mrs. Clifton und faßte dabei die Hände des Jungen. „Und Flip?" fragte sie dann.
„Flip?" sagte Marc ein wenig zögernd. „Nun ja, Flip ist zurückgekommen."
„Zurückgekommen!" erwiderte Mrs. Clifton und sah umher.
„Ja", sagte Marc, „zurückgekommen... und wieder losgefahren... mit dem Boot."
Als seine Mutter ihn so stammeln hörte, sah sie ihm direkt in die Augen.
„Warum ist Flip wieder losgefahren?" fragte sie.
„Mutter, er ist gefahren, weil..."
„Was ist los, Marc? Verheimlichst du mir etwas?"
„Nein, Mutter, ich habe Ihnen gesagt... ich weiß nicht..."
Mrs. Clifton ergriff die Hand ihres Sohnes und verharrte einige Augenblicke in Schweigen. Dann sagte sie: „Marc, was gibt es für Neuigkeiten?"
„Mutter, hören Sie zu", sagte Marc.
Dann erzählte er Mrs. Clifton, was Flip auf seiner Exkursion angeblich entdeckt hatte. Mrs. Clifton hörte ihm wortlos zu. Doch als ihr Sohn über die Schiffbrüchigen von der *Vankouver* und über die Möglichkeit sprach, sie auf jener Insel wiederzufinden, da ließ Mrs. Clifton Marcs Hand los, stand auf und ging zum Ufer.
In dem Moment kamen ihre anderen Kinder herbeigelaufen und stürzten ihr in die Arme. Mrs. Clifton küßte sie inniger als sonst; sie hätte nicht zu sagen gewußt, warum. Ohne von ihrem ältesten Sohn noch weitere Erklärungen zu fordern, kümmerte sie sich dann mit unbeschreiblicher Erregung im Herzen um die Toilette von Jack und Belle.
Marc ging weiter am Strand umher. Er war entschlossen, nichts mehr zu sagen, da ihm sein Geheimnis sonst über die Lippen gekommen wäre. Er mußte aber noch Robert antworten, der sah, daß das Boot nicht an seinem gewohnten Platz war, und den Grund dafür erfahren wollte.

„Flip ist damit in der Nacht hinausgefahren, um den Norden weiter zu erkunden."
„Er ist also zurückgekommen?"
„Ja."
„Und wann kommt er wieder?"
„Wahrscheinlich heute morgen gegen acht Uhr."
Zu jenem Zeitpunkt war es halb acht Uhr. Mrs. Clifton ging wieder zum Ufer hinunter und sagte: „Kinder, wenn ihr wollt, dann gehen wir unserem Freund Flip ein wenig entgegen."
Dieser Vorschlag wurde angenommen. Marc wagte seine Mutter gar nicht mehr anzublicken. Er war schon erbleicht, und das Blut hatte ihm gestockt, als er sie nur hatte reden hören.
Die Mutter und ihre Kinder gingen also am Ufer entlang. Bald machte Robert in der Ferne einen weißen Punkt aus. Es war ein Segel, ganz zweifellos; es war das Boot Flips, das vom Sinken der Fluten begünstigt die Nordspitze der Bucht umfuhr. In weniger als einer halben Stunde würde es am Lagerplatz eintreffen.
Mrs. Clifton sah Marc an, der fast gerufen hätte: „Mein Vater, mein Vater ist da!" Doch mit letzter Anstrengung hielt er sich zurück.
Das Boot fuhr nun schnell an der Küste entlang. Der Landwind neigte es leicht zur Seite, und unter dem Bug schäumte das Wasser. Bald war das Boot so nahe, daß Robert zu Recht ausrufen konnte: „Da ist ein Tier an Bord!"
„Ja, ein Hund!" entfuhr es Marc.
Seine Mutter stellte sich neben ihn.
„Ach, wenn das doch unser Fido wäre!" seufzte die kleine Belle.
Ein paar Augenblicke später rief Robert, als wollte er seiner Schwester antworten: „Aber das ist ja Fido! Ich erkenne ihn wieder, Mutter! Das ist Fido!"
„Fido!" murmelte Mrs. Clifton.
„Ja, Mutter!" wiederholte der Junge. „Fido! Ihr braver Hund!

Aber wie kommt er denn zu Flip in das Boot? Fido! Fido!“ rief er laut.
Da drang ein Bellen zu ihm.
„Er hat mich wiedererkannt! Er hat mich wiedererkannt!“ rief Robert immer wieder. „Fido! Fido!“
Das Boot fuhr nun in den engen Kanal ein und wurde von der Ebbe schnell vorangetrieben. Flip warf das Ruder herum und umfuhr das Kap.
Plötzlich sprang der Hund ins Wasser und schwamm quer auf die Kinder zu, von den Fluten fast abgetrieben. Bald hatte er jedoch das Ufer erreicht und rannte zu den Kindern, die ihn über und über liebkosten.
Marc war inzwischen zum Boot gelaufen. Mrs. Clifton folgte ihm totenbleich.
Das Boot umfuhr noch ein letztes Hindernis und landete dann sanft am Strand. Flip stand am Ruder. Als sich der neben ihm liegende Mann ein wenig aufrichtete, fiel Mrs. Clifton ohnmächtig in die Arme des Gatten, den sie so sehr beweint hatte!

Kapitel 15

Endlich waren sie wieder alle beisammen! Sie vergaßen nun alles, ihre gegenwärtige Not und Bedrängnis, die bedrohliche Zukunft, die ihrer harrte, und die furchtbaren Prüfungen, mit denen das Schicksal sie Schlag auf Schlag heimgesucht hatte. Ja sogar sich selbst vergaßen sie, als sie mit Harry Clifton zu einer einzigen, großen Umarmung zusammenfanden! Wie viele Freudentränen da vergossen wurden! Als Mrs. Clifton wieder zu sich gekommen war, hatte sie neben dem Boot niedergekniet und Gott gedankt.
Dem Almanach Belles zufolge war jener Tag der 1. Mai, ein Sonntag und ein Tag der Danksagung, den die ganze Familie am Bett des Kranken verbrachte. Harry Clifton lebte wieder ein wenig auf. Die Pflege, die Flip ihm hatte angedeihen lassen, das bißchen Nahrung, das er schon zu sich genommen hatte, die Hoffnung und das Glück: all das trug dazu bei, daß er allmählich wieder zu Kräften kam. Er war zwar noch sehr geschwächt, doch er lebte, so wie Flip es Marc versprochen hatte.
Vom Boot bis zur Grotte hätte Harry Clifton nicht zu Fuß gehen können. Daher wurde er von Flip und den beiden Jungen auf einer aus Ästen gefertigten Bahre getragen. Belle und Jack standen jeder auf einer Seite und hielten ihrem Vater die Hände. In der schönsten Ecke der Grotte hatte Mrs. Clifton aus Gräsern und Moos ein wunderbar weiches Bett bereitet, auf dem Harry Clifton nun niedergelegt wurde. Von der Auf-

regung und der Reise ermüdet fiel er fast augenblicklich in einen Schlaf, den Flip als gutes Zeichen wertete.
„Ich bin auch ein wenig Arzt“, sagte er zu Mrs. Clifton, „oder zumindest habe ich schon oft Kranke behandelt. Ich kenne mich da aus! Sehr gut, dieser Schlaf, sehr gut! Und die Wunde des Herrn Ingenieur ist nicht weiter schlimm. Darum kümmern wir uns, sobald er wieder wach ist. Aber wie gesagt, Madame, schon so gut wie geheilt, diese Wunde. Schauen Sie mich an, mir wurde mal am Kai von Liverpool der Kopf zwischen zwei Schiffe eingequetscht! Sieht man mir das etwa heute noch an? Nein. Und seit jenem Unfall habe ich auch keine Migräne mehr. Wissen Sie, Mrs. Clifton, wenn man an einer Kopfwunde nicht innerhalb von drei Tagen stirbt, dann muß man sich damit abfinden, daß man wieder gesund wird!“
Der treffliche Flip, dessen Zufriedenheit sich in außergewöhnlicher Redseligkeit äußerte, ließ eine Flut von Worten über sie ergehen und strahlte dabei in einem fort. Während Harry Clifton schlief, erzählte er den Kindern und ihrer Mutter, was sich seit dem Vortag alles ereignet hatte, wie er die Nordküste erkundet und den Sumpf durchquert hatte, und wie schließlich Fido aufgetaucht war, dem ja alles zu verdanken war, denn Fido hatte Flip erkannt, der „dumme, gedankenlose“ Flip aber den braven Fido nicht!
Wie sehr der treue Hund gefeiert und liebkost wurde, läßt sich leicht vorstellen. Am Tag zuvor hatte Marc am Seeufer eine Ente erlegt, die nun einstimmig dem klugen Neufundländer zugesprochen wurde. Er schlang sie im Nu hinunter, was den kleinen Jack zu der Bemerkung veranlaßte: „Braver Hund! Hast du es gut, daß dir rohes Fleisch schmeckt!“
Was Mr. Clifton erlebt hatte, wie er von der *Vankouver* entkommen und an diese Küste gelangt war, wußte Flip nicht zu berichten.
„Und das ist auch gerade recht so“, sagte er, „denn wir werden

dem Herrn Ingenieur das Vergnügen überlassen, seine Abenteuer selbst zu erzählen!"
Nun mußten sie aber an das Wohlergehen Harry Cliftons denken. Wenn sie ihm doch beim Aufwachen ein paar Tassen heißer Brühe hätten kredenzen können! Aber daran war nicht zu denken. Flip kam auf die Idee, an Stelle dieses stärkenden Getränks einige frische Austern zuzubereiten, eine rechte Krankenkost also, die auch ein geschwächter Magen leicht vertragen konnte. Mrs. Clifton ging auch gleich zum Austernpark, um die besten Exemplare auszusuchen.
Inzwischen holte Flip aus dem Boot die von Harry Clifton mitgebrachten Gegenstände, die für sie sehr wertvoll waren: ein Messer mit mehreren Klingen und einer Säge, das ein willkommener Ersatz für Flips zerbrochenes Messer war, und ein Beil, dessen Wert der geschickte Seemann wohl zu schätzen wußte und das in seiner Hand ein Werkzeug von höchstem Nutzen sein würde. Die Pistole hingegen war leider entladen und enthielt kein einziges Gramm Pulver mehr, so daß sie nicht zum Feuermachen dienen konnte. Sie war der am wenigsten brauchbare der drei Gegenstände, wenn auch Robert kriegerisch damit herumfuchtelte.
Dann warteten sie auf das Erwachen Harry Cliftons. Gegen elf Uhr rief der Ingenieur seine Frau und seine Kinder zu sich. Sofort eilten alle herbei. Der ruhige Schlaf war für Clifton erholsam gewesen. Seine schon weitgehend vernarbte Wunde wurde sogleich von Mrs. Clifton und Flip verbunden. Dann servierte Mrs. Clifton ihrem Mann einige Austern. Sie sahen so appetitlich aus, daß er sie genüßlich verzehrte. Die arme Frau, deren Vorrat an Fleisch und Zwieback erschöpft war, zitterte bei dem Gedanken, daß ihr geliebter Kranker etwa nach solcher Speise verlangen möge. Zumindest für dieses Mal jedoch genügten die Austern. Harry Clifton fühlte sich nun viel besser. Er konnte auch wieder sprechen. Er rief jeden bei seinem Namen. Seine bleichen, hohlen Wangen be-

kamen wieder etwas Farbe. Er vermochte sogar, mit einer Pause nach jedem Satz, zu erzählen, was ihm seit der Revolte auf der *Vankouver* widerfahren war.
Nach dem Tod von Kapitän Harrisson war das Schiff in Richtung Süden gefahren. Das Kommando hatte der Erste Offizier übernommen. Der in seine Kabine gesperrte Clifton konnte mit niemandem Kontakt aufnehmen. Er dachte fortwährend an seine Frau, an seine auf dem Meer ausgesetzten Kinder! Was sollte aus ihnen werden? Über sein eigenes Schicksal gab er sich keiner Illusion hin. Die Rasenden würden ihn töten.
So vergingen einige Tage, und dann geschah, was immer geschieht, wenn ein Schiff sich in einer solchen Lage befindet. Als die Kanaken sich gegen Kapitän Harrisson aufgelehnt hatten, waren sie vom Ersten Offizier dazu angestachelt worden, doch nun rebellierten sie gegen diesen, der ein ausgemachter Halunke war und sie mit seiner Grausamkeit provozierte.
Drei Wochen nach der ersten Meuterei kam die wieder in Richtung Norden gesegelte *Vankouver* wegen einer anhaltenden Flaute nicht mehr vorwärts. Sie hatte Land in Sicht, und dieses Land war kein anderes als die bis dahin von Flip noch nicht erforschte Nordküste. So hatte der Seemann das Schiff nicht bemerkt.
Am Vormittag des 24. April vernahm der noch immer gefangengehaltene Harry Clifton von der Brücke her einen großen Tumult und wildes Geschrei. Er begriff, daß die Situation sich verschlimmerte. Vielleicht war das eine Gelegenheit für ihn, wieder seine Freiheit zu erlangen. Er wurde anscheinend nicht mehr so scharf bewacht und nutzte diesen Umstand aus. Er brach die Kabinentür auf und eilte in die Offiziersmesse, wo er dem Waffenschrank eine geladene Pistole und ein Enterbeil entnahm. Dann lief er an Deck, gefolgt von Fido.
Die Revolte war zu jenem Zeitpunkt in vollem Gange, und zwischen den Kanaken und der Besatzung herrschte ein blutiger Kampf. Als Clifton auf dem Deck erschien, war die Lage

des Ersten Offiziers und seiner Leute bereits hoffnungslos. Die brüllende Menge der mit Spießen und Beilen bewaffneten Kanaken hatte sie schon eng umzingelt, und bald sank der Erste Offizier tödlich getroffen zu Boden.
Clifton sah, daß es um das Schiff geschehen war und daß er in den Händen der Kanaken würde zugrunde gehen müssen. In zwei Meilen Entfernung war eine Küste in Sicht. Er beschloß, unter Einsatz seines Lebens dorthin zu gelangen, und ging auf das Vordeck zu, um von dort ins Meer zu springen. Doch als Harry Clifton sein Vorhaben in die Tat umsetzen wollte, wurde man seiner gewahr. Zwei der Meuterer stürzten sich auf ihn. Den einen konnte er niederschießen, aber es gelang ihm nicht, den Stangenhieb abzuwehren, den der andere ihm so heftig auf den Kopf versetzte, daß er über Bord fiel. Das kalte Wasser brachte ihn wieder zu Bewußtsein. Er kam wieder an die Oberfläche, öffnete die Augen und sah, daß die *Vankouver* schon einige Taulängen entfernt war. Da vernahm er ein Bellen. Es war Fido; der kräftige Neufundländer schwamm an seiner Seite und war ihm ein wertvoller Halt.
Von der Flut wurde er aufs Land zugetrieben. Aber dennoch war die zurückzulegende Strecke groß. Der verletzte, geschwächte Harry Clifton kämpfte zwanzigmal gegen den Tod. Doch zwanzigmal hielt ihn sein treuer Gefährte über Wasser. Nach langem Ringen spürte der von der Strömung begünstigte Clifton endlich festen Sand unter den Füßen. Mit Hilfe von Fido schleppte er sich auf eine Düne außer Reichweite der Wellen, und dort wäre er wohl verhungert, wenn Flip, von dem Hund geführt, ihn nicht schließlich entdeckt hätte.
Als Harry Clifton mit seinem Bericht zu Ende war, ergriff er Flips Hand und drückte sie.
„Könnten Sie uns bitte noch mitteilen, Monsieur", sagte der Seemann, „an welchem Tag Sie die *Vankouver* und ihre Ladung Halunken verlassen haben?"
„Am 23. April, mein Freund."

„Aha!“ erwiderte Flip. „Da heute der 1. Mai ist, haben Sie also acht Tage lang auf dieser Düne gelegen und auf den Tod gewartet! Und ich habe nicht das geringste davon geahnt! Was für ein Tölpel ich doch bin!“

Als Harry Clifton nun aber seine Geschichte fertigerzählt hatte und von seiner Frau und seinen Kindern erneut mit Liebkosungen überschüttet worden war, äußerte er den Wunsch, ein heißes Getränk zu sich zu nehmen.

Alle blickten betroffen drein. Mrs. Clifton erbleichte. Sollten sie dem Kranken gestehen, in welcher Notlage sich die Familie befand? Flip hielt den Zeitpunkt dazu noch nicht für gekommen und bedeutete Mrs. Clifton, sie solle nichts sagen. Dann beeilte er sich, dem Ingenieur zu antworten.

„Sehr wohl, Monsieur“, sagte er mit seiner fröhlichen Stimme, „ein heißes Getränk! Selbstverständlich! Ausgezeichnete Idee! Etwas Wasserschweinbrühe etwa. Werden Sie bekommen. Jetzt im Augenblick brennt aber gerade das Feuer nicht. Während wir so geplaudert haben, habe ich es dummerweise ausgehen lassen, aber ich zünde es gleich wieder an!“

Worauf Flip aus der Grotte hinausging, gefolgt von Mrs. Clifton.

„Nein, Madame!“ sagte er leise zu ihr. „Wir dürfen es ihm jetzt noch nicht sagen! Morgen! Später!“

„Aber wenn er die heiße Brühe verlangt, die Sie ihm versprochen haben!“

„Ja, ich weiß, das ist eine verzwickte Situation! Wir müssen Zeit gewinnen! Vielleicht vergißt er es ja! Wissen Sie was, wir müssen ihn ablenken. Erzählen Sie ihm unsere Geschichte!“

Darauf gingen Mrs. Clifton und Flip wieder in die Grotte.

„Nun, Herr Ingenieur, wie ist das Befinden?“ fragte der Seemann. „Schon besser, nicht wahr? Wenn Sie sich stark genug fühlen, wird Ihnen Madame Clifton jetzt unsere Abenteuer erzählen! Sie sind mindestens so spannend wie die Ihren! Sie werden sehen!“

Auf ein Zeichen ihres Mannes begann Mrs. Clifton mit ihrem Bericht. Sie erzählte in allen Einzelheiten, was sich ereignet hatte, seit das Boot von der *Vankouver* getrennt worden war: die Ankunft an der Flußmündung, das erste Lager unter dem Boot, die Exkursion in den Wald, die Erkundung der Felswand und des Ufers, die Entdeckung des Sees und der Grotte, die Jagd- und die Angelunternehmungen. Sie vergaß auch den Vorfall mit dem zerbrochenen Messer nicht, erwähnte aber mit keinem Wort den Wolkenbruch und das erloschene Feuer. Dann sprach sie über die hilfsbereiten, tapferen Kinder, die sich ihres Vaters würdig erwiesen hätten. Schließlich hielt sie eine solche Lobrede auf die einzigartige Selbstlosigkeit Flips und vergoß dabei so heiße Tränen der Dankbarkeit, daß der treffliche Mann errötete und nicht mehr wußte, wohin er blicken sollte.
Da richtete sich Harry Clifton ein wenig auf und legte dem neben ihm kauernden Flip beide Hände auf die Schultern.
„Flip“, sagte er, und seine Stimme verriet dabei höchste Ergriffenheit, „Sie haben meiner Frau, meinen Kindern und auch mir das Leben gerettet! Gott segne Sie dafür!“
„Aber, Herr Ingenieur“, erwiderte der Seemann, „da war doch nichts dabei... Das war alles reiner Zufall... Sie sind wirklich zu gut zu mir...“
Und Mrs. Clifton flüsterte er zu: „Weiter, Madame, weiter! Er denkt nicht mehr an die heiße Brühe!“
Zu Harry Clifton gewandt sagte er dann: „Außerdem ist ja noch so gut wie gar nichts erledigt, Herr Ingenieur. Wir haben auf Sie gewartet. Ohne Ihre Anweisungen wollte ich nichts unternehmen. Und dann brauchte ich auch ein Beil und ein Messer als Ersatz für mein altes, zerbrochenes, und Sie haben die Güte besessen, mir das alles mitzubringen! Nicht wahr, Monsieur Marc?“
„Ja, Flip“, erwiderte der Junge mit einem breiten Lächeln.
„Sie haben reizende Kinder, Monsieur Clifton. Eine tapfere

und liebenswerte Familie! Monsieur Robert mag ein wenig ungeduldig sein, aber das wird sich schon geben! Glauben Sie mir, Monsieur, mit diesen anständigen Jungen und mit Ihnen, einem Ingenieur, werden wir es hier weit bringen!"

„Vor allem, wenn Sie uns dabei helfen, Freund Flip", antwortete Mr. Clifton.

„Ja, Vater!" rief Marc. „Unser Freund Flip kann alles! Er ist Seemann, Fischer, Jäger, Zimmermann, Schmied..."

„Na, Monsieur Marc!" sagte Flip. „Nun übertreiben Sie mal nicht. Ich versuche mich an so manchem, wie jeder Seemann, aber ich bin in allem ein rechter Stümper. Ich habe einfach keine Ideen! Man muß mich anleiten! Aber jetzt, wo Monsieur Clifton da ist... Wir werden noch recht glücklich hier!"

„Glücklich", sagte Harry Clifton und sah dabei seine Frau an.

„Ja, mein lieber Harry", erwiderte Mrs. Clifton. „Jetzt wo Sie wieder bei mir sind, hege ich keinerlei Wunsch mehr! Ja, vielleicht werden wir hier glücklich! Ohnehin warten dort drüben weder Verwandte noch Freunde auf uns. Wir wären in unsere Heimat als Fremde zurückgekehrt. Ja, ich glaube wie unser Freund Flip, daß wir auf diesem Fleckchen Erde ein glückliches Leben führen und warten können, bis es Gott in seinem unerforschlichen Ratschluß gefällt, uns von hier wegzuholen!"

Harry Clifton drückte seine liebe Frau ans Herz. Wie zuversichtlich und stark sie war! Umgeben von diesen Menschen, denen seine ganze Zuneigung galt, lebte der Ingenieur wieder auf.

„Ja!" sagte er. „Ja, wir können hier noch glücklich sein! Aber sagen Sie mal, Freund Flip, gehört diese Küste eigentlich zu einer Insel oder zu einem Kontinent?"

„Müssen schon entschuldigen, Monsieur", erwiderte Flip, der mit Wohlgefallen sah, daß das Gespräch sich in diese Richtung entwickelte, „aber diese Frage können wir leider noch nicht beantworten."

„Sie ist aber wichtig."
„Außerordentlich wichtig sogar. Aber jetzt rücken die langen Tage näher. Sobald Sie wieder völlig hergestellt sind, Monsieur Clifton, werden wir unser Land so richtig erforschen, und dann bekommen wir schon heraus, ob wir uns als Insulaner bezeichnen dürfen oder nicht!"
„Wenn dieses Land eine Insel ist", sagte Harry Clifton, „dann haben wir nur geringe Aussichten, je wieder in die Heimat zu gelangen, denn dieser Teil des Pazifiks ist nur wenig befahren."
„So ist es, Monsieur", entgegnete der Seemann, „und in jenem Fall müßten wir uns allein auf uns selbst verlassen und nicht auf andere. Wenn dieses Land eine Insel ist, so haben wir nur dann eine Chance, von hier fortzukommen, wenn wir uns selbst die Mittel dazu beschaffen!"
„Ein Schiff bauen!" rief Robert.
„Na na!" versetzte Flip und rieb sich dabei die Hände. „Wir haben immerhin schon ein Boot!"
„Liebe Kinder", sprach Harry Clifton weiter, „bevor wir versuchen, diese Insel zu verlassen – falls es überhaupt eine ist –, sollten wir uns erst einmal häuslich darauf einrichten. Später werden wir dann sehen, was zu tun ist. Aber Flip, Sie haben doch die Gegend sicher ein wenig erkundet. Was halten Sie denn davon?"
„Ausgesprochen viel, Herr Ingenieur. Diese Landschaft ist ganz ohne Zweifel bezaubernd und vor allem sehr abwechslungsreich. Im Norden, nicht weit von der Stelle, an der Sie auf uns gewartet haben, erstreckt sich ein großer Sumpf, in dem es vor Wasservögeln nur so wimmelt. Das gibt ein prächtiges Revier für unsere beiden jungen Jäger ab! Ja, Monsieur Robert, der Sumpf ist wie geschaffen für Sie, nur dürfen Sie darin nicht wieder versinken. Nach Süden zu ist das Land karg und trocken, dort gibt es Dünen, Felsen und eine unerschöpfliche Austernbank, aus der die wunderbaren Austern stammen, die Sie gerade gegessen haben! Im Landesinneren

sind dann sattgrüne Wiesen, herrliche Wälder, alle möglichen Baumarten, ja sogar Kokospalmen! Nein, Monsieur, ich will Ihnen hier nichts vorgaukeln, wir haben wirklich und wahrhaftig Kokospalmen! Monsieur Robert, seien Sie doch so nett und pflücken Sie für Ihren Herrn Vater eine Kokosnuß, aber keine allzu reife, hören Sie, damit die Milch besser schmeckt!"

Robert lief hinaus. Harry Clifton lauschte dem fröhlichen Geplapper des Seemanns und hatte völlig vergessen, nach seinem heißen Getränk zu fragen. Flip war darüber hocherfreut und legte sich noch mehr ins Zeug.

„Ja, Herr Ingenieur, diese Wälder müssen unendlich sein, und wir kennen erst einen kleinen Teil davon. Monsieur Robert hat dort schon ein reizendes Wasserschwein erlegt! Und jetzt fällt es mir erst ein: Wir haben ja auch unser Kaninchenrevier voller ausgezeichneter Wildkaninchen! Und ein hübsches Inselchen, das wir aus Zeitmangel noch nicht einmal erforscht haben. Und einen See, Monsieur, nein, nein, keinen Teich, einen richtigen See mit herrlichem Wasser und delikaten Fischen, die nichts anderes im Sinn haben, als sich von uns fangen zu lassen!"

Bei dieser zauberhaften Beschreibung mußte Mr. Clifton lächeln, und Mrs. Clifton sah mit tränenfeuchten Augen zu Flip, der von Belle und Jack mit Blicken förmlich verschlungen wurde. Nie hätten sie gedacht, daß man von ihrem Stück Land mit so viel Begeisterung berichten könne!

„Und der Berg", sagte Jack.

„Und der Berg!" rief Flip. „Der junge Herr hat ja recht! Jetzt hätte ich fast den Berg vergessen mit seinem verschneiten Gipfel! Ein richtiger Gipfel ist das, und nicht etwa eine mickrige Kuppe! Mindestens sechstausend Fuß ist er hoch, und eines Tages werden wir ihn auch besteigen! Ach, ob das hier nun Festland ist oder eine Insel, wir konnten uns wahrhaftig nichts Besseres aussuchen!"

Da kam Robert herein und brachte eine frische Kokosnuß mit. Flip goß die Kokosmilch in eine Bambustasse, und der Kranke ließ sich die wohltuende Flüssigkeit sichtlich schmecken.
Noch eine gute Stunde lang hielt Flip seine Zuhörerschaft in Bann. So wie er dieses Land schilderte, seine unbestreitbaren Vorteile herausstrich und den Ingenieur über leicht realisierbare Pläne unterrichtete, konnte man richtig Lust bekommen, freiwillig in eine solche Gegend auszuwandern.
„Wir werden die Familie Robinson des Pazifiks sein!“ sagte Marc.
„Ja, Monsieur“, erwiderte Flip.
„Wunderbar!“ rief Jack. „Ich hatte schon immer davon geträumt, mit der Familie des Schweizerischen Robinsons auf einer Insel zu leben!“
„Nun ja, Monsieur Jack, dann ist Ihr Wunsch ja vollständig in Erfüllung gegangen!“
Vollständig? Flip vergaß bei diesen Worten, daß in der fiktiven Geschichte vom Schweizerischen Robinson der Autor seinen Schiffbrüchigen alles zur Verfügung gestellt hat, was Natur und Industrie nur zu bieten haben. Zuerst einmal hat er ihnen eine ganz besondere Insel ausgesucht, bei deren Klima keine strengen Winter zu befürchten sind. Dann stoßen sie jeden Tag, beinahe ohne zu suchen, auf das Tier oder die Pflanze, die sie gerade brauchen können. Sie haben Waffen, Werkzeug, Schießpulver, Kleidung; eine Kuh, ein Schaf, einen Esel, ein Schwein und Hühner; aus dem Wrack ihres Schiffes bergen sie beliebige Mengen von Holz, Eisen und Samen aller Art! Nein, sie waren in einer völlig anderen Lage! Diese Schweizer Schiffbrüchigen waren Millionäre! Sie selbst dagegen armselig dahinlebende Habenichtse, die alles um sich herum selbst erschaffen mußten!
Harry Clifton, der sich zwar bestimmt nichts vormachte, behielt jedoch diese Gedanken, auf die Flips Vergleich ihn ge-

bracht hatte, lieber für sich. Er fragte den Seemann lediglich, ob er denn gar nichts vermisse.
„Nichts, Monsieur Clifton, rein gar nichts!" antwortete Flip. Ich habe keine Familie. Ich glaube, ich war sogar schon Waise, bevor ich überhaupt auf die Welt gekommen bin!"
Daraufhin erzählte Flip noch mehr von sich. Er sei gebürtiger Franzose und stamme aus der Marquenterre-Ebene in der Picardie, doch sei er schon durch und durch amerikanisiert. Über Land und Meer sei er auf der ganzen Welt herumgekommen. Da er schon alles gesehen habe, könne ihn auch nichts mehr erschüttern. Was es an Unfällen und Abenteuern auf Erden nur geben könne, sei ihm alles schon zugestoßen. Wenn man also hin und wieder „eine Partie Verzweiflung spielen" wolle, dann brauche man mit ihm ganz bestimmt nicht zu rechnen!
Wenn man Flip so zuhörte, wie er mit seiner klaren, warmen Stimme sprach, wenn man seine beruhigenden Gebärden sah und sein ganzes vor Kraft und Gesundheit strotzendes Wesen, dann hätte man sich wohl selbst als Todkranker wieder von seinem Lager erhoben. Harry Clifton war zwar nicht auf der zauberhaften Insel des Schweizerischen Robinsons, aber er hatte dafür den treuen, ergebenen Flip, und so konnte er es gar nicht mehr erwarten, wieder auf den Beinen zu sein und mit ihm dieses unbekannte Land zu erforschen und bewohnbar zu machen.
Nun aber war er etwas müde und fühlte, wie ihn der Schlaf überkam. Daher bat Mrs. Clifton die Kinder, ihren Vater ruhen zu lassen.
Sie wollten gerade alle aus der Grotte hinaus, als Belle plötzlich stehenblieb.
„Monsieur Flip", sagte sie, „jetzt können wir Sie ja gar nicht mehr 'Papa Flip' nennen, weil unser Vater wieder bei uns ist!"
„Papa Flip!" murmelte Harry Clifton lächelnd.
„Ja, Monsieur, verzeihen Sie mir", sagte der Seemann. „Dieses

reizende Fräulein und Monsieur Jack haben sich angewöhnt, mich Papa zu nennen; aber jetzt..."

„Na ja", versetzte Jack, „dann wird eben jetzt aus Papa Flip unser Onkel!"

„Ja! Onkel Robinson!" rief Belle und klatschte in die Hände. Und gemeinsam brachten sie ein dreifaches Hurra auf Onkel Robinson aus!

Kapitel 16

Onkel Robinson! Das war das Wort des Tages, und die Ehre, es geprägt zu haben, kam ganz allein Jack und Belle zu. Bei diesem Namen blieb es dann auch, obgleich Flip ihn zuerst gar nicht annehmen und lediglich der ergebene Diener der Familie sein wollte. Als ihm daraufhin bedeutet wurde, es gebe hier weder Herr noch Diener, mußte er seinen Widerstand aufgeben. Und es war ja auch nicht so, als wechselte er zum ersten Mal den Namen! In der Picardie hieß er Pierre Fanthome und in Amerika Flip! Warum sollte er da auf einem Landstrich im Pazifischen Ozean nicht Onkel Robinson sein?

Harry Clifton schlief durch bis zum folgenden Abend. Onkel Robinson – oder auch schlicht und einfach „Onkel", wie seine neuen Neffen ihn meist nannten – dachte unterdessen mit Sorge an den Augenblick, an dem der Ingenieur wieder aufwachen würde. Der Genesende würde dann zu essen verlangen und die Angelegenheit mit der Brühe zu einem „heißen" Thema werden!

Der Onkel unterhielt sich darüber mit Mrs. Clifton.

„Was sollen wir machen, Madame", sagte er zu ihr, „irgendwann müssen wir ihm unsere Lage eingestehen! Aber den Gatten haben wir wiedergefunden, da wird sich wohl auch die Sache mit dem Feuer wieder finden. Wie, das weiß ich noch nicht, doch finden wird sie sich."

Mrs. Clifton schüttelte den Kopf, und der Onkel vermochte ihre Zweifel nicht zu zerstreuen.
Als Harry Clifton am nächsten Tag, dem 2. Mai, erwachte, fühlte er sich schon viel besser. Bald würde er hinreichend zu Kräften gekommen sein, um die Grotte verlassen zu können. Nachdem er Frau und Kinder umarmt und Onkel Robinson die Hand geschüttelt hatte, vermeldete er, er habe Hunger.
„Selbstverständlich, Monsieur", erwiderte der Onkel sogleich in freudigem Tonfall. „Was darf's denn sein? Sagen Sie nur ungeniert, wonach Ihnen zumute ist! Frische Austern wären noch da!"
„Und die schmecken hervorragend, das dürfen Sie ruhig hinzufügen, Onkel!" sagte Harry Clifton.
„Dann hätten wir noch Kokosnüsse und Kokosmilch, und für einen angeschlagenen Magen gibt es ja wohl keine geeignetere Nahrung!"
„Das glaube ich wohl, Onkel. Doch wenn ich auch kein Arzt bin, kann ich mir doch vorstellen, daß mir ein leichtes, anständig gebratenes Stück Wildbret nicht schaden würde!"
„Wo denken Sie hin, Monsieur", entgegnete der Onkel. „An so kräftige Mahlzeiten dürfen Sie sich jetzt noch nicht heranwagen! Sie sind in der gleichen Lage wie arme Schiffbrüchige, die halb verhungert und verdurstet aus einem Wrack geborgen werden. Glauben sie etwa, die dürften sofort nach Herzenslust losessen?"
„Nicht sofort", erwiderte Clifton, aber am Tag darauf wird man sie wohl nicht daran hindern..."
„Manchmal, Monsieur, manchmal", sagte Flip dreist, „kann das bis zu acht Tagen dauern! Jawohl, Monsieur Clifton, volle acht Tage! Ich selbst war im Jahre 55 einmal Schiffbrüchiger, und man hat die Güte gehabt, mich auf ein Floß zu bergen. Und da wollte ich dann zu schnell wieder etwas essen. Fast zugrunde gegangen wäre ich daran. Seither ist mein Magen..."
„Völlig in Ordnung?" warf Clifton ein.

„Völlig in Ordnung, das gebe ich zu", antwortete Flip, „es hätte aber auch schlecht ausgehen können!"
Es war unmöglich, über Onkel Robinsons Argumentation nicht zu schmunzeln.
„Nun gut, Onkel", sagte der Ingenieur, „heute will ich mich der von Ihnen verschriebenen Diät noch unterwerfen. Aber gegen ein heißes Getränk werden Sie doch wohl nichts einzuwenden haben?"
„Ein heißes Getränk!" rief Onkel Robinson in die Enge getrieben. „Ein heißes Getränk! Sehr wohl, Monsieur! Selbstredend! Eine Brühe etwa!"
„Ja."
„Na, dann werden eben Monsieur Robert und ich durch den Wald streifen und Ihnen eine Brühe erlegen, das heißt irgend etwas, woraus sich eine erstklassige Brühe zubereiten läßt, und zwar mit Augen, die noch größer sind als die von Mademoiselle Belle! Geht in Ordnung!"
So mußte sich Harry Clifton an jenem Morgen mit Beerentangmark, Austern und einer Kokosnuß zufriedengeben. Robert und Onkel Robinson brachten dann zwei Kaninchen mit, die ihnen im Wildkaninchengehege in die Schlinge gegangen waren. Der Onkel zeigte dem Ingenieur seine Jagdbeute, und die beiden kamen übereinstimmend zu dem Schluß, daß eine anständig dampfende Kaninchenbrühe zur Genesung des Kranken wesentlich beitragen würde.
Dann gingen die Kinder daran, die Früchte zu ernten, von denen sie sich hauptsächlich ernährten. Mrs. Clifton und Belle wuschen das bißchen Wäsche, das die kleine Kolonie besaß. Onkel Robinson saß währenddessen am Moosbeet des Ingenieurs und unterhielt sich mit ihm.
Harry Clifton fragte den Ingenieur, ob es Anlaß zu der Vermutung gebe, daß dieser Küstenabschnitt von wilden Tieren heimgesucht werde, was für Menschen ohne Verteidigungswaffen eine erhebliche Gefahr dargestellt hätte. Mit endgülti-

ger Sicherheit vermochte der Onkel diese Frage nicht zu beantworten, doch berichtete er von dem, was ihm bei seinem ersten Grottenbesuch aufgefallen war, und zeichnete im Sand die Spuren nach, die er drei Wochen zuvor an derselben Stelle vorgefunden hatte.

Der Ingenieur hörte ihm aufmerksam zu. Er hielt es für notwendig, zum Schutz des Grotteneingangs so schnell wie möglich eine Palisade zu errichten. Außerdem empfahl er dem Onkel, nachts große Feuer anzuzünden, da Raubtiere es nur selten wagten, über eine Flammenbarriere hinwegzuspringen. Onkel Robinson versprach, sich darum zu kümmern, und versicherte, an Brennholz werde es niemals mangeln, denn der Waldbestand sei unerschöpflich.

Dann ging der Ingenieur auf die Ernährungslage ein und fragte, ob je mit einer Hungersnot zu rechnen sei.

Der Onkel verneinte. Es seien Früchte, Eier, Fische und Weichtiere in Hülle und Fülle vorhanden, und sobald einmal das Angel- und Jagdgerät hinreichend vervollkommnet sei, würden die Lebensmittelvorräte jederzeit problemlos zu erneuern sein.

Schließlich erkundigte Clifton sich nach der Kleidungsfrage. Was die Kinder am Leibe trügen, sei ja bald ganz zerschlissen; was sollten sie dann anziehen?

Onkel Robinson erwiderte, es müsse in dieser Hinsicht eine Unterscheidung getroffen werden. Auf Unterwäsche würden sie bestimmt verzichten müssen, und zwar schon bald. Mit der Oberbekleidung verhalte es sich dagegen anders, die werde ihnen von Tieren geliefert werden.

„Wissen Sie, Monsieur Clifton, wenn wir schon nicht gegen den Besuch von Raubtieren gefeit sind, dann werden wir uns wenigstens ihr Fell ausleihen."

„Die werden sich aber bitten lassen, bevor sie es hergeben, Onkel!"

„Dann bitten wir sie eben, Monsieur, seien Sie da nur ganz

unbesorgt! Werden Sie erst einmal gesund, dann wird sich schon alles ergeben!"

Jack vollbrachte an jenem Tag eine Meisterleistung. Mit einer Kokosfaser und einem Stoffetzen fing er am See eine stattliche Anzahl von Fröschen aus dem Gras. Diese Amphibien wurden fälschlicherweise als Braunkröten bezeichnet, waren jedoch echte Frösche und von hervorragendem Geschmack. Was hätte man mit diesem weißen, zarten Fleisch, das viel Gelatine enthielt, dem Ingenieur für eine Brühe zubereiten können! So war mit Jacks Fang leider nichts anzufangen, aber von Onkel Robinson wurde der Junge dennoch für seine Geschicklichkeit gelobt.

Harry Clifton verbrachte eine ziemlich gute Nacht und fühlte sich am folgenden Tag, einem Freitag, schon ziemlich kräftig; seine Wunde heilte rasch zu. Auf Anraten des Onkels und Mrs. Cliftons blieb er aber noch den ganzen Tag liegen und nahm sich seine erste Erkundung der Grottenumgegend erst für den nächsten Morgen vor.

Aus recht unerklärlichem Eigensinn heraus versteifte sich der Onkel noch immer darauf, die Sache mit dem Feuer zu verheimlichen. Warum eigentlich? Würde er nicht früher oder später die wahre Lage eingestehen müssen? Würde Harry Clifton nicht ohnehin alles herausbekommen? War es nicht besser, wenn er Bescheid wußte? Würde nicht auch er den Schlag überstehen, den seine Frau und seine Kinder überstanden hatten? Oder rechnete Onkel Robinson etwa damit, daß ein Zufall ihm das Verlorene wieder zurückgeben würde? Wohl nicht, aber er konnte sich nicht dazu durchringen, die Wahrheit zu sagen, und Mrs. Clifton bestärkte ihn eher noch darin, weiter zu schweigen! Die gute Frau, die sah, wie geschwächt ihr Mann noch war, wollte ihm keinen neuen Schmerz zufügen.

Onkel Robinson wußte jedenfalls nicht mehr, wie er sich den Fragen Harry Cliftons weiterhin entziehen sollte. Wenn er ihm wie üblich seine Austern und seine Kokosnuß bringen

würde, würde Clifton unweigerlich die feierlich versprochene Brühe verlangen. Und der Onkel würde dann nicht mehr wissen, was er antworten sollte.
Zum Glück zog ihn ein Wetterumschwung aus der Patsche. Während der Nacht hatte sich der Himmel zugezogen, und gegen Morgen brach eine heftige Regenbö los. Die Bäume bogen sich im Wind, und der Ufersand flog wie Hagel umher.
„Ah, der gute Regen, der gute Regen!“ rief der Onkel.
„Der schlechte Regen!“ sagte Marc, der vorhatte, die Küste bis zur Austernbank hinunterzugehen.
„Er ist sogar sehr gut, sage ich Ihnen, Monsieur Marc! Er rettet uns nämlich!“
Marc begriff nicht, was den Onkel so freute, doch wurde ihm alles klar, als er beim Betreten der Grotte hörte, wie der Seemann in verdrossenem Tone zu Mr. Clifton sagte: „Ach, Herr Ingenieur, so ein Wetter, so ein Wind, so ein Regen! Da können wir unser Feuer nicht erhalten! Jetzt ist es uns schon wieder ausgegangen!“
„Aber mein Freund!“ erwiderte Clifton. „Das ist doch kein Unglück; dann machen wir es eben wieder an, wenn das Unwetter vorbei ist!“
„Das schon, Monsieur, das schon, wir machen es wieder an, und das beunruhigt mich ja auch gar nicht! Wegen Ihnen tut mir dieser Zwischenfall leid!“
„Wegen mir?“ fragte der Ingenieur.
„Ja! Ich wollte Ihnen gerade eine ausgezeichnete Froschbrühe kochen, als mir die ganze Glut davongestoben ist!“
„Was soll's! So dringend brauche ich sie ja nicht!“
„Aber schuld bin ich ja selber“, fuhr der Onkel fort, der es mit seiner frommen Lüge ein wenig übertrieb! „Ja, ich bin schuld! Warum habe ich diese vermaledeite Brühe denn nicht schon gestern gemacht, als mein Feuer noch lustig prasselte? Ach, was für ein schönes Feuer das war! Dann hätten Sie jetzt das vortreffliche Gebräu, das Ihnen so gut tun würde!“

„Grämen Sie sich doch deswegen nicht, Onkel Robinson. Ich warte eben noch einen Tag. Aber womit werden meine Frau und meine Kinder ihre Mahlzeit zubereiten?“

„Aber, Monsieur, haben wir etwa nicht unseren Vorrat an Zwieback und gepökeltem Fleisch?“

Der Vorrat! Der Seemann wußte genau, daß ihm diese letzte Scheibe Zwieback und dieses letzte Stück Fleisch Mrs. Clifton mitgegeben hatte, als er zur Erkundung der Nordküste aufgebrochen war!

„Wissen Sie was, Onkel“, sagte Harry Clifton, „unsere Feuerstelle muß woanders untergebracht werden! Wir dürfen sie nicht an einem Ort lassen, wo jeder Windstoß sie ausblasen kann!“

„Einverstanden, Monsieur Clifton; doch wie sollen wir in dieses dicke Granitgewölbe einen Kamin bohren? Ich habe die Wände alle untersucht und weder ein Loch noch irgendeinen Spalt entdeckt! Wenn Sie daher auf mich hören, werden wir uns einmal ein Haus bauen, ein richtiges Haus!“

„Ein Steinhaus?“

„Nein, ein Holzhaus aus Balken und Bohlen. Jetzt wo wir Ihre Axt haben, fällt uns das nicht mehr schwer. Sie sollen sehen, wie meine Wenigkeit mit diesem Werkzeug umzugehen versteht! Nicht umsonst habe ich in Buffalo ein halbes Jahr lang bei einem Zimmermann gearbeitet!“

„Gut, mein Freund“, erwiderte der Ingenieur, „hoffentlich sehen wir Sie bald am Werk. Ich für mein Teil freue mich darauf, unter Ihrer Anleitung arbeiten zu dürfen.“

„Sie! Ein Ingenieur!“ rief Onkel Robinson aus. „Und die Pläne, wer soll die Pläne zeichnen, wenn nicht Sie? Wir brauchen schließlich ein gemütliches Heim mit Fenstern, Türen, Schlafzimmern, Wohnzimmern und Kaminen, ja vor allem mit Kaminen! Die dürfen wir auf keinen Fall vergessen! Was wird das für eine Freude sein, wenn wir von einer ausgedehnten Exkursion heimkehren und von weitem schon eine

bläuliche Rauchsäule zum Himmel aufsteigen sehen, so daß wir uns sagen können: Dort wartet ein behagliches Kaminfeuer auf uns, und gute Freunde, die uns freudig empfangen!"
So sprach der Seemann unaufhörlich dahin, und die ganze Familie schöpfte daraus Mut und Hoffnung. Der Regen hielt bis zur Nacht hin an, und es war unmöglich, sich hinauszuwagen. Jeder ging in der Grotte irgendeiner Beschäftigung nach. Onkel Robinson vervollständigte mit der Säge an Harry Cliftons Messer die Reihe seiner Bambusvasen! Er stellte sogar flache Teller her, so daß sie auf die bis dahin benutzten Muscheln verzichten konnten. Auch sein eigenes Messer reparierte er wieder, das heißt, er wetzte zumindest die restliche Klinge so lange an einem Kieselstein rund, bis er sie wieder benutzten konnte. Auch die Kinder waren nicht untätig. Sie richteten Kokosnüsse und Pinienkerne her und gossen vergorene Milch in Flaschenkürbisse, wo sie sich durch Gärung in ein alkolholisches Getränk verwandeln sollte. Robert reinigte die durch das Salzwasser stark verrostete Pistole seines Vaters, von der er sich viel zu versprechen schien. Mrs. Clifton wusch die Kleider ihrer Kinder.
Am folgenden Morgen – es war Samstag, der 3. Mai – hatte sich der Himmel aufgeheitert und verhieß einen herrlichen Tag. Der Wind hatte in Richtung Nordost gedreht, und über der Küste lag strahlender Sonnenschein. Der Onkel hatte nun nicht mehr die Spur eines Vorwands, um kein Feuer zu machen. Zudem hatte Harry Clifton es nun eilig, einmal hinauszukommen und die Umgegend des Lagers zu inspizieren. Er wollte in den Sonnenstrahlen baden und sie um völlige Genesung ersuchen. Also bat er den Onkel um seinen Arm. Der Onkel hatte keinen plausiblen Grund, sich diesem Ansinnen zu widersetzen, und fügte sich daher. Er hielt dem Ingenieur den Arm hin und verließ mit ihm die Grotte wie ein zum Tode Verurteilter auf dem Weg zum Schafott.
Zuallererst tat Harry Clifton einen befriedigten Seufzer. Er

atmete die frische, belebende Luft ein wie ein Stärkungsmittel. So etwas „wohltuend Warmes" habe er noch nie zu sich genommen, sagte er. Er blickte auf das blitzende Meer, ging zum Ufer hinunter, sah auf die Insel, den engen Kanal, die gewundene Küste und die offene Reede. Dann drehte er sich um und erblickte die Felswand im Vordergrund, die üppiggrüne Baumreihe, die wuchernde Wiese, den blau glänzenden, von dichtem Wald eingerahmten See und den alles überragenden Bergesgipfel. Der Anblick dieser schönen Natur gefiel ihm; die reizende Landschaft erschien ihm verheißungsvoll, und in seinem Ingenieurgehirn keimten schon zwanzig Pläne auf, die er unverzüglich in Angriff nehmen wollte.

Mal auf den Arm seiner Frau gestützt, mal auf den Onkel Robinsons, ging Harry Clifton zur Grotte zurück. Er besah sich die Felswand und gelangte schließlich zu der Stelle, an der der geschwärzte Stein daraufhin deutete, daß dort das Feuer gebrannt hatte.

„Hier war das Feuer?" sagte er. „Ja, ich verstehe, daß es bei den Wirbeln, die an diese Felswand fegen, leicht ausgeht. Wir werden schon noch etwas Besseres finden, aber begnügen wir uns vorläufig mit dieser Stelle hier. Los, Kinder! Marc, Robert, ein paar Armvoll trockenes Holz! An Brennmaterial mangelt es ja nicht. Machen wir ein tüchtig flackerndes Feuer."

Bei diesen Worten des Vaters blickten sich alle wortlos an. Der Onkel sah schuldbewußt zu Boden.

„Nun, Kinder?" sagte Harry Clifton. „Habt ihr gehört?"

Jemand mußte es ihm sagen. Mrs. Clifton fühlte, daß das ihre Aufgabe war.

„Lieber Mann", sagte sie und nahm ihn bei der Hand, „ich muß dir etwas gestehen."

„Was denn, meine Elise?"

„Harry", antwortete Mrs. Clifton in ernstem Ton, „wir haben kein Feuer."

„Kein Feuer!“ rief Clifton.
„Und auch keine Möglichkeit, eines anzuzünden!“
Ohne auch nur ein Wort zu sagen, setzte Harry Clifton sich auf einen Felsen. Da erzählte Mrs. Clifton ihm alles, was sich seit ihrer Landung ereignet hatte: die Geschichte mit dem Streichholz; wie sie das Feuer in die Grotte transportiert hatten und unter welchen Umständen es schließlich trotz größtmöglicher Vorsicht bei einem Wolkenbruch ausgegangen war. Ihren Sohn Marc erwähnte die Mutter dabei nicht, doch dieser trat auf Harry Clifton zu und sprach: „Und passiert ist das Unglück, während ich Wache hatte.“
Clifton ergriff Marcs Hand, zog den Jungen zu sich und drückte ihn an die Brust.
„Ja, habt ihr denn nicht einmal ein kleines Stückchen Zunder?“ fragte er.
„Nein, mein Teuerster!“ antwortete Mrs. Clifton.
Da ergriff der Onkel das Wort. „Es ist aber noch nicht alle Hoffnung verloren!“ sagte er. „Es ist schlechterdings unmöglich, daß wir nicht irgendwie wieder zu unserem Feuer kommen! Wissen Sie, worauf ich baue, Monsieur Clifton?“
„Nein, mein Freund.“
„Auf die Natur, Monsieur, auf die Natur selbst, die uns eines Tages wiedergeben wird, was sie uns genommen hat.“
„Und wie?“
„Durch einen Blitz! Wenn der in einen Baum einschlägt, ist unser Feuer wieder da!“
„Ja“, antwortete der Ingenieur, „doch selbst wenn Ihr Feuer durch so einen recht unwahrscheinlichen Blitzschlag wieder entzündet werden sollte, so stünde es doch immer noch unter ständiger Bedrohung durch die erstbeste Bö! Haben Sie denn nicht versucht, durch das Aneinanderreiben von zwei Holzstückchen Feuer zu erzeugen?“
„Doch“, sagte Robert, „aber es ist uns nicht gelungen.“
„Wenn wir wenigstens eine Linse gehabt hätten!“ seufzte Marc.

„Eine Linse“, entgegnete Harry Clifton, „läßt sich durch zwei Uhrgläser ersetzen, die man mit Wasser füllt.“

„Sehr richtig, Monsieur Clifton“, erwiderte der Onkel, „nun haben aber Sie eine Uhr, wir jedoch nicht!“

„Man kann auch“, sagte Clifton, „Wasser zum Kochen bringen, indem man es in einem hermetisch abgeschlossenen Gefäß schnell hin und her schüttelt!“

„Ein hervorragendes Mittel zum Kochen, nicht aber zum Braten! Sehen Sie, Monsieur Clifton, all diese Methoden sind nicht praktikabel, und meine einzige Hoffnung ist, daß ich einmal einen Pilz finde, der sich als Zunder verwenden läßt.“

„Als Zunder kann doch auch verbrannte Wäsche dienen.“

„Ich weiß“, antwortete Flip, „doch möchte ich Monsieur Clifton darauf hinweisen, daß man zum Verbrennen von Wäsche erst einmal Feuer braucht! Und zum Feuermachen...“

„Ich weiß etwas, was noch viel einfacher ist als all diese Methoden!“ sagte Clifton da.

„Und was?“ rief Onkel Robinson und riß die Augen auf.

„Wir benützen den Zunder, den ich in der Tasche habe!“ versetzte Clifton lächelnd.

Wie jubelten da die Kinder! Und was dem Onkel für ein Schrei entfuhr! War der Mann, der sich sonst von nichts überraschen ließ, plötzlich übergeschnappt? Um der Wahrheit willen muß gesagt werden, daß er mit einem Mal in ein zuckendes Tanzen ausbrach, das einem echten Schotten alle Ehre gemacht hätte. Dann packte er Belle und Jack bei der Hand, zog sie in einen wilden Reigen hinein und sang dabei:

Er hat Zunder,
Der tapfere, rechtschaffene Mann,
Es ist ein Wunder,
Er hat Zunder!

Kapitel 17

Als der Seemann sich wieder etwas beruhigt hatte, schlug er sich an den Kopf und bedachte sich selbst mit reichlich despektierlichen Bezeichnungen. Da hatte er sich drei Tage lang mit allerlei Kunstgriffen abgemüht, und dabei hatte der Kranke in seiner Tasche... Harry Clifton mochte ja das Ganze noch etwas hinausgezögert haben, als er bei Mrs. Cliftons ersten Worten nicht gleich den Zunder hervorzog, doch wer hätte ihm deswegen böse sein können?

Die freudige Erregung legte sich allmählich wieder, und der Onkel ging daran, Feuer zu machen. Nichts konnte nun einfacher sein: die abgebrochene Klinge, ein Feuerstein, ein bißchen Zunder, mehr brauchte es nicht.

Das Stück Zunder des Ingenieurs war etwa so groß wie eine Spielkarte und sehr trocken. Der Onkel riß eine Ecke davon ab und verwahrte den Rest sorgfältig. Dann schichtete er an der Feuerstelle leicht entflammbares Material auf: Laub, dürre Zweige und trockenes Moos. Als er gerade mit der Klinge Funken schlagen wollte, sagte Robert zu ihm: „Onkel Robinson!"

„Monsieur Robert?"

„Könnte meine Pistole Ihnen nicht von Nutzen sein?"

„Wie denn?"

„Geben Sie in die Zündpfanne anstelle des Pulvers ein Stückchen Zunder und schießen Sie: dadurch entzündet er sich."

Der Onkel nahm die Pistole, steckte in die Zündpfanne ein kleines Stück Zunder und spannte das Schloß.
„Lassen Sie mich schießen", bat Robert.
Der Seemann übergab die Waffe dem Jungen. Der schoß, und die Funken aus dem Feuerstein entflammten den Zunder. Daraufhin bückte sich der Onkel über die Feuerstelle und hielt die brennende Substanz an das Laub. Sogleich entwickelte sich leichter Rauch. Der Onkel blies darauf, zuerst wie ein Wohnzimmerblasebalg, dann wie der Blasebalg einer Schmiede. Das trockene Holz knackte, und bald züngelte eine schöne Flamme empor. Sie wurde mit Freudenrufen begrüßt.
Gleich wurde über dem Feuer der mit Süßwasser gefüllte Kessel aufgehängt, und Mrs. Clifton legte die Froschschenkel hinein, die der Seemann mit bemerkenswertem Geschick abgehäutet hatte.
Gegen Mittag war das Gericht genügend eingekocht und verbreitete einen verführerischen Duft. Vervollständigt werden sollte die Mahlzeit mit einem gebratenen Kaninchen, das der Onkel mit ganz besonderer Aufmerksamkeit über dem Feuer drehte, sowie mit Muscheln und Taubeneiern. Nur ja nichts Rohes. Alles wurde gekocht, selbst die Pinienkerne. Vergnügt setzten sich alle zu Tisch, und daß es bei diesem Festmahl fröhlich zuging, versteht sich wohl von selbst. Die Froschbrühe wurde auch ohne Gemüse als Leckerbissen bezeichnet. Harry Clifton bestand darauf, daß jeder davon eine ordentliche Portion bekam. Auch Onkel Robinson mußte davon kosten, wenn er sich zuerst auch sträubte. Und obwohl er in China schon Schwalbennestersuppen und in Sansibar geröstete Heuschrecken gegessen hatte – also „vermutlich das Beste, was es auf der Welt gibt" –, mußte er doch zugeben, daß nichts über eine Froschbrühe ging. Daraufhin wurde der kleine Jack damit beauftragt, regelmäßig auf Froschfang zu gehen.
Mr. Clifton, dem es nun entschieden besser ging, wollte mit seiner Frau und seinen Kindern bis zum See spazieren. Mrs.

Clifton hatte sich jedoch vorgenommen, noch einige häusliche Arbeiten zu erledigen. Also machte sich der Ingenieur mit seinen drei Söhnen und dem Seemann auf den Weg. Robert und Jack nahmen ihre Angelruten mit. Bald waren sie durch die Reihe mit den schönen Bäumen hindurch. Am See angekommen, setzte sich der Vater auf einen umgestürzten Baumstamm und bewunderte die reizvolle Landschaft, die sich vor seinen Augen ausbreitete, die Wälder, die Berge, die dahinfließenden Dünen, das wunderbar klare Wasser und überhaupt den See, der umfangen war von jenem schwermütigen Zauber, wie Cooper ihn am Lake Champlain und am Ontariosee empfunden und so wundervoll beschrieben hat. Onkel Robinson erzählte Harry Clifton von den Exkursionen, die die Kinder und er in der Umgegend schon unternommen hatten, von der Entdeckung des Kaninchenreviers im Süden und der Erkundung des doppelten Flusses.
„Wir werden unser Territorium noch gemeinsam begehen, Monsieur Harry", sagte er, „und dann werden Sie mit Wohlgefallen sehen, wie viele Reichtümer es birgt. Wir werden die kleine Insel begutachten, und wenn mich nicht alles täuscht, ist sie ein Zufluchtsort für eine ganze Kolonie von Schwimmvögeln. Und der Sumpf, der große Sumpf, den ich auf dem Weg zu Ihnen durchquert habe, steckt bestimmt voller jagdbarer Wasservögel, und in den Wäldern warten viele Vierbeiner nur auf den geschickten Hieb, der sie an unseren Eßtisch befördert! Im Norden also die Sumpfvögel, im Süden die Kaninchen, im Osten das Haarwild, im Westen die Lummen, die Pinguine und was weiß ich noch? Sie sehen, daß es uns an nichts fehlt."
„Nur an den Mitteln, um all dieses Wild zu erlegen", versetzte Harry Clifton.
„Wir werden uns Bogen anfertigen, Monsieur Clifton, das Holz dazu ist reichlich vorhanden. Und die Sehnen werden die Vierbeiner uns selbst zu liefern die Güte haben."

„Schön“, antwortete Clifton, „aber zuerst sollten wir ein kleines Stück Land einzäunen und versuchen, darin ein paar jener Tiere zu zähmen, die hier wild herumlaufen.“
„Ausgezeichnete Idee, Monsieur“, erwiderte der Onkel, „und sehr leicht zu verwirklichen. Wenn wir erst einmal Tiere gezähmt haben, gelingt es uns vielleicht auch, die Gemüsepflanzen nach unserer Fasson heranzubilden. Mrs. Clifton wäre das bestimmt nicht unrecht.“
„Das ist richtig, teurer Freund“, sagte der Ingenieur lächelnd. „Mit einem Mann wie Ihnen ist nichts unmöglich. Wissen Sie eigentlich, Onkel Robinson – ich nenne Sie wirklich gerne so –, wissen Sie, daß ein Haus, das man auf halbem Wege zwischen See und Meer bauen würde, mitten zwischen diese großen Bäume hinein, ganz hinreißend gelegen wäre?“
„Ich habe an dergleichen schon gedacht, Monsieur“, antwortete der Seemann, „und eigentlich ist dieses Haus schon so gut wie gebaut. Sehen Sie da drüben diese wunderbaren Zürgelbäume beisammenstehen? Könnte man da nicht meinen, die Natur habe sie extra für uns dort aufgestellt? Die Bäume, die an den Hausecken und Zwischenwänden als Stütze dienen könnten, würden wir einfach stehenlassen und die anderen fällen. Dann dicke Bohlen als Mauern, und Platz gelassen für die Fenster und Türen. Aus Balken und Stroh wäre bald ein Dach gefertigt, und schon stünde unsere Behausung ausnehmend gut da.“
„Es wäre auch ein leichtes“, fügte Clifton hinzu, „das Bodengefälle auszunützen und vom See her Wasser bis zu unserem Haus zu leiten.“
„Ja, leiten wir, Monsieur, leiten wir nur!“ rief der Onkel begeistert. „Das wird herrlich! Ach, da sind so viele Pläne auszuführen! Wir müßten auch da, wo der Fluß aus dem See herausfließt, eine Brücke schlagen, um das rechte Ufer schneller erkunden zu können.“
„Ja“, erwiderte Clifton, „aber eine Art Ziehbrücke, denn wenn

ich Ihre Beschreibung richtig verstanden habe, wird der ganze Küstenabschnitt zwischen Meer, Felswand und See vom Fluß abgedeckt?"
„Ja, Monsieur."
„Im Norden", sprach der Ingenieur weiter, „bildet der Fluß von der Mündung bis zu der Stelle, wo er dem See entfließt, eine für Tiere unüberwindliche Barriere. Durch den See wiederum wird bis zur Mündung des oberen Flußlaufs der nordwestliche Teil der Gegend geschützt. Wilde Tiere können also nur von Süden her zur Grotte gelangen, wenn sie vorher den See umgangen haben. Nun stellen Sie sich einmal vor, Onkel, wir könnten durch eine Palisade oder einen breiten, mit Seewasser gespeisten Graben die ganze Südpartie absperren, die sich über eine Meile hinweg vom Westufer des Sees bis zum Meer hin erstreckt, dann wären wir doch eigentlich von allen Seiten her unangreifbar? Und hätten damit eine weiträumige Einfriedung geschaffen, aus der unsere Haustiere nicht heraus- und in die wilde Tiere nicht hineinkönnten!"
„Ach, Herr Ingenieur", rief der Onkel aus, „selbst wenn man mir ein Stück Land am Mohawk River[1] anböte, würde ich es nicht gegen solch ein Gelände eintauschen! Wir müssen uns gleich ans Werk machen!"
„Alles zu seiner Zeit, Onkel Robinson", erwiderte Clifton und hielt den Seemann zurück, der schon zu seiner Axt gegriffen hatte. „Bevor wir das Gelände umfrieden und bevor wir überhaupt das Haus bauen, müssen wir erst einmal die Grotte schützen, die wir bewohnen, indem wir vor dem Eingang eine Palisade errichten."
„Monsieur", antwortete der Seemann, „ich bin bereit. Bleiben Sie nur hier am Seeufer mit Monsieur Robert und Jack, die uns ein paar Forellen fischen werden, und Monsieur Marc und ich werden in den Wald gehen und Bäume fällen."

[1] Fluß, der bei Albany in den Hudson mündet.

Dieser Vorschlag wurde angenommen. Der Onkel und sein „Neffe“ Marc gingen am nördlichen Seeufer entlang auf den Wald zu. Währenddessen gaben sich die beiden jüngeren Brüder Angel- und Jagdfreuden hin. Jack ging etwas weiter südlich zu einem sumpfigeren Uferabschnitt, wo er sich einen Vorrat an Fröschen fangen wollte. Der Vater und sein zweitältester Sohn legten ihre Angeln aus, und es gelang ihnen, ein halbes Dutzend schöner Forellen aus dem See zu fischen. Mehr als einmal aber mußte Mr. Clifton den jungen Robert ermahnen, wenn der seine Ungeduld wieder nicht zügeln konnte.

Während Marc und der Seemann abwesend waren und Robert die Angeln an einer anderen Stelle auslegte, dachte der Ingenieur über die neue Situation nach, in die das Schicksal ihn gestellt hatte. Er ließ noch einmal die schwerwiegenden Ereignisse an sich vorüberziehen, die sein Leben so vollkommen verändert hatten. Die Hoffnung, seiner Familie auch unter den gegebenen Umständen ein menschenwürdiges Leben zu bieten, hatte er durchaus nicht aufgegeben, doch hätte er gerne gewußt, ob für ihn noch irgendeine Aussicht bestand, jemals seine Heimat wiederzusehen. Um das zu erfahren, mußte er als erstes feststellen, wo im Pazifischen Ozean dieses Stück Land gelegen war. Danach würde die entscheidende Frage zu beantworten sein, ob sie sich auf einer Insel oder auf Festland befanden.

Eine Positionsbestimmung ohne astronomische Instrumente war so gut wie unmöglich. Wie sollte man ohne Chronometer den Längengrad feststellen und wie den Breitengrad ohne Sextanten? Die Strecke, die die *Vankouver* gefahren war, nachdem Kapitän Harrisson zum letzten Mal das Besteck genommen hatte, ließ sich nur sehr schwer einschätzen, und dennoch verfügte der Ingenieur über keine anderen Anhaltspunkte. Das Schiff war gewiß in nördlicher Richtung von seinem Kurs abgekommen, aber bis zu welchem Breitenkreis, das ließ sich nicht ohne weiteres sagen.

Die zweite Frage würde leichter zu klären sein. Es standen Mr. Clifton nämlich zwei Möglichkeiten zur Verfügung, um herauszufinden, ob er eine Insel oder Festland unter den Füßen hatte: Er konnte den Berggipfel besteigen oder mit dem Boot eine Erkundungsfahrt unternehmen.

Der Berggipfel mochte etwa fünf- bis sechstausend Fuß über dem Meeresspiegel liegen. Wenn er also auf einer mittelgroßen Insel emporragte, deren Umfang vierzig bis fünfzig Meilen betrug, dann mußten für einen auf seiner Spitze stehenden Beobachter Ozean und Himmel sich zu ein und demselben Horizont vermischen. Aber war dieser Gipfel überhaupt zu besteigen? Gab es ein Durchkommen durch die Wälder und die dichte Reihe von Ausläufern, von denen der Berg umgeben war?

Da war die andere Methode schon praktikabler. Man brauchte lediglich mit dem Boot an der Küste entlangzufahren und ihre Gestalt zu erkunden. Der Onkel war ein guter Seemann, und das Boot hatte nicht viel Tiefgang; wenn sie damit während der langen Juni- oder Julitage den Windungen des Ufers folgten, würden sie bald Bescheid wissen, was es mit diesem Land auf sich hatte.

War es Festland, so konnte eine spätere Heimfahrt ins Auge gefaßt werden. Sie brauchten sich dann nur provisorisch einzurichten.

Sollte es sich jedoch um eine Insel handeln, dann war die Familie Clifton darauf gefangengehalten und konnte nur mehr hoffen, daß der Zufall einmal ein Schiff in diese Gegend führen würde. Mit dieser Lage mußten sie sich dann abfinden und sich auf Dauer an diesem Ort installieren. Schrecken konnte ein so abgeschiedenes Dasein Harry Clifton übrigens nicht, denn er war ein tatkräftiger, beherzter Mann. Nur wollte er wissen, woran er war, und beschloß daher, eine Erkundung zu unternehmen, sobald die Umstände es erlauben würden.

Als der Ingenieur so nachdachte und dabei auf den See blickte, gewahrte er zu seiner Überraschung, daß in etwa hundert Metern Entfernung vom Ufer das Wasser brodelte. Worauf war dieses Phänomen zurückzuführen? Handelte es sich um eine Expansion unterirdischer Kräfte, die dann auch eine Erklärung für die vulkanische Beschaffenheit der Küste geboten hätte? Oder hatte nur ein Reptil den See zu seiner Wohnstätte auserkoren? Clifton wußte nicht, was er von der Sache zu halten hatte. Zwar verschwand das Brodeln bald, doch nahm der Ingenieur sich vor, das verdächtige Gewässer künftig im Auge zu behalten.

Der Tag war schon weit fortgeschritten, und die Sonne begann sich am Horizont zu neigen, als Mr. Clifton in der Nähe des nördlichen Ufers eine größere Masse wahrnahm, die sich auf der Wasseroberfläche dahinbewegte. Bestand zwischen diesem Gegenstand und dem zuvor beobachteten Brodeln irgendein Zusammenhang? Clifton fragte sich das natürlich. Es konnte hingegen kein Zweifel bestehen, daß der Gegenstand sich am Nordufer entlang weiter vorwärtsbewegte.

Harry Clifton rief seine beiden Kinder Robert und Jack zu sich. Er zeigte ihnen die wandelnde Masse und fragte sie, worum es sich dabei handeln könne. Der eine sagte: Das ist ein Seeungeheuer; der andere: Das ist ein riesiges Stück Treibholz. Währenddessen kam die Masse immer näher, bis schließlich deutlich wurde, daß da ein von Menschen gelenktes Floß auf sie zufuhr.

Da rief Robert plötzlich aus: „Aber das sind ja Marc und Onkel Robinson!"

Der Junge täuschte sich nicht. Sein Bruder und der Seemann hatten aus den gefällten Stämmen ein Floß gebaut und steuerten damit auf die der Grotte am nächsten gelegene Uferstelle zu. Binnen einer halben Stunde würden sie anlegen.

„Los, Jack", sagte Mr. Clifton, „lauf zu deiner Mutter und melde ihr, daß wir bald zurück sind!"

Jack sah zur Felswand hinüber. Die Entfernung schien ihm ein wenig groß. Und dann mußte er ja auch durch die großen Bäume hindurch! Er zögerte.
„Hast du etwa Angst?“ fragte Robert ihn spöttisch.
„Na, Jack?“ sagte der Vater.
„Dann gehe eben ich!“ rief Robert.
„Nein!“ entgegnete sein Vater. „Dich brauchen Marc und der Onkel noch.“
Jack sah immer noch stumm nach drüben.
„Mein Junge“, sagte der Vater zu ihm und zog ihn dabei zu sich, „du brauchst keine Angst zu haben. Du wirst bald acht und bist schon ein kleiner Mann. Denk daran, daß du uns helfen sollst, soweit es in deinen Kräften steht. Da darfst du keine Angst haben.“
„Ich gehe schon, Vater“, sagte der Junge und unterdrückte dabei einen Seufzer.
Dann gab er sich einen Ruck und zog mit seinen Fröschen los.
„Du sollst dich nicht über Jack lustig machen“, sagte Mr. Clifton zu Robert. „Mach ihm lieber Mut. Er hat sich gerade selbst überwunden. Das ist gut.“
Dann gingen Harry Clifton und sein Sohn auf die Stelle zu, an der das Floß anlegen würde. Der Onkel und Marc steuerten ihr Fahrzeug geschickt mit langen Stangen und erreichten schon bald das Ufer.
„Das funktioniert ja wunderbar!“ rief der Onkel.
„Das war eine gute Idee von Ihnen, dieses Floß zu bauen“, sagte der Ingenieur.
„Die Idee stammt von Monsieur Marc“, erwiderte der Onkel. „Ihr ältester Sohn, Monsieur Clifton, wird bald ein hervorragender Holzfäller sein! Er hat sich dieses Mittel ausgedacht, das unser Material und uns selbst transportiert!“
Das Floß bestand aus etwa dreißig Tannenstämmen, von denen jeder am unteren Ende einen Durchmesser von zwanzig

bis dreißig Zoll[2] aufwies. Zusammengehalten wurden sie von dicken Lianen. Der Onkel und die beiden Jungen machten sich an die Arbeit, und vor Einbruch der Dunkelheit waren sämtliche Stämme an Land geholt.
„Das genügt für heute", sagte der Onkel.
„Ja", erwiderte Clifton, „morgen schaffen wir die Stämme zur Grotte."
„Wenn Sie gestatten, Herr Ingenieur", sagte der Seemann, „werden wir sie hier schon zurechtschneiden, dann sind sie leichter zu transportieren."
„Das stimmt, Onkel Robinson. Und jetzt gehen wir in die Grotte, wo schon das Abendessen auf uns wartet. Was sagen Sie zu unseren Forellen?"
„Und was sagen Sie zu unserem Fang? Von Monsieur Marc erlegt!"
Der Onkel hielt Clifton ein Tier hin, das etwas größer war als ein Hase und zur Familie der Nager gehörte. Sein gelbes Fell war grünlich gesprenkelt und sein Schwanz nur rudimentär.
„Dieses Tier", sagte Clifton, „gehört zur Gattung der Agutis; es ist jedoch etwas größer als der in tropischen Zonen vorkommende Aguti, der das Kaninchen Amerikas ist. Das hier muß einer der langohrigen Maras sein, die man in den gemäßigten Gegenden des amerikanischen Kontinents antrifft. Tatsächlich, ich habe mich nicht getäuscht. Sehen Sie die fünf Backenzähne, mit denen die Kiefer dieses Nagers auf beiden Seiten ausgerüstet sind? Darin unterscheidet er sich hauptsächlich von den Agutis."
„Und kann man den essen?" fragte Onkel Robinson.
„Den kann man essen und ausgezeichnet verdauen."
Marc machte den Aguti an seinem Stock fest, und dann gingen sie los, wobei Clifton sich auf den Arm des Onkels stützte. Gegen sechs Uhr kamen sie bei der Grotte an, wo die Mut-

[2] Ein Zoll entspricht etwa 2,7 cm.

ter schon wartete und ein leckeres Mahl zubereitet hatte. Als es Abend war, ging die ganze Familie am Strand spazieren. Clifton begutachtete die Lage der Insel und die Kanalströmungen und stimmte mit dem Onkel überein, daß es leicht wäre, im Kanal eine Mole aufzuschütten und damit einen kleinen Hafen anzulegen. Doch wurde dieses Projekt auf unbestimmte Zeit verschoben. Die Kräfte der kleinen Kolonie wurden durch dringendere Arbeiten in Anspruch genommen, unter anderem durch den Bau der Palisade. Es wurde sogar beschlossen, keine weiteren Exkursionen mehr zu unternehmen, bevor dieser Zaun nicht fertiggestellt wäre.

Dann wanderte die Familie zur Grotte zurück. Mrs. Clifton ging am Arm ihres Mannes, der Onkel war mit Marc und Robert in ein Gespräch vertieft, und Jack und Belle sammelten Muscheln und Kiesel. So kamen sie am Austernpark vorbei, der wieder aufgefüllt werden mußte. Sie sahen aus wie brave Bürger, die in ihrem Garten spazierengehen. In der Nacht wachten Marc und Onkel Robinson aufmerksam über das Feuer, eine Bürde, die die baldige Entdeckung eines entflammbaren Pilzes immer wünschenswerter erscheinen ließ.

Am folgenden Tag legten Clifton und der Onkel fest, wo genau die der Grotte vorgelagerte Palisade verlaufen sollte. Die ersten Pfähle sollten direkt an die Felswand anschließen, so daß eine Art halbkreisförmiger Hof entstehen würde, den man sich bei allerlei häuslichen Verrichtungen zunutze machen konnte. Als der Verlauf feststand, begann der Onkel mit dem Graben der Löcher, was in dem sandigen Boden keine Schwierigkeiten bereitete. Bis Mittag war diese Arbeit erledigt.

Nach dem Essen gingen Clifton, Marc und der Seemann zu der Uferstelle, an der sie das Holz gelagert hatten. Nun mußten die Stämme auf die entsprechende Länge und Dicke zurechtgeschnitten werden.

Der geschickte Seemann hatte wahrlich nicht übertrieben, als er davon erzählt hatte, wie sehr er sich auf den Umgang mit

der Axt verstand. Man mußte gesehen haben, wie er in echter Zimmermannspositur mit etwas auswärts gestelltem Fuß riesige Späne davonfliegen ließ und die Stämme im Handumdrehen zurechthieb. Mit dieser Arbeit verbrachte er den Rest des Tages und den ganzen folgenden Tag. Am Dienstag morgen begann er die Pfähle in den Boden zu stecken. Er rammte sie tief hinein und verband sie untereinander mit fest angebrachten Querhölzern. Am Fuß der Palisade ließ Clifton eine Agavenart pflanzen, die an der Felswand wuchs. Diese Agave, eine Art amerikanischer Aloe, würde mit ihren harten, dornigen Blättern bald eine undurchdringliche Hecke bilden.
Die Arbeiten an der Palisade wurden am 6. Mai beendet; der Grotteneingang war nun gut geschützt. Harry konnte sich zu seiner Idee nur beglückwünschen, denn schon in der folgenden Nacht schlich ein Rudel Schakale um das Lager. Sie vollführten einen ohrenbetäubenden Lärm. Das in die Dunkelheit hineinflackernde Feuer hielt sie auf Abstand. Als sich einige der Tiere dennoch bis zur Palisade vorwagten, bewarf der Onkel sie mit glühenden Holzstücken, so daß sie heulend die Flucht ergriffen.

Kapitel 18

Als diese Arbeit beendet war, mußten sie unverzüglich darangehen, ihre Vorräte aller Art zu erneuern. Selbstverständlich war Mr. Clifton mittlerweile wieder im Vollbesitz seiner Kräfte. Seine völlig verheilte Wunde bereitete ihm keine Schmerzen mehr. Er würde nun all seine Tatkraft und seinen Erfindungsreichtum zum Wohlergehen seiner kleinen Kolonie einsetzen können.

Es war Dienstag, der 7. Mai. Während die Kinder nach dem Frühstück an Strand und Felswand fischten und Eier suchten, fuhren Harry Clifton und Onkel Robinson mit dem Boot zur Austernbank. Das Meer war ruhig, und von Land her wehte ein günstiger Wind. Die Überfahrt verlief ohne Zwischenfälle. Clifton sah aufmerksam auf die Küste hinüber. Es fiel ihm auf, wie zerklüftet sie war. Daß der Boden so zerfurcht und mit riesigen Felsen gespickt war, mußte allem Anschein nach auf die Expansion plutonischer Kräfte zurückzuführen sein. Für den naturwissenschaftlich sehr bewanderten Ingenieur konnte es da keinen Zweifel geben.

Als der Onkel und er die Austernbank erreicht hatten, begannen sie sofort, die Weichtiere aufzusammeln, so daß das Boot bald vollgeladen war. Dieser Austernvorrat war wirklich unerschöpflich.

Da dem Onkel wieder die Geschichte mit der Schildkröte eingefallen war und er nun keinen Grund mehr sah, diese interessanten Amphibien zu schonen, schlug er Clifton vor, zwischen den Felsen ein wenig herumzustöbern. Also fuhren sie zum Strand und machten sich auf die Jagd. Kleine Haufen, die sich hier und da auf dem Sand wölbten, erregten Cliftons Aufmerksamkeit. Als er in diesen Hügelchen herumbohrte, fand er eine Anzahl vollkommen runder Eier mit harter, weißer Schale vor. Es waren Schildkröteneier, deren Eiweiß die Eigenschaft aufweist, bei Hitze nicht zu gerinnen wie das Weiße von Vogeleiern. Dieser Strand war offensichtlich ein von Meeresschildkröten gerne aufgesuchter Platz. Die Tiere gingen hier an Land, legten ihre Eier ab und überließen es der Sonne, sie auszubrüten. Es waren viele Eier, was aber nicht zu verwundern braucht, denn jede dieser Schildkröten kann jährlich bis zu zweihundertfünfzig Eier legen.

„Das ist ja ein richtiges Eierfeld!" rief der Onkel. „Sie sind reif, und wir brauchen sie nur noch zu ernten."

„Nehmen wir nur so viele wie nötig, teurer Gefährte", erwiderte Clifton. „Wenn diese Eier erst einmal ausgegraben sind, verderben sie schnell. Es ist besser, wenn wir die Jungen ausschlüpfen lassen und diese uns später neue Eier legen."

So sammelte der Onkel also nur ein Dutzend Eier auf. Dann gingen Clifton und er zurück zum Boot. Sie setzten das Segel und langten eine halbe Stunde später an der Felswand an. Die Austern wurden im Park ausgesetzt und die Eier der Mutter übergeben, die sie für das Mittagessen zubereitete.

Nach dem Essen wollte der Onkel mit Mr. Clifton über das Thema Waffen sprechen. Schließlich konnten sie nicht immer nur mit Steinen und Stöcken auf die Jagd gehen. Das war zu primitiv, zu wenig wirksam und bot auch nicht genügend Schutz. An Pistolen und Gewehre war nicht zu denken, aber auch Pfeil und Bogen waren eine schlagkräftige Waffe, wenn sie nur von guter Qualität waren. Daher beschloß der Onkel, welche anzufertigen.

Vor allem galt es, dazu das geeignete Holz zu finden. Zum Glück

entdeckte Harry Clifton zwischen Kokospalmen einen Baum, der unter dem Namen Airi oder Crejimba bekannt ist und aus dessen Holz die südamerikanischen Indianer ihre besten Bögen schnitzen. Der Vater und seine Kinder schnitten einige Crejimba-Zweige ab und nahmen sie mit zur Grotte. Daraus fertigte Onkel Robinson in einigen Arbeitsstunden drei Bögen, deren regelmäßige Krümmung und beträchtliche Größe ihnen Spannkraft und Tragweite verleihen sollten. Die Sehne wurde aus sehr reißfester Kokosfaser hergestellt. Als Pfeile schnitt der Onkel einfach kleine Bambusstäbe zurecht, feilte sorgfältig die Knoten ab und stattete die Spitze jeweils mit einem Igelstachel aus. Um einen stabilen Flug zu gewährleisten, befestigte er an den unteren Pfeilenden Vogelfedern. In erfahrenen Händen würden diese Pfeile und Bogen fürchterliche Waffen sein.
Natürlich wollten die Jungen sie noch am selben Tag ausprobieren. Sie freuten sich, wie hoch ihre Pfeile in die Luft flogen, und wenn sie erst einmal etwas Übung haben würden, würden diese Bogen ihnen sowohl bei der Verteidigung als auch beim Angriff große Dienste leisten. Nachdem Mr. Clifton die Tragweite der Bogen erprobt hatte, wollte er auch ihre Durchschlagskraft kennenlernen. Dazu wurde als Ziel ein Zürgelbaum gewählt. Die Pfeile, die darauf abgeschossen wurden, bohrten sich tief in das harte Holz. Als dieses Experiment beendet war, schärfte der Vater seinen Jungen ein, ihre Pfeile nicht zu vergeuden, da auf ihre Herstellung zu kostbare Zeit verwandt werden mußte.
Die Nacht war hereingebrochen; die ganze Familie zog sich in den umzäunten Hof vor der Grotte zurück. Auf der Uhr des Ingenieurs war es etwa halb neun. Dieses ausgezeichnete Instrument in seinem doppelten Goldgehäuse hatte unter dem Eintauchen ins Meerwasser überhaupt nicht gelitten. Die Uhr mußte lediglich wieder gestellt werden, da sie während Cliftons Krankheit stehengeblieben war; dazu mußte der Sonnenstand genau beobachtet werden.

Die Nachtruhe wurde abermals durch das Heulen von Schakalen gestört, in das sich andersartige Schreie mischten, wie Mrs. Clifton sie schon einmal vernommen hatte. Es trieb sich offensichtlich eine Affenherde in der Gegend herum. Gegen diese gelenkigen Tiere wäre die Palisade gewiß unzureichend gewesen, doch waren ja Affen weniger zu fürchten als Raubtiere. Dennoch nahm Harry Clifton sich vor, bei einer der nächsten Exkursionen herauszufinden, um was für eine Affenart es sich dabei handelte.
Der folgende Tag, es war Mittwoch, der 8. Mai, wurde zu verschiedenerlei Arbeiten genützt. Der Holzvorrat wurde erneuert, und bei einem Besuch im Kaninchenrevier wurden einige Wildkaninchen mit Pfeilen erlegt. An jenem Tag bat Mrs. Clifton um eine gehörige Portion Salz, da sie vorhatte, ihren um zwei Wasserschweine bereicherten Fleischvorrat einzupökeln. Marc und sein Vater holten aus Felsmulden das Salz, das dort vom Meer auf dem Weg der Verdunstung hinterlassen worden war, und brachten mehrere Pfund der wertvollen Substanz mit, die als einziges Mineral zu Speisezwecken verwendet wird. Mrs. Clifton dankte ihrem Mann und fragte ihn, ob er Hoffnung habe, ihr einmal irgendeine Art von Seife beschaffen zu können, die ihr beim Waschen so sehr zustatten käme. Clifton antwortete ihr, daß bestimmte Pflanzen sich als vollwertiger Ersatz für die Produkte der besten Seifensiedereien verwenden ließen und er durchaus zuversichtlich sei, in diesen unerschöpflichen Wäldern noch derlei Gewächse ausfindig zu machen. Im übrigen war vereinbart worden, daß jeder mit seiner Wäsche so sorgsam wie möglich umgehen sollte. Ohne gleich wie die Wilden herumzulaufen, konnten sie sich während der warmen Jahreszeit leichter anziehen und so ihre Kleider schonen, bis es Onkel Robinson gelungen sein würde, ihnen neue zu verschaffen.
Zum Abendessen kam ein bisher unbekanntes Gericht auf den Tisch. Es waren ausgezeichnet schmeckende Krebse, von

denen es im Oberlauf des Flusses nur so wimmelte. Als einzigen Köder hatte der Onkel im Wasser ein Reisigbündel mit einem Stück Fleisch darauf ausgelegt. Als er es Stunden später wieder herauszog, waren sämtliche Zweige mit Krebsen besetzt. Die Tiere, deren Kalkschale ein schönes Kobaltblau aufwies, wurden gekocht, und alle fanden sie ausgezeichnet. Den Abend verwandte Onkel Robinson darauf, weitere Bambusgefäße in verschiedenen Größen anzufertigen. Ach, wenn man sie doch nur hätte übers Feuer hängen können! Doch zum Kochen war nach wie vor nur der Wasserkessel geeignet. Was hätte Mrs. Clifton nicht dafür gegeben, wenn sie einen richtigen Kochtopf besessen hätte! Worauf der Onkel erwiderte, auch ein irdener Topf sei für ihre Zwecke ausreichend und er werde ihr einen solchen herstellen, sobald er einmal den entsprechenden Ton dazu fände.

Dann wurde der folgende Tag geplant. Es stand noch nicht die große Exkursion auf dem Programm, die Clifton ins Landesinnere unternehmen wollte, sondern vorerst einmal die Erkundung der kleinen Insel, von der die Kinder in ihrer Eigenschaft als Fischer oder Jäger keinesfalls mit leeren Händen zurückzukommen gedachten.

An jenem Abend bekam die Familie noch einen Schrecken. Als es Zeit war, in die Grotte zu gehen, stellte Mrs. Clifton fest, daß der kleine Jack fehlte. Man suchte nach ihm. Vergebens. Man rief ihn. Keine Antwort.

Man kann sich denken, was für Sorgen sich alle machten, als sie den Jungen nicht fanden. Niemand vermochte zu sagen, wann genau er verschwunden war. Schwarze Nacht lag über der Küste, denn es war Neumond. Sogleich machten sich alle auf die Suche, der Vater, die Brüder, der Onkel, jeder in einer anderen Richtung, der eine lief zum Strand, der andere zum See, und alle riefen sie laut nach dem Jungen.

Was es mit Jacks Verschwinden auf sich hatte, fand als erster Onkel Robinson heraus – voller Erleichterung. Unter den

Zürgelbäumen, an der dunkelsten Stelle der Baumgruppe, sah er den kleinen Knirps mit verschränkten Armen reglos dastehen.

„He, Monsieur Jack, sind Sie das?“ rief er ihm zu.

„Ja, Onkel“, antwortete Jack mit zittriger Stimme, „und ich habe ganz schön Angst.“

„Was machen Sie denn da?“

„Tapfer sein!“

Ach, der gute Junge! Der Onkel nahm ihn in die Arme und lief mit ihm zu seiner Mutter. Als die anderen von seiner Antwort erfuhren und begriffen, daß er hatte tapfer werden wollen, brachte es keiner mehr übers Herz, ihn zu schimpfen. Der Junge wurde von der ganzen Familie geherzt und geküßt; dann wurden die Nachtwachen eingeteilt, und man ging zu Bett.

Am folgenden Morgen, es war Donnerstag, der 9. Mai, wurde die geplante Exkursion vorbereitet. Harry Clifton, seine drei Söhne und der Onkel bestiegen das Boot, um als erstes um die Insel herumzufahren. Als sie den Kanal überquert hatten, begann die Erkundung. Der der Küste gegenüberliegende Inselteil hatte ein felsiges Steilufer, und als sie die Nordspitze umfahren hatten, bemerkte der Ingenieur, daß der Westküste zahlreiche Klippen vorgelagert waren. Die Insel war etwa eineinhalb Meilen lang und maß an ihrer breitesten Stelle im südlichen Teil höchstens eine Viertelmeile. Da sie im Norden spitz zulief, glich sie in etwa dem Schrotbeutel eines Jägers.

Die Entdeckungsreisenden gingen am südlichen Inselende an Land. Dabei scheuchten sie eine Unzahl von Vögeln auf, zum größten Teil Möwen, die im Sand und in Felsspalten nisteten. An ihrem spitzen Schwanz erkannte Clifton insbesondere jene Art, die gemeinhin als Raubmöwe bezeichnet wird. Diese ganze Vogelwelt flatterte nun davon, so schnell sie nur konnte.

„Aha!“ sagte Clifton. „Diese Vögel wissen anscheinend, was sie von menschlicher Gegenwart zu befürchten haben.“

„Sie halten uns wohl für besser bewaffnet, als wir es tatsächlich sind“, erwiderte der Onkel, „aber da drüben sind andere, die sich nicht davonmachen werden, und zwar aus gutem Grund.“
Die Tiere, die der Onkel meinte, waren schwerfällige Vertreter vom Stamm der Vögel, und zwar gansgroße Taucher, deren ungefiederte Flügel sie nicht zum Fliegen befähigen.
„Was für plumpe, unbeholfene Vögel!“ rief Robert aus.
„Das sind Trottellummen“, antwortete Clifton, „und sie tragen ihren Namen zu Recht.“
„Na“, sagte Marc, „die werden jetzt unsere Pfeile zu spüren bekommen.“
„Es ist gar nicht nötig, daß wir unsere Igelstacheln abnützen“, entgegnete der Onkel. „Mit diesen dümmlichen Tieren werden auch unsere Stöcke fertig.“
„Essen kann man sie aber nicht“, wandte der Vater ein.
„Das stimmt zwar“, erwiderte der Onkel, „aber sie sind wandelnde Fettreserven, und dieses Fett sollten wir nicht geringschätzen.“
Daraufhin stürzten alle mit erhobenem Stock auf die Trottellummen zu. Es war dies aber keine Jagd, sondern ein Massaker. Etwa zwanzig Lummen ließen sich erschlagen, ohne auch nur einen Fluchtversuch zu machen. Dann wurden sie ins Boot geschafft.
Ein paar hundert Schritte weiter stießen die Jäger auf eine andere Schar von Tauchern, die zwar nicht weniger dumm, aber zumindest eßbar waren. Es handelte sich dabei um Pinguine, deren Flügel zu Flossen umgewandelt und mit einigen schuppenförmigen Federn bedeckt sind. Von diesen so leicht zu erschlagenden Tieren wurden nicht mehr getötet, als gerade nötig waren. Die Pinguine stießen so laute Schreie aus wie Esel. Aber von dieser Jagd oder vielmehr diesem Gemetzel, bei dem weder Geschick noch Mut erforderlich waren, hatten die Kinder bald genug. Also wurde die Erkundung der Insel fortgesetzt.

Sie gingen weiter in Richtung Norden auf dem Sandboden dahin, auf dem Pinguinnester zahllose Schlammlöcher bildeten. Plötzlich blieb Onkel Robinson stehen und bedeutete seinen Gefährten, sich ruhig zu verhalten. Dann deutete er auf das Inselende, wo sich auf der Wasseroberfläche große schwarze Punkte dahinbewegten. Sie sahen aus wie schwimmende Riffe.
„Was ist denn das?" fragte Marc.
„Das", antwortete der Onkel, „sind brave Amphibien, die uns Mäntel, Jacken und Umhänge liefern werden."
„Ja", sagte Clifton, „das ist eine Robbenherde."
„Bestimmt", erwiderte der Onkel, „und die dürfen wir uns auf keinen Fall entgehen lassen. Wir müssen es aber listig anfangen, denn anders kommen wir nicht an sie heran."
Zuerst mußten die Tiere an Land kommen. Mit ihrem engen Becken, ihrem kurzen, dicht anliegenden Haarkleid und ihrem spindelförmigen Körper sind Robben zwar ausgezeichnete Schwimmer, können sich aber an Land nur sehr schwerfällig fortbewegen. Ihre kurzen, flossenartigen Füße sind wie Ruder und lassen nur ein Kriechen zu.
Der Onkel kannte die Lebensgewohnheiten dieser Amphibien. Sobald an Land die Sonne auf sie herabschiene, würden sie allesamt einschlafen. Also harrten die Jäger und selbst der ungestüme Robert geduldig aus. Nach einer Viertelstunde lag ein halbes Dutzend dieser Meeressäugetiere im Sand und schlief tief und fest.
Onkel Robinson beschloß, sich mit Marc hinter einen Felsvorsprung zu schleichen und dann zwischen den Robben und dem Meer Stellung zu beziehen. Der Vater und die beiden anderen Kindern sollten indessen auf die Tiere zugehen, sich aber erst zeigen, wenn sie den Onkel rufen hören würden. Dann würde dieser mit seiner Axt auf die Tiere losgehen. Die anderen sollten mit ihren Stöcken versuchen, den Robben den Rückweg abzuschneiden.

Der Onkel und der Junge huschten also vor und verschwanden hinter dem Felsvorsprung. Harry Clifton, Robert und Jack schlichen auf das Ufer zu, zum Teil unter reichlich unbeholfenen Kriechbewegungen.
Plötzlich richtete sich der Seemann zu seiner vollen Größe auf und stieß einen Schrei aus. Da stürzten Clifton und die beiden Jungen zwischen das Meer und die Robben. Zwei der Tiere bekamen vom Onkel einen kräfigen Axthieb auf den Kopf versetzt und blieben tot auf dem Sand liegen. Die anderen strebten auf das Meer zu, doch Clifton stellte sich ihnen kühn entgegen, und so fielen der Axt des Onkels noch zwei weitere Robben zum Opfer. Der Rest der Herde konnte ins Meer gelangen und rannte dabei Robert um, der entsetzlich schrie. Er kam aber mit dem Schrecken davon und stand unversehrt wieder auf.
„Eine gute Jagd!“ rief der Onkel. „Sowohl für die Speisekammer als auch für den Kleiderschrank!“
Die Robben waren relativ klein; sie maßen nicht mehr als eineinhalb Meter. Ihr Kopf glich dem eines Hundes. Der Onkel und Marc holten das Boot, die Robben wurden hineingeschafft, und als der Kanal überquert war, landeten sie wieder sanft am Strand vor der Felswand.
Die Verarbeitung der Robbenfelle gestaltete sich ziemlich schwierig. Der Onkel verwandte aber die folgenden Tagen darauf und machte seine Sache recht gut. Aus den Fellen sollten Winterkleider angefertigt werden; doch war das nicht genug. Der Onkel spielte mit dem Gedanken, Clifton für den Winter ein Bärenfell zu schenken. Der Bär dazu fehlte ihm zwar noch, doch gab er die Hoffnung nicht auf, ihm eines Tages zu begegnen. Erzählt hatte er diesen Plan noch keinem. Er wollte heimlich vorgehen und den Ingenieur Clifton überraschen.

Kapitel 19

Während der beiden folgenden Wochen konnte Clifton noch immer nicht zu seiner großen Expedition aufbrechen, da verschiedenerlei häusliche Beschäftigungen die Mitarbeit aller in der Grotte erforderlich machten. Vorrang gegenüber allem anderen hatte dabei die Kleiderfrage; da Stoffe fehlten, mußten sie durch Tierfelle ersetzt werden. Daher wurde wieder Jagd auf Robben gemacht, von denen der Onkel noch ein halbes Dutzend erlegen konnte. Aber bald schon verließen die argwöhnisch gewordenen Amphibien die kleine Insel, und es hatte wenig Sinn, ihre Spur verfolgen zu wollen.
Zum Glück stellte sich als Ersatz für die Robben ein Rudel von Tieren ein, von denen am 18. und 19. Mai etwa ein Dutzend den Pfeilen der Jungen zum Opfer fiel. Es waren Löffelfüchse, eine Art langohriger Hunde mit graugelblichem Fell, etwas größer als gewöhnliche Füchse. Durch die Begegnung mit ihnen wurde der Pelzvorrat gehörig aufgestockt. Mrs. Clifton war zufrieden, der Onkel sogar begeistert. Er schien auf dieser Welt keinen Wunsch mehr zu haben. Wenn Clifton ihn jedoch fragte, ob ihm etwas fehle, antwortete er: „Ja." Um was es sich dabei handele, verriet er aber nicht.
Endlich waren diese Arbeiten erledigt. Mr. Cliftons Hauptanliegen war es, das Land zu erkunden, um endlich herauszubekommen, ob das Schicksal ihn auf eine Insel oder auf ein

Stück Festland verschlagen hatte. So wurde schließlich beschlossen, daß am 31. Mai eine Expedition ins Landesinnere stattfinden solle, auf der sowohl die Gestalt des Landes als auch seine natürlichen Reichtümer erforscht würden. Da hatte Onkel Robinson einen ausgezeichneten Einfall.

„Wir wollen doch", sagte er, „ins Landesinnere. Nun, warum sollten wir da nicht den Wasserlauf ausnützen, den die Natur uns zur Verfügung gestellt hat? Fahren wir mit dem Boot den Fluß hinauf, solange er schiffbar ist, und steigen wir dann aus. So steht das Boot wenigstens schon zur Rückfahrt bereit."

Dieser Plan wurde angenommen. Es blieb noch eine wichtige Frage zu entscheiden: Wer sollte an der Expedition teilnehmen? Alleine wollte Mr. Clifton seine Frau nur ungern in der Grotte zurücklassen, obwohl die tapfere Frau bereit gewesen wäre, eine oder zwei Nächte nur mit ihrer kleinen Tochter dort zu verbringen. Da erbot Marc sich großzügig, bei seiner Mutter zu bleiben, da er einsah, daß damit alle Schwierigkeiten beseitigt wären. Es war ihm jedoch anzumerken, wie schwer ihm dieses Opfer fiel.

„Ja, warum soll denn nicht die ganze Familie mitkommen?" sagte da Onkel Robinson. „Jetzt fangen bereits die schönen Junitage an, und die Nächte sind schon sehr kurz. Was macht es da aus, wenn man einmal im Wald übernachtet? Rein gar nichts! Ich schlage deshalb vor, daß alle mitkommen. Wenn wir durch nichts mehr aufgehalten werden, können wir am Montag morgen aufbrechen und am Dienstag abend wieder zurück sein. Und da wir einen großen Teil der Strecke mit dem Boot zurücklegen, wird die Reise auch nicht allzu beschwerlich."

Es bedarf wohl keiner Erwähnung, daß dieser Vorschlag von groß und klein begeistert aufgenommen wurde. Sogleich begannen sie mit den Reisevorbereitungen. Ein Vorrat an gebratenem Fleisch, hartgekochten Eiern, gegrilltem Fisch und

Obst wurde für die große Expedition zusammengestellt. Zu Angriff und Verteidigung sollten vom Onkel neu angefertigte Pfeile, im Feuer gehärtete Stöcke und Cliftons Axt dienen. Für das Feuer wurde auf folgende Weise gesorgt: Das Stück Zunder wurde halbiert und der eine Teil sorgsam in der Grotte verwahrt, damit bei der Rückkehr die Feuerstelle wieder angemacht werden konnte; die andere Hälfte wurde auf die Reise mitgenommen. Selbstverständlich gehörte es zu den vorrangigen Zielen der Unternehmung, eine Substanz zu finden, die den Zunder ersetzen konnte.

Der Tag vor dem Aufbruch, es war ein Sonntag, wurde der Ruhe und dem Gebet gewidmet. Mr. und Mrs. Clifton belehrten ihre Kinder ein wenig über sittliches Verhalten, und Onkel Robinson verschonte sie nicht mit den Prinzipien, die er aus seiner Naturphilosophie ableitete. Am nächsten Tag, dem 31. Mai, erhob sich die Familie bei Sonnenaufgang. Es versprach ein herrlicher Tag zu werden. Das Boot war bereit; ausgerüstet hatte der Onkel es mit dem Segel, um günstige Winde ausnützen zu können, mit zwei Rudern, um auch bei Gegenwind vorankommen, und mit einem langen Seil aus Kokosfasern, mit dem es am Ufer entlanggezogen werden konnte.

Das Boot wurde ins Meer geschoben. Um sechs Uhr morgens nahm jeder den ihm zukommenden Platz ein: Marc und Robert vorne, Jack und Belle bei ihrer Mutter in der Mitte, der Onkel und Clifton hinten. Der Onkel hielt das Steuer, Clifton die Schot.

Der Wind kam von See her. Die Meeresoberfläche war leicht gekräuselt. Jauchzende Tierlaute erfüllten die Luft. Das Segel wurde gesetzt, und das Boot fuhr langsam durch den Kanal zwischen der kleinen Insel und der Küste. Das Meer begann zu steigen, und das war ein günstiger Umstand, denn mehrere Stunden lang würde das Boot so von der Flut auf den Oberlauf des Flusses zugetrieben werden.

Mit Hilfe von Wind und Flut erreichte das Boot in kürzester Zeit die Nordspitze der Insel, die fast auf gleicher Höhe wie der Fluß lag. Clifton ließ die Schot ablaufen, und das Boot fuhr vom Rückenwind getrieben in die Flußmündung ein. Die Sonnenstrahlen wurden nun nicht mehr von der Felswand abgehalten und schienen fröhlich auf sie herab. Fido bellte freudig, und Jack antwortete ihm.
Die Kinder erkannten beim Vorbeifahren das erste Lager wieder, und Mrs. Clifton zeigte ihrem Mann die Stelle, an der ihnen das umgedrehte Boot als Zelt gedient hatte. Aber die Flut trieb das Boot schnell voran. Die Felsen des ersten Lagers verschwanden.
Bald hatte das Boot zwischen den grünen Ufern den Punkt erreicht, an dem der Fluß auf den Wald traf. Die Reisenden fuhren von nun an unter einem Blätterdach dahin. Bei einigen der größeren Bäume hatten sich über dem Wasser die Äste ineinander verknotet. Das schlaff herabhängende Segel war nun nutzlos geworden. Der Onkel bat Marc und Robert, es einzuholen, was die beiden Jungen behende erledigten. Die Ruder wurden vorbereitet, doch war die Flut noch immer ausreichend, um das Boot ziemlich rasch vorwärtszubringen. Das Steuerruder war nicht mehr wirksam, da die Geschwindigkeit der Flut und der Strömung nun gleich waren, und der Onkel brachte daher am Heck einen Wriggriemen an, mit dem er das Boot in der gewünschten Richtung halten konnte.
„Diese Ufer sind wirklich bezaubernd“, sagte Clifton, als er den unter dem grünen Dach sich windenden Fluß eine Weile betrachtet hatte.
„Ja“, sagte die Mutter, „was doch die Natur mit ein wenig Wasser und ein paar Bäumen für herrlichen Schimmer erzeugen kann!“
„Davon werden Sie noch viel mehr sehen, Madame“, erwiderte Onkel Robinson. „Wie gesagt, das Schicksal hat uns in ein Zauberland geführt.“

„Haben Sie denn diesen Fluß schon erkundet?“ fragte Mrs. Clifton.
„Gewiß“, antwortete Robert. „Der Onkel und ich sind durch Lianen und Gestrüpp das rechte Ufer hinaufgegangen.“
„Was für schöne Bäume!“ sagte Clifton.
„Ja“, pflichtete ihm der Onkel bei. „An Holz wird es uns nicht mangeln, was immer wir auch damit anfangen wollen.“
Tatsächlich wuchsen am linken Ufer prächtige Exemplare der wertvollen Feldulme, die bei Baumeistern so begehrt ist und sich sehr lange im Wasser hält. Dann standen dort zahlreiche Gruppen, die ebenfalls der Familie der Ulmengewächse angehörten, unter anderem Zürgelbäume, aus deren Früchten sich ein sehr nützliches Öl gewinnen läßt. Später fielen dem Ingenieur einige Lardizabaleen auf, deren biegsame Zweige sich ausgezeichnet als Taue verwenden lassen, wenn man sie eine Weile in Wasser mazerieren läßt, und zwei oder drei Ebenholzgewächse, deren hartes Holz von schwarzer Färbung und leicht gemasert ist. Unter anderem erkannte Clifton eine für Nordamerika typische Art, den *Dios piros virginiana*, der bis zum Breitengrad von New York anzutreffen ist.
Zu den schönsten Bäumen gehörten die zur Gattung der Liliengewächse zählenden Riesen, von denen Humboldt auf den Kanarischen Inseln besonders herrliche Exemplare gesehen hatte.
„Ah, die schönen Bäume!“ riefen Robert und Marc aus.
„Das sind Drachenbäume“, sagte Mr. Clifton, „und es wird euch vermutlich erstaunen, meine Kinder, daß diese Riesen nichts weiter sind als vom Ehrgeiz gepackter Lauch.“
„Ist das die Möglichkeit?“ rief Marc.
„Oder daß sie zumindest“, fuhr Clifton fort, „zur gleichen Familie der Liliengewächse gehören wie die Zwiebel, die Schalotte, der Schnittlauch und der Spargel. Die bescheideneren Mitglieder dieser Familie wären uns auch von größerem Nut-

zen gewesen als diese riesigen Bäume. Zu den Liliengewächsen gehören ferner die Tulpe, die Aloe, die Hyazinthe, die Lilie, die Tuberose und das *Phormium tenax*, jener Neuseeländer Flachs, um den eure Mutter jetzt so froh wäre."

„Vater", fragte Marc, „wie konnten denn die Naturforscher hundert Fuß hohe Drachenbäume zur gleichen Familie rechnen wie zwei Zoll große Zwiebeln?"

„Deshalb, weil die typischen Eigenschaften dieser Pflanzen gleich sind, mein Junge. Das gilt auch für das Tierreich, und du wärst sicher erstaunt, in ein und derselben Kategorie auf Haie und Rochen zu stoßen. Die Familie der Liliengewächse ist eben sehr umfangreich, und man zählt nicht weniger als zwölfhundert Arten auf dem ganzen Globus, vor allem aber in den gemäßigten Zonen."

„Na, dann besteht ja noch Hoffnung", rief der Onkel, „daß ich eines Tages ein paar jener bescheideneren Liliengewächse antreffe, die Ihnen lieber wären, Mrs. Clifton. Aber reden wir nicht schlecht von den Drachenbäumen. Wenn ich mich recht erinnere, werden auf den Sandwich Islands die holzigen Wurzeln dieses Baums verzehrt, die dort als Ti-Wurzeln bezeichnet werden. Gekocht schmecken sie hervorragend; ich habe davon gekostet. Sie werden auch zermahlen und zu einem wohlschmeckenden Likör vergoren."

„Das ist wahr", erwiderte der Ingenieur, „aber diese Wurzeln stammen vom Purpurdrachenbaum, auf den wir vielleicht auch noch stoßen werden. Dieser hier liefert nur das berühmte Drachenblut, ein Harz, das bei Blutungen erfolgreich verwendet wird und von dem Béthencourt bei der Eroberung der Kanarischen Inseln so viel sammeln ließ."

Das Boot war um sechs Uhr losgefahren. Eine Stunde später hatten sie mit Hilfe der Flut den See erreicht. Die Kinder waren entzückt, nun dieses weite Gewässer befahren zu dürfen, von dem sie bisher nur die Ufer kennengelernt hatten. Sie sahen im Westen die Felswand, die dichte Reihe der hohen

Bäume, den gelben Dünenteppich und das glitzernde Meer. Nun mußten sie den nördlichen Teil des Sees überqueren, um zur Mündung des oberen Flußlaufs zu gelangen. Der Wind stand gut und wurde jetzt nicht mehr von den Bäumen abgehalten.
Der Onkel ließ das Segel setzen, und das leichte Boot glitt rasch auf das Ostufer zu. Harry Clifton dachte wieder an das unerklärliche Brodeln zurück, das ihm bei seinem ersten Aufenthalt am See aufgefallen war, und er blickte daher aufmerksam auf das ein wenig verdächtige Wasser. Die Kinder aber waren begeistert von dem schönen Anblick. Der kleine Jack ließ die Hand aus dem Boot hängen und betrachtete amüsiert die glucksende Spur, die er hinterließ.
Auf Bitten Marcs erkundeten sie das Inselchen, das in dreihundert Metern Entfernung vom Ufer aus dem Wasser ragte. Im Nu legte das Boot an. Die Insel war eine Art Felsen von einem Ar Fläche. Sie war dicht mit Wasserpflanzen bewachsen und wurde anscheinend besonders gerne von den Vögeln des Sees aufgesucht. Sie sah aus wie ein riesiges Nest, in dem ein gefiedertes Völkchen in gutem Einvernehmen zusammenlebte. Fido wollte bellend darauf losstürzen, doch Mr. Clifton hielt ihn zurück. Das Inselchen barg einen Vorrat an eßbaren Wasservögeln, deren Ruhe nicht gestört werden durfte, da sie sonst auf den Gedanken gekommen wären, woanders zu nisten.
Nach dieser Begehung lenkte Onkel Robinson das Boot auf die Mündung des oberen Flußlaufs zu. Als sie dort angekommen waren, mußten sie nicht nur das Segel streichen, sondern auch den Mast abnehmen, da das Boot sonst unter dem verflochtenen Astwerk, das sich weit herabhängend über den Fluß spannte, nicht hätte durchfahren können. Die Flut war hier nicht mehr zu spüren, so daß der Onkel und Marc sich an die Ruder setzten und dem Ingenieur das Steuern des Bootes überließen.

„Jetzt geht es ins Unbekannte!“ sagte Clifton.
„Ja, Monsieur“, erwiderte der Onkel, „so weit sind wir noch nie vorgestoßen. Wir haben mit dieser Exkursion auf Sie gewartet. Wo dieser Fluß hinführt, vermag ich nicht zu sagen, doch würde es mich nicht wundern, wenn er sich noch weit ins Landesinnere hinein erstrecken würde, denn wie Sie sehen, ist er noch sehr breit.“
Tatsächlich maß die Mündung mehr als neunzig Fuß, und das Flußbett schien sich nicht zu verengen. Die Strömung war zum Glück nicht stark, so daß das leichte Boot mit den Rudern schnell vorwärtsgebracht wurde, mal näher am einen Ufer, mal näher am anderen.
So vergingen etwa zwei Stunden. Obwohl die Sonne schon hoch am Himmel stand, drang sie kaum durch das dichte Blattwerk. Mehrfach hielten die Reisenden am Ufer und stiegen aus. Sie machten dabei nützliche Entdeckungen im Pflanzenreich. Die Familie der Gänsefußgewächse war hauptsächlich durch eine Art wilden Spinat vertreten. Mrs. Clifton pflückte ein paar Setzlinge und nahm sich vor, sie später wieder einzupflanzen. Sie fand auch zahlreiche wild wachsende Kreuzblütler, die sie durch Verpflanzung zu „zivilisieren“ hoffte. Es handelte sich dabei um Kohl, Kresse, Meerrettich, Rüben und um leicht behaarte, verzweigte Stengel von etwa einem Meter Höhe, deren kleine, fast braune Samen Clifton leicht als Senfkörner identifizierte.
Als die kostbaren Pflanzen im Boot verstaut waren, legten sie wieder ab. Es war wirklich eine zauberhafte Fahrt. Auf den Bäumen saßen unzählige Vögel. Marc und Robert holten aus Nestern zwei oder drei Pärchen schwanzloser Hühnervögel mit langen, dünnen Schnäbeln, langen Hälsen und kurzen Flügeln; es waren Steißhühner. Man beschloß, für den künftigen Geflügelhof ein Männchen und ein Weibchen lebend mitzunehmen. Die jungen Jäger erlegten mit ihren Pfeilen einige Turakos, eine Art taubengroßer Klettervögel mit haupt-

sächlich grünem Gefieder, zum Teil leuchtend roten Flügeln und einer helmartig aufgerichteten Federhaube mit weißer Borte. Diese reizenden Vögel schmecken auch ausgezeichnet, so daß ihr Fleisch ein gesuchter Leckerbissen ist.
Während eines Aufenthalts am Ufer kam es zu einer weiteren sehr wichtigen Entdeckung, die dem kleinen Jack zu verdanken war, wenn dieser auch zunächst der Leidtragende war. Der Junge hatte sich auf einer Art Lichtung am Boden herumgewälzt; als er zurückkam, waren seine Kleider von oben bis unten mit gelblicher Erde beschmutzt, was ihm einen Rüffel von seiner Mutter eintrug. Jack schämte sich richtig.
„Aber aber, Madame Clifton", sagte Onkel Robinson, „schimpfen Sie ihn doch nicht. Der Junge muß sich doch amüsieren."
„Dann soll er sich amüsieren, ohne sich herumzuwälzen!" versetzte die Mutter.
„Aber ohne sich herumzuwälzen, kann man sich gar nicht amüsieren!" entgegnete der Onkel.
„Ach, guter Onkel!" sagte Mrs. Clifton. „Ich würde gerne erfahren, was sein Vater dazu meint."
„Ich denke", sagte Clifton, „daß wir Jack diesmal nicht schimpfen sollten; wir sollten ihm vielmehr dazu gratulieren, daß er sich in dieser gelben Erde herumgewälzt hat."
„Und warum?"
„Weil diese gelbe Erde Ton ist, Lehm, und sich daraus gewöhnliches, aber doch nützliches Tongeschirr anfertigen läßt."
„Tongeschirr!" rief Mrs. Clifton aus. „Ja, denn ich zweifle nicht daran, daß Onkel Robinson auch Töpfer ist, so wie er Zimmermann, Holzfäller und Gerber ist."
„Sagen Sie einfach, daß er Seemann ist", sagte der Onkel, „das genügt."
Clifton und der Onkel ließen sich von Jack zu der Lichtung führen. Der Ingenieur erkannte, daß der Boden sich aus jener Lehmart zusammensetzte, die zur Herstellung von gewöhnli-

chem Steingut verwendet wurde. Daran konnte es für ihn keinen Zweifel geben, und als er sich ein Quentchen dieser Substanz auf die Zunge legte, spürte er auch gleich, wie sie auf die für Ton ganz typische Art daran kleben blieb, weil sie extrem wasseranziehend ist. Diesen auf der Erde so weit verbreiteten, wertvollen Stoff bot die Natur der kleinen Kolonie nun auf großzügige Weise dar. Der Ton trat an dieser Stelle inmitten von kieselhaltigem Sandboden auf, deren Grundmasse er bildete.

„Eine wunderbare Entdeckung!" rief Mr. Clifton. „Einen Augenblick habe ich sogar gedacht, es sei Kaolin, dann hätten wir Porzellan herstellen können. Wenn wir diesen Lehm zerkleinern und ihn durch Waschen von den gröbsten Teilen befreien, können wir Steingut machen."

„Begnügen wir uns mit einfachen Tonwaren", sagte Onkel Robinson. „Für einen irdenen Napf würde Madame Clifton bestimmt ein Vermögen hergeben."

Sie sammelten also eine gehörige Menge dieser formbaren Erde zusammen, die im Boot nunmehr anstatt der Kiesel als Ballast diente. Nach ihrer Rückkehr zur Grotte würde der Onkel sich unverzüglich an die Arbeit machen und zur Freude der Hausfrau Töpfe und Teller herstellen.

Sie stiegen wieder ins Boot, das von den gleichmäßigen Ruderstößen weiter den Fluß hinaufgetrieben wurde. Das Flußbett wurde nun immer gewundener und verengte sich stark. Sie konnten nicht mehr weit von der Quelle entfernt sein, denn auch die Wassertiefe nahm ab. Als der Onkel sie maß, stellte er fest, daß das Boot nur noch zwei bis drei Fuß Wasser unter dem Kiel hatte. Clifton schätzte, daß sie seit der Stelle, an der der obere Flußlauf in den See mündete, etwa zwei Meilen zurückgelegt hatten.

Das enge Tal, das die Reisenden nun durchfuhren, war weniger bewaldet. Die Bäume standen nicht mehr dicht beisammen, sondern in einzelnen Grüppchen. An den Ufern ragten

große, scharfkantige Felsen empor. Die Bodenbeschaffenheit veränderte sich deutlich. Hier begannen die ersten Ausläufer der Berggegend, die in dem zentralen Gipfel ihren Höhepunkt fand.
Gegen halb zwölf Uhr war es unmöglich weiterzukommen. Dem Boot fehlte es an Wasser. Das graslose Flußbett war mit schwärzlichen Steinen übersät. Seit kurzer Zeit war aus nicht allzu großer Entfernung das Rauschen herabstürzenden Wassers zu vernehmen.
Und tatsächlich hatten sie nach einer jähen Flußbiegung einen Wasserfall vor sich. Es war ein bezauberndes Fleckchen Erde. Aus einer von Nadelbäumen umstandenen, mit bizarren, moosüberwucherten Felsen malerisch ausgefüllten Schlucht schoß der Fluß etwa dreißig Fuß in die Tiefe. Sein Volumen war nicht beträchtlich, aber das Wasser wurde von Felsspitzen abgelenkt und an einigen Stellen von natürlichen Schalen aufgefangen. Strahl schlug gegen Strahl, die Spritzer kreuzten sich, und das Ganze ergab einen hinreißenden Anblick. Die Familie hielt inne, um das herrliche Schauspiel zu bewundern.
„Oh, was für ein schöner Wasserfall!“ rief Jack.
„Vater, Vater“, bat darauf Belle, „fahren wir doch noch näher hin!“
Dem Wunsch des kleinen Mädchens konnte jedoch nicht entsprochen werden. Bei jedem Ruderschlag berührte das Boot den Grund. Sie mußten fünfzig Fuß vor dem Wasserfall am linken Ufer anlegen. Dort stiegen alle aus, und die beiden kleinen Kinder begannen, am Ufer umherzuhüpfen.
„Was machen wir jetzt?“ fragte Marc.
„Gehen wir gleich zum Berg“, sagte der ungeduldige Robert und deutete auf den Gipfel, der nördlich von ihrem Landeplatz emporragte.
„Kinder“, sagte Mrs. Clifton, „bevor wir zu dieser nächsten Exkursion aufbrechen, hätte ich einen Vorschlag zu machen.“

„Und zwar, Mutter?“ fragte Marc.
„Daß wir erst einmal zu Mittag essen.“
Der Vorschlag wurde ohne Widerspruch angenommen. Sie holten ihre Vorräte aus dem Boot. Außer dem kalten Fleisch hatten sie nun auch die Turakos und die Steißhühner. Mit trockenem Holz wurde ein Feuer angemacht, und bald schon garte das auf einen Stock gespießte Wildbret über einer prasselnden Flamme.
Die Mahlzeit war rasch beendet. Alle hatten es eilig, weiterzukommen. Clifton und der Onkel besahen sich die Gegend aufmerksam, um sich auf dem Rückweg nicht zu verlaufen. Doch den Fluß, der sie bis an diese Stelle geführt hatte, konnten sie ohnehin nicht verfehlen.

Kapitel 20

Die Familie machte sich auf den Weg. Der Onkel und seine beiden Freunde Marc und Robert gingen mit ihren Bogen voraus und warfen ein wachsames Auge auf die unbekannte Gegend. Mr. und Mrs. Clifton kamen mit etwas Abstand nach, während Jack und Belle trotz aller Ermahnungen um sie herum tollten und sprangen und sich unnötig anstrengten.

Der offensichtlich von plutonischen Kräften aufgeworfene Boden war sehr uneben; auffällig waren die zahlreichen Basalt- und Bimssteinüberreste. Daß das Stück Land vulkanischen Ursprungs war, trat immer deutlicher zutage. Die Reisenden waren allerdings noch gar nicht über die Baumgrenze hinaus, jenseits derer der verschneite Gipfel emporragte. Die Nadelbäume, die hier noch wuchsen, waren – wie immer in dieser Höhe – Tannen und Kiefern, doch auch sie wurden schon immer seltener. Während dieser letzten Etappe ihres Aufstiegs wies der Onkel Harry Clifton auf breite Fußabdrücke hin, von denen auf die Gegenwart großer Tiere geschlossen werden konnte. Um was für Tiere es sich dabei handelte, ließ sich aber nicht sagen. Es war also angebracht, auf der Hut zu sein, und den Kindern wurde ans Herz gelegt, sich nicht zu weit zu entfernen.

Als Mr. Clifton und der Onkel sich über diese Angelegenheit unterhielten, kam der Ingenieur nach genauer Begutachtung der Fußspuren zu einem ziemlich plausiblen Schluß.

„Diese Tiere“, sagte er zum Onkel, „sind anscheinend kräftig und zahlreich. Das läßt mich vermuten, daß das Schicksal uns eher auf ein Stück Festland verschlagen hat als auf eine Insel, es sei denn eine sehr große Insel. Eine solche kenne ich aber nicht in dem Teil des Pazifiks, in dem wir von der *Vankouver* ausgesetzt worden sind. Ja, wir sind auf einem Kontinent, und zwar wahrscheinlich auf einem Abschnitt der amerikanischen Küste, der zwischen dem vierzigsten und dem fünfzigsten Grad nördlicher Breite liegt.“
„Steigen wir weiter hinauf“, erwiderte der Onkel. „Wir werden vielleicht wissen, woran wir sind, wenn wir erst über die Baumgrenze hinaus sind. „
„Aber, teurer Freund“, sagte Clifton, „wir werden von dort nur auf eine Seite des Landes hinabsehen können, es sei denn, wir steigen bis zum Gipfel hinauf.“
„Das wäre ein schweres Stück Arbeit“, antwortete der Onkel, „und vielleicht ist der Gipfel ja auch gar nicht zugänglich. Eventuell können wir an seiner Basis um ihn herumgehen und dann endlich feststellen, ob wir Insulaner sind oder... wie soll ich sagen... Festländer.“
„Nun gut, gehen wir ein wenig schneller!“
„Wenn der Herr Ingenieur auf meinen Rat hören möchte, dann begnügen wir uns heute damit, die Baumgrenze zu erreichen. Dort werden wir die Nacht verbringen, die ruhig und warm zu werden verspricht. Ich kümmere mich um das Nachtlager, und morgen bei Sonnenaufgang versuchen wir dann, den Berg zu besteigen.“
Es war drei Uhr. Sie schritten weiter das bergige Gelände hinauf. Sollten in dieser Gegend auch wilde Tiere hausen, so war bis dahin nichts weiter von ihnen zu sehen als ihre Spuren, woran niemand etwas auszusetzen hatte. An Wild dagegen mangelte es nicht. Fido scheuchte mehrfach größere Tiere auf, die aber nur schwer zu erkennen waren. Die Pfeile Marcs und Roberts streckten aber ein Pärchen Hühnervögel von der

Familie der Fasane nieder. Gewöhnliche Fasane waren es nicht. Sie hatten einen fleischigen Kehllappen und über den Augen zwei schmale, runde Hörner. Ihre Größe entsprach etwa der eines Hahns; das Weibchen war braun, das Männchen dagegen prangte in seinem leuchtend roten, weißgesprenkelten Federkleid. Mr. Clifton wußte den richtigen Namen dieser Vögel zu nennen: Es waren Tragopane. Mrs. Clifton bedauerte sehr, daß sie die beiden nicht hatten lebendig fangen können. Die beiden Fasane wären das Schmuckstück ihres Geflügelhofs geworden, aber man mußte sie eben so nehmen, wie sie nun einmal waren, und sich damit begnügen, sie beim nächsten Halt zu braten.

Noch ein anderes größeres Tier ließ sich eine Weile zwischen den Basaltfelsen blicken. Sie konnten seiner zwar nicht habhaft werden, aber Mr. Clifton war erfreut, es zu erblicken. Es war eines jener großen Schafe, die in den Bergen Korsikas, Kretas und Sardiniens häufig anzutreffen sind und unter dem Namen Mufflon eine eigene Art bilden. Erkannt hatte es Clifton ohne weiteres an seinen großen, nach hinten gebogenen und an der Spitze abgeflachten Hörnern und seiner unter fahlroten, seidig-langen Haaren versteckten grauen Wolle. Lang blieb das schöne Tier neben einem umgestürzten Baumstamm stehen, so daß Clifton und der Onkel ziemlich nahe herankommen konnten. Das Mufflon blickte sie erstaunt an, als sehe es zum ersten Mal einen Zweibeiner; dann wurde plötzlich Furcht in ihm wach, und es eilte über Lichtungen und Felsen davon, ohne daß der Pfeil des Onkels es erreichen konnte.

„Auf Wiedersehen!“ rief der Onkel ihm auf drollig-bedauernde Weise nach. „Das verfluchte Tier! Nicht um die Hammelkeulen tut es mir leid, sondern um die Wolle! Da ist uns ein Mantel davongelaufen, aber den holen wir uns wieder!“

„Zumindest versuchen werden wir es“, sagte Clifton, „und wenn es uns gelingt, einige dieser Tiere zu zähmen, dann wird es uns, wie der Onkel so schön sagt, an Hammelkeulen und Mänteln nicht fehlen."

Gegen sechs Uhr abends gelangten die Reisenden bei der Baumgrenze an. Sie beschlossen, dort Halt zu machen, das Abendessen zu kochen und zu übernachten. Nun brauchten sie nur noch einen geeigneten Ort für das Nachtlager zu finden, und jeder wurde angehalten, sich danach umzusehen. Marc und Robert gingen in eine Richtung, Clifton und der Onkel in eine andere. Mrs. Clifton, Jack und Belle setzten sich unter eine große Kiefer.

Marc und Robert waren erst seit wenigen Minuten unterwegs, als ihre Mutter sie eilig zurückkommen sah. Es war ihnen anzusehen, daß sie einen Schrecken bekommen hatten. Mrs. Clifton ging ihnen entgegen.

„Was ist denn, Kinder?" fragte sie.

„Rauch", antwortete Robert, „wir haben zwischen den Felsen Rauch aufsteigen sehen!"

„Ach", sagte Mrs. Clifton, „dann müssen hier Menschen sein!" Sie drückte die Kinder an sich und sagte: „Aber was für Menschen? Wilde, Kannibalen?"

Die Kinder sahen die Mutter wortlos an. Da kamen der Onkel und der Ingenieur zurück. Marc erzählte ihnen, was sich ereignet hatte. Einige Augenblicke lang verharrte die ganze Familie in Schweigen.

„Wir müssen vorsichtig handeln", sagte schließlich Onkel Robinson. „Ganz offensichtlich halten sich hier in der Nähe menschliche Wesen auf. Wir wissen nicht, mit wem wir es zu tun haben, und offen gestanden fürchte ich diese Unbekannten mehr, als ich sie herbeiwünsche. Bleiben Sie bei Mrs. Clifton, Herr Ingenieur. Monsieur Marc, Fido und ich werden die Lage erkunden."

Der Onkel, der Junge und der treue Hund gingen unverzüglich los. Marcs Herz klopfte ziemlich stark. Der Onkel schritt mit zusammengepreßten Lippen und weit geöffneten Augen

vorwärts und ließ äußerste Umsicht walten. Als sie einige Minuten lang in nordöstlicher Richtung gegangen waren, blieb Marc plötzlich stehen und deutete auf eine Rauchsäule, die hinter den letzten Bäumen emporstieg. Sie hatte eine auffallend gelbliche Färbung. Kein Windhauch störte sie, so daß sie sich erst in ziemlich großer Höhe auflöste.
Der Onkel war stehengeblieben. Marc hielt Fido zurück, der losstürzen wollte. Der Seemann bedeutete dem Jungen zu warten und verschwand schlangengleich zwischen den Felsen.
Marc blieb reglos stehen und wartete aufgeregt auf seine Rückkehr. Plötzlich ertönte hinter den Felsen ein Schrei. Schon wollte Marc losstürmen und seinem Gefährten zu Hilfe eilen, doch unmittelbar auf den Schrei hörte er ein dröhnendes Lachen, und gleich darauf erschien der Onkel wieder.
„Dieses Feuer“, rief er und machte dabei eine abwinkende Geste, „oder vielmehr dieser Rauch...“
„Was ist damit?“ fragte Marc.
„Nun ja, die Natur allein ist dafür zuständig! Dort ist nur eine Schwefelquelle, mit der wir erfolgreich Halsentzündungen behandeln können!“
Der Onkel und Marc kehrten gleich wieder zu der Stelle zurück, an der Clifton auf sie wartete, und der Onkel klärte sie lachend über den wahren Sachverhalt auf.
Vater, Mutter und Kinder wollten augenblicklich zu dem Ort, an dem etwas außerhalb der Baumzone die Quelle sprudelte. Der Boden war hier hauptsächlich vulkanischen Ursprungs. Um was für eine Quelle es sich handelte, erkannte Clifton an dem Schwefelsäuregeruch, den das Wasser entwickelte, wenn es den Sauerstoff aus der Luft absorbiert hatte. Das schwefel- und natriumhaltige Wasser floß reichlich zwischen den Felsen. Als der Ingenieur seine Hand hineintauchte, merkte er, daß sich das Wasser ölig anfühlte und etwa fünfunddreißig Grad warm war. Der Geschmack war etwas süßlich. Diese

Quelle hätte wie die Heilquellen von Luchon oder Cauterets zur Behandlung von Erkrankungen der Atmungsorgane verwendet werden können, und aufgrund ihrer Temperatur mochte sie auch für Phlegmatiker geeignet sein.

Marc fragte seinen Vater, wie er denn ohne Thermometer die Wärme der Quelle auf fünfunddreißig Grad habe schätzen können. Mr. Clifton antwortete, beim Eintauchen der Hand habe er weder Wärme noch Kälte verspürt und daraus geschlossen, das Wasser müsse die gleiche Temperatur aufweisen wie der menschliche Körper, nämlich ungefähr fünfunddreißig Grad.

Nachdem sie diese Beobachtungen angestellt hatten, beschlossen sie, an jener Stelle ein von zwei großen Balsaltfelsen und den letzten Bäumen geschütztes Lager zu errichten. Die Kinder sammelten genügend trockenes Holz, um das Feuer die ganze Nacht unterhalten zu können. Diese Vorsichtsmaßnahme erwies sich als erforderlich, da bei Anbruch der Dunkelheit aus der Ferne ein Heulen zu vernehmen war. Es gibt aber keine noch so wilden Tiere, die sich nicht von einer Feuerwand aufhalten lassen.

Diese Arbeiten waren rasch beendet. Die Mutter kümmerte sich um das Abendessen; Jack und Belle halfen ihr dabei. Die Familie ließ sich die beiden gebratenen Fasane munden. Nach der Mahlzeit legten sich die Kinder auf ihr Lager aus trockenem Laub. Sie waren müde und schliefen bald ein. Clifton und Onkel Robinson sahen sich noch einmal in der Nähe des Lagers um. Sie kamen sogar bis zu einem kleinen Bambuswäldchen, das auf einem der ersten Abhänge des Berges wuchs. Von dort hörten sie das Heulen der wilden Tiere deutlicher.

Um das Lager noch besser zu schützen, kam Clifton auf die Idee, eine von Marco Polo empfohlene Methode anzuwenden, mit der die Tataren in der Nacht gefährliche Tiere von sich fernhielten. Der Onkel und er schnitten einige Bambusstauden ab und brachten sie ins Lager zurück. Von Zeit zu

Zeit würden sie dann Bambusstücke in die Glut werfen. Als sie damit begannen, setzte ein Geknatter ein, von dem sich keiner eine Vorstellung machen kann, der es nicht gehört hat. Marc und Robert wurden von dem Lärm wach. Sie erfreuten sich an dem Geknalle, das wirklich laut genug war, um nächtliche Herumtreiber abzuschrecken. Tatsächlich verging die Nacht dann auch, ohne daß die Familie Clifton in irgendeiner Weise gestört wurde.

Am nächsten Tag, dem 1. Juni, waren alle früh auf den Beinen und bereiteten sich auf den Aufstieg vor. Nach einem kurzen Frühstück wurde um sechs Uhr losmarschiert. Bald waren sie über die Baumgrenze hinaus und kamen an die ersten Steilhänge. Daß es sich bei dem Berg um einen Vulkan handelte, war nicht zu bezweifeln. Die Hänge waren mit Asche und Schlacke bedeckt, und darunter zogen sich lange Lavaströme hin. Clifton gewahrte auch die Substanzen, die bei einem Vulkanausbruch gewöhnlich vor der Lava ausgespien werden, nämlich kleine, unregelmäßige Körner von verkohltem Puzzolan und weißliche Asche aus unzähligen kleinen Feldspatkristallen.

Auf dem eigenwillig gestreiften Lavaboden kamen sie rasch voran. Manchmal stießen sie auf kleine Schwefelgruben, die sie umgehen mußten. Freudig überrascht war Clifton davon, daß sich Schwefel auch auf alle umliegenden Materien abgesetzt hatte und dort kristalline Krusten und Konkretionen bildete.

„Ausgezeichnet!“ rief er aus. „Kinder, dieser Stoff kommt uns sehr gelegen.“

„Zum Herstellen von Streichhölzern?“ fragte Robert.

„Nein“, antwortete der Vater, „zum Herstellen von Pulver, denn wenn wir nur richtig suchen, dann werden wir wohl auch noch Salpeter finden.“

„Wirklich, Vater?“ fragte Marc. „Du wirst uns Pulver machen?“

„Eine erstklassige Qualität kann ich euch nicht versprechen, aber doch eine Substanz, die uns noch einige Dienste leisten wird."

„Dann fehlt uns ja nur noch eins", sagte Mrs. Clifton.

„Was denn, liebe Elise?" fragte der Ingenieur.

„Feuerwaffen, mein Freund."

„Ja, haben wir denn nicht Roberts Pistole?"

„Ja!" schrie der Junge und stieß Hurrarufe aus, die sich wie Detonationen anhörten.

„Ruhig Blut, Robert", sagte Mr. Clifton. „Gehen wir erst einmal weiter. Den Schwefel sammeln wir dann beim Abstieg."

Sie machten sich wieder auf den Weg. Schon öffnete sich über dem östlichen Teil der Küste ein weiter, halbkreisförmiger Horizont. Das Ufer schien sich jäh nach Norden und Süden abzuwinkeln: im Norden jenseits des großen Sumpfes, in dessen Nähe Clifton aufgefunden worden war; im Süden jenseits des Vorgebirges, das sich hinter der Austernbank fortsetzte. Von ihrer Höhe herab sahen die Reisenden deutlich die weite Bucht, in die der Fluß mündete, sahen an den Lichtungen den gewundenen Flußlauf, sahen die verschlungenen Wälder und den See, der wie ein breiter Teich aussah. Im Norden schien die Küste nach Osten und Westen zu verlaufen, war sehr zerklüftet und bildete eine tiefe Bucht, die im Osten in einem abgerundeten Kap endete, über das hinaus der vom Berg behinderte Blick nicht reichen konnte. Im Süden dagegen verlief das Land sehr gerade, als sei es mit der Reißfeder gezogen worden. Vom Vorgebirge bis zum Kap erstreckte sich die Küste wohl über etwa sechs Meilen, doch ob sie hinter dem Berg mit einem Festland verbunden war oder an ihrem unsichtbaren Teil vom Ozean bespült wurde, ließ sich noch nicht sagen. Die am Fuß des Berges gelegene Gegend, die von den beiden Flußläufen bewässert wurde, schien am fruchtbarsten zu sein. Die Region im Süden war von bizarr aufgewehten Dünen durchzogen, und der Norden schien ein riesiges Sumpfgebiet zu sein.

Die Familie hatte Rast gemacht, um das Land und den Ozean zu betrachten, die sich vor ihren Augen erstreckten.
„Nun, Herr Ingenieur“, sagte der Onkel, „was halten Sie davon? Sind wir auf einer Insel oder auf einem Stück Festland?“
„Ich wüßte es nicht zu sagen, teurer Gefährte“, antwortete Clifton, „denn meine Blicke vermögen nicht durch den Berg zu dringen, der uns den Ostteil des Landes verbirgt. Wir sind noch nicht mehr als dreihundert Fuß über dem Meeresspiegel. Gehen wir noch einmal so weit hinauf, bis wir das Plateau erreichen, an dem der Gipfel beginnt. Vielleicht können wir dann um den Gipfel herumgehen und die ganze Ostküste überblicken.“
„Ich fürchte nur“, sagte der Onkel, „daß dieser zweite Teil des Aufstiegs für Mrs. Clifton und die beiden Kleinen etwas beschwerlich sein wird.“
„Aber an dieser Stelle“, erwiderte die Mutter, „haben wir keinerlei Angriff mehr zu befürchten, so daß ich mit Jack und Belle Ihre Rückkehr abwarten kann.“
„Ja, meine teure Freundin“, antwortete Clifton, „auch ich glaube, daß hier weder von Menschen noch von Tieren irgendeine Gefahr zu erwarten ist.“
„Und habe ich nicht meinen Jack, der mich beschützen kann?“ sagte Mrs. Clifton lächelnd.
„Wie ein Held würde er sie beschützen!“ rief der Onkel. „Er ist ein kleiner Löwe, dem vor nichts bange ist. Wenn Sie aber wollen, Madame, bleibe ich auch bei Ihnen.“
„Nein, mein Freund, gehen Sie nur mit meinem Mann und meinen Jungen mit. Mir ist lieber, wenn ich Sie bei ihnen weiß. Jack, Belle und ich werden uns inzwischen ausruhen.“
Nachdem sie diesen Beschluß gefaßt hatten, setzten Mr. Clifton, Marc und Robert ihren Aufstieg fort. Da die perspektivische Verkürzung in den Bergen besonders ausgeprägt ist, nahmen sie die Mutter und ihre Kinder bald nur noch wie kaum erkennbare schwarze Pünktchen wahr.

Ihr Weg war nicht leicht. Die Abhänge wurden immer steiler, die Füße rutschten auf dem Lavaboden aus, und doch kamen sie dem Hochplateau verhältnismäßig rasch näher. Auf eine Besteigung des Vulkangipfels selbst würden sie wohl verzichten müssen, falls der Neigungswinkel auf der östlichen Seite ebenso stumpf war wie im Westen.

Nach einer Stunde sehr mühsamen und aufgrund des abrutschenden Gerölls auch gefährlichen Marschierens kamen der Onkel, der Vater und die beiden Jungen am Fuße des eigentlichen Gipfels an. Sie befanden sich nun auf einem teilweise engen, aber gut begehbaren Plateau. Es lag neunhundert bis tausend Fuß über dem Meeresspiegel und stieg in einer Biegung allmählich in Richtung Norden an. Der Gipfel ragte noch einmal sieben- bis achthundert Meter darüber hinaus, und die große Schneehaube glänzte im Sonnenlicht.

So müde die Bergsteiger auch waren, gönnten sie sich doch keinen Augenblick Ruhe. Sie wollten so schnell wie möglich auf die andere Seite des Berges gelangen. Immer weiter vergrößerte sich ihr Ausblick in Richtung Norden; der Höhenzug, der das Ostende der nördlichen Bucht bildete, schien sich abzusenken.

Nach einer Stunde Fußmarsch war die Nordseite des Gipfels erreicht. Kein Land erstreckte sich in dieser Richtung. Doch der Vater, der Onkel und die Jungen gingen weiter; beklommen, wie sie alle waren, sprachen sie nur wenig. Die beiden unermüdlichen Jungen Marc und Robert gingen voraus. Gegen elf Uhr las Clifton am Sonnenstand ab, daß sie endlich auf der anderen Seite angelangt waren.

Vor den Augen der Reisenden dehnte sich bis zum Horizont die Unendlichkeit des Meeres aus. Schweigend blickten sie auf den Ozean hinab, der sie gefangenhielt. Jegliche Verbindung zu ihren Mitmenschen war ihnen versagt, und es war keine Hilfe zu erwarten. Sie saßen völlig allein auf einer einsamen Insel im Pazifik.

Nach Schätzungen des Ingenieurs mochte das Eiland einen Umfang von zwanzig bis zweiundzwanzig Meilen haben und damit größer als Elba und doppelt so groß wie Sankt Helena sein. Clifton verstand nicht, wie auf einer so kleinen Insel die großen Tiere leben konnten, auf deren Spuren er gestoßen war. So manches ließ sich aber dadurch erklären, daß die Insel vulkanischen Ursprungs war. Konnte die Insel nicht früher größer gewesen und ein erheblicher Teil davon eines Tages von den Fluten verschlungen worden sein? Vielleicht gehörte sie ja damals zu einem Stück Festland, das nun weit entfernt war. Clifton nahm sich vor, diese Annahmen auf ihren Wahrheitsgehalt zu überprüfen, wenn er einmal ganz um die Insel herumfahren würde. Die beiden Jungen hatten angesichts dieses unermeßlichen Ozeans den Ernst der Lage begriffen und schwiegen.

Sie wollten ihrem Vater keine Fragen stellen. Dieser gab das Zeichen zum Aufbruch. Der Abstieg ging schnell vor sich. In weniger als einer halben Stunde waren sie wieder bei der nachdenklich dasitzenden Mrs. Clifton angelangt. Sobald diese ihren Mann und ihre Kinder erblickte, stand sie auf und ging ihnen entgegen.

„Nun?“ fragte sie.

„Eine Insel“, antwortete der Ingenieur.

„Der Wille des Herrn geschehe“, sagte die Mutter leise.

Kapitel 21

Während der Abwesenheit der vier Bergsteiger hatte Mrs. Clifton aus den Resten des Wildbrets vom Vortag eine Mahlzeit zusammengestellt. Um halb ein Uhr begann die ganze Familie die Berghänge wieder hinabzusteigen. Sie durchquerten in gerader Linie die Baumzone und erreichten den Fluß an seinem oberen Lauf, daß heißt oberhalb des Wasserfalls. Der Fluß war hier eine richtige Stromschnelle und schäumte über die schwärzlichen Felsbrocken hinweg. Es war eine gänzlich urwüchsige Gegend. Die Reisenden kämpften sich durch ein Gewirr von Bäumen, Sträuchern und Lianen, bis sie wieder am Boot anlangten. Sie packten die Vorräte, Pflanzen und die während der Expedition gesammelten Dinge ins Boot und fuhren dann schnell den Fluß hinab. Um drei Uhr waren sie an der Stelle, an der der Fluß in den See mündete. Sie setzten das Segel und fuhren eine Weile hart am Wind, bis sie beim unteren Flußlauf ankamen. Um sechs Uhr abends waren sie zurück in der Grotte. Der Onkel stieß sogleich einen Ausruf aus. Die Palisade war eindeutig beschädigt worden. Jemand hatte versucht, sie zu bezwingen und einige Pfähle herauszureißen, die jedoch zum Glück standgehalten hatten.

„Das waren diese verfluchten Affen!" sagte der Onkel. „Während wir nicht da waren, haben sie uns einen Besuch abgestattet. Das sind gefährliche Nachbarn, Monsieur Clifton, da müssen wir uns etwas einfallen lassen."

Nach diesem anstrengenden Tag verspürten die Reisenden ein unwiderstehliches Schlafbedürfnis. Jeder streckte sich auf seinem Lager nieder. Da sie kein Feuer anzündeten, stellten sie diesmal keine Wache auf, und die Nacht verlief auch völlig ruhig. Am nächsten Morgen, es war Mittwoch, der 2. Juni, waren Onkel Robinson und der Ingenieur als erste auf.
„Tja, Monsieur Clifton!" rief der Onkel fröhlich.
„Tja, teurer Freund!" erwiderte der Ingenieur. „Wir müssen uns eben damit abfinden. Da wir nun mal Insulaner sind, müssen wir auch wie Insulaner handeln und unser Leben so einrichten, als sollten wir es ganz und gar hier verbringen."
„Das nenne ich ein Wort, Monsieur Clifton", erwiderte der Onkel auf seine vertrauenerweckende Weise. „Und ich sage Ihnen, daß wir es noch richtig gut haben werden! In einen Garten Eden werden wir unsere Insel verwandeln! Ich sage unsere Insel, denn sie gehört uns ja jetzt. Und wenn wir schon nichts mehr von den Menschen zu erwarten haben, so haben wir doch auch nichts von ihnen zu befürchten. Das ist nicht zu verachten. Und Mrs. Clifton, hat sie sich in ihre neue Lage dreingefunden?"
„Ja, Onkel, sie ist eine tapfere Frau, die in ihrem Gottvertrauen nicht wanken wird."
„Der Herr wird uns nicht verlassen", sagte der Onkel. „Und die Kinder sind sicher begeistert davon, auf dieser Insel zu sein."
„Und Sie, Onkel Robinson, fehlt Ihnen denn gar nichts?"
„Nein, oder vielmehr doch, eins schon."
„Und was?"
„Soll ich es sagen?"
„Ja, Onkel."
„Nun ja, Tabak fehlt mir. Ja, Tabak. Ich würde mir ein Ohr abschneiden lassen, wenn ich wieder mal eine Pfeife rauchen könnte!"
Clifton mußte schmunzeln, als er den Seemann so sehnsüch-

tig reden hörte. Da er selbst Nichtraucher war, konnte er dieses dringende Bedürfnis nicht verstehen, das durch die Gewohnheit entsteht. Dennoch merkte er sich den Wunsch Onkel Robinsons und war zuversichtlich, ihn eines Tages erfüllen zu können.

Mrs. Clifton hatte um einen Geflügelhof gebeten. Ihr Mann war der Ansicht, sie sollten ihre endgültige Einrichtung auf der Insel mit diesem nützlichen Werk beginnen. So bauten sie rechts von der Palisade eine weitere, hundert Quadratmeter große Einfriedung. Eine Verbindungstür führte von einem Gelände zum anderen. Innerhalb von zwei Tagen waren die Arbeiten beendet. Zwei mehrfach unterteilte Hüttchen aus Ästen warteten nur noch auf ihre Bewohner. Als erstes zog das Steißhuhn-Pärchen ein, das auf der letzten Exkursion lebend gefangen worden war. Die beiden Tiere, denen Mrs. Clifton die Flügel beschnitten hatte, ließen sich leicht zähmen. Als Gefährten wurden ihnen einige Enten vom Seeufer zugesellt, die sich nun mit dem Wasser begnügen mußten, das ihnen jeden Tag in Bambusgefäßen vorgesetzt wurde. Die Enten gehörten jener chinesischen Art an, deren Flügel sich fächerartig öffnen und die mit ihrem prächtig glänzenden Federkleid keinen Vergleich mit einem Goldfasan zu scheuen brauchen.

Den Rest der Woche über wurden Jagden veranstaltet, um den Geflügelhof mit mehr Leben zu erfüllen. Die Kinder fingen zwei truthahnähnliche Hühnervögel mit breitem, rundem Schwanz aus langen Federn. Es waren Alektoren, die schon bald zahm waren. Die verschiedenen Tiere rauften sich allmählich zusammen und vermehrten sich bald in beruhigendem Ausmaß.

Clifton wollte sein Werk noch vervollständigen und richtete an einer Stelle, an der der Fels bröckelig war, einen Taubenschlag ein. Dort wurden ein Dutzend jener Felsentauben untergebracht, von deren Eiern sich die Familie anfänglich ernährt hatte. Die Tiere gewöhnten sich schnell daran, jeden Abend in ihre neue Behausung zurückzukehren. Sie ließen sich leichter zähmen als ihre Artgenossen, die Ringeltauben, die sich nur wild lebend fortpflanzen. Diese ganze Vogelwelt gurrte und gluckte und piepste den ganzen Tag, daß es nur so eine Freude war.

Während der ersten beiden Juniwochen vollführte Onkel Robinson wahre Wunder in der Kunst der Keramik. Mit dem Boot hatten sie ja eine Ladung Ton mitgebracht, der sich zum Anfertigen von einfachen Töpferwaren eignete. Da der Onkel keine Drehscheibe hatte, mußte er die Töpfe mit der Hand formen. Sie waren deshalb etwas krumm und schief, aber Töpfe waren es dennoch. Beim Brennen wußte der Onkel anfangs noch nicht, wie stark das Feuer lodern sollte, so daß ihm mancher Topf zersprang. Zum Glück war aber an Ton kein Mangel, und nach einigen mißlungenen Versuchen konnte der Onkel der Hausfrau ein halbes Dutzend Töpfe und Schüsseln überreichen, die ihr sehr dienlich waren. Einer der Töpfe war so groß, daß man ihn schon als Kessel bezeichnen konnte.

Während der Onkel damit beschäftigt war, Haushaltsgerät anzufertigen, unternahm Clifton im Umkreis von einer Meile Exkursionen, zu denen er mal Marc, mal Robert mitnahm. Dabei sah er den wildreichen Sumpf, das Wildkaninchengehege, das ihm unerschöpflich schien, und die Austernbank, von der die wertvollen Weichtiere jeweils in den Park umgesiedelt wurden. Noch immer suchte er nach Sporenpflanzen, die sich als Zunderersatz verwenden ließen, doch hatte er noch keine gefunden. Durch Zufall war ihm aber vergönnt, einen Herzenswunsch von Mrs. Clifton zu erfüllen. Immer wieder verlangte die Mutter nämlich nach Seife für ihre Wäsche. Clifton hatte vorgehabt, welche herzustellen, und wollte dazu Fette oder Öle mit dem Soda behandeln, das sich beim Verbrennen von Seegras freisetzt, doch war das eine langwierige Prozedur, die ihm dadurch erspart blieb, daß er einen Seifennußbaum fand. Die Früchte dieses Baums schäumen im Wasser ausgiebig und können statt normaler Seife verwendet werden. Der Ingenieur kannte die Eigenschaft dieser Früchte, mit denen sich so viel Wäsche waschen läßt wie mit der sechzigfachen Seifenmenge. Gleich wurden solche Pflanzen der Mutter gebracht, die sie mit Erfolg verwendete. Auf Rohrzucker, der nur in tropischen Gewächsen vorkommt, mußte Harry Clifton zwar verzichten, doch hätte er sich gerne eine ähnliche Substanz verschafft, wie sie der Ahorn oder jeder andere zuckerhaltige Baum enthält. Der Suche danach galten seine Streifzüge durch die bewaldeten Teile der Insel.

Während einer dieser Exkursionen, zu der Clifton mit Marc aufgebrochen war, stieß er auf ein Gewächs, über das er sich ganz besonders freute, weil er damit den einzigen Wunsch Onkel Robinsons erfüllen konnte.

Marc und er erkundeten am 22. Juni das rechte Flußufer und den im Norden daran angrenzenden Wald. Als Marc durch das hohe Gras lief, fiel ihm der Geruch auf, den eine langstielige, oben verzweigte Pflanze verströmte. Sie war sehr glutenhaltig, hatte traubenartige Blüten und sehr kleine Samen. Marc pflückte einige Stiele, eilte zu seinem Vater und fragte ihn, welche Pflanze dies sei.

„Wo hast du sie gefunden?“ fragte der Vater zurück.

„Da vorne, auf einer Lichtung“, antwortete Marc. „Dort wachsen viele davon. Mir schien, als würde ich sie kennen, aber...“

„Tja“, erwiderte Clifton, „du hast da eine sehr wertvolle Entdeckung gemacht. Zu des Onkels Glück wird jetzt nichts mehr fehlen.“

„Dann ist das Tabak!“ rief Marc.

„Ja, Marc.“

„Ach, wie wunderbar!“ rief der Junge. „Was wird der brave Onkel für eine Freude haben! Aber wir sagen ihm noch

nichts, nicht wahr, Vater? Du schnitzt ihm eine schöne Pfeife, und eines Tages überreichen wir sie ihm dann vollgestopft mit Tabak."
„So machen wir es, Marc."
„Ist es schwierig, diese Blätter in Rauchtabak zu verwandeln?"
„Nein, mein Junge. Und wenn dieser Tabak auch nicht erster Qualität ist, so ist es doch immerhin Tabak, und der Onkel wird wohl nichts daran auszusetzen haben."
Clifton und sein Sohn pflückten einige Armvoll Tabak und „schmuggelten" sie so vorsichtig in die Grotte, als sei der Onkel der strengste aller Zöllner. Als sich der wackere Seemann am nächsten Tag einmal fortbegab, wählte der Ingenieur die feinsten Blätter und legte sie zum Trocknen aus. Später würde er sie dann kleinhacken und auf heißen Steinen rösten.
Mrs. Clifton war noch immer mit der Kleiderfrage beschäftigt. An Robben- und Fuchsfellen mangelte es ihr nicht; die Schwierigkeit bestand aber darin, diese Felle ohne eine geeignete Nadel zusammenzunähen.
Der Onkel erzählte, er habe einmal „aus Versehen" den Inhalt einer ganzen Schachtel mit Nähnadeln verschluckt, aber leider hätten sie nach und nach seinen Körper wieder verlassen, was er nun bedauere. Mit langen Dornen und Kokosfasern gelang es Mrs. Clifton und der kleinen Belle schließlich doch, ein paar Umhänge grob zusammenzunähen. Der Onkel, der wie jeder Seemann nähen konnte, stand ihr dabei mit Rat und Tat zur Seite.
Als sie mit diesen Arbeiten fertig waren, ging der Monat Juni seinem Ende zu. Die Tiere im Geflügelhof gediehen prächtig und wurden von Tag zu Tag mehr. Den Pfeilen der beiden Jungen fielen zahlreiche Agutis und Wasserschweine zum Opfer. Sie wurden sogleich von der Mutter zu Räucherschinken verarbeitet, so daß die Wintervorräte gesichert waren und sie keine Hungersnot mehr zu befürchten hatten. Der Ingenieur dachte auch daran, einen Pferch zu errichten, da er

Mufflons und andere größere Tiere fangen und zähmen wollte. Sie beschlossen, zu diesem Zweck eine große Expedition in den Nordteil der Insel zu unternehmen und legten als Datum dafür den 15. Juli fest. Clifton wollte auch feststellen, ob in den Wäldern der Insel nicht ein paar Exemplare des so nützlichen Artocarpus anzutreffen waren, des Brotfruchtbaums, der bis zu diesem Breitengrad hinauf wächst. Brot fehlte noch immer auf ihrem Speiseplan, und der kleine Jack verlangte manchmal danach.
An Weizenmehl sollte jedoch schon bald kein Mangel mehr herrschen. Als Belle nämlich eines Tages ihre Tasche umdrehte, fiel ein Weizenkorn heraus, allerdings nur eines. Erfreut lief das Mädchen sofort zur Grotte, wo die ganze Familie beisammensaß.
„So!" rief der stets spöttische Robert. „Und was sollen wir damit?"
„Lach nicht, Robert", erwiderte Clifton, „dieses Weizenkorn ist für uns wertvoller als ein Goldklumpen."
„Das ist wohl wahr", sagte der Onkel.
„Aus einem einzigen Weizenkorn", fuhr der Onkel fort, „entsteht eine Ähre, und eine Ähre kann bis zu achtzig Körner enthalten. Das Weizenkorn unserer kleinen Belle verheißt somit eine ganze Ernte."
„Warum hattest du denn überhaupt ein Weizenkorn in der Tasche?" fragte Mrs. Clifton das kleine Mädchen.
„Weil ich manchmal die Hühner auf der *Vankouver* damit gefüttert habe."
„Wir werden dein Weizenkorn sorgfältig aufbewahren", sagte der Ingenieur, „und es im nächsten Frühjahr aussäen. Eines Tages wirst du dann einen Kuchen davon essen können."
Von dieser Aussicht war Belle so angetan, daß sie davonstolzierte, als sei sie Ceres selbst, die Göttin der Feldfrucht.
Das für die Exkursion im nordöstlichen Inselteil festgelegte Datum rückte allmählich näher. Es wurde beschlossen, daß

diesmal Marc bei seiner Mutter, bei Jack und bei Belle bleiben würde. Clifton, der Onkel und Robert wollten sich beeilen und nach Möglichkeit noch am gleichen Abend wieder heimkehren. Am 15. Juli brachen sie um vier Uhr morgens auf. Mit dem Boot fuhren sie auf dem Fluß bis zu der Stelle, an der die nördliche Felswand endete. Dort stiegen sie aus und gingen diesmal nicht um den Sumpf herum zum Ufer, sondern geradewegs in Richtung Nordosten.

Wo sie dahinmarschierten, war kein Wald mehr, denn die Bäume standen nur mehr in einzelnen Gruppen zusammen; es war aber auch noch keine Ebene. Hier und da war der wellige Boden von Sträuchern bewachsen. Clifton entdeckte einige neue Arten, unter anderem den wilden Zitronenbaum, dessen Früchte zwar nicht an die der Provence herankamen, aber genügend Zitronensäure enthielten und auch die gleiche beruhigende Wirkung hatten. Onkel Robinson pflückte ein Dutzend davon, um Mrs. Clifton eine Freude zu machen.

„Bei allem, was wir tun", sagte der Seemann, „müssen wir nämlich an unsere Hausfrau denken."

„Wenn ich mich nicht täusche", erwiderte Clifton, „dann ist hier noch ein Pflanze, die ihr willkommen sein wird."

„Was, diese Zwergsträucher?" rief Robert aus.

„Ja", antwortete Clifton, „denn sie gehören zu den Erikagewächsen und enthalten ein aromatisches Öl, das lieblich duftet, pikant schmeckt und eine krampflösende Wirkung hat. Sie heißen Gaultheria und sind in Nordamerika anzutreffen. Sie kennen diese Pflanze doch bestimmt, Onkel Robinson!"

„Ich müßte sie eigentlich kennen, aber ich kenne sie nicht."

„Unter dem Namen Gaultheria vielleicht nicht, aber als Bergtee oder Kanadatee?"

„Ach so!" rief da der Onkel aus. „Und ob ich sie kenne! Ich glaube, dieser Kanadatee schmeckt ausgezeichnet und steht dem Tee des Kaisers von China in nichts nach. Leider fehlt uns noch der Zucker dazu, aber der wird sich auch noch finden. Sammeln wir also jetzt schon so viel Tee, als hätten wir ein ganzes Feld mit Zuckerrüben und daneben eine Zuckerfabrik."

Der Ratschlag des Onkels wurde befolgt. Der Tee wurde zu den Zitronen in die Umhängetaschen gepackt. Dann marschierten Clifton und seine beiden Gefährten weiter in Richtung Nordosten. In diesem Teil der Insel wimmelte es von Vögeln, aber sie flohen scheu von Ast zu Ast. Es waren vor allem zu den Sperlingsvögeln zählende Kreuzschnäbel, die leicht an dem kurzen Ober- und Unterschnabel zu erkennen waren; unter kulinarischen Gesichtspunkten waren sie keinen Bogenschuß wert. Robert erlegte aber recht geschickt einige dreizehige Hühnervögel, die lange, spitze Flügel und einen aschgelben, schwarzgestreiften Körper hatten. Sie kamen auf dem Boden nur mühsam vorwärts, flogen aber extrem schnell, was sie dennoch nicht vor Roberts Pfeilen bewahren konnte.

Gegen elf Uhr machten sie an einer Quelle Rast. Ihr Mittagessen bestand aus einem Stück kaltem Wasserschweinfleisch und einer ausgezeichneten Hasenpastete mit aromatischen Kräutern. Sie tranken dazu Quellwasser, dem der Onkel ein wenig Zitronensaft beimischte und so den Geschmack erheblich verbesserte. Dann setzten sie ihre Exkursion fort. Clifton dachte noch immer an seinen Zunder und wunderte sich, daß die von ihm gesuchte Schmarotzerpflanze hier nicht vorkam, obwohl doch über zehntausend Arten davon bekannt sind, die in allen Klimazonen wachsen.

Da hörten sie plötzlich in einem Dickicht ein Rascheln. Robert eilte sofort darauf zu, aber Fido kam ihm zuvor, und gleich vernahmen sie aus dem Unterholz sein Knurren.

„Schon gut, Fido, schon gut!" rief Robert.

Diese Worte wären aber wohl ohne Wirkung geblieben, wenn Robert nicht gleich zur Stelle gewesen wäre. Fidos Opfer war ein herrlicher Wildhahn, den der Junge noch lebend fangen konnte. Clifton wußte mit Sicherheit zu sagen, um was für ein Tier es sich dabei handelte. Es war ein mittelgroßer Haushahn, der Benthane-Hahn genannt wurde; die Federn seines Laufs bildeten eine Art Manschette. Robert aber fiel gleich eine Besonderheit des Tieres auf.

„Der Hahn hat ja ein Horn auf dem Kopf!"

„Ein Horn!" rief auch Clifton, als er sich das Tier besah.

„Tatsächlich", sagte der Onkel, „ein Horn, direkt unterhalb des Kamms. Der hätte einen gefährlichen Kampfhahn abgegeben. Also, Monsieur Clifton, ich habe ja schon so manches gesehen, aber einen Hahn mit Hörnern noch nicht!"

Harry Clifton gab darauf keine Antwort. Mit einem seltsamen Gesichtsausdruck betrachtete er den Vogel genau und sagte dann lediglich: „Ja, doch, das ist ein Benthane-Hahn."

Der Onkel band dem Hahn, den er lebend in den Geflügelhof bringen wollte, die Flügel zusammen, und dann setzten die Reisenden ihre Exkursion fort, und zwar etwas weiter in Richtung Osten, auf den Flußlauf zu. Sie stießen jedoch weder auf den Zunderschwamm noch auf Morcheln, die ebenfalls als Zunderersatz verwendet werden können. Zum Glück fanden sie aber eine andere Pflanze, die dem gleichen Zweck dienen konnte. Sie gehörte zur weitverzweigten Familie der Korbblütler. Es war Beifuß, zu dessen Hauptarten Wermut, Zitronenkraut, Estragon und andere zählen. Der Chinesische Beifuß, den sie vor sich hatten, war mit einem Flaum überzogen, von dem die Ärzte im Reich der Mitte häufigen Gebrauch machen.

Clifton fiel glücklicherweise ein, daß die Blätter und Stengel dieser mit langen, seidigen Härchen bedeckten Pflanze Feuer fingen, wenn sie sehr trocken waren und ein Funke auf sie fiel.

„Endlich haben wir unseren Zunder!" rief Clifton.

„Wunderbar!" sagte der Onkel fröhlich. „Dann war ja unser Ausflug nicht umsonst. Mit etwas Besserem hätte uns die Vorsehung gar nicht bedenken können. Nein, wirklich, mehr dürfen wir nicht verlangen. Gehen wir also.“

Sie pflückten Beifuß und gingen dann weiter in Richtung Südwesten. Zwei Stunden später erreichten sie das rechte Flußufer, und um sechs Uhr abends war die ganze Familie wieder am Lagerplatz vereint. Zum Abendessen wurde eine exzellente Languste serviert, die Marc bei den Felsen am Kap gefangen hatte. Clifton schilderte die Exkursion in allen Einzelheiten. Der Benthane-Hahn wurde in den Geflügelhof gesteckt, dessen Prunkstück er nun war.

Doch als die Mahlzeit beendet war, wer war da sehr überrascht, ja sogar gerührt? Es war Onkel Robinson, als Belle auf ihn zuging und ihm eine rotglänzende, mit Tabak vollgestopfte Krebsschere reichte. Zugleich hielt Jack ihm ein glühendes Holzstück hin.

„Tabak!“ rief der Onkel. „Und keiner hat mir etwas gesagt!“

Der wackere Seemann mußte blinzeln und bekam ganz feuchte Augen. Gleich steckte er die Pfeife an, und es entfaltete sich ein köstlicher Feinschnittduft.

„Sehen Sie, teurer Freund“, sagte da Clifton, „daß die Vorsehung nach allem, was sie schon für uns getan hat, Ihnen doch noch eine angenehme Überraschung beschert hat.“

Kapitel 22

Onkel Robinson war nun wunschlos glücklich. Er hatte eine wundervolle Insel, eine geliebte Familie, eine Pfeife und Tabak! Wenn jetzt gerade ein Schiff vorbeigefahren wäre, hätte er dieses Fleckchen Erde wohl nur sehr ungern verlassen.
Und dennoch: Was fehlte der kleinen Kolonie nicht noch alles! Harry Clifton wußte zwar nicht, was die Zukunft ihm bringen würde, wollte aber auf keinen Fall die Erziehung seiner Kinder vernachlässigen. Es stand ihm zwar kein einziges Buch zur Verfügung, doch war er selbst eine wandelnde Enzyklopädie und unterrichtete die Kinder ohne Unterlaß und bei jeder sich nur bietenden Gelegenheit, wobei er die besten Lektionen aus den Lehren der Natur zog. Auf jeden Lehrsatz folgte augenblicklich ein Beispiel. Tagtäglich befaßten sie sich mit Wissenschaften, insbesondere mit Naturkunde und Geographie, sowie mit dem Studium von Religion und Moral. Und die Philosophie, jene praktische Philosophie, die aus aufrechtem Sinn und langer Erfahrung herrührt, wer hätte sie wohl besser lehren sollen als Onkel Robinson, der jedem Professor aus Oxford oder Cambridge noch etwas hätte beibringen können? Die Natur lehrt jenen alles, der sie zu verstehen weiß, und der Onkel war darin ein hervorragender Schüler.
Mrs. Clifton wiederum mit ihrer weiblichen Zärtlichkeit, ih-

rer mütterlichen Würde und der Liebe, mit der sie alle umfing, war die Seele der Kolonie.
Mit dem Schwefel, den die Reisenden auf ihrer großen Expedition den Schwefelgruben entnommen hatten, wollte der Ingenieur ein mehr oder weniger brauchbares Schießpulver herstellen, falls ihm durch Zufall noch Salpeter in die Hände gelangen sollte. Während er nun am 20. Juli die Aushöhlungen der nördlichen Felswand inspizierte, fand er eine Art feuchter Grotte vor, deren Wände mit Kalinitrat-Effloreszenzen überzogen waren. Dieses natürliche Nitrat war Salpeter. Mit der Zeit sonderte sich das Salz durch Kapillarwirkung auf der Granitoberfläche ab.
Clifton unterrichtete den Onkel von seiner Entdeckung und verkündete ihm, daß er Pulver herstellen wolle.
„Perfekt wird dieses Pulver nicht sein", fuhr er fort, „denn da ich den Salpeter nicht durch Raffinieren von Fremdstoffen befreien kann, muß ich ihn im Naturzustand verwenden. Aber auch so wird uns das Pulver gute Dienste leisten, wenn wir den Felsen durch Sprengung weiter aushöhlen wollen."
„Sehr gut, Monsieur", erwiderte der Onkel, „dann können wir uns ja vergrößern und in Grottennähe Lager anlegen."
„Mit diesem Salpeter", sagte der Onkel, „können wir übrigens auch den Hofboden vermischen. Wenn wir ihn dann noch kräftig stampfen, wird er hart und läßt den Regen nicht mehr durch."
Dies wurde sein erster Verwendungszweck. Nicht nur der Hof-, sondern auch der Grottenboden wurden damit festgestampft, bis sie von granitener Härte waren und die Mutter sie glänzend scheuern konnte wie ein Parkett.
Dann begann der Ingenieur mit der Pulverherstellung. Die Kinder sahen ihm dabei aufmerksam zu; obwohl das Arsenal der Kolonie nur aus einer Steinschloßpistole bestand, interessierten sie sich für die Sache mit dem Pulver, als sei ein ganzer Geschützpark damit zu versorgen gewesen.

Schwarzpulver ist nichts weiter als eine fein dosierte Mischung aus Salpeter, Schwefel und Holzkohle. Wird die Mischung entzündet, so gibt sie eine große Gasmenge frei, deren Wucht man sich für Feuerwaffen und Sprengkammern zunutze macht. Salpeter und Schwefel hatte Clifton schon. Nun brauchte er sich nur noch Holzkohle zu besorgen. Das war nicht schwer, und da ihm kein Kastanien- oder Pappelholz zur Verfügung stand, wie es zur Herstellung von Schießpulver meist verwendet wird, gebrauchte er das speziell für Sprengpulver benützte Holz der Ulme. Er suchte sich junge Zweige aus, befreite sie von der zuviel Asche erzeugenden Rinde und verkohlte sie in Gruben, die er zu diesem Zweck ausgehoben hatte.

Selbstverständlich war dem Ingenieur das entsprechende Mischungsverhältnis bekannt. Auf hundert Teile Pulver kommen fünfundsiebzig Teile Salpeter, zwölfeinhalb Teile Schwefel und noch einmal zwölfeinhalb Teile Holzkohle. Die drei Stoffe wurden zerstoßen, vermischt, befeuchtet und schließlich mit einem Holzstößel in einem vom Onkel angefertigten Tonmörser zusammengepreßt. So entstand eine Art Fladen, der nur noch granuliert zu werden brauchte.

Das war ein schwieriger, aber unerläßlicher Vorgang. Blieb das Pulver nämlich wie Staub, so würde es knisternd verbrennen und mehr verpuffen als explodieren.

Daher versuchte der Ingenieur, irgendeine Art von Granulierung zustande zu bringen. Er ließ das Pulver zwei Tage trocknen und brach es dann in kleine Stücke, die er in ein rundes Tongefäß füllte. Mit Hilfe einer Schnur und einer Rolle aus dem Boot brachte er dann das Gefäß so schnell zum Drehen, daß er nach viel Mühe grobe, kantige Körner erhielt, die ihren Zweck aber erfüllten. In dieser Form setzte er den Sprengstoff den glühenden Sonnenstrahlen aus, die ihn vollständig trockneten.

Am nächsten Morgen bedrängte Robert seinen Vater, er solle

die neugewonnene Substanz doch ausprobieren. Also wurde die Pistole gereinigt und instand gesetzt, der Feuerstein geschliffen und die Waffe schließlich geladen und scharf gemacht. Robert begehrte, als erster zu schießen, aber der Onkel wollte den Versuch selbst machen und den Jungen keiner Gefahr aussetzen, falls das Pulver zu brisant wäre und die Pistole zerreißen sollte. Er traf auch Vorsichtsmaßnahmen, um sich selbst nicht zu verletzen.

Der Schuß ging los. Das Pulver in der Zündpfanne entflammte sich nicht gerade schnell, aber halb verpuffend, halb explodierend ging die Ladung doch los und beförderte den Kiesel, den der Onkel eingelegt hatte, aus dem Lauf.

Die Hurraschreie, die daraufhin ertönten, waren lauter als die Detonation selbst. Es waren die Freudenrufe der Kinder. Endlich hatten sie eine Feuerwaffe! Marc und Robert baten so lange, bis auch sie je einen Pistolenschuß abfeuern durften, und über das Ergebnis waren sie entzückt. Wenn das Pulver auch als Schießpulver zu wünschen übrig ließ, so würde es wohl doch als Sprengstoff zu gebrauchen sein.

Mrs. Clifton kümmerte sich inzwischen unablässig um ihren Geflügelhof, der prächtig gedieh. Die Zähmung von Hühnervögeln war gelungen, warum sollte sie da bei Vierbeinern fehlschlagen? Clifton beschloß, ein Gehege zu errichten, und wählte in etwa einer Meile Entfernung vom Lager beim Nordufer des Sees ein mehrere Ar großes Gelände dazu aus. Es war eine Wiese, zu der man leicht vom Fluß her Süßwasser leiten konnte. Während der Ingenieur das Terrain absteckte, suchte der Onkel die Bäume für die Palisade aus, fällte sie und schnitt sie zurecht. Das war eine harte Arbeit, aber der Onkel brauchte sich dabei nicht sonderlich zu beeilen, da er das Gehege erst im nächsten Frühjahr mit Wild besetzen wollte. Solange die Arbeiten andauerten, hatte der Onkel natürlich viel im Wald zu tun. Um diesen leichter zugänglich zu machen, fällte der Onkel die für den Zaun benötigten Bäume nicht willkürlich, sondern schlug Schneisen in den Wald. Auf einer seiner Exkursionen entdeckte der Ingenieur einen wertvollen Baum aus der Familie der Palmfarne, der häufig in Japan anzutreffen ist. Daß er auch hier wuchs, schien zu beweisen, daß ihre Insel doch nicht so weit im Norden lag, wie sie angenommen hatten.

Nach dem Mittagessen, bei dem es weder an Fisch noch an Fleisch gemangelt hatte, fragte Clifton seine Kinder: „Nun, Kinder, was haltet ihr von eurem Dasein hier? Fehlt euch denn gar nichts?"

„Nein, Vater", anworteten Marc, Robert und Jack wie aus einem Munde.

„Nicht einmal beim Essen?"

„Da müßten sie schon sehr wählerisch sein!" rief der Onkel. „Wildbret, Fisch, Weichtiere, Obst... Was brauchen sie denn noch mehr?"

„Ja, doch!" sagte der kleine Jack. „Etwas fehlt uns schon."

„Und zwar?" fragte der Vater.

„Kuchen."

„Du Leckermaul!" versetzte Clifton. „Aber so unrecht hat der Junge nicht. Nun muß es zwar nicht gleich Kuchen sein, aber nach Brot dürfen wir uns schon ein wenig sehnen."

„Das stimmt", sagte Flip, „wir haben das Brot vergessen. Aber keine Sorge, meine Herren, Brot werden wir backen, wenn erst einmal das Weizenkorn von Mademoiselle Belle aufgegangen ist."

„So lange werden wir nicht zu warten brauchen", erwiderte Clifton, „denn heute morgen habe ich einen Baum entdeckt, der reich an hervorragender Stärke ist."

„Sago!" rief Marc. „Wie beim Schweizerischen Robinson!"

„Sago", wiederholte der Onkel, „aber das ist ja ausgezeichnet! Ich habe auf den Molukken welches gegessen, dort gibt es nämlich ganze Wälder mit Sagopalmen, und jeder Baumstamm kann bis zu vierhundert Kilogramm dieses Marks enthalten,

aus dem ein sehr nahrhafter Teig zubereitet wird. Da haben Sie ja einen wunderbaren Fund gemacht! Auf in den Sagowald!"
Bei diesen Worten stand der Onkel gleich auf und griff zu seiner Axt. Clifton hielt ihn zurück.
„Einen Augenblick, Onkel Robinson", sprach er, „von einem Sagowald habe ich nichts gesagt. Dieser Baum wächst in tropischen Ländern, und unsere Insel liegt ganz sicher nördlich der Tropen. Nein, was ich gefunden habe, ist lediglich ein Gewächs, das zur Familie der Palmfarne gehört und eine dem Sago ähnliche Substanz enthält."
„Wie dem auch sei, Monsieur, wir werden Ihr Gewächs empfangen, als sei es die Sagopalme höchstpersönlich."
Clifton und der Onkel ließen die Kinder bei der Grotte zurück und gingen in den Wald. Als sie den Fluß erreichten, den sie überqueren mußten, blieb der Onkel am Ufer stehen.
„Monsieur", sagte er, „wir müssen uns einmal dazu entschließen, hier eine Brücke zu bauen, denn es würde einen großen Zeitverlust bedeuten, wenn wir jedesmal mit dem Boot hierher fahren müßten."
„Der Meinung bin ich auch", antwortete der Ingenieur. „Wir werden hier eine Drehbrücke bauen, die wir ans linke Ufer ziehen können, das heißt an unsere natürliche Grenze in dieser Gegend. Schließlich bildet der Fluß unseren Schutz nach Norden hin, zumindest gegen wilde Tiere."
„Das schon", erwiderte der Onkel, „aber im Süden haben diese Tiere freien Zugang."
„Wer sollte uns jedoch daran hindern", entgegnete Clifton, „daß wir diesen Zugang versperren, sei es durch eine Palisade oder durch eine Graben, in den wir Seewasser leiten? Wer?"
„Ich ganz bestimmt nicht", anwortete Onkel Robinson. „Aber da unsere Brücke noch nicht steht, werde ich erst einmal einen Baum fällen, der uns hinüberhelfen wird."
Einige Minuten später gingen Clifton und der Onkel in Richtung Nordosten durch den Wald. Fido, der sie begleitete, stö-

berte immer wieder im Gebüsch Wasserschweine und Agutis auf. Der Onkel bemerkte auch mehrere Affenhorden, die von Ast zu Ast davoneilten, und zwar so schnell, daß sich gar nicht ausmachen ließ, welcher Art sie angehörten.
Nach einer halben Stunde Fußmarsch erreichten die beiden Gefährten den Waldrand, hinter dem sich eine weite Ebene mit zahlreichen palmenähnlichen Baumgruppen auftat. Es waren die Bäume, von denen Clifton gesprochen hatte. Sie gehörten zur Art der *Cycas revoluta*, hatten einen einfachen, schuppig überzogenen Stamm und trugen Blätter, die von kleinen parallelen Adern durchzogen waren. Mit ihrer eher bescheidenen Höhe glichen sie weit mehr Sträuchern als Bäumen.
„Das sind die kostbaren Gewächse“, rief Clifton, „und diese Stämme enthalten das nahrhafte Mehl, das die Natur uns liebenswürdigerweise schon gemahlen hat.“
„Monsieur Clifton“, sagte der Onkel, „die Natur macht alles gut, was sie macht. Was sollte denn aus einem armen Kerl werden, den es an eine einsame Küste verschlägt, wenn die Natur ihm nicht zu Hilfe käme? Wissen Sie, ich war schon immer der Meinung, daß es speziell für Schiffbrüchige geschaffene Inseln gibt, und die hier ist ganz bestimmt eine davon. So, und jetzt ans Werk!“
Daraufhin fällten der Onkel und der Ingenieur einige Palmfarnstämme, und da sie sich nicht unnötig abschleppen wollten, entnahmen sie das Mehl gleich an Ort und Stelle.
Das Drüsengewebe der Palmfarne enthielt ein mehliges Mark, das von holzigen Strängen durchzogen und durch konzentrisch angeordete Ringe aus der gleichen Substanz gegliedert wurde. Der Stärke beigemischt war ein schleimiger, unangenehm schmeckender Saft, der sich jedoch leicht ausdrücken ließ. Die Zellsubstanz war tatsächlich wie hochwertiges Mehl, von dem schon eine geringe Menge ausreichte, um einen Mann zu sättigen. Von Clifton erfuhr der Onkel, daß es in

Japan früher gesetzlich verboten gewesen sei, dieses kostbare Gewächs auszuführen.
Nach mehrstündiger Arbeit hatten die beiden Gefährten ein tüchtiges Quantum Mehl beisammen. Sie luden sich ihre Ausbeute auf den Rücken und gingen dann wieder in Richtung Lager. Als sie den Wald betraten, waren sie von mehreren Affenhorden umgeben. Diesmal konnten sie die Tiere näher in Augenschein nehmen. Sie waren hochgewachsen und gehörten der Familie der Vierhänder an. Ein Irrtum war für den Ingenieur ausgeschlossen. Ob es nun Schimpansen waren, Orang-Utans, Gorillas oder Gibbons, auf jeden Fall zählten sie zur Familie der Menschenaffen.
Solche Tiere können ernstzunehmende Gegner sein, da sie über Kraft und Intelligenz verfügen. Ob die hier herumturnenden Affen wohl schon einmal Kontakt mit Menschen gehabt hatten? Ob sie wußten, was von diesen Zweibeinern zu halten war? Sie schnitten jedenfalls alle möglichen Grimassen, als sie Clifton und den Onkel vorbeikommen sahen. Diese schritten forsch aus, da sie sich mit den gefährlichen Tieren nicht unbedingt anlegen wollten.
„Monsieur“, sagte der Onkel, „gegen solche Kerle hätten wir wohl einen schweren Stand.“
„Durchaus“, erwiderte Clifton, „und es kommt mir sehr ungelegen, daß sie uns bemerkt haben. Hoffentlich folgen sie uns nicht bis zur Grotte.“
„Das ist nicht zu befürchten“, sagte der Onkel. „Durch den Fluß wird ihnen nämlich der Weg versperrt. Gehen wir schneller.“
Die beiden Gefährten eilten dahin, ohne die Grimassen schneidende Horde durch Gesten oder Blicke zu reizen. Die Affen, etwa ein Dutzend, gaben ihnen noch immer das Geleit. Einer von ihnen, ein großer Orang-Utan, der der Anführer der Horde zu sein schien, ging manchmal auf Clifton und den Onkel zu, sah ihnen ins Gesicht und trollte sich dann wieder zu seinen Gesellen.

Bei der Gelegenheit konnte der Ingenieur ihn sich genau besehen. Der Orang-Utan war sechs Fuß groß. Mit seinem wohlproportionierten Körper, der breiten Brust, dem mittelgroßen Kopf, dessen Gesichtswinkel fünfundsechzig Grad betrug, dem rundlichen Schädel und der von seidigglänzenden Haaren bedeckten Haut war er ein vollendeter Vertreter der Familie der Menschenaffen. Seine Augen waren etwas kleiner als menschliche Augen und blitzten nur so vor Wachheit und Intelligenz. Er trug einen gekräuselten, haselnußfarbenen Bart und über den weißen Zähnen einen Schnurrbart.
„Ein schöner Kerl", murmelte der Onkel. „Wenn wir nur seine Sprache verstehen würden, dann könnten wir uns mit ihm unterhalten."
Clifton und er gingen immer noch schnellen Schrittes dahin. Mit Befriedigung nahmen sie zur Kenntnis, daß sich die Horde allmählich im Wald zerstreute. Die Eskorte setzte sich nur noch aus drei bis vier Affen zusammen, und bald ging der große Orang-Utan ihnen alleine nach. Er aber blieb ihnen mit ganz besonderer Hartnäckigkeit auf den Fersen. Ihn abzuschütteln war ganz unmöglich, denn mit seinen langen Beinen mußte er ein hervorragender Läufer sein.
Gegen vier Uhr erreichten Clifton und der Onkel endlich den Fluß. Sie fanden ohne weiteres die Stelle wieder, an der sie das notdürftig zusammengezimmerte Floß festgemacht hatten. Hier würde nun die Angelegenheit mit dem Affen zu einer Entscheidung kommen.
Der Orang-Utan ging bis zum Ufer, sah den beiden Männern zu, wie sie ihre Last auf das Floß verluden, und beobachtete interessiert jede ihrer Bewegungen. Dann ging er mit langen Schritten auf und ab, blickte zum anderen Ufer hinüber und schien nicht so recht gewillt zu sein, sich von seinen Weggefährten zu trennen.
„Achtung", sagte der Onkel, „jetzt müssen wir ihm entwischen."

Das Floß wurde losgemacht, Clifton und der Onkel sprangen sofort darauf und begannen sich vom Ufer zu entfernen. Da machte der Orang-Utan einen Satz und landete auf dem Rand des Floßes, das er damit beinahe zum Kentern brachte. Mit der Axt in der Hand stürzte der Onkel auf den Affen zu; dieser jedoch verharrte regungslos und starrte sein Gegenüber ohne jede Feindseligkeit an.
Der Onkel ließ die Waffe sinken. Ein Kampf war offensichtlich unangebracht und wäre unter solchen Umständen auch höchst gefährlich gewesen; am anderen Ufer würden sie weitersehen.
Als der Fluß überquert war, gingen der Onkel und Clifton an Land, gefolgt von dem Affen. Auch als sie in Richtung Grotte schritten, lief der Orang-Utan ihnen nach. Sie gingen um das Nordufer des Sees herum, durch die Reihe der Kokospalmen, an der Felswand entlang, und der Affe ständig hinterdrein. Als sie endlich bei der Palisade anlangten, öffneten sie das Tor und machten es gleich wieder hinter sich zu.
Die Nacht war inzwischen hereingebrochen, eine von dichten Wolken verfinsterte Nacht. Ob der Affe noch immer da war? Ja, denn mehrfach gellte durch die nächtliche Stille ein seltsamer Schrei.

Kapitel 23

Beim Abendessen erzählte Clifton seiner Frau und seinen Kindern, was sich während der Exkursion zugetragen hatte. Die Lösung des Problems wurde auf den folgenden Morgen vertagt. Daher waren am nächsten Tag auch alle früh auf den Beinen. Die Kinder gingen sofort zur Palisade und lugten durch die Ritzen. Als Clifton und Onkel Robinson ihre Ausrufe hörten, eilten auch sie herbei.

Der Orang-Utan war immer noch da. Mal saß er an einen Baum gelehnt mit gewissermaßen verschränkten Armen da und sah auf die Palisade, mal ging er auf das Tor zu, rüttelte kräftig daran und kehrte, da er es nicht aufbrachte, zu seinem Beobachtungsposten zurück.

Die ganze Familie war hinter dem Zaun versammelt und spähte zu ihm hinaus.

„Was für ein schöner Affe!“ rief Jack.

„Ja“, erwiderte Belle, „und was für ein gutmütiges Gesicht er hat! Er schneidet gar nicht viele Grimassen, und ich hätte keine Angst vor ihm.“

„Aber was sollen wir denn jetzt machen?“ fragte Mrs. Clifton. „Er kann doch nicht immer vor unserem Tor Posten stehen.“

„Wie wäre es, wenn wir ihn bei uns aufnehmen würden?“ fragte der Onkel.

„Ist das Ihr Ernst, mein Freund?“ entgegnete Mrs. Clifton.

„Ach wissen Sie, Madame“, fuhr der Onkel fort, „es gibt sehr gute Affen. Der da würde sich vielleicht zu einem ausgezeichneten Diener entwickeln. Und wenn mich nicht alles täuscht, hat er vor, sich bei uns zu verdingen. Schwierig wird es nur, Referenzen über ihn einzuholen."

Was der Onkel so scherzhaft vorbrachte, war doch keineswegs übertrieben. Die Intelligenz von Menschenaffen ist wirklich bemerkenswert. Ihr Gesichtswinkel ist kaum kleiner als der von Australiern und Hottentotten. Außerdem ist der Orang-Utan nicht so wild wie der Pavian, nicht so unbesonnen wie der Makak, nicht so schmutzig wie das Seidenäffchen, nicht so ungeduldig wie der Magot, nicht so gewalttätig wie der Hundskopfaffe und nicht so schwierig wie das Schimpansenweibchen. Harry Clifton kannte diese findigen Tiere gut und nannte mehrere Fälle, die auf eine fast menschliche Intelligenz bei ihnen deuteten. So erzählte er seinen Kindern, daß Orang-Utans Feuer anzuzünden und damit umzugehen wüßten. Verschiedentlich seien Affen als nützliche Haushaltshilfen verwendet worden; sie hätten bei Tisch serviert, sich um die Kleider gekümmert, Wasser geschöpft, Schuhe gewichst, seien geschickt mit Besteck umgegangen, hätten jede Art von Speise gegessen, Wein und Likör getrunken etc. Der Naturforscher Buffon habe einen solchen Affen besessen, der ihm lange im Haushalt treue Dienste geleistet habe.

„Na wunderbar", sagte der Onkel, „wenn dem so ist, dann wüßte ich nicht, warum dieser Orang-Utan nicht als Diener bei uns arbeiten sollte. Er sieht noch jung aus und wäre leicht heranzuziehen. Zu Herren, die gut zu ihm sind, würde er wohl Zuneigung fassen."

Harry Clifton überlegte eine Weile und sprach dann zum Onkel gewandt: „Sie wollen also allen Ernstes dieses Tier bei uns aufnehmen?"

„Jawohl, allen Ernstes, Monsieur. Sie werden sehen, daß wir bei seiner Zähmung gar keine Gewalt anzuwenden brauchen und es auch nicht nötig ist, ihm die Eckzähne zu reißen, wie dies in solchen Fällen meist geschieht. Dieser Orang-Utan ist sehr kräftig und kann eine wertvolle Hilfe für uns sein."

„Nun gut, versuchen wir es", sagte Clifton. Falls er uns einmal hinderlich werden sollte, können wir ihn immer noch beseitigen."

Daraufhin brachte Clifton die Kinder in die Grotte und trat zusammen mit dem Onkel vor die Palisade hinaus.

Der Orang-Utan saß gerade wieder am Baum. Er ließ seine zukünftigen Herren auf sich zukommen und wiegte dabei den Kopf langsam hin und her. Der Onkel hatte Kokosnußstücke mitgenommen und hielt sie dem Affen hin. Der führte sie zum Mund und verzehrte sie mit sichtlichem Genuß. Er machte wirklich einen gutmütigen Eindruck.

„Na, mein Junge", sagte der Onkel fröhlich zu ihm, „wie geht es uns denn so?"

Als Antwort gab der Orang-Utan ein gutgelauntes Grunzen von sich.

„Wollen wir uns dieser Kolonie hier anschließen?" fragte der Onkel. „Wollen wir in Mr. und Mrs. Cliftons Dienste treten?"

Erneut ein zustimmendes Grunzen des Affen.

„Und werden wir uns als Lohn mit Kost und Logis zufriedengeben?" fuhr der Onkel fort und streckte dem Affen dabei die Hand hin.

Der Orang-Utan antwortete mit einer ähnlichen Geste, drückte dem Seemann die Hand und stieß ein drittes Grunzen aus.

„Ein bißchen einsilbig ist er ja schon", lachte Clifton.

„Das ist nur recht so", entgegnete der Onkel. „Je weniger ein Diener sagt, um so besser."

Dann stand der Orang-Utan auf, ging von selbst auf die Grotte zu und betrat den Hof. Die Kinder standen an der Schwelle der Behausung; die beiden Kleinen neben der Mutter staunten das riesige Tier mit großen Augen an. Der Affe schien sich erst einmal umsehen zu wollen; er begutachtete den Geflügelhof, warf einen Blick ins Grotteninnere und wandte sich dann Clifton zu, den er offenbar als das Familienoberhaupt ausgemacht hatte.

„Nun, mein Freund", sagte der Onkel, „sagt Ihnen das Haus zu? Ja? Also abgemacht! Lohn werden Sie zwar anfangs keinen bekommen, aber wir werden ihn später verdoppeln, wenn wir mit Ihnen zufrieden sind."

Und so wurde der Orang-Utan ohne weitere Umstände in den Haushalt der Familie Clifton eingegliedert. Sie beschlossen, ihm in der linken Hofecke aus Ästen eine Hütte zu bauen. Da er auch einen Namen brauchte, schlug der Onkel vor, ihn nach dem Vorbild zahlreicher amerikanischer Neger Jupiter zu nennen, woraus sich dann die Kurzform Meister Jup ergab.

Clifton sollte es nicht zu bereuen haben, daß er zu diesem Zuwachs sein Einverständnis gegeben hatte. Der überaus intelligente und beispielhaft gelehrige Orang-Utan wurde vom Onkel zu verschiedenen Arbeiten dressiert, die er tadellos erledigte. Zwei Wochen nach seiner Ankunft schaffte er schon Holz aus dem Wald herbei, holte mit den Bambusgefäßen Wasser vom See und fegte den Hof aus. Wenn jemand auf eine Kokospalme klettern und eine Frucht herunterpflücken sollte, dann besorgte das keiner so schnell wie er, und selbst der flinke Robert konnte sich mit ihm nicht messen. In der Nacht hielt er so aufmerksam Wache, daß selbst Fido hätte neidisch werden können. Übrigens kamen der Hund und der Affe bestens miteinander aus. Die Kinder gewöhnten sich schnell an die Dienste, die der Affe leistete. Der schelmische Jack folgte seinem Freund Jup gar auf Schritt und Tritt. Freund Jup ging auf seine Spiele ein und ließ ihn gewähren.

So flossen die Tage dahin. Inzwischen war Mitte September, und mit Blick auf den kommenden Winter waren die Vorräte jeglicher Art aufgefüllt worden. Onkel Robinson baute an einer Felsenecke einen weiträumigen Schuppen und schichtete Holz darin auf. Auf regelmäßig veranstalteten Jagden wurden zahlreiche Agutis und Wasserschweine erlegt, deren Fleisch gepökelt und geräuchert wurde. Darüber hinaus war der Geflügelhof voll mit Hühnervögeln aller Art, so daß die Familie während der regnerischen Jahreszeit mit Frischfleisch versorgt sein würde. Bei den südlich gelegenen Felsen fiel ihnen eine ganze Sippe von Meeresschildkröten in die Hände, deren sorgsam gelagertes Fleisch für später ausgezeichnet schmeckende Suppen in Aussicht stellte. Selbstverständlich wurden auch beachtliche Sagovorräte angelegt. Mrs. Clifton verstand sich nämlich hervorragend darauf, einen Teig daraus zu kneten und leckeres Brot und Kuchen zu backen. Für den ganzen Winter über war die Ernährungsfrage damit so gut wie geklärt.

Auch wegen der Kleidung brauchte Mrs. Clifton sich nicht mehr zu sorgen. Dem Onkel war es zu verdanken, daß an Pelzen kein Mangel war und ihnen in jeder Größe warme Fellkleider zur Verfügung standen. Das gleiche galt für das Schuhwerk; halb aus Holz und halb aus Leder hatte der Onkel nicht übel geratene Pantinen angefertigt, die für Regen- und Schneetage genau das richtige sein mußten. Eine hochschaftige Ausführung davon sollte bei der Jagd im Sumpf zum Einsatz kommen, wenn die Kälte die Wasservögel auf den Nordteil der Insel treiben würde. Zur Versorgung der Familie mit Hüten und Mützen hatte so mancher Otter sein Leben lassen müssen. Weder von der Qualität noch von der Quantität her hätte sich eine bessere Tierart finden lassen. Zahlreiche Otter schienen sich in diesen Teil des Pazifiks geflüchtet zu haben, und die Kinder überraschten mehrere davon zwischen den im Südwesten gelegenen Felsen.

Des Onkels Wunsch, Clifton einen Bärenpelzmantel offerieren zu können, war allerdings noch immer nicht in Erfüllung gegangen. Bärenspuren waren genug zu sehen, die Tiere selbst ließen sich jedoch nicht blicken. Am südlichen Seeufer und auf dem Weg zum Wildkaninchenrevier waren die Fußstapfen besonders zahlreich. Offensichtlich kamen Bären dorthin, um am See zu trinken. Der Onkel beschloß daher, das einzige Mittel anzuwenden, mit dem es ihm gelingen konnte, einen dieser Sohlengänger zu fangen. Mit Hilfe von Marc, dem er sein Vorhaben anvertraute, hob er eine zehn bis zwölf Fuß tiefe und ebenso breite Grube aus und deckte sie mit Ästen sorgfältig zu. Diese Methode war nur ein Notbehelf, aber eine andere stand dem Onkel nicht zur Verfügung, da er nicht ausreichend bewaffnet war, um sich mit einem Bären auf einen Kampf einzulassen. Also mußte er auf den Zufall bauen und hoffen, daß in einer dunklen Nacht einmal eines der Tiere in die Grube stürzen würde. Jeden Morgen statteten er oder Marc der Grube unter irgendeinem Vorwand einen Besuch ab, fanden sie aber stets leer vor.

Neben seinen anderen Beschäftigungen vernachlässigte der Onkel auch die Erziehung seines Affen nicht. Er hatte es wirklich mit einem selten intelligenten Tier zu tun. Der Orang-Utan widmete sich allen anfallenden Arbeiten voller Geschick und Energie. Der Onkel mochte ihn sehr gern, und durch eine kleine, an sich unerhebliche Episode wurde ihre Freundschaft noch weiter verstärkt. Eines Tages nämlich kam der Onkel dazu, als Meister Jup seine Pfeife rauchte, jawohl, seine Krebsscherenpfeife, und der Tabak schien dem Affen unvergleichlichen Genuß zu verschaffen. Entzückt erzählte der Onkel die Geschichte dem Ingenieur. Der war davon nicht weiter überrascht und wußte von mehreren Affen zu berichten, die sich das Rauchen angewöhnt hatten. Von jenem Tag an hatte Meister Jup seine eigene Pfeife, die mit einer Tabakration neben seiner Hütte aufgehängt wurde. Meister Jup stopfte sie selbst, zündete sie mit einem glühenden Holzstück an und schmauchte sie voller Behagen. Dazu servierte der Onkel ihm noch jeden Morgen ein Gläschen

Kokoslikör. Mrs. Clifton befürchtete, daß er sich dadurch zum Trinker entwickeln könnte, doch der Onkel sagte nur immer wieder: „Nur keine Sorge, Madame, dieser Affe hat eine gute Erziehung genossen und wird ganz bestimmt kein Kneipenhocker."

Den ganzen September über war das Wetter sehr schön gewesen, ohne Regen oder Wind. Nur morgens und abends wurde die Luft von einer leichten Brise erfrischt. Erst allmählich begannen herbstlich gefärbte Blätter von den Bäumen zu fallen. Die kalte Jahreszeit hatte sich noch nicht angemeldet, so daß die Familie am Morgen des 29. September sehr überrascht war, als der kleine Jack von draußen hereinrief: „Komm, Marc! Komm, Robert! Es schneit, das wird einen Spaß geben!"

Sofort eilten alle hinaus. Von der Grotte bis zum Meer war auf dem Boden nichts zu sehen. Als Robert sich schon über Jack lustig machen wollte, deutete der auf die kleine Insel, die vollständig mit einer weißen Haube bedeckt war.

„Das ist aber merkwürdig", sagte Clifton.

Es war wirklich unerklärlich, wie es zu dieser Jahreszeit schneien konnte, noch dazu, wenn die Sonne so herrlich am Himmel stand.

„Wir sind schon auf einer wunderlichen Insel!" rief der Onkel.

„Das müssen wir uns näher ansehen", sagte Clifton.

„Fahren wir mit dem Boot über den Kanal", schlug Marc vor.

Im Nu war das Boot ans Meer geschoben. Mit einigen Ruderschlägen gelangten sie zu der kleinen Insel; doch gerade als der Bug an das Ufer stieß, hob sich die angebliche Schneeschicht in die Höhe, stand wie eine Riesenwolke über ihnen und verschleierte einen Augenblick lang die Sonne. Der Schnee war nichts anderes als ein gigantischer Schwarm weißer Vögel, deren Namen Clifton nicht zu sagen wußte und die restlos in den Himmelshöhen verschwanden.

Dann rückte die regenreiche Zeit näher. Die Tage waren erheblich kürzer geworden; man schrieb Anfang Oktober. Es war nur noch ungefähr zehn Stunden Tag und vierzehn Stunden Nacht. Für die von Clifton geplante Umsegelung der Insel war es mittlerweile zu spät. Bald würden die Äquinoktialstürme losbrechen und schlimme Böen über das Meer fegen. Mit dem leichten Boot durften sie das Risiko nicht eingehen, an einem Felsen zu zerschellen oder aufs offene Meer hinausgetrieben zu werden. Ihr Vorhaben mußten sie daher auf das folgende Jahr verschieben.

Da die Sonne schon um halb sechs Uhr unterging, waren die Abende lang. Sie wurden im Familienkreis in der Grotte verbracht, wo man plauderte oder seine Kenntnisse erweiterte. Da wurden dann Zukunftspläne geschmiedet, an denen sich ablesen ließ, daß die kleine Kolonie sich schon gut auf ihrer Insel eingelebt hatte.

Für die langen Winterabende hatte Clifton eine Beleuchtung ersinnen müssen, da sie ja nicht bei Sonnenuntergang zu Bett gehen wollten. Er hatte daher Mrs. Clifton gebeten, sorgsam alles Tierfett aufzuheben, aus dem sich Talg gewinnen läßt. Der Talg war aber im Rohzustand. Ohne Schwefelsäure konnte er weder gereinigt noch von seinen wässerigen Bestandteilen befreit werden. Aber so wie er war, mußten sie ihn nun einmal verwenden. Mit einem groben Docht aus Kokosfasern drehte Clifton Kerzen, die beim Abbrennen tropften und knisterten. Ein wenig Licht spendeten sie aber doch und beleuchteten zumindest den Tisch, um den die Familie versammelt saß. Im Jahr darauf würden sie es zu einem fortgeschritteneren Beleuchtungssystem bringen und statt des Fetts Öl verwenden, „so lange wir noch kein Gas haben“, wie der Onkel zu sagen pflegte, dem nie etwas unmöglich schien.

Doch obwohl ihm die Insel schon jetzt vollkommen vorkam, gestand er eines Abends, daß ihm noch etwas fehle.

„So, was fehlt ihm denn?" fragte Mrs. Clifton.
„Ich weiß nicht, aber mir scheint, daß es unsere Insel noch nicht so richtig gibt, daß sie noch nicht ganz ernst zu nehmen ist."
„Ich verstehe Sie vollkommen, Onkel", sagte der Ingenieur. „Was unsere Insel braucht, ist eine offizielle Existenz."
„Genau."
„Und was ihr fehlt, ist ein Name."
„Ein Name, ein Name!" riefen die Kinder wie aus einem Munde. „Geben wir der Insel einen Namen!"
„Ja", erwiderte der Vater, „und zwar nicht nur der Insel, sondern auch ihren einzelnen Teilen. Dann können wir uns in Zukunft genauere Anweisungen geben."
„Ja", sagte der Onkel, „wenn wir dann irgendwohin gehen, dann wissen wir wenigstens wohin."
„Nehmen wir doch unsere eigenen Namen her!" rief der ungestüme Robert. „Ich schlage vor, daß wir unser Land Robert-Clifton-Insel nennen!"
„Nur gemach, mein Sohn", erwiderte der Ingenieur, „du denkst ja nur an dich. Wenn wir den Kaps, den Wasserläufen und den Bergen dieser Insel Namen geben, dann sollten wir welche auswählen, die uns an eine Begebenheit oder eine Situation erinnern. Aber alles der Reihe nach. Zuerst der Name der Insel."
Es entspann sich eine Diskussion. Mehrere Namen wurden genannt, doch auf keinen konnte die Familie sich einigen.
„Ich glaube", sagte der Onkel, „ich weiß etwas, womit alle einverstanden sind. Bei allen zivilisierten Nationen hat ein Entdecker das Recht, seine Entdeckung nach sich selbst zu benennen, und deshalb schlage ich vor, daß wir die Insel Clifton-Insel taufen."
„Einverstanden", antwortete der Ingenieur lebhaft, „aber dann soll diese Ehre dem wahren Entdecker der Insel gebühren, dem Retter meiner Frau und meiner Kinder, unse-

rem ergebenen Freund, und diese Insel soll deshalb von nun an Flip-Island heißen!"
Hurrarufe brachen los. Die Kinder drängten sich um Onkel Robinson. Mr. und Mrs. Clifton standen auf und drückten ihm die Hand. Der Seemann war ganz gerührt und wollte eine solche Ehre von sich weisen, aber er hatte die Meinung aller gegen sich und mußte sich trotz seiner Bescheidenheit fügen. So wurde die Insel endgültig als Flip-Island bezeichnet, und unter diesem Namen wird sie auch in die moderne Kartographie eingehen.
Dann wurde über die Namen von Inselteilen beratschlagt, und der Onkel konnte sich leicht mit dem Vorschlag durchsetzen, daß der die Insel überragende Vulkan Clifton-Mount genannt wurde. Über die Situationsnamen kam es zu interessanten Debatten zwischen den Kindern, deren Ergebnis folgendermaßen lautete: die Bucht, in die der Fluß mündete, hieß nun Erster-Blick-Bucht, da die Schiffbrüchigen ihrer als erstes ansichtig geworden waren; der schlangengleich gewundene Fluß wurde treffend Serpentine-River genannt.
Der im Norden gelegene Sumpf, in dessen Nähe der Onkel auf Clifton gestoßen war, wurde Sumpf der Rettung getauft, das Kap, in dem die Insel im Norden endete, Kap des Älteren, das südliche Kap hingegen Kap des Jüngeren, und zwar zu Ehren von Marc und Robert. Der See, der die einsame Familie an die ferne Heimat erinnerte, wurde Ontariosee genannt; der zwischen der Küste und dem Inselchen gelegene Kanal bekam zum Gedenken an den armen Kapitän der *Vankouver* den Namen Harrisson-Kanal; die kleine Insel selbst wurde als Robben-Insel bezeichnet. Der Hafen schließlich, den in der Erster-Blick-Bucht die Flußmündung bildete, erhielt den Namen Deo-Gratias-Hafen, als Zeichen der Dankbarkeit gegenüber Gott, der der Familie so offensichtlich seinen Schutz gewährt hatte.
Belle und Jack waren etwas betrübt darüber, daß ihre Namen

auf dieser geographischen Liste unerwähnt blieben, doch versprach ihnen Mr. Clifton, die nächsten Entdeckungen, die auf der Insel gemacht würden, nach ihnen zu benennen.
„Eure treffliche Mutter“, fuhr er fort, „soll natürlich auch nicht übergangen werden. Der Onkel und ich haben vor, ein komfortables Haus zu bauen, das zu unserem Hauptwohnsitz werden soll, und dieses Haus soll den Namen jener tragen, die uns so lieb und teuer ist. Der Name sei Elise-House.“
Diese Idee wurde mit heftigem Beifall bedacht, und die Familie überschüttete die wackere Mutter mit Küssen.
Über der langen Diskussion war der Abend vergangen und die Schlafenszeit herangerückt. Die Kinder und die Mutter legten sich auf ihre Betten aus Fell und Moos. Auch Meister Jup zog sich in seine Hütte zurück.
Bevor der Onkel und Clifton sich zur Ruhe begaben, sahen sie wie üblich in der Umgegend der Grotte nach dem Rechten. Als sie allein waren, dankte der Onkel dem Ingenieur nochmals dafür, daß er die Insel nach ihm benannt hatte.
„Endlich“, sagte er, „haben wir eine wahrhaftige Insel, deren Existenz offiziell bestätigt ist und die auf jeder Landkarte einen ehrenvollen Platz einnehmen kann. Und noch dazu, Monsieur, dürfen wir beanspruchen, daß wir sie entdeckt haben.“
„Mein lieber Freund“, entgegnete Clifton, „es ist gar nicht so leicht zu entscheiden, ob Flip-Island nicht schon vor unserer Ankunft einmal bewohnt war, ja, ob auf der Insel nicht sogar jetzt noch andere Menschen leben als wir.“
„Was meinen Sie damit, Monsieur?“ rief der Onkel. „ Haben Sie denn irgendeinen Hinweis darauf?“
„Einen“, antwortete Clifton leise, „einen einzigen. Ich möchte aber nur Sie davon unterrichten und unsere kleine Kolonie nicht unnötig beunruhigen.“
„Da haben Sie recht, Monsieur“, sagte der Onkel. „Worum handelt es sich?“
„Es ist so. Sie erinnern sich doch an den gehörnten Hahn, den

wir gefangen haben und der sich inzwischen in unserem Geflügelhof eingelebt hat."
„Selbstverständlich", antwortete der Onkel.
„Nun, mein Freund, Sie dürfen nicht glauben, dieses Horn, also dieser Fortsatz, den der Hahn auf dem Kopf trägt, sei natürlichen Ursprungs. Als dieser Hahn jung war, hat man ihm den Kamm abgeschnitten und ihm an jener Stelle einen künstlichen Sporn eingepflanzt. Nach zwei Wochen war der Sporn angewachsen, und jetzt gehört er vollkommen zu dem Tier dazu. Er ist aber das Werk von Menschenhand."
„Wie alt ist denn der Hahn?" fragte der Onkel.
„Knapp zwei Jahre. Es läßt sich also behaupten, daß vor zwei Jahren auf dieser Insel Menschen waren, und zwar vermutlich Weiße."

Kapitel 24

Der Onkel hielt sich an die Empfehlung des Ingenieurs und bewahrte über jenes Gespräch Stillschweigen. Was Clifton aus der Anwesenheit des gehörnten Hahns auf der Insel geschlossen hatte, war jedoch völlig logisch. Zwei Jahre zuvor war die Insel bewohnt gewesen, das durfte als sicher gelten. Ob sie es aber immer noch war, bezweifelte der Onkel, denn er hatte keinerlei menschliche Spuren gefunden. Endgültigen Aufschluß konnte erst die umfassende Erforschung der Insel geben, die auf das nächste Jahr verschoben worden war.

Im Verlauf des Oktober kam es zu heftigen Regenfällen und Äquinoktialstürmen. Das Boot mußte vor der Brandung in Sicherheit gebracht werden und den Winter über kieloben an der Felswand lehnen. Der Holzschuppen war mit sorgfältig aufgeschichteten Scheiten und Reisigbündeln wohlgefüllt. Die Fleischvorräte waren auf ein beträchtliches Maß angewachsen, und hin und wieder sollte eine Jagd auch frisches Wildbret auf den Tisch bringen. Der Geflügelhof gedieh prächtig; es herrschte dort allmählich schon Platzmangel. Die Hausfrau hatte alle Hände voll zu tun, um zusammen mit ihren Kindern das ganze gefiederte Volk satt zu bekommen. Es war nun auch ein schönes Trappenpärchen mit seinen Jungen darunter. Diese Stelzvögel gehörten der Hubara genannten Art an, die um den Hals eine Art Umhang aus langen Federn trägt. Sie ernährten sich unterschiedslos von Gras oder Würmern. Die Löffelenten hatten sich vermehrt; diese Tiere, deren Oberschnabel jeweils beidseitig durch einen hautartigen Fortsatz verlängert war, plantschten eifrig in ihrem künstlichen Teich. Auch um ein Pärchen Negerhähne scharten sich bereits zahlreiche Küken. Es waren Moçambique-Hähne, deren Name von der schwarzen Färbung des Kamms, des Kehllappens und der Oberhaut herrührt; ihr Fleisch dagegen ist weiß und von sehr gutem Geschmack.

Im Grotteninneren hatte der Onkel selbstverständlich Regale und Schränke angebracht. Eine Ecke war für pflanzliche Vorräte reserviert. Dort lagerten neben großen Mengen von Pinienkernen auch Wurzeln, die der auf der ganzen Welt verbreiteten Familie der Araliengewächse angehörten. Es waren Wurzeln des *Dimorphantus edulis*, die etwas bitter, aber würzig und gut schmecken und von den Japanern den Winter über verzehrt werden. Der Onkel erinnerte sich daran, in Yedo welche gegessen zu haben, und in der Tat waren sie ausgezeichnet.

Dank der Ratschläge des Onkels, dem wieder einmal seine umfassende Lebenserfahrung zugute kam, konnte schließlich auch einer der heißesten Wünsche der Mutter erfüllt werden. An einem der ersten Novembertage sagte Harry Clifton zu seiner Frau: „Wärst du nicht entzückt, teure Freundin, wenn wir dir Zucker beschaffen könnten?“

„Doch, natürlich“, antwortete Mrs. Clifton.

„Nun, wir sind nämlich gerade dabei, welchen herzustellen.“

„Habt ihr denn Zuckerrohr gefunden?“

„Nein.“

„Oder Zuckerrüben?“

„Auch nicht, aber die Natur hat uns auf dieser Insel mit einem sehr gewöhnlichen und sehr wertvollen Baum bedacht, nämlich dem Ahorn.“

„Und daraus wollt ihr Zucker gewinnen?“

„Ja.“

„Wo hat man denn so etwas schon gehört?“
„Vom Onkel.“
Und der Onkel täuschte sich durchaus nicht. Den Ahorn, einen der nützlichsten Bäume der Familie der Ahorngewächse, trifft man in gemäßigten Zonen an, in Europa, Asien, Nordindien und Nordamerika. Von den sechzig Arten dieser Familie ist die wertvollste der Zuckerahorn, *Acer saccharinum*, der so genannt wird, weil er große Mengen eines zuckerreichen Blutungssaftes enthält. Auf zahlreiche Ahornwäldchen waren Clifton und der Onkel gestoßen, als sie jenseits der Hügel, die den südlichen Teil der Insel abschlossen, auf einer Exkursion unterwegs gewesen waren.
Gerade der Winter war die geeignetste Jahreszeit zur Gewinnung von Zucker aus dem *Acer saccharinum*. So beschlossen sie, die ersten Novembertage auf diese Arbeit zu verwenden. Der Vater, der Onkel, Marc und Robert gingen in den Ahornwald und ließen Elise-House unter der Obhut von Fido und Meister Jup.
Als sie am Kaninchenrevier vorbeikamen, machte der Onkel einen kleinen Abstecher zur Bärengrube, die aber zu seiner großen Enttäuschung immer noch leer war.
Bei ihrer Ankunft am Ahornwald lachte der unbesonnene Robert los, als er diese angeblichen Zuckerbäume erblickte. Die anderen kümmerten sich aber herzlich wenig um diese Spötteleien und begannen sogleich mit der Arbeit.
Der Onkel hackte mit seiner Axt tiefe Einschnitte in zwölf Ahornbäume, aus denen sofort eine glasklare, süßliche Flüssigkeit herausströmte, die nur noch mit den mitgebrachten Gefäßen aufgefangen werden mußte. Das Anzapfen der Bäume an sich kostete also nicht viel Mühe. Als die Gefäße voll waren, verschloß der Onkel sie sorgfältig, und sie kehrten zu Elise-House zurück.
Damit war es aber nicht getan. Von dem Moment an, wo die Ahornflüssigkeit abgezapft wurde, nahm sie eine immer

weißlichere Färbung und eine saftartige Konsistenz an. Das war aber immer noch nicht der Kristallzucker, um den Mrs. Clifton gebeten hatte. Der Saft mußte in einer Art Raffiniervorgang gereinigt werden, der zum Glück sehr einfach war. Zum Verdampfen wurde der Saft übers Feuer gehängt, bis sich an der Oberfläche Schaum bildete. Wenn sich die Substanz zu verdicken begann, rührte der Onkel sie mit einem Holzlöffel um, damit die Verdampfung beschleunigt wurde und der Saft keinen verbrannten Geschmack annahm. So kochte die Flüssigkeit mehrere Stunden vor sich hin, bis sie sich in dicken Sirup verwandelt hatte. Diesen goß der Onkel in die Tonformen, die er eigens in unterschiedlichen Varianten angefertigt hatte. Am nächsten Morgen war der Sirup zu verschiedenförmigen, großen Zuckerstücken erkaltet. Sie waren etwas rötlich, aber fast durchsichtig und von hervorragendem Geschmack. Mrs. Clifton war begeistert, mehr noch aber Jack und Belle, die sich schon vorstellten, was für Süßspeisen und Kuchen es in Zukunft geben würde; entzückter noch als die beiden Kinder war Meister Jup, der sich als rechtes Leckermaul entpuppte. Das war sein einziger Fehler, und der wurde ihm verziehen.

An Zucker würde es der kleinen Kolonie von nun an also nicht mehr fehlen, und als erstes wurde er zur Herstellung eines Getränks verwendet, das zu der vergorenen Kokosmilch eine willkommene Abwechslung bot. Damit verhielt es sich folgendermaßen.

Clifton wußte darüber Bescheid, daß sich mit den jungen Trieben mancher Nadelbäume ein gegen Skorbut wirksames Getränk brauen ließ, das auf langen Schiffsfahrten verwendet wurde. Hauptsächlich dienten dazu die Triebe von *Abies canadiensis* und *Abies nigra*, die an den ersten Ausläufern des großen Inselberges wuchsen. Davon wurde auf Anraten Cliftons eine große Menge abgeschnitten. Die jungen Triebe wurden in kochendes Wasser geworfen und mit Ahornzucker ge-

süßt. Dann ließ man die Flüssigkeit gären, bis ein wohlschmeckendes und besonders gesundes Getränk entstand, das von den Angelsachsen spring-beer genannt wird, Tannenbier. Als die erste Kälte hereinbrach, wurde noch eine wichtige Angelegenheit erledigt, die sich jedoch alles andere als schwierig gestaltete: Sie mußten das Weizenkorn der kleinen Belle aussäen. Dieser eine Keim würde in der Zukunft eine ganze Ernte bedeuten. Aus einem einzigen Weizenkorn können zehn Halme entstehen, von denen jeder achtzig Körner trägt; das sind insgesamt achthundert Körner. Bei der vierten Ernte – und auf diesem Breitengrad waren vielleicht sogar zwei Ernten pro Jahr möglich – würden sie etwa vierhundert Milliarden Körner haben.
Dieses einzige Weizenkorn mußte also vor jeglicher Zerstörung bewahrt werden. Es wurde an einer windgeschützten Stelle ausgesät, und Belle kümmerte sich darum, es vor Würmern und Insekten zu behüten.
Gegen Ende November wurde es kalt und regnerisch. Zum Glück war die Grotte behaglich eingerichtet. Was fehlte, war eigentlich nur noch ein Innenkamin, und ein solcher mußte nun unverzüglich gebaut werden. Das war ein schwieriges Unterfangen, zu dem es zahlreicher Versuche bedurfte. Schließlich gelang es Onkel Robinson, aus Ton eine Art Ofen herzustellen, mit dem sich etwas anfangen ließ. Er war ziemlich breit und hoch, um mit Holz geheizt werden zu können und genügend Wärme abzugeben. Nun mußte noch das Problem gelöst werden, wie der Rauch nach draußen geleitet werden sollte. Das war am schwierigsten. In die Grottendecke ein Loch zu bohren, kam gar nicht in Frage, da der dicke Granitfels sehr weit hinaufreichte. Also versuchten Clifton und der Onkel, in die Seitenwand und damit die Fassade des Felsens eine Öffnung zu schürfen. Das war eine zeitraubende, viel Geduld erfordernde Arbeit, da es am geeigneten Werkzeug fehlte. Mit einem langen, spitzen Nagel, den der Onkel

aus dem Boot zog, gelang es ihm schließlich, ein Loch zu bohren, durch das ein langes Bambusrohr ins Freie hinaus geführt werden konnte. Daran schloß er ein gekrümmtes Rohr aus Ton an, das aus dem Ofen hervorstand, so daß der Rauch nach draußen geleitet werden konnte. So hatten sie einen ganz passablen Kamin, der zwar bei Südwestwind ein wenig qualmte, aber allzu anspruchsvoll durften sie eben nicht sein, und der Onkel war von seinem Werk höchst angetan.

Ende November begann die Regenzeit. Im Grotteninneren mußten einige Arbeiten erledigt werden. Der Onkel hatte Weidenruten abgeschnitten und brachte den Kindern das Körbeflechten bei. Er selbst fertigte aus Weiden und Lehm große Käfige an, in denen die Bewohner des Geflügelhofs den Winter verbringen konnten. Auf gleiche Weise gestaltete er auch Meister Jups Hütte etwas wohnlicher. Jup half ihm dabei, indem er das nötige Material herbeischaffte. Während dieser Arbeit unterhielt sich der Onkel mit seinem Gefährten, wobei er sich allerdings die Antworten immer selbst gab. Zwei richtige Freunde waren die beiden. Als die Hütte fertig war, freute Meister Jup sich sehr darüber, und um dem Architekten Komplimente zu machen, fehlte ihm lediglich die Sprache. Die Kinder fanden die Behausung so elegant, das sie ihr den pompösen Namen Jup-Palace verliehen.

In den ersten Dezembertagen wurde es plötzlich sehr kalt. Sie mußten nun ihre neuen Kleider anziehen. Mit den Fellen, deren Pelzseite außen war, kamen die Mitglieder der kleinen Kolonie schon recht sonderbar daher.

„Wir sehen aus wie Jup“, sagte der Onkel lachend, „nur daß wir unsere Kleider ausziehen können und er nicht.“

Die Familie Clifton glich einer Schar Eskimos; doch was machte das schon aus, wenn ihnen nur der kalte Wind nicht unter den warmen Pelz fahren konnte. Ein jeder hatte noch eine Ersatzgarnitur und konnte den Unbilden des Winters getrost entgegensehen.

Mitte Dezember gingen Wolkenbrüche nieder. Durch die Wassermassen, die vom Berg herabfluteten, schwoll der Serpentine-River gewaltig an. Die Stelle ihres ersten Lagerplatzes wurde bis zur Felswand hin überschwemmt. Der Wasserspiegel des Sees stieg merklich an, so daß Clifton schon die Befürchtung hegte, der See könne über seine Ufer treten. Dadurch wäre den Pflanzungen schwerer Schaden entstanden, und die Überschwemmung hätte sich wohl auch bis zu Elise-House hin erstreckt. Da wurde dem Ingenieur klar, daß sie einmal würden Dämme aufschütten müssen, um den Fluten Einhalt zu gebieten, da der gesamte Küstenabschnitt unterhalb des Sees überschwemmungsgefährdet war.
Zum Glück ließ der Regen nach, und die Flut ging rechtzeitig zurück. Auf die Wolkenbrüche folgten Böen und Stürme, die den Wald übel zurichteten. Man hörte, wie Bäume krachend niedergestreckt wurden, aber den Onkel verdroß das nicht über die Maßen; er sagte, der Orkan solle nur seine Holzfällerarbeit tun. Und tatsächlich wurde ihnen damit so manche Mühe beim Holzholen erspart. Meister Jup und der Onkel brauchten das Holz nur noch aufzusammeln und sich nicht beim Fällen anzustrengen.
Im Kamin von Elise-House brannte natürlich ein tüchtiges Feuer. Warum hätten sie auch an Brennmaterial sparen sollen? Ihre Vorräte waren unerschöpflich. Das Knacken des Holzes brachte so viel Heimeligkeit in die Grotte wie das Geplapper der beiden jüngeren Kinder. So schritt die Arbeit im Familienkreis tüchtig voran. Man war mit der Herstellung von Pfeilen und Körben, dem Ausbessern der Kleider und der Küchenarbeit beschäftigt, wobei jeder seine Spezialität hatte und nach einem von Clifton sorgfältig ausgearbeiteten Programm vorging.
Auch die geistige Arbeit und die moralische Erziehung wurden nicht vergessen. Clifton unterrichtete seine Kinder Tag für Tag. Auf den paar Blättern Papier, die er beim Verlassen

der *Vankouver* bei sich gehabt hatte, hielt er alle Ereignisse fest, von denen sein Dasein auf dieser einsamen Insel geprägt war. Seine Notizen waren nur kurz, aber genau, und eines Tages sollte es anhand dieser Angaben möglich sein, die Geschichte der schiffbrüchigen Familie zu rekonstruieren, die hier nur wahrheitsgetreu nacherzählt wird.
Das Jahr 1861 ging zu Ende. Seit nunmehr neun Monaten lebten Clifton und die Seinen auf Flip-Island. Ihre zunächst armseligen Lebensbedingungen hatten sich erheblich verbessert. Sie besaßen eine komfortable, durch eine Palisade gut geschützte Grotte, einen dicht bevölkerten Geflügelhof, einen Austernpark und einen fast fertigen Pferch für Großvieh. Sie hatten Bogen, Schießpulver, Brot, Zunder und Kleider. Weder Fleisch, noch Fisch oder Obst fehlten ihnen. Konnten sie damit der Zukunft ins Auge blicken? Das konnten sie wohl.
Dennoch beschäftigte Clifton eine schwerwiegende Frage. War diese Insel bewohnt? Die Sache mit dem gehörnten Hahn war zwischen Clifton und dem Onkel ein häufiges Gesprächsthema. Daß bereits Menschen die Insel betreten hatten, konnte nicht bezweifelt werden; doch waren sie noch hier? Nein, offensichtlich nicht, denn es waren noch keinerlei menschliche Spuren entdeckt worden. Clifton und der Onkel kamen zu dem Schluß, daß in dieser Hinsicht nichts zu befürchten sei. Sie dachten schon gar nicht mehr daran, als ein völlig unerwartetes Ereignis eintrat, das sie ihre Meinung ändern ließ.
Am 29. Dezember hatte Marc einen sehr jungen Hasen erlegt, der sich wohl zu weit von seinem Lager entfernt hatte. Das Tier wurde gebraten und zum Abendessen serviert. Jeder bekam seinen Anteil, und der Onkel, der dabei nicht gerade schlecht weggekommen war, erhielt eine Keule.
Der Seemann aß mit großem Appetit und malmenden Kiefern, als ihm plötzlich ein Schrei entfuhr.
„Was haben Sie denn?“ erkundigte Mrs. Clifton sich besorgt.

„Nichts, Madame, gar nichts, ich habe mir nur gerade einen Zahn ausgebissen!“
So verhielt es sich wirklich.
„Aber was hatte dieser Hase denn im Fleisch stecken?“ fragte Clifton.
„Einen Kiesel, Monsieur, einen simplen kleinen Kiesel“, antwortete der Onkel. „Das geschieht mir gerade recht!“
„Armer Onkel!“ sagte Belle. „Ein Zahn weniger.“
„Ach, Mademoiselle!“ versetzte der Onkel. „Mir bleiben immer noch zweiunddreißig. Ich hatte nämlich genau einen zuviel!“
Unter Gelächter wurde die Mahlzeit fortgesetzt.
Nach dem Essen jedoch nahm der Onkel Clifton beiseite. „Das ist der bewußte Kiesel, Monsieur“, sagte er zu ihm. „Jetzt tun Sie mir mal den Gefallen und sagen Sie mir, wie Sie so einen Kiesel nennen.“
„Eine Schrotkugel!“ rief Clifton.
Tatsächlich: eine Schrotkugel.

NACHWORT VON CHRISTIAN ROBIN

Das erste Abenteuer Jules Vernes

„Eines Tages saß ich allein in einem schlechten Ruderboot ohne Kiel. Zehn Meilen flußabwärts von Chantenay gibt eine Planke nach, und das Boot hat ein Leck. Abdichten ist unmöglich! Ich bin in Seenot! Das Boot sinkt sofort, und ich kann mich gerade noch auf ein Inselchen retten, dessen hoher Schilf sich im Winde krümmt. Nun ist es so, daß mir von allen Büchern, die ich in meiner Kindheit gelesen habe, der Schweizerische Robinson *am liebsten war, lieber noch als der* Robinson Crusoe*. Gewiß hat das Werk Daniel Defoes eine größere philosophische Tragweite. Dort ist der Mensch sich selbst ausgeliefert, ist allein, und eines Tages findet er im Sand die Spur eines nackten Fußes! Aber das an Ereignissen und Zwischenfällen reiche Buch von Wyß ist für junge Köpfe interessanter. Da geht es um die Familie, den Vater, die Mutter, die Kinder und ihre verschiedenen Fähigkeiten! Ich habe Jahre auf dieser Insel verbracht! Und mit welcher Inbrunst ich an ihren Entdeckungen teilgenommen habe! Wie sehr ich sie beneidet habe! So ist auch nicht weiter verwunderlich, daß es mich mit Macht danach gedrängt hat, in der* Geheimnisvollen Insel *Robinsone der Wissenschaft und in* Zwei Jahre Ferien *gleich ein ganzes Pensionat von Robinsonen auftreten zu lassen.*
Auf meinem Inselchen aber verkörperte ich nicht die Helden von Wyß, sondern den Robinson Daniel Defoes. Ich spielte schon mit dem Gedanken, mir aus Ästen eine Hütte zu bauen, aus einem Schilfrohr eine Angel und aus Dornen Haken anzufertigen und durch Aneinanderreiben von zwei Holzstücken wie die Wilden Feuer zu machen. Rauchsignale wollte ich keine aussenden, denn sie wären zu schnell bemerkt und ich damit eher gerettet worden, als mir lieb war! Zuerst mußte ich meinen Hunger stillen. Aber wie? Mein Proviant war zusammen mit dem Boot untergegangen. Sollte ich Jagd auf Vögel machen?... Ich hatte ja weder Hund noch Gewehr! Und Muscheln?... Waren keine da! Endlich erfuhr ich am eigenen Leib, was für eine Not und ein Schrecken es war, allein auf einer einsamen Insel zu darben, so wie auch die Selkirks und die Personen in Berühmte Schiffbrüche *dies erlebt hatten, die ja keine fiktiven Robinsone gewesen waren! Mein Magen meldete sich lautstark!...*

Das Ganze dauerte nur einige Stunden, und bei Ebbe brauchte ich lediglich durch das Wasser zu waten, das mir gerade bis zum Knöchel ging, und schon war ich wieder auf dem – wie ich es nannte – Festland, dem rechten Ufer der Loire nämlich. Ich gelangte in aller Ruhe wieder nach Hause, wo ich mich mit einem Abendessen im Familienkreis begnügen mußte, anstatt der erträumten Robinson-Mahlzeit, der rohen Muscheln, der Scheibe Pekari und des Brotes aus Maniokmehl!
So verlief meine stürmische Seefahrt, mit widrigen Winden, einem Leck, einem Boot in Seenot, mit allem also, was ein Schiffbrüchiger meines Alters nur ersehnen konnte!"

Daß er das Schicksal Robinsons nacherleben durfte, war nach Jules Vernes eigenen Angaben[1] das schönste Abenteuer seiner Jugend. Einen an der Loire-Mündung verbrachten Tag über war er wie durch ein Wunder der Held eines seiner Lieblingsbücher, das er im Landhaus in Chantenay wieder und wieder mit seinem Bruder Paul gelesen hatte. „Ja", vertraute er diesem nach seiner Rückkehr an, „die herrlichen Gefühle, die von den beschriebenen Erlebnissen ausgehen, kann man wirklich selbst empfinden."
Über den starken Eindrücken, die Verne davon blieben, vergaß er schnell die gehörige Schelte, mit der seine besorgten Eltern ihn empfangen hatten. Auf dieses unvergeßliche Erlebnis ist die Reiselust des Schriftstellers zurückzuführen, die ihn ein Leben lang nicht mehr verließ, sowie seine Vorliebe für Robinsonaden, die er zuerst als Leser und später als Autor hegte.

Eine der ersten Lektüren des Schriftstellers

Im Hafen von Nantes und insbesondere im Schiffahrtsmilieu kursierten natürlich zur Zeit Jules Vernes Geschichten von Schiffbrüchen mit unglücklichem Ausgang oder wundersamer Rettung. Dieser eigenartigen Mischung aus Realität und Fiktion bedienten sich im wesentlichen die Dramatiker, die eine auf junge Zuseher nachhaltig wirkende Handlung schufen. Mußte so der 1840 im Théâtre de la Place du Cirque aufgeführte *Schiffbruch der Medusa* mit seinen entsetzlichen Szenen nicht großen Eindruck auf ein zwölfjähriges Kind machen, dessen Eltern sich noch an den Stapellauf jenes Schiffes in Paimboeuf erinnerten? Ob der junge Verne nun dieser Vorstellung beigewohnt oder die aus den *Berühmten Schiffbrüchen* weitbekannte Geschichte gehört oder gelesen hat – sicher ist, daß sich ihm dieses grauenvolle Geschehnis einprägte. Als Schriftsteller ließ er sich später davon zu seinem Werk *Katastrophe im Atlantik* anregen.

---

[1] Souvenirs d'enfance et de jeunesse, 1891, in Cahiers du Musée Jules Verne, n° 10, Nantes, Les Amis de la Bibliothèque, 1990, S. 13–15.

In solch einer Atmosphäre ist es nicht weiter verwunderlich, daß der *Robinson Crusoe* in den Bücherschränken von Reedern und Schiffsmaklern stand und von deren Kindern gelesen werden konnte, wie schon Rousseau es in seinem *Emile* empfohlen hatte. Die Kinder durften sogar die neueren oder aktualisierten Nachahmungen der berühmten Vorlage lesen, die zu Anfang des 18. Jahrhunderts entstanden war. Verne stand also eine beeindruckende Auswahl zur Verfügung, und er begeisterte sich für den *Schweizerischen Robinson* von Wyß, den *Zwölfjährigen Robinson* von Frau Mallès de Beaulieu, den *Robinson im Wüstensand* von Frau de Mirval, die *Abenteuer von Robert-Robert* von Louis Desnoyers, die eine Mondreise enthalten, den *Robinson im Eis* von Fouinet, dessen Titel für den zweiten Teil von *Die Abenteuer des Kapitän Hatteras* übernommen wurde, und den *Krater* von Cooper. Noch bei dem zweiundsiebzigjährigen Verne ist diese Faszination lebendig wie eh und je:

Die Robinsone *waren die Bücher meiner Kindheit, und ich habe sie in bleibender Erinnerung behalten, nicht zuletzt deshalb, weil ich jedes gleich mehrmals gelesen habe. Ich habe auch in späteren Jahren nie wieder solche Leseerlebnisse gehabt wie damals. Daß meine Vorliebe für derlei Abenteuer mich instinktiv auf den Weg gebracht hat, den ich einmal gehen sollte, ist unbezweifelbar.*[2]

Eines der Lieblingsthemen des Schriftstellers

Dieses im Jahre 1900 in *Pourquoi j'ai écrit Seconde Patrie* gezogene Fazit bestätigt also die 1891 in *Souvenir d'enfance et de jeunesse* gemachten Bekenntnisse und die Bemerkungen aus dem 1888 verfaßten Vorwort zu *Zwei Jahre Ferien*. Der Text ist auch einer der wenigen, in denen Verne sich als Literaturkritiker betätigt. Geschildert wird darin die Geschichte des *Schweizerischen Robinson* von Wyß, seiner Übersetzungen und Nachfolgeromane, zu denen selbstverständlich *Seconde Patrie* zählt. Wieder wird deutlich, wie sehr der Autor das Werk des Berner Pädagogen und das Buch Daniel Defoes schätzte, wobei er aber ersterem den Vorzug gab. Denn mochte die schöpferische Kraft des englischen Schriftstellers auch „genial" sein, so hatte sie doch nur den „allein auf einer einsamen Insel dahinlebenden Menschen" hervorgebracht. Wyß dagegen war es vorbehalten gewesen, die aus Schiffbruch erwachsende Not am Beispiel einer ganzen Familie darzustellen, und zwar in einem Werk, „das nicht weniger dauerhaft ist als das von Defoe" Bei letzterem scheint Verne überhaupt nur den auf der Insel spielenden Episoden Beachtung zu schenken:

[2] „Pourquoi j'ai écrit Seconde Patrie", Vorwort zu Seconde Patrie, 1900.

Dieses Meisterwerk, das in dem langen, weitschweifigen Roman Daniel Defoes eigentlich nur eine Episode ausmacht.[3]

Damit lehnt er sich erstaunlich eng an die Empfehlungen Rousseaus an und verteidigt gewissermaßen die „kindgemäße" Version, wie sie der Autor der *Bekenntnisse* zurechtgestutzt sehen wollte, der ja das Reisen zu Zwecken der Erziehung so oft gepriesen hat.

Im Zusammenhang mit dieser Rousseauschen Auffassung sowie mit der zu Anfang des 19. Jahrhunderts im geistigen Leben der fortschrittlichen Kreise noch so lebendigen Philosophie der Aufklärung stehen auch die *Voyages extraordinaires*. Das Thema der Robinsonade erfährt dort einige offenkundige Veränderungen. Verne konstatiert, daß Defoe den „einsamen Mann" geschildert hat, Wyß die „Familie" und Cooper die „Gesellschaft mit ihren vielen verschiedenen Elementen", und er beschreibt daraufhin in der *Geheimnisvollen Insel* „Wissenschaftler, die sich mit dieser Lage auseinandersetzen müssen"[4] und in *Zwei Jahre Ferien* „eine Schar von acht- bis dreizehnjährigen Kindern, die auf einer einsamen Insel einen durch nationale Eifersüchteleien noch zusätzlich erschwerten Kampf ums Überleben führen, kurz, ein ganzes Pensionat voller Robinsone".[5]

Der Einsamkeit des einzelnen zieht Verne eindeutig das in der Gruppe erlebte Abenteuer vor. Der auf der Insel Tabor sich selbst überlassene Ayrton[6] fällt in einen primitiven Zustand zurück. Eine furchtbarere Strafe kann es nicht geben, denn der Mensch ist für ein Leben in der Gemeinschaft geschaffen und nicht fürs Alleinsein. Lady Helena ruft dies Paganel in Erinnerung, der ständig versucht ist, die Rolle Selkirks zu spielen, besonders auf der Amsterdam-Insel:

Einsamkeit kann nur zur Verzweiflung führen. Das ist nur eine Frage der Zeit. Daß der kaum den Fluten Entronnene zunächst einmal durch materielle Sorgen abgelenkt wird, daß er über den Notwendigkeiten der Gegenwart die Bedrohungen der Zukunft nicht sieht, mag ja durchaus sein. Aber wenn er dann begreift, daß er allein ist, fern aller Mitmenschen, ohne Hoffnung, je die Heimat und die Familie wiederzusehen, was wird er dann denken, wie wird er dann leiden? Sein Inselchen ist dann für ihn die ganze Welt. Die ganze Menschheit besteht aus ihm allein, und wenn dann der Tod näherrückt, der unter diesen Umständen furchtbar sein muß, dann ist er wie der letzte Mensch am letzten Tag der Welt.[7]

---

[3] Vorwort zu Seconde Patrie.

[4] Ebd.

[5] Ebd.

[6] In Die Geheimnisvolle Insel.

[7] Die Kinder des Kapitäns Grant, II, Kapitel III.

Aufgrund der nachsichtigen Haltung von Nemo und Lord Glenarvan bleibt dem Sträfling in der *Geheimnisvollen Insel* dieses Ende erspart.
Um wieviel günstiger ist da das Schicksal Harry Grants, seines Vorgängers auf der Maria-Theresa, dem es mit Hilfe zweier Matrosen gelingt, sich durchzuschlagen. Beneidenswert sind auch die Schiffbrüchigen auf der Lincoln-Insel, die durch ihre Solidarität eine Notlage überwinden, die der Erzähler als schlimmer bezeichnet als die ihrer berühmten Vorbilder.[8] Ein ähnlich unvorteilhafter Vergleich drängt sich in *Die Abenteuer des Kapitän Hatteras* dem Doktor Clawbonny auf, der sich jedoch hütet, seine Leidensgefährten darauf aufmerksam zu machen, um ihre letzten Kräfte mobilisieren zu können.
Die ostentative Überlegenheit der Helden Vernes ist also zweifellos auf ihren Zusammenhalt zurückzuführen. Die meisten dieser Schicksalsbezwinger sind aber auch versierte Robinsone, die gleich ihrem Schöpfer die Serie der berühmten Schiffbrüche verschlungen haben. Samuel Ferguson[9] und Jean Taconnat[10] sind schon vor der Abfahrt am Kai ganz kribbelig bei dem Gedanken, daß ihre Reiseerlebnisse sich vielleicht mit ihren Leseabenteuern decken könnten. Paganel, der bereit ist, der „Robinson von Maunganamu" zu werden, hält es für angebracht, den gerade gelandeten Expeditionsmitgliedern die *Geschichte von zwei Schotten auf der Amsterdam-Insel* zu erzählen, die schon den Aufenthalt Harry Grants vorwegnimmt, während dessen er sich mit seinen Vorbildern messen kann:

Meine Geschichte ist die aller Robinsone auf einsamen Inseln.[11]

Ob die Nachahmung nun sporadisch ist oder geradezu kultiviert wird, meist finden wir sie jedenfalls in Form einer scherzhaften Anspielung, mit der auf eine Parallelität hingewiesen wird: Mrs. Weldon gratuliert etwa ihrem kleinen Jungen dazu, genau wie in einem bekannten Roman eine Grotte entdeckt zu haben[12], und Pencroff fällt ein, daß in den von Harbert erzählten Geschichten die Schiffbrüchigen es immer ganz eilig hatten, den verlassenen Orten, an denen sie gefangensaßen, Namen zu verleihen.[13] Der trunken-geschwätzige Kennedy will dem afrikanischen Kontinent seine ersten Robinsone schenken.[14] In *Zwei Jahre Ferien* schreibt der Koch Service

[8] Die geheimnisvolle Insel, I, Kapitel VI.
[9] Fünf Wochen im Ballon, Kapitel I.
[10] Clovis Dartentor, Kapitel I und II.
[11] Die Kinder des Kapitäns Grant, III, Kapitel XXI.
[12] Ein Kapitän von fünfzehn Jahren, I, Kapitel XIV.
[13] Die geheimnisvolle Insel, I, Kapitel XI.
[14] Fünf Wochen im Ballon, Kapitel XVII.

nieder, inwiefern die Abenteuer, die er gemeinsam mit den Jungen erlebt, mit seinen Büchern übereinstimmen, und er bedauert, wenn es zu unvermeidlichen Abweichungen kommt.

Durch diese scherzhaften Schlenker wird das Gewicht einiger drolliger Nebenfiguren betont, die der Autor im Hinblick auf eventuelle Bühnenbearbeitungen geschaffen zu haben scheint. So hat Ben Zouf auf dem Inselchen Gourbi das Gefühl, ein „weißer Freitag“[15] zu werden, während Pinchinnat, einer jener immerfort Unzufriedenen, die Verne gerne schilderte, auf dem Pazifik in der ständig neu genährten, aber nie erfüllten Hoffnung herumfährt, einmal auf „Wilde à la Robinson“ zu stoßen.[16] Diesem Hang zur Parodie verdankt der Leser die bezaubernde Staffa-Episode in *Le Rayon vert*, in der Miss Campbell auf den Gedanken kommt, mit Sinclair einige Tage als „freiwillige Schiffbrüchige“ zu verbringen, sich dann aber bewußt wird, was sie damit an nachahmendem Verhalten verlangt, und daher – um ihre Begleiter (und den Leser) zu überzeugen – subtil hinzufügt:

Wozu sind wir hierhergekommen? Um uns wie in einem Roman zu fühlen, nicht wahr, Monsieur Sinclair, und was könnte romanhafter sein als diese Situation, meine Onkel?[17]

Waren in den Werken Jules Vernes solche ironische Elemente meist auf wenige Episoden beschränkt, so haben sie zumindest einmal eine bevorzugte Behandlung erfahren, nämlich in der burlesken Skizze *Die Schule der Robinsons*[18], die auf ihre harmlose, eindeutig parodistische Art das Thema nicht etwa verwischt, sondern vielmehr seine Tiefe auslotet. Gleich den Klassikern, die nicht etwa beabsichtigten, die Größe der von ihnen nachgeahmten Meisterwerke – des *Cid*, der *Aeneis* – irgendwie anzutasten, sondern ganz im Gegenteil deren höheren Wert anerkannten, geht auch Verne in diesem Buch Wege, die er bis dahin noch nie wirklich beschritten hatte. Inmitten der Romanvorhaben, mit denen Verne sich in den sechziger Jahren trug, der großen Erfolge wie *Die Kinder des Kapitäns Grant* und *Die geheimnisvolle Insel*, der in späteren Jahren in den Vorworten zu *Zwei Jahre Ferien* und *Seconde Patrie* abgelegten Bekenntnisse und der in so mancher *Voyage extraordinaire* auftretenden Gelegenheitsrobinsone gliedert sich dieser drollige Roman auf originelle Weise in die Reihe der Variationen ein, die einem immer fortwährenden Thema zuteil werden.

---

[15] Hector Servadac, I, Kapitel VII.

[16] Die Propellerinsel, II, Kapitel I.

[17] Le Rayon vert, Kapitel XIX.

[18] 1882

1862 eröffnet Jules Verne Duquesnel, er wolle „die Tradition des Robinson Crusoe fortsetzen", denn „das ist modern, das ist neu, das ist wissenschaftliches Märchenspiel". Er meint damit bestimmt den *Onkel Robinson*, den er gerade angefangen hat. Nicht selten ließ der Schriftsteller nämlich einen seiner Romane gerade in dem Jahr spielen, in dem er ihn zu schreiben begann. Der erste Entwurf, der in der Médiathèque von Nantes aufbewahrt wird, kann also durchaus aus dem Jahre 1861 stammen. Er ist aber nicht das einzige Projekt, denn Verne arbeitete seine ganze Schriftstellerkarriere über an mehreren Manuskripten gleichzeitig. So schreibt er damals auch an *Fünf Wochen im Ballon*, an den *Abenteuern des Kapitän Hatteras* und an den *Kindern des Kapitäns Grant*, lauter Geschichten also, bei denen er ebenfalls seinem Hang zu Robinsonaden nachgehen kann. Da diese drei Romane weiter voranschreiten, er sie auch ins reine schreiben muß und sein Verleger P.-J. Hetzel ihnen den Vorzug gibt, bleibt die Arbeit am *Onkel Robinson* eine Weile liegen. Vernes fieberhafte Tätigkeit hat noch immer nicht nachgelassen, als 1865 während des Urlaubs in Chantenay die Idee zu *Zwanzigtausend Meilen unter dem Meer* entsteht und der Autor mit seiner *Géographie illustrée de la France* beginnt, deren Abschrift seine Frau Honorine besorgt. Im September hält Verne sich in Le Crotoy[19] auf. Er korrigiert die Druckfahnen von *Die Kinder des Kapitäns Grant*, wo oft auf Defoe Bezug genommen wird. Da reizt es ihn von neuem, eine Robinsonade zu schreiben, am besten eine mit Familiencharakter, und er schreibt seinem Verleger:

Ich arbeite noch immer hier, aber seit zwei Wochen gönne ich den Kindern des Kapitäns Grant etwas Ruhe, denn ich will sie nicht zu sehr strapazieren. Ich selbst ruhe mich aber keineswegs aus, sondern träume von einem herrlichen Robinson. Ich muß unbedingt einen schreiben, ich kann einfach nicht anders. Es kommen mir wunderbare Ideen, und wenn das Ganze eines Tages auch nur dreimal so viel einbringt wie der Schweizerische Robinson, *dann werden Sie zufrieden sein, und ich auch. Und wenn es nicht uns selbst zugute kommt, sondern unseren Kindern, dann werden wir uns auch nicht beklagen... Seit einiger Zeit denke ich ungeheuer viel an diese neue Sache und mache mir auch schon Notizen.*[19]

Da Hetzel ihn, wenn auch auf unverbindliche Weise, dazu ermuntert und Honorine sich erbietet, das für einen Dritten unleserliche Manuskript zumindest teilweise zu kopieren, setzt Verne sich schon bald wieder an seinen *Onkel Robinson*, arbeitet ihn ein wenig um und schickt diese zweite Fassung an seinen Verleger, mit der Bitte um eine Beurteilung.

[19] Brief vom September 1865, Bibliothèque nationale, NAF 17004, Blatt 22.

Der damals noch nicht ganz selbstsichere Schriftsteller wendet sich oft auf diese Weise an Hetzel, dessen Stil er bewundert. So erwartet er damals ohne Illusionen die Randbemerkungen, mit denen der Verleger das Manuskript des dritten Teils der *Kinder des Kapitäns Grant* versehen würde:

Durch Ihre Anmerkungen und Ihre wütenden Bleistiftstriche wird mir klar werden, woran es hapert.
Sie wissen ja, wieviel mir Ihre Anmerkungen bedeuten, die zu drei Vierteln völlig unleserlich sind. Es läßt sich aber alles erraten.[20]

Hetzel verfährt mit der zweiten Version des *Onkel Robinson*, wie er es gerade mit den *Kindern des Kapitäns Grant* getan hat. Diesmal hat Verne jedoch nicht die Zeit, die vorgebrachte Kritik, mit der er sich abfindet, zu berücksichtigen und sein Werk entsprechend umzuschreiben. Er ist anderweitig so sehr überlastet, daß er seinem Verleger scherzhaft vorwirft, ihn „wie ein Pferd" arbeiten zu lassen. Als echter Bretone, wie er sich zeit seines Lebens stolz bezeichnet, gibt er aber nicht so schnell auf. 1869 setzt er zu einem weiteren Versuch an, den er geschickt als besonders originell darzustellen versucht:

Es hat schon fünfzig Robinsone gegeben, und ich glaube, daß ich mich abseits von allem halten werde, was bisher schon geschrieben wurde.[21]

Das Familienabenteuer und die Bezüge auf das Werk von Wyß hat er offensichtlich aufgegeben. Hetzel kann seinen Hausautor darin nur bestärken. Am 20. Juni 1870 kündigt der Verleger in seiner Zeitschrift *Magasin d'éducation et de récréation* das Erscheinen des Buches an, das immer noch den Titel *Onkel Robinson* trägt:

Das Werk soll ein Pendant zu den Kindern des Kapitäns Grant *bilden. Ein moderner, mit den Fortschritten der Wissenschaft vertrauter Robinson würde selbstverständlich die Probleme eines einsamen Daseins auf ganz andere Weise lösen als Robinson Crusoe, der allen anderen als Vorbild diente.*

Diese Werbung ist etwas verfrüht, denn es ergeben sich noch zusätzliche Verzögerungen durch den Krieg und Vernes Schwierigkeiten, die Geschichte zum Abschluß zu bringen. Erst Anfang 1874 erscheint das Werk schließlich in der Zeitschrift , ist aber nicht wiederzuerkennen. Es trägt den Titel *Die geheimnisvolle Insel*, doch als der Autor 1871 erklärt hatte, er sei „mitten im Robinson", nannte er es noch *Onkel Robinson*.

[20] Brief von 1865, ebd., Blatt 16.
[21] Brief von 1869, a. a. O., Blatt 116 v°.

Es geht in dem Buch um eine amerikanische Familie, Mr. und Mrs. Clifton und ihre vier Kinder, die mit der *Vankouver* in die Vereinigten Staaten zurückfahren. Mitten im Pazifischen Ozean meutert ein Teil der Besatzung und übernimmt die Herrschaft über das Schiff. Da ganz in der Nähe eine Insel ist, verfährt der Anführer der Verschwörer milde mit Mrs. Clifton, Marc, Robert, Jack und Belle. Sie werden in einem Boot ausgesetzt, zu dem dann auch noch Flip schwimmt, ein tapferer Matrose pikardischer Herkunft, der den Meuterern entkommt. Der Vater wird an Bord festgehalten und kann sich erst viel später befreien und auf die Insel gelangen, auf der seine Frau, seine Kinder und der schon Onkel Robinson genannte Flip sind.

Seinen Spitznamen verdankt Flip der dankbaren Zuneigung der vier Kinder. Mit seinem Einsatz, seiner Findigkeit und seinem pädagogischen Talent hat er die Prüfungen, die der Robinsone harrten, zu Vergnügungen werden lassen: die Suche nach einer Unterkunft und nach Nahrung, das Entzünden und Unterhalten von Feuer. Der erste Teil der Kolonisierung der unbekannten Insel bis zur Ankunft Harry Cliftons steht unter dem Zeichen von Flips guter Laune und seinem Unternehmungsgeist. Seine Lage steht stellvertretend für diejenige, mit der sich zahlreiche Schiffbrüchige im 19. Jahrhundert abfinden mußten. Dann wird er zum Mädchen für alles und ergänzt auf kluge Weise den Ingenieur, der entschlossen ist, das Schicksal der ganzen Kolonie zu verbessern, so wie später Cyrus Smith in der *Geheimnisvollen Insel*.

Mit dem Eintreffen des Ingenieurs Harry Clifton erfährt die Zivilisation auf der Insel einen Aufschwung: Es kann nun auch das Angenehme ins Auge gefaßt werden. Nützlich ist wohl die künftige Weizenernte, köstlich aber die erste Pfeife, die Flip als Geschenk empfängt. Die Welt der Zahlen tritt in Erscheinung und damit der Wille, den eigenen Standort so genau wie möglich zu bestimmen und das Land zum ersten Mal systematisch zu erforschen. Ein weiteres Merkmal für die Wiedereingliederung in den Zivilisationsprozeß ist die Schrift. Von seiner Ankunft an hält der Ingenieur die Erlebnisse der jungen Kolonie in einem Tagebuch fest. Was dem Leser offeriert wird, ist dann auch dieser Bericht, wie es so oft in Romanen Jules Vernes geschieht. Aufgrund der Wechselfälle, denen Manuskripte ausgesetzt sind, wenn sie lange unterwegs bleiben, ist das Zeugnis unvollständig. Wie viele andere unvollendete Werke, etwa die *Abenteuer Gordon Pyms*, hat auch den *Onkel Robinson* die Landung im sicheren Hafen einige Kapitel gekostet. Daß das Buch unvollendet ist, nimmt ihm aber nichts von seiner Originalität und seiner Kraft. Jules Verne wollte mit seiner ersten Robinsonade an sein großes Vorbild heranreichen, ja es sogar übertreffen. Seine Figuren, die natürlich den *Schweizerischen Robinson* gelesen haben, versäumen es nicht, entsprechende Vergleiche anzustellen. Der Schriftsteller läßt Harry Clifton feststellen, wie sehr ihre Leistung über der ihrer Vorgänger liegt:

In dieser fiktiven Geschichte hat der Autor seinen Schiffbrüchigen alles zur Verfügung gestellt, was Natur und Industrie nur zu bieten haben. Zuerst einmal hat er ihnen eine ganz besondere Insel ausgesucht, bei deren Klima keine strengen Winter zu befürchten sind. Dann stoßen sie jeden Tag, beinahe ohne zu suchen, auf das Tier oder die Pflanze, die sie gerade brauchen können. Sie haben Waffen, Werkzeug, Schießpulver, Kleidung, eine Kuh, ein Schaf, einen Esel, ein Schwein und Hühner; aus dem Wrack ihres Schiffes bergen sie beliebige Mengen von Holz, Eisen und Samen aller Art! Nein, sie waren in einer völlig anderen Lage! Diese Schweizer Schiffbrüchigen waren Millionäre! Sie selbst dagegen sind armselig dahinlebende Habenichtse, die alles um sich herum selbst erschaffen müssen![22]

Diese Begegnung des Menschen mit der Natur weist auch Rousseausche Elemente auf, wie sie bei einem Autor nicht überraschen, der in einer von der Aufklärung beeinflußten Stadt geboren ist. Als die Familie längere Zeit vom Vater und Gatten getrennt ist, beginnt sie trübsinnig zu werden. Onkel Robinson, von dem wir erfahren, daß er Anhänger einer Naturphilosophie ist, kennt ein Heilmittel gegen diese Melancholie:

Flip ließ die Schot locker, und das Boot bewegte sich kaum mehr vorwärts. Die Phantasie von Kindern ist für solche Naturschauspiele sehr empfänglich, und auch leidende Seelen ziehen daraus heimlichen Trost; daher wollte der wackere Seemann diesen Eindruck so lange wie möglich auf seine Schutzbefohlenen wirken lassen.[23]

Hat er etwa die schönsten Stellen der *Träumereien* oder der *Bekenntnisse* gelesen? Er kennt jedenfalls deren Lehren, und besser noch die des *Emile*. Flip setzt völliges Vertrauen in die Vorsehung, erweist sich aber vor allem als Anhänger einer aktiven Pädagogik. Von unmittelbarer Erfahrung hält er mehr als von langen theoretischen Erklärungen. Durch diese Methode wird Robert vom gedankenlosen Späher zum klugen Stöberhund. Das Leben in der freien Natur formt wie kein anderes, da es für eine harmonische Entwicklung des Körpers und der Intelligenz sorgt. Der Vernunft auch, denn beim Jagen, Fischen und Sammeln läßt sich bestens erlernen, daß der Mensch sich nur nehmen soll, was er zur Befriedigung seiner Bedürfnisse braucht. Auf gleiche Weise denkt auch der Ingenieur, der sich um die geistige Bildung seiner Kinder kümmert.

---

[22] Kapitel XV.

[23] Kapitel IX.

In ungeheuer wertvollen „Sachkundestunden" nehmen diese die Grundzüge von Geographie, Mineralogie und Zoologie in sich auf. Die dominierende Wissenschaft in diesem kurzen Roman ist jedoch bezeichnenderweise die Botanik. Sie lehrt die Vielfalt zukunftsträchtiger Speisen; so kommen bei den Schiffbrüchigen etwa Bambusherzen und Algen auf den Tisch. Vor allem schärft die Botanik den Blick dafür, in welcher ursprünglichen Form Hunderte von Produkten vorkommen, die sich mit etwas Können beschaffen lassen. Auch in dieser Hinsicht lehnt Jules Verne sich erstaunlich eng an Rousseau an, der in der Botanik sehr bewandert war und sie für außerordentlich wichtig hielt. In diese Disziplin eingeweiht wurde Verne vermutlich schon von seinen Schullehrern in Nantes, die sich dabei wohl die aus allen Weltgegenden zusammengetragenen Schätze des Botanischen Gartens zunutze machten. Diese Lehrer oder aber die Mitglieder seiner Familie haben ihn auf jeden Fall mit den Eigenschaften bestimmter exotischer Baumarten vertraut gemacht, die beim Bau von Häusern auf der Insel Feydeau verwendet wurden, deren Fundamente bis in die Loire hinabreichten. Ebenso wie er selbst vermögen auch Harry Clifton und Flip die Feldulmen zu identifizieren, „die bei Baumeistern so begehrt sind und sich sehr lange im Wasser halten".[24] Diese Figuren sind Vorläufer des jungen Harbert in der *Geheimnisvollen Insel* und legen gewiß das gleiche jugendliche Interesse an den Tag, das Jules Verne für die Botanik und für eine Art Rückkehr zur Natur hegte.

Onkel Robinson ist außerdem der erste Roman, in dem Jules Verne Kinder auftreten läßt. Daher rührt vermutlich zum großen Teil der Mißmut seines Verlegers, der es vielleicht nicht mit Wohlwollen sah, daß sein Autor von seiner üblichen Rolle abwich.

Wie es ist, wenn Kinder einem Handwerker bei der Arbeit zusehen, wenn sie neugierig unbekanntes Gelände erforschen, wenn sie voller Vergnügen fischen oder jagen und dabei Vogelstimmen nachmachen und schließlich mit noch größerer Freude die Früchte ihres Wartens und ihrer Mühe ernten, das alles wird am Beispiel der jungen Helden des *Onkel Robinson* anschaulich geschildert. Daß Jules und sein Bruder Paul gerne auf den Bäumen von La Guerche herumturnten, wenn sie die Ferien in Brains verbrachten, findet seinen Niederschlag im Gebaren Roberts. Augenzwinkernd wird beschrieben, wie die von Jack so gefürchtete Morgenwäsche zu einem Vergnügen wird, seit die banale Waschschüssel einem Fluß gewichen ist. In väterlicher Nachsicht wird der kleinen Belle verziehen, wenn sie wieder einmal vergißt, daß zu den Nahrungsmitteln noch kein Brot zählt. Dieser kleine Däumling hat in seine Tasche so viele Steinchen gesteckt, wie

---

[24] Kapitel XIX.

schon Tage vergangen sind, und damit der Kolonie wieder zu einem Kalender verholfen. Mit seinem zierlichen Erscheinungsbild paßt das Mädchen wunderbar in diese idyllische Schilderung.

Als erste einer ganzen Reihe von Robinsonaden kündigt *Onkel Robinson* schon die Hauptthemen an und skizziert zum Teil die dominierenden Gestalten. Es entsteht dabei jedoch eine Atmosphäre, die beim Autor der *Voyages extraordinaires* später nie wiederzufinden sein wird. *Onkel Robinson* ist das einzige Werk, in dem voller Überzeugung dargestellt wird, wie eine Familie sich bar jeder Habe auf einer Insel einrichtet und dies als positive Erfahrung erlebt.

Leben und Werk Jules Vernes

1828

Jules Verne wird am 8. Februar in Nantes als ältestes von fünf Geschwistern geboren: Paul (1829), Anna (1837), Mathilde (1839), Marie (1842).

1837

Jules und Paul Verne besuchen die Schule Saint-Stanislas. Der künftige Schriftsteller zeichnet sich durch gute Leistungen in Geographie und Musik aus.

1839

Jules Verne läuft von zu Hause weg und geht als blinder Passagier auf die *Coralie*, die nach Indien fährt. In Paimboeuf wird der Ausreißer jedoch von Bord geholt und von seinem Vater nach Chantenay zurückgebracht, wo die Familie ihre Ferien verbringt.

1840

Die beiden Brüder besuchen ein Seminar in Nantes, in dem auch Schüler aufgenommen werden, die nicht Priester werden wollen. In einem Brief an seine Mutter zeigt Jules zum ersten Mal dichterische Begabung.

1844

Jules Verne tritt ins Königliche Gymnasium von Nantes ein. 1846 macht er sein Abitur.

1847

Ein arbeitsreiches Jahr für den Schriftsteller, der sich auf seine erste Juraprüfung vorbereitet und an einem ersten Gedichtband schreibt. Er skizziert einen Roman und macht Pläne für mehrere Stücke. Er liest Shakespeare,

Byron, Walter Scott, Victor Hugo, Musset und Vigny. Im Sommer erste Parisreise. Erster Liebeskummer.

1848

Verne schreibt seinen ersten Gedichtband zu Ende und beginnt einen zweiten. Am 3. August legt er in Paris seine zweite Jahresabschlußprüfung in Jura ab. In der Nationalversammlung sieht er kurz Victor Hugo, der dort Abgeordneter ist. Beginn des Pariser Lebens mit Bohèmefreundschaften, vielfältigem gesellschaftlichen Umgang und anfänglich schwieriger Schriftstellerlaufbahn (bis 1863 bleibt Verne weitgehend unbekannt).

1850

Verne erwägt zunächst eine Karriere als Dramatiker und verkehrt mit Alexandre Dumas dem Älteren und dem Jüngeren. Letzterer läßt Vernes Stück *Les Pailles rompues* im Théâtre-historique aufführen. Gegen Ende des Sommers kommt es auch zu einer Vorstellung in Nantes, als Jules Verne sich bei seiner Familie aufhält. Das Stück wird bei Beck veröffentlicht.

1851

Der Jurastudent legt seine Dissertation vor, widmet sich aber dem Theater. Der aus Paimboeuf stammende Pitre-Chevalier veröffentlicht in seiner Zeitschrift *Le Musée des familles* das Stück *Les Châteaux en Californie*, das er mit Verne zusammen geschrieben hat.

1852

Der Leiter des Théâtre-lyrique, Jules Seveste, stellt Verne als Sekretär ein. Im *Musée des familles* wird eine „historische" Erzählung Vernes veröffentlicht: *Martin Paz*.

1853

Das Théâtre-lyrique setzt die Operette *Colin-Maillard* auf den Spielplan, zu der die Musik der aus Nantes stammende Freund Vernes Aristide Hignard komponiert hat. Als Assistent Sevestes beschäftigt sich Verne nun fast ausschließlich mit Bühnenwerken. Allein oder in Zusammenarbeit mit Michel Carré beziehungsweise Charles Wallut schreibt er *Monna Lisa, Les Compagnons de la Marjolaine, Le Fils adoptif, La Tour de Montlhéry, Les Heureux du jour*.

1854

Im *Musée des familles* erscheint *Maître Zacharius*. Paul Verne nimmt am

Krimkrieg teil. Sein Bruder schreibt den Text zu *En avant les Zouaves!* Die Musik ist von Alfred Dufresne. Pierre Verne möchte gerne, daß sein ältester Sohn seine Rechtsanwaltskanzlei übernimmt. Dieser lehnt jedoch ab und schlägt auch mehrere Heiratsangebote aus. Desgleichen will er nicht die Nachfolge des an Cholera verstorbenen Sevestes antreten.

1856

Auf der Hochzeit eines Freundes lernt Jules Verne die junge Witwe Honorine Dufraysse Deviane kennen. Um sich zu etablieren, wird er mit Hilfe eines vom Vater gewährten Darlehens Börsenmakler.

1857

Am 10. Januar heiratet Jules Verne Honorine, die bereits Mutter von zwei Töchtern ist. Aristide Hignard, der Trauzeuge seines Freundes, veröffentlicht bei E. Heu seine erste Sammlung *Rimes et mélodies*; der Text zu sieben Stücken besteht aus Gedichten von Jules Verne. Beim gleichen Verleger erscheint auch die ebenfalls in Zusammenarbeit entstandene Melodie *Daphné*. Der Komponist schreibt daraufhin die Musik zu Vernes Stück *Monsieur de Chimpanzé*, das ein Jahr später im Theater Bouffes-Parisiens aufgeführt wird.

1859

Im August können der Musiker und der Schriftsteller durch Vermittlung von Aristide Hignards Bruder zu günstigen Bedingungen nach England und Schottland reisen. In London sieht Verne das Schiff *Leviathan*, die spätere *Great-Eastern*, auf der er 1867 in die Vereinigten Staaten fahren soll. Die Reise in das Land seiner Vorfahren mütterlicherseits inspiriert Verne zu einer Art Reisebericht, einer Mischung aus Fiktion und Reportage: *Voyage à reculons en Angleterre et en Ecosse.*

1861

Im Juni läßt Jules Verne die schwangere Honorine allein zurück und fährt mit Hignard nach Norwegen. Am 3. August wird Michel geboren, das einzige Kind des Schriftstellers.

1862

Über Dumas und Brichet lernt Jules Verne seinen späteren Verleger Pierre-Jules Hetzel kennen, der seit zwei Jahren aus dem Exil zurück ist. Er bietet ihm mehrere Manuskripte an. Der Verleger nimmt dasjenige an, das am meisten Gegenwartsbezug hat: *Cinq Semaines en Ballon* (Fünf Wochen im Ballon) spielt direkt auf die von Victor Hugo und George Sand begrüßten Versuche Nadars mitdem Ballon „Le Géant" an.

1863

Jules Verne widmet den Erfolgen Nadars einen Artikel im *Musée des familles*. Zweite Sammlung *Rimes et mélodies* von Aristide Hignard mit drei Liedern Vernes, darunter das durch die Schottlandreise im Jahre 1859 inspirierte *Souvenirs d'Ecosse*.

1864

Im März erscheint die erste Ausgabe von *Magasin d'éducation et de récréation*. Hetzel und Jean Macé leiten diese zweimal monatlich erscheinende Zeitschrift, in der etwa vierzig Romane des für den Unterhaltungsteil zuständigen Jules Verne veröffentlicht werden sollten. Im April schreibt Verne für das *Musée des familles* die Studie *Edgar Poe et ses oeuvres*. Die erste Fassung von *Voyage au Centre de la terre* (Reise zum Mittelpunkt der Erde) kommt in den Buchhandel.

1865

De la terre à la lune (Von der Erde zum Mond) erscheint als Fortsetzungsroman. Das Vorbild für die Figur des Michel Ardan war Nadar.
Im *Magasin d'éducation et de récréation* werden nacheinander die *Voyages et aventures du capitaine Hatteras* (Die Abenteuer des Kapitäns Hatteras) und *Les enfants du capitaine Grant* (Die Kinder des Kapitäns Grant) veröffentlicht.

1866

Umzug nach Le Crotoy. Kauf der *Saint-Michel I*. Der Schriftsteller denkt an eine *Voyage sous les eaux* und arbeitet an einer *Géographie illustrée de la France et de ses colonies*, einem lukrativen Werk populärwissenschaftlicher Natur.

1867

März-April: Jules Verne ist mit seinem Bruder Paul auf der *Great-Eastern* unterwegs. Während eines sehr kurzen Nordamerika-Aufenthalts besichtigt er New-York und die Niagarafälle. Vier Jahre später erscheint unter dem Titel *Une ville flottante* eine romanhafte Schilderung dieser Ozeanüberfahrt.

1869

Vingt Mille Lieues sous les mers (Zwanzigtausend Meilen unter dem Meer) und *Autour de la lune* (Reise um den Mond) erscheinen als Fortsetzungsromane, der eine im *Magasin d'éducation et de récréation*, der andere im *Journal des Débats*.

1870

Umzug nach Amiens. Während des Deutsch-Französischen Krieges 1870/71 wird der Schriftsteller als Küstenwache in Le Crotoy dienstverpflichtet. Er schreibt an einer *Histoire des grands voyages et grands voyageurs*.

1871

Verne und sein Verleger unterstützen die Politik Thiers'. Dennoch halten sie Verbindungen zu zwei Angehörigen der Pariser Kommune, nämlich zu Paschal Grousset und zu dem Geographen Elisée Reclus.
Tod Pierre Vernes.

1872

Mit seiner Wahl in die *Académie des sciences, lettres et arts* von Amiens als Nachfolger Gressets beginnt für Verne ein Honoratiorendasein in der Provinz. In *Le Temps* erscheint *Le Tour du monde en quatre-vingts jours* (In achtzig Tagen um die Welt).

1873

Im April schreibt Verne einen Bericht an die *Société de Géographie*.
Am 28. September nimmt er an einem halbstündigen Flug des *Météore* teil.

1874

Kauf der *Saint-Michel II*. Im *Magasin d'éducation et de récréation* erscheint *L'Ile mystérieuse* (Die Geheimnisvolle Insel).
Im November findet im Théâtre de la Porte-Saint-Martin die Premiere der von Verne und d'Ennery besorgten Bühnenfassung von *Le tour du monde en quatre-vingts jours* (In achtzig Tagen um die Welt) statt.

1876

Das Verhalten Michel Vernes bereitet seinen Eltern ernsthafte Sorgen. Im *Magasin d'éducation et de récréation* erscheint *Michel Strogoff* (Der Kurier des Zaren).

1877

Im März und April wird *Les Indes noires* als Fortsetzungsroman in *Le Temps* veröffentlicht. Der Schriftsteller verarbeitet die Erinnerungen an seine Schottlandreise zu einem Buch.

Jules Verne und seine Frau ziehen vorübergehend nach Nantes, um ihren Sohn besser überwachen zu können. Kauf der *Saint-Michel III*, einer Dampfjacht.

1878

Im Februar mustert Michel als Schiffsjunge an und fährt nach Indien.
Von Ende Mai bis Ende August: große Mittelmeerkreuzfahrt auf der *Saint-Michel III*.
Über Weihnachten und Neujahr wird im Théâtre de la Porte-Saint-Martin eine Bühnenfassung von *Les Enfants du capitaine Grant* (Die Kinder des Kapitäns Grant) gegeben.

1879

Im Juli: Schottlandreise mit Michel Verne an Bord der *Saint-Michel III*.

1880

Ab November wird im Théâtre du Châtelet das Ausstattungsstück *Michel Strogoff* (Der Kurier des Zaren) gegeben, an dessen Bühnenbearbeitung wiederum Adolphe d'Ennery mitgewirkt hat.

1881

Kreuzfahrt mit der *Saint-Michel III* in der Nord- und Ostsee. *La Jangada* erscheint als Fortsetzungsroman im *Magasin d'éducation et de récréation*.

1882

In *Le Temps* wird *Le Rayon vert* veröffentlicht, ein Werk mit Reminiszenzen an die beiden Schottlandreisen Jules Vernes.
Gegen Ende des Jahres wird das Stück *Voyage à travers l'impossible* aufgeführt, in dem der Schriftsteller und d'Ennery mehrere berühmte Figuren aus den *Voyages extraordinaires* gemeinsam auftreten lassen.

1883

Verne spielt mit dem Gedanken, sich um einen Sitz in der Académie française zu bewerben, und nimmt diesbezüglich mit Dumas dem Jüngeren und dem Grafen von Paris Fühlung auf.

1884

Mit der *Saint-Michel III* wird eine letzte große Kreuzfahrt in die Bucht von Vigo und ins Mittelmeer unternommen. Die Passagiere kehren über Italien zurück und werden in Rom vom Papst Leo XIII. und vom Marquis Gravina empfangen, dem Verne ein Gelegenheitsgedicht widmet. Durch die Reise wird Verne zu dem Roman *Mathias Sandorf* (Die Rache des Grafen Sandorf) angeregt, der im folgenden Jahr erscheint.

1886

Von seinem wahnsinnig gewordenen Neffen Gaston wird der Schriftsteller im März angeschossen. Seine Verletzung hindert ihn daran, am 17. desselben Monats der Bestattung seines Verlegers Hetzel beizuwohnen. Lange Zeit bleibt Verne ans Bett gefesselt und erholt sich nie wieder ganz. Er muß seine Jacht verkaufen und lenkt sich damit ab, daß er auf die Honoratioren von Amiens Spottgedichte verfaßt.

Im *Journal des débats* wird *Robur le Conquérant* (Robur, der Eroberer) veröffentlicht.

1887

Tod von Sophie Verne, der Mutter des Autors.

Verne ist wieder so weit genesen, daß er eine Vortragsreise nach Belgien und Holland antreten kann.

1888

Im März wird Verne auf einer republikanischen Liste in den Stadtrat von Amiens gewählt. Während seiner vier Amtsperioden wirkt er vor allem als „Kulturbeauftragter". Verne versöhnt sich wieder mit seinem Sohn Michel, dem über die Beziehungen seines Vaters eine Rubrik in der Zeitung *Le Figaro* anvertraut wird.

1889

Am 23. Juni eröffnet Jules Verne den Zirkus von Amiens. In dem Roman *César Cascabel*, den er zu jener Zeit schreibt, läßt er eine Gauklertruppe durch Nordamerika und Asien ziehen.

1892

Le Château des Carpathes erscheint im *Magasin d'éducation et de récréation.* Einen immer größeren Stellenwert erhält in den Werken des Autors das Thema Musik.

1895

Am 20. Oktober empfängt Jules Verne den Kritiker De Amicis. Im *Magasin d'éducation et de récréation* erscheint die *L'Ile à hélice* (Propellerinsel).

1896

Der Ingenieur Turpin strengt vergeblich einen Prozeß gegen den Schriftsteller an, der ihn als Vorbild für den verrückten Wissenschaftler in *Face au drapeau* genommen hat.

1897

Der Gesundheitszustand des an Diabetes leidenden Verne verschlechtert sich. Sein Bruder Paul verstirbt. Der im *Magasin d'éducation et de récréation* veröffentlichte Roman *Le Sphinx des glaces* (Die Eissphinx) ist eine letzte Huldigung an Edgar Poe.

1900

In *Seconde Patrie* wird ein Lieblingsthema des Autors wieder aufgegriffen: die Robinsonade.

1901

Der Schriftsteller Raymond Roussel, der in Amiens seinen Militärdienst ableistet, besucht Jules Verne.

1903

Verne wird vom grauen Star befallen.

1905

Am 24. März stirbt Jules Verne. Er hinterläßt mehrere Manuskripte, deren postume Veröffentlichung bis 1914 teilweise von seinem Sohn Michel besorgt wird.